악녀는 변화한다 2

악녀는 변화한다

II

누노이즈 장편소설

마카롱

차례

인물 소개

엘샤네스 크로커스 크로커스 공작가의 첫째 영애.

루카르엔 윈터나이트 윈터나이트의 대공.

라시아 블렌시아 루카르엔 윈터나이트의 첫사랑.

발라디미르 아마릴리스 아마릴리스 황실의 둘째 황자.

아나스타샤 아마릴리스 아마릴리스 황실의 막내 황녀.

리리엘 크로커스 엘샤네스 크로커스의 여동생.

요하네스 크로커스 엘샤네스 크로커스의 막내 남동생.

란제크 카멜리아 엘샤네스 크로커스의 전(前) 약혼자.

헬 수수께끼의 평민 소년.

8

여름의 변화

"그 여자가 돌아왔어."

사교계의 세 꽃. 루이자 바이올렛, 레이라 시네라리아, 세실리아 에델바이스. 세 영애가 여유롭게 이야기를 나누다 이야기가 나왔다. 운을 띄운 것은 세실리아였다. 루이자는 물었다.

"그 여자라니?"

"알잖아. 라시아 블렌시아."

"라시아 블렌시아? 정말로?"

레이라가 눈을 크게 떴다. 루이자는 좀처럼 라시아 블렌시아를 떠올리지 못하는 눈치였다. 몇 년 전의 일이니 그럴 만도 할 것이다. 세실리아는 난감하게 웃으며 설명해주었다.

"발라디미르 황자님의 약혼녀 있잖아. 유명하던."

"아아, 기억났어."

고개를 끄덕이던 루이자가 손을 멈칫했다. 라시아 블렌시아. 윈터나이트 대공자가 그녀에게 마음이 있다는 소문은 유명했다. 그리고 그녀로 인해 윈터나이트 대공자, 현재의 윈터나이트 대공이 고립되었다. 세 영애는 윈터나이트 대공자에 대한 적대적 여론에 굳이 참여하지 않았기에 아카데미를 객관적으로 볼 수 있었다. 세실리아가 말했다.

"그녀가 돌아온 이유를 모르겠어. 아마릴리스 황가의 지시는 확실히 아니었던 것 같아. 별다른 일은 없으니까."

"아픈 게 아닐까?"

"글쎄. 그런 말은 없었어. 그녀가 지금 돌아올 만한 이유가 없다고 알고 있어, 나는."

에델바이스 가문은 아마릴리스에서 정보를 담당했다. 세실리아의 말은 사실일 것이다. 라시아 블렌시아의 유학 기간은 2년이 더 남은 상태였다. 유학 기간이 길수록 황자비에 대한 평가가 높아졌기에 라시아가 벌써 돌아올 이유는 없었다. 그녀는 왜 지금 아마릴리스에 돌아온 것인가. 그것도 윈터나이트 대공이 결혼한 지 얼마 되지 않은 상황에서. 루이자는 냉정하게 말했다.

"누가 보아도 이상한데."

"나도 그렇게 생각해."

"엘자에게 편지를 보내봐야겠어."

레이라가 마지막으로 말했다.

⁂

윈터나이트에 여름이 찾아왔다. 윈터나이트의 기후는 늘 서늘했다. 엘쟈네스는 난생처음으로 덥지 않은 여름을 보내고 있었다. 여름이면 숨도 쉬지 못할 만큼 강렬한 햇볕이 내리쬐던 로벨리아와 달리 이곳은 선선했다. 오늘도 날씨가 좋았다. 바깥에 나가고 싶은 날씨였다. 엘쟈네스는 이른 아침부터 유리 온실 안에서 편지를 쓰고 있었다. 엘리나가 물었다.

“마님, 각하께 편지를 쓰십니까?”

“그렇단다. 다 적고 나면 이것을 전해주렴.”

고용인들은 유리 온실을 관리하고 있었다. 마님이 온 이후 대공가의 많은 것들이 변하고 있었다. 대공은 사랑하는 비를 위해 건물을 한 채 더 지었다. 마님이 더 이상 선물을 둘 곳이 없다고 했기 때문이다.

정원에는 아름다운 유리 온실이 생겨났다. 아내가 좋아하는 꽃을 마음껏 보기를 바란 대공이 지은 것이었다. 고용인들은 유리 온실을 자랑거리로 여겼는데, 윈터나이트를 간혹 방문하는 외부인들도 유리 온실을 보고 입을 다물지 못했다. 투명한 유리 온실에 빛이 비치는 모습을 다이아몬드에 비유한 시인도 있었다. 유리 온실의 테이블에서 엘자네스는 렌이 보낸 짤막한 편지를 읽어보았다.

윈터데이가 가득 피었습니다. 엘자와 함께 보러 나가고 싶습니다.

렌이 오늘 보낸 꽃은 윈터데이였다. 하얀 꽃이 수줍게 피어 있었다. 겨울이 끝난 후 렌은 꽃 한 송이와 짤막한 편지를 가끔씩 보내왔다. 엘자네스는 윈터데이의 향기를 살며시 맡았다. 벌써 여름이 다가온 모양이었다. 엘자네스에게 이곳의 계절을 헤아리는 것은 아직도 무척 어려운 일이었다. 엘자네스는 짧게 답장을 썼다.

윈터데이가 가득 핀 들판으로 소풍을 가요.

짧았기에 오히려 서정적이었다. 렌의 짧은 편지에는 늘 고심한 흔적이 남아 있었다. 엘자네스는 편지를 갈무리한 후 엘리나에게 건넸다.

“그러면 다녀오겠습니다, 마님.”

"다녀오렴, 리나."

엘리나가 엘자네스가 쓴 짧은 편지를 받아 들었다. 몸을 움직이는 일을 한다는 사실에 무척 신이 난 눈치였다. 엘자네스의 입가에 잔잔한 미소가 걸렸다. 엘리나는 편지를 받아 들고 곧바로 나갔다. 엘자네스는 답장을 기다리며 서류들을 훑어보았다. 평화로운 시간이었다.

'아마릴리스 황가라.'

오늘 올라온 서류는 황족들에 관한 안건이었다. 황가의 일원들은 여름이면 윈터나이트의 별장에 와 휴가를 보냈다. 매년 행사처럼 있는 일이었기에 모든 준비는 이미 돼 있다. 엘자네스는 흔들의자에 앉아 각 황족들의 취향과 성격에 대해 정리된 문서들을 가볍게 읽었다.

곧이어 유리 온실의 문이 열리며 맑은 종소리가 들렸다. 엘자네스는 돌아보지 않고 물었다.

"엘리나?"

"누구일 것 같습니까."

낮은 목소리가 들렸다. 엘자네스는 일어나며 웃음을 터뜨렸다.

"렌!"

"설마 알아차릴 줄은 몰랐습니다."

"어떻게 렌인 걸 모르겠어요."

"오늘 아침 키스를 잊었듯 저도 잊었을 줄 알았습니다."

그는 능청스러웠다. 밤은 늘 길었다. 렌은 갈수록 더 지치지 않는 것 같았다. 그는 엘자네스가 달아날 틈도 주지 않았다. 그런데도 좋다는 것이 문제였다. 렌은 이제 아침에도 엘자네스를 달콤하게 괴롭히고 있었다. 그 덕에 오늘은 업무를 보러 가기 전 하는 키스를 잊고 말았던 것이다. 엘자네스는 그의 뺨에 입을 맞추었다. 렌은 엘자네스가 보던 서류를 들여다보았다.

"아마릴리스 황가에 관련된 서류군요."

"맞아요, 렌. 황족 분들이 내려오기까지 얼마 남지 않았네요."

"이번 여름에는 아마릴리스 황족들이 오지 않았으면 좋겠습니다."

"왜요? 무슨 일이 있나요, 렌?"

"엘쟈와 지내는 데에 방해됩니다. 단둘이 있는 편이 좋습니다."

엘쟈네스는 다시 웃었다. 맑은 웃음소리가 유리 온실에 울려 퍼졌다. 이번에 한 말은 진담이었다. 렌은 그 말은 하지 않고 엘쟈네스의 머리칼을 귀 뒤로 넘겨주었다. 다정한 한때였다.

점심시간이 되기 전, 윈터나이트의 일원들은 모두 일을 끝냈다. 소풍을 가기 위해서였다. 소풍을 간 장소는, 저택 주변의 들판이었다.

"돗자리는 이곳으로."

시녀장 아이라가 이리저리 돌아다니며 사람들에게 지시했다. 엘쟈네스는 새들이 지저귀는 소리를 듣고 있었다. 겨울이 혹독했음에도 불구하고 많은 생명들이 살아 있었다. 추위를 잘 견뎌주었다. 기분 좋은 산들바람이 불어왔다. 바구니에는 먹을거리가 가득 들어 있었다. 하늘은 맑았다. 저 멀리서 소년 집사 율리히가 뭔가를 외치는 소리가 들렸다. 집사는 최근 모든 활동을 율리히에게 넘겨주고 있었다. 율리히가 크게 손짓하자 화이트 기사단과 블랙 기사단은 음식이 담긴 커다란 바구니들을 날랐다. 보좌관 중 따라온 몇몇은 일에서 벗어나 맞은 간만의 자유에 기뻐하고 있었다. 윈터나이트의 최측근들이 함께 온 소풍이었다.

밝은 빨간색과 흰색 격자무늬 돗자리가 들판에 깔렸다. 렌은 엘쟈네스의 손을 잡고 언덕을 올랐다. 그리 높지 않은 곳이었다. 경사도 완만했다. 부부가 언덕을 거의 다 올랐을 때쯤, 렌이 말했다.

"곧 놀라운 광경을 볼 겁니다."

"놀라운 광경이요?"

엘쟈네스는 언덕 꼭대기에 올라 숨을 멈추었다. 언덕 위에 오르자 바로 아래에서부터 저 앞의 먼 들판까지 풍경이 생생히 눈에 들어왔던 것이다. 렌의 말처럼 놀라운 광경이었다. 모든 것이 새하얗게 물든 상태였다. 윈터데이가 가득 피어 바람에 이리저리 흔들리고 있었다. 쏴아아 하는 소리가 음악처럼 들려왔다. 달콤한 내음이 은은히 풍겼다. 렌은 물었다.

"마음에 드십니까."

"너무 아름다워요, 렌. 이토록 아름다운 건 없을 거예요."

엘자네스는 들판에서 눈을 떼지 못했다. 그녀의 진갈색 눈동자는 이 모든 풍경을 담으며 은은하게 빛났다. 단호한 평소와는 달리 감성적으로 물드는 이런 엘자네스의 모습도 좋다. 넓을 잃고 많은 꽃들을 바라보는 엘자네스의 모습에 그가 다정하게 웃었다. 낮은 웃음소리에 엘자네스는 렌의 손을 꼭 잡았다.

"내려가도 됩니다."

"정말요?"

"바닥에 잔디가 많이 깔려 푹신할 겁니다."

한편 화이트 기사단은 블랙 기사단과 함께 공놀이를 하고 있었다. 블랙 기사단은 힘이나 속도가 화이트 기사단에 비해 현저히 떨어져 화이트 기사단이 던진 공을 잘 받지 못했다. 블랙 기사단이 점수를 잃었다. 화이트 기사단도 만만치 않았다. 룰을 제대로 이해한 사람이 적어 점수를 계속 깎였기 때문이다. 두 기사단은 정한 시간이 되기도 전에 실격 처리 되었다. 점수를 적던 율리히는 고개를 저었다.

"안 하는 게 낫겠네요."

시녀들은 엘리나를 응원하다 돗자리에 앉아 쉬고 있었다.

대공 부부가 있는 쪽에 다가가는 이들은 없었다. 두 사람의 시간을 방해하고 싶지 않았기 때문이다. 렌은 바람에 날리는 엘자네스의 머리칼을 손으로 가볍게 잡았다. 그리고 그 끝에 입을 맞추었다. 엘자네스가 말했다.

"다들 즐거워 보이네요. 휴식 시간을 가진다는 건 좋은 일 같아요."

"엘자는 어떻습니까."

"즐거워요, 렌. 이런 풍경을 볼 수 있다는 건 큰 축복일 거예요."

그렇게 말하는 모습이 예쁘다는 것을, 그녀는 알고 있을까. 렌의 입술이 엘자네스의 입술에 닿았다. 서로의 숨결이 섞였다. 혀가 얽혔다. 엘자네스의 신뢰와 진솔함이 가득한 얼굴을 보면 늘 설레고는 했다. 엘자네스는 많은 것에 감사함을 표시하지만 정작 감사함을 표시해야 할 사람은 렌이었다. 엘자네스는 렌의 많은 것을 바꾸어놓았다. 렌이 다시는 가지지 못하리라 생각했던 것들을 엘자네스가 가져다주었다. 렌은 이제 타인을 신뢰하고, 사랑을 믿었다. 모두 다 엘자네스가 해낸 일이었다. 저 멀리서 화이트 기사단 하나가 외쳤다.

"나비다!"

오색 날개를 가진 나비 떼가 저 멀리서 날아다녔다. 윈터나이트에는 오색 나비를 잡으면 행운이 온다는 속설이 있다. 화이트 기사단이 달려갔다. 블랙 기사단이 사라졌다. 시녀들마저도 저 멀리로 가버렸다. 자리에 남은 것은 엘자네스와 렌뿐이었다.

"어디로 간 걸까요?"

"저 나비들은 절벽 지역에 살고 있습니다."

"절벽이라니 위험하지 않을까요?"

"사고가 일어나기 전 렉더와 원이 수습할 겁니다."

화이트 기사단장과 부기사단장의 이름을 듣자 크게 걱정되지 않았다. 소풍을 온 나머지 일원들은 저 멀리 간 것인지 점심을 먹을 때가 되어도 오지 않았다. 기다리는 대신, 두 사람은 평화롭게 식사를 마쳤다.

"맛있었어요. 윈터나이트의 주방장은 정말 대단한 사람이에요."

"황실에서 주최한 요리 대회에서 대상을 거머쥔 사람입니다. 날씨가 좋군요."

잠시 정적이 일었다. 하늘은 푸르렀다. 뭉게구름 하나가 머리 위를 지나고 있었다. 렌은 엘자네스의 무릎을 베고 누워 하늘을 바라보았다. 나비를 쫓아간 사람들은 아직도 오지 않았다. 바람이 불자 윈터데이가 가득 핀 들판이 기분 좋은 소리를 냈다. 꽃향기가 바람에 실려 왔다. 렌은 엘자네스의 무릎을 베고 누워 있었다. 취한 것 같았다. 이 평화로움과 엘자네스의 부드러운 분위기에.

"아카데미 시절은."

렌은 입을 열었다. 지금이 아니라면 꺼낼 수 없을 만한 이야기를 하기 위해서였다. 그의 검은 눈이 과거를 그렸다.

"최악이었습니다."

엘자네스가 처음 왔을 때 업무를 처리하는 인력들은 많지 않았다. 집사는 아카데미 시절 이후 렌이 누구와도 깊은 교류를 하지 않았다고 말했다. 그랬기에 막연히 추측했을 뿐이다. 아카데미 시절 렌에게 무슨 일이 있었던 것 아닐까. 엘자네스가 그랬듯 사랑에 대해 부정적인 시각을 가지게 한 어떤 일이 있지 않았을까. 그랬기에 렌의 갑작스러운 말에도 엘자네스는 놀라지 않았다. 렌은 이어서 말했다.

"아카데미 사람들은 저를 괴물이라고 불렀습니다. 들은 적이 있을 겁니다. 리리엘 크로커스 영애가 그래서 결혼을 거부했다는 보고를 받았습니다."

엘자네스는 말없이 고개를 끄덕였다. 리리엘이 괴물 대공과 결혼하고 싶지 않다며 외친 이유가 컸다. 윈터나이트의 사람이 그 말을 들었을 것이라고 추측했었다. 괴물이라는 호칭. 그로 인해 바뀌어버린 신부. 다른 이들이었다면 반발하거나 정식으로 항의서를 보냈을 것이다. 그러나 렌은 아무 말도 하지 않았다. 렌이 이렇게 무뎌지기까지 얼마나 많은 시간이 필요했을까.

"엘자를 만나 다행입니다. 아카데미에 들어가기 전의 저는 나름대로 외향적인 편이었던 것 같습니다. 겨울의 마법은 윈터나이트의 핏줄을 완벽하게 만듭니다. 제 외모도, 검술 실력도, 성적도 겨울의 마법에서 비롯됩니다. 부모님은 좋은 분이셨습니다. 그랬기에 저는 모든 사람이 제게 호의적일 것이라고 생각했습니다. 안일한 생각이었는지도 모릅니다."

렌과 대화를 할 때마다 엘자네스는 느꼈다. 아카데미 시절은 두 사람이 암묵적으로 꺼내지 않던 주제였다. 렌은 늘 피하던 이야기를 해주고 있는 것이다.

"사랑했던 여자가 있습니다."

"연인이었나요?"

"저는 그녀와 사귄 적조차 없습니다. 어리석고 부끄러운 과거의 흔적입니다. 저는 아카데미 기간 내내 그녀에게 구애했습니다. 이제는 무얼 위해 그리했는지도 모르겠습니다. 저는 그녀가 제게 마음을 열 때까지 기다리리라고 생각했습니다. 부모님이 늘 말씀하셨듯, 제 진심을 알아줄 것이라고 생각했습니다. 그러던 어느 날 아카데미에 아룬델이 나타났습니다."

"어떻게 되었나요. 렌, 무사해서 다행이에요."

"사람들은 아룬델을 정체불명의 괴한이라고 단순히 생각했습니다. 당시 아룬델은 부모님의 추적으로 인해 궁지에 몰린 상태였습니다. 그랬기에 아직 대공위를 물려받지 않은 저를 노렸을 겁니다. 아룬델들이 그녀를 인질로 삼았습니다. 저는 그 무리를 모두 베었습니다. 그녀는 비명을 지르며 바들바들 떨었습니다. 그 광경을 본 아카데미의 모든 사람들이 저를 괴물이라고 부르며 손가락질하기 시작했습니다."

"윈터나이트 대공자가 모욕을 받는데도 나서는 사람들이 없었나요? 윈터나이트는 아마릴리스 황족이기도 하잖아요."

엘자네스는 문득 든 의문점을 짚었다. 렌은 처음으로 쓰게 웃었다. 엘자네스는 그의 눈동자에 새겨진 상흔을 보았다. 엘쟈네스를 만나 아문 그것은 이제 흉터로 남아 있었다.

“아카데미 사람들이 저를 괴물이라고 부르는 것을 암묵적으로 인정한 사람들이, 황족들이었습니다. 부모님은 아마릴리스 황가와 자주 교류했습니다. 제게 그들은 좋은 형제였으며 좋은 자매였습니다. 그랬기에 그들이 저를 꺼린다는 사실을 몰랐습니다.”

“그렇군요. 듣고 있어요. 천천히 이야기해줘요, 렌.”

엘쟈네스는 렌의 머리칼을 만졌다. 그 부드러운 손길에 마음이 평온해졌다. 렌은 눈을 감았다. 그 시절 렌이 피를 묻히고 서 있었음에도 불구하고 괜찮으냐고 물은 사람이 없었다. 렌을 걱정하는 이는 엘쟈네스뿐이다.

“아마릴리스 황가는 대대로 기억을 전승합니다.”

“황가에 전해져 내려오는 고유의 마법인가요?”

“오로지 아마릴리스와 윈터나이트만이 알고 있는 비밀입니다. 황위를 이어받는 순간 황태자는 전대 황제들의 기억을 물려받는다고 들었습니다. 그 때문에 황제 폐하는 윈터나이트가 결코 황권을 넘보지 않으리라는 사실을 알아서 느긋하셨지만, 황가의 자녀들은 알지 못했습니다. 저는 황제 폐하를 제외한 대다수의 황족들이 윈터나이트를 경계한다는 사실을 몰랐습니다. 황태자 전하가, 황자와 황녀들이 저를 바라보던 눈빛을 기억합니다. 몇 년이 지나서야 그들이 저를 질투했다는 사실을 알게 되었습니다.”

“렌이 사랑했다는 그 여자는, 어떻게 되었나요?”

“그녀는 발라디미르 황자와 약혼했습니다.”

“저열하네요.”

엘쟈네스는 담담하게 내뱉었다. 렌이 그 여자에게 구애했다는 사실을 황족들이 몰랐을 리가 없다. 렌이 사랑했다는 여자 역시도 렌의 마음을 알고 있었을 것이다. 양쪽이 렌을 가지고 논 것이나 다름없었다. 그 본질에는 질투심이 깔려 있었다. 지나치게 뛰어난 렌을 질투한 것이리라. 엘자네스는 말을 돌렸다.

"사랑한 여자는 어떤 사람이었나요?"

"매력적인 사람이었던 것 같습니다. 그녀에게 구애하던 남자가 많았습니다. 이제 세세한 것은 잘 기억나지 않습니다. 그녀는 제게 보석과 많은 드레스를 요구했습니다. 저는 그녀가 원하는 대로 해주었습니다. 제가 괴물이라 불리는 데 가장 큰 일조를 한 사람이 그녀라는 것을 알았지만 모른 척했습니다. 아카데미를 졸업한 후 그녀가 발라디미르 황자와 약혼함과 동시에 제 감정도 끝났습니다."

이것은 그의 인생에서 가장 큰 상흔이 된 일이기도 했다. 그러나 렌은 이야기했다. 엘자네스에게 어떤 것도 감추고 싶지 않았다. 현명한 그의 아내는 모든 말을 가만히 들어주었다. 엘자네스는 단 한 번도 렌을 비난하지 않았다. 오히려 그 시절의 렌을 걱정해주었다. 보석과 드레스를 주었다는 이야기를 들으면서도 담담했다. 엘자네스는 알고 있었던 것이다. 렌은 누군가에게 쉽사리 할 수 없는 이야기를 털어놓고 있었다. 엘자네스의 눈동자에는 그를 향한 신뢰가 담겨 있었다. 엘자네스는 렌을 존중했다. 렌의 선택을 어리석다고 쉽게 판단하지 않았다. 렌은 형용할 수 없는 어떤 감정을 느꼈다. 그의 목소리가 잠겼다.

"그 후는 엘자가 아는 바와 같습니다. 대공위를 받은 뒤부터 일에만 몰두했습니다. 업무를 맡을 인력을 두지 않았습니다. 일을 하다 보면 나쁜 기억들을 잊어버릴 수 있었기 때문입니다. 엘자를 만난 후, 제 인생이 바뀌게 되었습니다."

엘자네스는 렌의 머리칼을 만졌다.

"괜찮아요, 렌. 지난 일이에요."

"가끔씩 그 일들이 기억나면 괴로웠습니다."

"이제는 제가 있는걸요. 제가 렌의 곁에 있을 거예요. 그러니 날 봐줘요."

"그녀는 그저 괴로운 기억일 뿐입니다. 그 이상도 이하도 아닙니다. 엘자. 제가 사랑하는 사람은 당신입니다."

그녀를 향했던 감정은 닳고 문드러졌다. 이제 렌의 세계에는 엘자네스만이 가득했다. 그녀가 파고들 여지도 없을 만큼. 엘자네스는 그것을 알았다. 그리고 렌이 자신을 사랑한다는 것을 신뢰했다. 렌 역시도 마찬가지였다. 그녀를 사랑한다. 렌은 과거가 이제 더 이상 자신을 괴롭히지 못한다는 사실을 알아차렸다.

"비 각하!"

저 멀리에서 오색나비를 잡으러 갔던 일원들이 우르르 돌아오는 것이 보였다. 그 뒤로 찬란한 오색나비 떼가 날아오고 있었다. 발이 빠른 화이트 기사단원인 잭이 온갖 꽃들을 안고 달려오고 있었다. 나비 떼는 꽃의 향기를 따라온 듯했다. 렌과 엘자네스는 들판을 날아다니는 나비들을 바라보았다. 엘자네스의 머리에는 하얀 윈터데이로 만들어진 화관이 놓였다. 일행 중 누군가의 선물이었으나 소란스러워 준 사람조차도 잊어버린 선물이었다. 나비 한 마리가 화관 위에 앉았다. 기사들과 시녀들, 보좌관들은 자신들도 모르게 대공비를 바라보았다.

"아름다우시다…."

누군가가 말을 흐렸다. 엘리나는 아니었다. 모두가 그 감탄에 공감하고 있었다. 하얀 윈터데이 화관이 엘자네스의 머리 위에 있었고, 빛나는 머리칼은 한쪽으로 늘어뜨려져 있었다. 엘자네스의 모습은 마치 전설 속 윈터데이 여신 같았다.

모든 이들은 대공비가 차분하고 현명하며 지혜로운 여인이라고만 생각했다. 그녀가 웃는 모습을 자주 보지 못했기 때문이다. 그녀가 웃는 순간, 사람들은 여름이 왔다는 것을 그제야 체감할 수 있었다.

윈터데이는 시련을 이기고 행복해진다는 속설을 가진 꽃이었다. 처음에 다소 어둡게 가라앉았던 엘자네스의 눈동자에는 이제 밝은 빛이 가득했다. 부드럽고 생동감이 넘치는, 사랑스러운 윈터나이트의 마님. 그녀를 바라보는 대공의 눈도 이제는 어둡지 않았다. 그 모습이 보기 좋았다. 소풍이 끝나고, 돌아가는 마차 안에서 엘자네스가 말했다.

"렌."

"네."

"언젠간 제 아카데미 시절에 대해서도 이야기하고 싶어요. 들어주실 건가요?"

"엘자가 하는 이야기라면 기꺼이 기쁘게 들을 겁니다."

"고마워요."

"기다리겠습니다. 그러니 괜찮을 때 말씀해주십시오."

렌은 기다릴 수 있었다. 부부의 사이는 더욱 가까워진 상태였다. 엘자네스와 렌은 손을 잡고 다정하게 저택 안으로 들어갔다.

윈터나이트에는 오늘도 여러 우편물이 와 있었다. 부시녀장인 줄리가 엘자네스의 집무실 안에서 우편물들을 분류하고 있었다. 줄리의 손이 바쁘게 움직였다. 줄리는 보낸 이의 주소나 봉투의 상태, 필체를 보고 가치 있는 편지만을 골라내는 재주가 있었다. 줄리가 엘자네스에게 보고했다.

"마님께서 검토하실 편지는 두 가지예요. 하나는 황실의 편지고, 하나는 영애 분들이 보낸 편지입니다. 나머지는 주변 영지의 귀부인들께서 보낸 안부 편지예요. 답장할 필요는 없으실 것 같아요. 황제 폐하께서 대공 각하께 보낸 편지는 일전에 말씀하셨던 대로 블루벨 경을 통해 보냈습니다."

"고맙구나, 줄리."

"어느 것을 먼저 읽으시겠어요?"

"황실의 편지가 낫겠지."

엘자네스는 대답했다. 황실의 편지에는 별다른 내용이 없었다. 간단한 안부 인사가 미사여구와 함께 적혀 있었다. 황족들이 내려올 날이 가까워지고 있다. 여름휴가를 맞기 전 대공비인 엘자네스에게 간단히 인사치레를 건넨 모양이다. 엘자네스는 그렇게 생각했다. 편지를 읽는 데는 시간이 오래 걸리지 않았다.

엘자네스는 줄리가 내미는 다음 편지를 받아 들었다. 세실리아나 레이라 중 한 사람이 보냈을 것이라는 추측은 빗나갔다. 오늘 편지는 루이자의 이름으로 온 것이었다. 평소와 달리 편지 봉투의 글씨가 갈겨써져 있었다. 급한 일이라도 있던 것일까.

엘자네스는 봉투에서 편지를 꺼냈다. 편지지 역시 급박하게 쓴 것처럼 보이는 글자들이 나열되어 있었다. 루이자가 이렇게 엉망인 상태의 편지를 보낼 리가 없었다. 차분하게 글씨를 쓸 시간이 없을 정도로 급했던 것일까. 빠르게 내용을 읽어 내려가던 엘자네스의 눈이 커졌다.

"이건…."

편지에 적힌 것은 상상조차 하지 못했던 내용이었다.

친애하는 엘자네스에게,

엘자네스, 레이라예요. 우리는 루이자의 저택에 있어요. 시간이 없어 루이자의 이름으로 편지를 보내요. 집에 가서 가문 인장을 찍어 정식으로 보낼 시간이 없거든요. 지금 우리는 라시아 블렌시아가 돌아왔다는 말을 들었어요. 설명하기 복잡하지만, 그녀는 아카데미 시절 대공 각하에게 많은 피해를 입힌 여자예요. 그리고 발라디미르 황자 전하의 약혼녀고요. 라시아

블렌시아가 여름휴가를 보내기 위해 윈터나이트의 별장으로 갈 거라는 말을 듣자마자 편지를 보내요. 그녀의 귀국이 매우 부자연스러운 시기에 이루어졌거든요. 자세한 사항을 적기에는 시간이 없을 것 같아요. 우선 여기까지만 적을게요. 명심해요, 그녀를 조심하세요. 추가로 편지를 더 보낼게요.

엘쟈네스의 벗, 레이라가.

※

라시아 블렌시아. 엘쟈네스는 그 이름을 보자마자 그녀가 렌이 말한 여자라는 사실을 직감하고 말았다. 렌에게 손조차 내어주지 않았으나 드레스와 보석을 요구했던 여자. 렌을 괴물로 몰고 간 여자. 라시아 블렌시아가 윈터나이트 저택으로 온다는 말이 적혀 있었다. 엘쟈네스는 편지를 다시 읽어보다 레이라의 글씨체가 흐트러졌다는 사실을 발견했다. 보통의 귀족 영애들은 글자의 끝 부분을 곧게 썼지만 레이라는 글자의 끝 부분을 둥글게 쓰는 습관이 있었다.

이번 레이라의 편지 내용은 들쑥날쑥한 필체로 구성되어 있었다. 글자를 빨리 쓰느라 글자의 끝 부분을 둥글게 말지 못한 모양이었다.

처음엔 다소 놀랐으나 이제는 차분했다. 만일 엘쟈네스가 렌에게 라시아에 대한 말을 듣지 못했다면 렌을 의심하거나 상처받았을 것이다. 그러나 렌은 엘쟈네스에게 아카데미 시절에 대해 말해주었다. 엘쟈네스는 라시아 블렌시아라는 여자의 의도가 무엇이든, 렌이 사랑하는 사람은 엘쟈네스라는 강한 믿음을 가지고 있었다.

반대 상황이었다면 렌이 엘쟈네스를 이렇게 믿어주었을 것이다. 엘쟈네스는 미소 지었다. 소식을 듣고 엘쟈네스를 걱정하는 마음에 다급하게 편지를 보냈을 친우가 떠올라 웃음이 나왔던 것이다. 이번에 레이라를 만나면 그녀가 좋아할 만한 선물을 해야겠다고 엘쟈네스는 생각했다. 엘쟈네스는 나직이 아이라에게 말했다.

"아이라."

"네, 마님."

"내 드레스와 보석 중 가장 아름다운 것들을 골라놓으렴. 아마릴리스 황가를 맞는 내내 최상의 모습을 보이고 싶구나."

"알겠습니다, 마님."

아이라는 차분하게 고개를 숙였다. 렌은 능숙한 춤 솜씨와 압도적인 모습에 비해 사교계를 잘 알지 못했지만 엘쟈네스는 사교계에 익숙했다. 그랬기에 생각했다. 아카데미 시절 렌을 괴물 취급했던, 현재는 발라디미르 아마릴리스 황자의 약혼녀인 여자가 어떤 인물인지는 알 수 없었다.

그녀가 렌에게 전혀 관심이 없거나 호의적인 인물로 변했을지도 모른다. 그러나 사람은 쉽게 변하지 않는다. 해를 끼칠 이유가 있어서 온 것이라면, 그냥 넘어갈 생각은 없었다. 자세한 사항은 그녀를 만나고 나서 판단해야 하리라.

사전에 대비를 해두는 것도 나쁘지는 않겠지. 엘쟈네스는 거울을 보았다. 자기 자신에 대한 애착을 되찾은 거울 속의 여자는 우아했다. 엘쟈네스는 뒤돌아섰다. 황족들이 오는 날이 다가오고 있었다.

※

"날씨가 좋지 않아, 오라버니?"

"너무 더워."

막내 황녀 아나스타샤의 말에 넷째 황자인 레오드릭이 대답했다. 아마릴리스에 더위가 찾아온 첫날이었다. 누군가가 황족들을 본다면 그들이 연기를 하는 게 아니냐고 물을 것이다. 아마릴리스 황족들은 윈터나이트로 향하고 있었다.

커다란 마차는 두 대였는데, 한 대에는 황제 부부와 황태자 니콜라이가 타고 있었고, 다른 한 대에는 둘째 황자인 발라디미르와 그의 약혼녀 라시아 블렌시아, 넷째 황자 레오드릭과 막내 황녀 아나스타샤가 타고 있었다. 셋째인 에리카 황녀는 오지 않았다. 그녀의 절친한 후배가 아카데미에서 도움을 요청했던 것이다.

라시아를 제외한 모든 황족들이 축 늘어져 있었다. 아마릴리스 황족들은 대대로 더위에 약했다. 그들에게 전해지는 이능 때문이었다. 라시아가 발라디미르 황자의 몸에 손을 올렸다.

"괜찮아요, 발라디미르?"

"난 괜찮아, 라시아."

발라디미르 황자도 눈을 감고 있었다. 아마릴리스의 더위는 몇 주 정도면 끝나는 데다 그리 덥지 않았으나 황족들을 지치게 만들기에는 충분했다. 수도를 벗어나자 황족들은 제정신을 차린 사람처럼 눈을 떴다. 라시아는 레오드릭에게 물었다.

"황자님, 괜찮으세요?"

"괜찮습니다, 저는."

"금방이라도 쓰러지실 것 같은걸요."

그 말처럼, 레오드릭의 얼굴은 창백했다. 라시아는 말에 묘한 의도를 까는 편이었지만 지금만은 진심이었다. 레오드릭은 정말로 쓰러질 것 같았기 때문이다. 다행스럽게도 레오드릭 역시도 기운을 되찾고 회복하기 시작했다. 아마릴리스의 귀족들 중 레오드릭에 대해 잘 아는 이는 없었다. 그는 몸이 약해 늘 공식 행사에 참석하지 못했다. 아나스타샤 황녀는 이제 윈터나이트 대공에 대한 이야기를 하고 있었다.

"그래서 루카르엔 오라버니가 애처가가 되었다는 소문이 떠돈다고. 믿겨져? 다정하고 세심한 오라버니라니!"

"아나스타샤. 남의 이야기를 너무 지나치게 하지는 말거라."

발라디미르 황자가 윈터나이트 대공에 대해 이야기하는 아나스타샤 황녀에게 가벼운 주의를 주었다. 아나스타샤 황녀가 이야기하는 소문들은 모두 진위 여부가 확실하지 않은 것들이었다. 아나스타샤 황녀는 명랑하고 사랑스러운 아가씨였으나 막내로 자란 탓에 다소 철이 없는 편이었다. 성년을 넘긴 나이임에도 불구하고 어린아이처럼 입술을 삐죽이던 아나스타샤 황녀는 곧이어 다시 이야기를 시작했다.

"그래도 그런 붉은빛은 처음 보았어. 신부의 머리카락을 본다면 라시아도 감탄할 거야. 레오 오라버니는…."

"나는 이미 보았어. 엘쟈네스 크로커스라면 말이지."

"어머, 오라버니. 이제는 엘쟈네스 윈터나이트인걸! 그러고 보니 오라버니는 남쪽에서 요양을 했었지, 참."

"요양이요, 아나스타샤?"

"응, 라시아. 오라버니는 더위도 잘 견디지 못하지만 추위도 잘 견디지 못해서 아카데미를 남쪽에서 다녔어."

"처음 듣는 말이에요."

"비밀리에 다녀왔으니까. 아쉬워, 나도 남쪽 아카데미에 가고 싶었는데."

"레오드릭은 놀러 간 게 아니다, 아나스타샤."

"그렇지만 부러운걸. 아, 레오드릭 오라버니는 대공비를 자주 보았겠네? 같은 아카데미였으니까?"

"그다지 좋은 기억은 없지만 말이야."

레오드릭의 몸은 세간에 알려진 것보다도 더 약했다. 무리를 하면 바로 병이 찾아왔고 추위에는 전혀 버티지 못했다. 레오드릭이 남쪽의 아카데미에 가게 된 것은 그런 이유 때문이었다. 당시 북쪽과 남쪽의 교류가 거의 전무했기에 레오드릭의 남쪽 아카데미행은 파격적인 일이었다. 그랬기에 아마릴리스 황가는 레오드릭의 유학을 요양으로 발표했다.

따뜻한 남쪽의 기후는 레오드릭을 튼튼하게 만들었다. 북쪽이 아닌 남쪽이었기에 레오드릭이 황족임을 알아보는 사람은 없었다. 그리고 그곳에서 레오드릭은 리리엘 크로커스를 만났다. 그리고 엘자네스 크로커스도.

레오드릭은 루카르엔 윈터나이트 대공을 꽤 존경했다. 물론, 황태자 니콜라이와 둘째 황자 발라디미르라면 이야기가 다르겠지만 레오드릭과는 상관없는 일이었다. 경쟁을 할 일이 없으니 그는 자연스럽게 그의 친척 형인 윈터나이트 대공에 대해 나름대로 친밀한 마음을 가지게 되었다. 그랬기에 윈터나이트 대공의 짝이 그 엘자네스 크로커스라는 사실을 받아들일 수 없었다. 레오드릭의 얼굴에 못마땅함이 드리워졌다. 라시아 블렌시아는 그 틈을 놓치지 않았다.

"레오드릭 황자님, 그녀에 대해 잘 아시나요?"

"엘자네스 윈터나이트가 된 여자를 말하는 거라면 제법 잘 안다고 말씀드리겠습니다."

"어떤 분이었나요? 품격 있고 사랑스러운 분이셨겠죠?"

라시아의 표정 관리는 완벽했다. 레오드릭의 이야기에 라시아가 큰 관심을 가졌다고 생각하는 이는 없는 듯했다. 그녀의 물음에 아나스타샤 황녀도 함께 궁금하다는 얼굴을 했다. 레오드릭은 대답했다.

"우선. 그녀는 제 친한 선배와 후배의 누이였습니다."

"선배와 후배라면 어떤 사람들이야, 오라버니?"

"그녀의 여동생인 리리엘 크로커스와 어린 남동생인 요하네스 크로커스. 라시아, 그녀에 대해 기대를 가질 생각이라면 버리는 게 좋을 겁니다. 그녀에 대한 좋은 기억은 없으니까요."

"어떤 사람이기에 그러시는 거죠? 이 세상에 나쁜 사람은 없어요."

라시아는 교묘히 순진한 얼굴을 하며 말했다. 황족들은 남의 눈치를 볼 필요가 없었다. 그랬기에 타인의 생각에 대해 깊이 공감하지 못하는 편이었다. 아무도 라시아의 의도를 눈치채지 못했다. 레오드릭은 말했다.

"그녀는 자신의 여동생과 사이가 좋지 않았습니다. 아카데미 사람들은 그녀를 악녀라고 불렀습니다. 내 선배, 리리엘 크로커스는 반면 모두에게 사랑받는 사람이었어요. 리리엘 선배가 내민 손을 그녀는 끝까지 붙잡지 않았죠. 매몰찬 구석도 많았던 것 같습니다."

"무슨 말을 해야 할지 모르겠네요."

"하지 않으셔도 됩니다. 아나스타샤, 너도 그녀에 대해 기대를 가지는 건 그만둬. 사적으로 엮이지 않는 편이 좋을 거야. 루카르엔 형님이 그런 여자를 사랑한다는 헛소문이 퍼진 이유를 모르겠군."

레오드릭은 아카데미에 다니는 내내 리리엘 크로커스와 친하게 지냈다. 리리엘은 북쪽의 여자들에게서는 찾아볼 수 없는 쾌활함과 자유분방함을 가지고 있었다. 아름답고 선량하기까지 했다. 그랬기에 레오드릭은 리리엘 크로커스를 존경했다. 마차는 달리고 달려 워프 게이트를 통과했다. 마차가 이내 빠르게 윈터나이트에 접어들었다.

"아주 아름다운 분이라는 소문을 들었는걸요."

"아닙니다. 그녀가 아름답다고 느낀 적은 단 한 번도 없습니다. 오히려 블렌시아 영애가 훨씬 아름답습니다."

레오드릭은 라시아가 훨씬 아름답다는 말을 거듭 강조했다. 라시아는 이야기를 들으며 은근한 우월감과 승리감을 맛보았다. 레오드릭은 그녀에 대해 말하기조차도 싫은 듯했다. 새 윈터나이트 대공비는 라시아가 신경 쓸 만한 여자가 아닐지도 모른다. 아나스타샤는 이제 다른 일에 정신이 팔려 있었고 발라디미르 황자는 대화에 자주 끼어들지 않았다.

레오드릭은 엘자네스를 떠올렸다. 귀족적이고 답답했던 여자. 아카데미에 다니던 중 그녀를 이성으로 느낀 적은 없었다. 그만큼 엘자네스 크로커스는 레오드릭에게 어떤 매력도 갖지 않은 존재처럼 느껴지는 여자였다. 그가 그런 생각을 하는 사이, 마차가 거대한 윈터나이트의 성문을 지나쳤다.

황가의 마차는 곧바로 윈터나이트 뒤편의 별장으로 향했다. 별장에 도착한 황족들은 마차에서 내렸다. 성의 주인인 윈터나이트 대공 부부와 집사가 황족들을 맞이하기 위해 서 있었다. 라시아가 발라디미르 황자의 도움을 받아 내리는 동안 레오드릭은 먼저 내려 눈앞에 있는 사람을 바라보았다. 그는 순간 놀라 들고 있던 책을 떨어뜨리고 말았다.

그림에서 나온 듯한 미녀가 서 있었다. 레오드릭이 그녀가 누군지를 알아본 것은 몇 초 후였다. 레오드릭은 멍하게 생각했다. 분명했다. 엘자네스 크로커스였다.

"오라버니? 왜 가만히 서 있어?"

"아무것도 아니야, 아나스타샤."

레오드릭이 정신을 차린 것은 아나스타샤의 말 때문이었다. 그는 눈앞의 광경을 바라보았다. 윈터나이트의 햇빛을 받은 하얀 목과 팔. 리리엘 크로커스의 마냥 밝은 아름다움과는 달랐으나 고귀한 기품이 그녀를 빛나게 했다. 대공을 향하는 진갈색의 눈동자에는 레오드릭이 처음 보는 부드러운 빛이 실려 있었다.

엘자네스 크로커스, 아니 엘자네스 윈터나이트는 옆의 윈터나이트 대공을 올려다보며 천천히 만개한 듯 웃었다. 그 모습에 눈을 뗄 수가 없었다. 윈터나이트 대공은 무어라 소곤거리는 그녀의 말에 대답해주었다. 윈터나이트 대공 부부는 황제 부부를 향해 인사했다.

"황제 폐하를 위하여."

"황제 폐하를 위하여."

틀림없었다. 레오드릭은 예법 교본에나 나올 법한 저 우아한 인사를 기억했다. 예를 취하는 여자는 엘쟈네스 크로커스였다. 그녀가 입은 드레스 자락이 바람에 살랑거렸다. 어째서 맨 처음 그녀를 알아보지 못한 것일까. 레오드릭은 이해하지 못했다. 외모 역시도 변한 것이 거의 없는데.

엘쟈네스의 눈빛에는 스스로를 향한 확신이 넘쳤다. 예전보다 훨씬 더 여유로워 보인다. 레오드릭은 그런 생각을 했다. 단지 그 차이인데도 엘쟈네스에게서 눈을 뗄 수 없었다.

황제가 말을 건네자 그것을 들은 엘쟈네스가 렌에게 무어라 말하며 웃었다. 레오드릭은 그녀가 웃는 것을 처음 본다는 사실을 깨달았다. 아카데미의 그 누구도 그 엘쟈네스 크로커스가 저렇게 웃는 얼굴을 보지 못했을 것이다.

그가 가만히 서 있는 사이 니콜라이 황태자가 황후를 부축했다. 황후는 기분이 좋지 않은 상태였다. 마차가 흔들리며 그녀의 고질병인 두통이 더 심해졌던 것이다. 윈터나이트의 서늘한 바람을 맞은 황후의 표정이 한결 누그러들었다. 그때 엘쟈네스가 황후에게 무언가 말을 했다. 그래. 엘쟈네스는 사교계에서 뛰어난 면모를 보였다. 황후가 드물게도 크게 웃어 보였다. 레오드릭은 고개를 저었다. 이상하게도 현실성이 없었다. 발라디미르 황자가 레오드릭의 어깨를 건드렸다.

"레오드릭, 몸이 많이 아프면 말을 해야지."

"그런 일이 아닙니다, 형님."

"그렇다면 다행이고. 인사를 하러 가야지."

"맞는 말입니다."

레오드릭은 애써 아무렇지도 않음을 가장하며 발라디미르와 함께 발걸음을 옮겼다. 그러나 평소와 달리 그의 태도가 무성의해 보이는 것은 어쩔 수 없었다. 그는 저편을 다시 바라보았다. 엘쟈네스 크로커스의 말에 황제가 즐거운 얼굴을 하고 대답하고 있었다. 라시아 블렌시아는 아직 대공 부부의 모습을 보지 못했다. 아나스타샤의 칭얼거림을 들어주느라 바빴기 때문이다. 라시아가 물었다.

"무슨 일이 있나요, 황자님?"

"알던 얼굴을 오랜만에 만나니 낯설게 여겨졌던 모양입니다."

마차에서 엘쟈네스 크로커스에 대해 나쁜 이야기를 하던 레오드릭은 애매한 태도를 취하고 있었다. 라시아 블렌시아는 그것이 당사자가 눈앞에 있어서라고 짐작했다. 그는 사람을 앞에 두고 다른 사람과 험담을 나누지는 못하는 유형이었다. 레오드릭은 머리는 좋았으나 몸이 병약했던 탓에 떠받들어져 다소 거만한 면이 있었다. 대신 그만큼 단순하고 알기 쉽기도 했다. 두 형들에 비해 다양한 경험을 쌓지 못했기 때문이다. 처음 라시아 블렌시아를 시골 한미한 가문 출신이라고 표현하던 레오드릭이 라시아 블렌시아에게 고분고분해진 것은 그런 이유 때문이었다. 라시아의 처세술이 좋기도 했지만 레오드릭이 자신에게 호의적으로 다가오는 사람을 무시하지 못했던 것이다. 라시아는 말했다.

"아카데미를 졸업하고서 몇 년 만에 만나시는 거라고 했나요?"

"네, 그럴 겁니다."

썩 좋지 못한 만남이지만 말이다. 레오드릭은 리리엘 크로커스의 가장 절친한 후배로 엘쟈네스 크로커스를 자주 적대시했으나 정작 엘쟈네스가 무슨 생각을 가지고 있는지는 몰랐다. 대화를 나눈 적이 없었던 것이다. 엘쟈네스가 그를 기억할지조차도 알 수 없었다. 레오드릭이 독설을 퍼부었던 데 비해 엘쟈네스는 늘 차분했다. 레오드릭은 그녀가 거만해서라고 생각했다. 그의 말을 일부러 무시한다고 생각했다.

정말로 그랬을까. 그런 생각이 레오드릭을 스쳐 지나갔다. 레오드릭은 상념을 떨쳐버렸다. 그 순간, 엘쟈네스의 눈이 레오드릭의 눈과 마주쳤다. 별다른 변화는 없었다. 진갈색의 눈동자는 레오드릭의 존재를 보고 약간 놀란 빛을 보였으나 별다른 감정을 담지는 않았다. 엘쟈네스는 단지 그가 이 자리에 있었기 때문에 놀란 것이었다. 그 이상도 이하도 아니었다. 라시아는 넌지시 물었다.

"기분은 어떠신가요, 황자님?"

"잘 모르겠습니다."

"라시아, 레오에게 너무 신경 쓸 필요 없어. 라시아는 너무 상냥해."

그들의 대화에 끼어든 발라디미르 황자가 라시아의 허리에 팔을 둘렀다. 라시아가 윈터나이트 대공자에게 망신 준 일은 모든 이들의 암묵적 동의에 의해 묻혔다. 고귀할수록 추악했다. 니콜라이 황태자와 발라디미르 황자만 해도 그러했다. 그들은 뛰어난 자질을 가지고 있었으나 루카르엔 윈터나이트에게 모든 면에서 뒤처지자 결국 그 패배감과 열등감을 완벽히 떨쳐내지 못하지 않았는가. 그들은 자신들이 윈터나이트 대공에게 저열한 짓을 했다는 사실을 인정하고 싶지 않았다. 라시아는 그것이 우스웠다. 질투심과 열등감 앞에서 인간은 누구나 똑같았다. 높은 귀족들도 그랬다. 발라디미르 황자가 말을 이었다.

"레오드릭은 원래 유난히 섬세하고 까칠해. 맞춰주려고 할 필요는 없어."

라시아는 순진한 척 발라디미르 황자를 보았다. 염색한 긴 금발과 푸른 눈은 그녀를 더욱 돋보이게 했다. 얼핏 순진해 보이기 쉬웠으나 눈 밑의 점은 그녀에게 아슬아슬한 분위기를 가져다주었다. 어딘지 모를 유혹적인 분위기에 레오드릭마저도 얼굴을 잠시 붉혔다. 이 분위기 덕에 본래 미녀였던 라시아 블렌시아는 상상을 초월하는 아름다운 여자로 보일 수 있었다. 라시아는 대답했다.

"발 당신의 동생인걸요. 가족끼리 가깝게 지내는 것은 좋다고 생각해요.

외동인 덕에 형제가 많은 발이 늘 부러웠는걸요."

"라시아, 그런 얼굴은 반칙이야."

"그런 얼굴이라니요?"

라시아는 모른 척 의아한 얼굴을 하며 발라디미르 황자를 올려다보았다. 그녀의 금빛 머리칼 몇 가닥이 그녀가 움직이는 대로 사르르 내려왔다. 발라디미르 황자는 못 말리겠다는 듯 그녀를 에스코트했다. 라시아는 자신의 외모에 대해 잘 알고 있었다. 사람들은 한 가지에만 특화된 미인에 금세 질리기 마련이었다. 과도하게 유혹적인 여인에게 그러했고 과도하게 청순한 여인에게 그러했다. 라시아 블렌시아는 자신의 순진한 얼굴과 대비되는 묘한 분위기가 남자들을 안달하게 한다는 것을 알고 있었다. 발라디미르 황자 역시도 오랜만에 만나자 그녀에게 금세 다시 빠져들어 여행을 오기 전 그녀를 안고 또 안지 않았던가. 그랬기에 라시아는 자신이 있었다. 루카르엔 윈터나이트는 반드시 그녀에게 다시 빠져들 것이다. 레오드릭이 말했던 것처럼 매력 없는 여자가 아내라면 더더욱.

라시아와 발라디미르 황자가 대공 부부에게로 가자 니콜라이 황태자가 약간 비켜주었다. 라시아 블렌시아는 자신이 할 수 있는 한 가장 아름다운 자태를 했다. 거울을 보며 수백 번 수천 번을 연습했던 표정과 각도였다. 그녀는 천천히 다가갔다. 그리고 허리를 약간 숙여 인사를 올렸다. 그녀는 아직 황족의 일원이 아니었기 때문이다.

"윈터나이트 대공 각하와 대공비 각하를 뵙습니다."

"반가워요, 라시아 블렌시아."

예상과 달리 맑은 목소리가 들렸다. 레오드릭이 말한 것처럼 딱딱하고 고지식하고 전형적인 귀족과는 전혀 다른 음성이었다. 라시아는 고개를 들었다. 그리고 예상과 다른 상황에 정신을 차리지 못하고 말았다.

윈터나이트 대공비는 하얀 여름용 드레스를 입고 있었다. 얼핏 가벼워 보이기 쉬운 옷이었으나 그녀는 그것을 완벽하게 소화하고 있었다. 대공비의 머리칼은 아나스타샤 황녀가 말했던 것처럼 한 번도 보지 못한 아름다운 붉은빛을 띤 적갈색이었다. 대공비는 우아했고 라시아보다도 아름다웠다. 그녀와 함께 선 순간 라시아는 본능적으로 알 수 있었다. 남자들의 시선이 윈터나이트 대공비에게 집중되고 있었다. 옆에 선 윈터나이트 대공 역시도 마찬가지였다.

문득 대공의 검은 눈과 라시아의 푸른 눈이 마주쳤다. 그러나 아무 일도 일어나지 않았다. 대공은 그저 그 자리에 있는 물체를 보듯 라시아를 한 번 보고 다시 그의 아내를 바라볼 뿐이었다. 둘을 대하는 눈빛이 현저하게 달랐다. 라시아를 향한 눈이 전과 다른 서늘하고 무기질적인 것이라면 그의 아내를 향한 눈은 다정하고 깊었다. 그는 몇 년 사이 더 남자다워져 있었다. 무어라 말하는 대공의 음성은 낮고 매혹적이었다. 그는 단 한 번도 라시아를 바라보지 않았다. 고의가 아니었다. 그녀에게 신경 쓸 가치조차 느끼지 못했기 때문이었다. 라시아는 그것을 똑똑히 느낄 수 있었다. 대공비는 우아하게 웃으며 말했다.

“여기까지 오느라 고생 많았어요.”

“감사합니다, 비 각하.”

라시아는 대공비 앞에서 고개를 숙여야 했다. 대공비는 그 모습이 당연하다는 듯 자연스럽게 라시아의 태도를 받아들였다. 남의 위에서 군림하는 것이 당연한 사람의, 전형적인 모습이었다. 고귀한 귀족. 그녀는 크로커스 공작 영애로 지내다 아마릴리스로 와 고귀한 삶을 이어왔을 것이다. 마차에서 엘자네스에 대해 좋지 못한 말을 하고 또 했던 레오드릭마저도 지금은 홀린 사람처럼 엘자네스를 바라보고 있었다. 라시아는 고개를 천천히 들었다. 이 자리에서, 라시아는 완벽히 엘자네스의 아래였다. 라시아가 극복할 수 없는 태생의 한계.

"라시아, 방금 잘했어."

발라디미르 황자가 작은 목소리로 라시아를 칭찬했다. 라시아는 아마릴리스 황실 예법에 서툴렀다. 그러나 그것도 몇 년 전 이야기였다. 라시아는 유학 기간 내내 지겹도록 황자비로서의 의무와 몸가짐에 대해 배워왔다. 발라디미르 황자가 둘째였기에 니콜라이 황태자와 미래의 황태자비를 빼고는 고개를 숙일 일이 없을 거라고 생각했다. 그렇게 생각했었는데. 라시아는 무의식적으로 입술을 깨물었다. 이럴 리가 없었다. 모든 것이 그녀가 예상했던 것과는 너무 달랐다. 대공의 시선은 라시아에게 다시 향하지 않았다. 대공비는 라시아의 생각처럼 천박한 붉은 머리가 아니었다. 라시아 블렌시아는 아카데미 시절 이후 단 한 번도 느껴보지 못한 감정을 느끼고 있었다. 그것의 이름은 패배감이었다.

"어머나. 다들 인사 중인 거야? 루카르엔 오라버니, 오랜만이에요."

그때 아나스타샤 황녀가 나타났다. 아나스타샤의 등장은 라시아에게 전혀 도움이 되지 않았다. 황녀는 레오드릭을 이끌고 대공 부부에게 다가가더니, 엘쟈네스를 향해 방긋 웃었다. 호의적인 미소였다. 그녀는 라시아의 속내를 전혀 알아채지 못한 눈치였다. 라시아의 표정 관리가 완벽하기도 했으나 기본적으로 황녀 자신이 남의 눈치를 전혀 살피지 않았기 때문이다. 황녀는 아름다운 붉은빛을 보자마자 손뼉을 치며 어린아이처럼 감탄했다.

"와, 머리색이 정말 아름답네요. 초면이지만 엘쟈네스라는 이름을 허락해주시겠어요? 난 예쁜 게 좋아요. 그래서 비 각하가 마음에 들어요. 인사는 지금 할게요. 아나스타샤 아마릴리스예요."

"영광입니다, 황녀 저하. 엘쟈네스 윈터나이트입니다."

라시아가 입술을 약간 더 깨물었다. 아나스타샤 황녀는 황실의 어리광쟁이 막내였다. 자주 말썽을 부리고 철이 없어 종종 말실수를 하고는 했지만 모든 황족들이 아나스타샤 황녀를 사랑했다. 어리광쟁이 막내인 아나스타샤가 대공비에게 호감을 표시하자 다른 황족들도 대공비를 좀 더 호의적으로 보는 눈치였다.

아나스타샤는 라시아가 옛날에 렌에게 구애받았다는 사실마저 잊었을 것이다. 그녀는 제멋대로였다. 그렇기에 라시아 블렌시아를 친우로 삼고 남작 가문이었던 블렌시아를 자작 가문으로 승격시켜준 것이리라. 이런 점은 장점이 되기도 했으나 큰 단점으로 작용했다. 지금처럼 라시아가 하려는 일을 종종 의도치 않게 방해했던 것이다. 아나스타샤의 등장은 대공비와 황족들의 만남을 성공적으로 만들어주었다. 니콜라이 황태자가 한마디 했다.

"아나스타샤, 대공비께 지나치게 폐를 끼치지는 말아라."

"싫어. 난 그녀의 머리칼이 마음에 든단 말이야."

아나스타샤의 대꾸에 황족들이 웃었다. 아나스타샤 황녀는 어디로 튈지 모르는 공과 같았다. 그 누구도 황녀를 통제할 수 없었다. 그 점은 무척 사랑스럽게 다가왔다. 아직 발라디미르 황자와 결혼하지 않은 라시아는 그녀에게 어떤 충고나 조언도 할 수 없었다. 황자와 결혼하게 된다면 아나스타샤의 버릇부터 고쳐놓고 말 것이다. 라시아는 생각했다. 이제는 레오드릭이 엘자네스와 인사를 나눌 차례였다. 레오드릭은 다소 굳은 채 엘자네스를 바라보고 있었다. 엘자네스는 우아하게 인사를 건넸다.

"오랜만이군요, 황자 저하."

"오랜만입니다. 엘자네스…. 윈터나이트."

레오드릭은 어정쩡한 얼굴로 인사를 받았다. 레오드릭은 황족이면 당연히 접할 법한 사교 장소에 간 적이 없었다. 아카데미 시절에는 리리엘 크로커스와 친분이 있는 인사들과만 다녔기에 그의 사교술은 부족한 편이었다. 그의 부족한 대인 관계를 알 수 있는 모습이었다. 레오드릭은 아카데미에서 나쁘게 헤어졌던 상대방에게 어떻게 대처해야 할지를 몰라 그저 쩔쩔맬 뿐이었다. 그는 어설펐다. 그는 엘자네스의 우아한 미소를 보고 눈을 돌렸다.

황제가 웃음을 지었다.

"레오, 이 녀석. 레이디에게는 좀 더 상냥하게 대해야지."

"레오는 전부터 레이디를 보면 낯을 가렸죠."

황후가 한마디 거들었다. 누구도 엘자네스에 대한 레오드릭의 마음을 알지 못하는 것 같았다. 레오드릭은 엘자네스 윈터나이트의 눈을 피했다. 그녀는 황족의 일원에게 귀족들이 보이는 존경과 호의를 표할 뿐이었다. 그것이 묘하게 불편했다. 레오드릭은 자신이 무엇을 불편해하는지 잘 구분할 수 없었다. 엘자네스가 대공비가 된 것이 불편한 것인가. 아니면 엘자네스가 아카데미의 일에 대해 그에게 어떤 말도 하지 않는 것이 불편한 것인가. 그는 묘한 죄책감이 자신을 찌르는 것을 느꼈다. 그럴 리가 없다. 리리엘을 괴롭힌 것은 명백히 엘자네스였다. 레오드릭은 상념을 지워버렸다.

라시아는 계속해서 입술을 티 나지 않게 깨물고 있었다. 발라디미르 황자는 대공비가 한마디를 할 때마다 호탕한 웃음을 터뜨렸다. 황자의 이런 단순함이 정말 싫었다. 황가와 윈터나이트 대공가. 라시아를 제외한 고귀한 혈통들 사이에서 라시아의 존재감은 묻히고 말았다. 라시아는 아무것도 아니었다. 라시아의 내면 깊이 감추어져 있던 목소리가 서늘하게 속삭였다. 발라디미르 황자가 물었다.

"왜 그래, 라시아?"

"조금 피곤해서요."

"여독 때문일 거야."

라시아는 눈을 내리깔고 이마를 짚으며 황자에게 기대었다. 정말 피곤하다는 듯. 이 지긋지긋한 자리를 끝내고 싶었기 때문이다.

"집사와 시녀장들이 여독을 풀도록 도와줄 겁니다. 저녁 식사는 별장의 연회장에서 있을 예정입니다."

서늘한 미남자가 말했다. 황족들은 아쉬워하는 기색이었으나 대공의 말에 수긍했다. 마차 여행으로 다들 지쳤기 때문이다. 윈터나이트 대공은 라시아를 바라보지조차 않았다. 그래, 대공비는 아름다웠다. 그렇기에 라시아에게 시선이 오지 않는 것이리라. 하지만 라시아도 만만한 상대는 아닐 것이다. 라시아는 외모와 분위기로 그 누구에게도 져본 적이 없었다. 라시아가 아카데미에 다니던 시절 꾸미지 않았음에도 불구하고 사교계의 여왕인 루이자 바이올렛보다 더 아름다웠다는 것은 얼마나 유명한 사실이던가.

"저녁 식사 때 뵈어요, 엘자네스."

"감사해요, 황녀 저하."

황족들은 가벼운 인사를 건네며 집사를 따라 이동했다. 당분간 황족들은 별장에서 황족들만의 시간을 보낼 것이다. 이것은 오래된 전통이었다. 발라디미르 황자를 따라 걷던 라시아 블렌시아는 문득 시선을 느끼고 뒤를 바라보았다. 루카르엔 윈터나이트. 그의 눈이 라시아 블렌시아의 눈과 마주쳤다. 몇 초가 지났다. 그의 서늘한 검은 눈은 깊었다. 라시아 블렌시아는 짜릿함을 느꼈다. 그는 바로 고개를 돌릴 수 있을 텐데도 눈을 피하지 않았다. 내내 라시아 블렌시아를 외면하던 그가 황족들이 떠나는 순간에 그녀를 바라보았다는 사실이 그렇게 기분이 좋을 수가 없었다. 옆에 선 대공비는 그의 이런 시선을 모를 것이리라. 라시아는 그녀가 할 수 있는 한 가장 아름다운 자태로 걸었다. 대공이 쳐다보는지는 알 수 없었다.

"렌, 무슨 생각을 하나요?"

엘자네스는 라시아 블렌시아를 바라보는 렌을 올려다보며 물었다. 타인을 대할 때 그의 선은 정중하고 명확하게 그어진다. 그 누구도 그 선을 넘을 수 없었다. 그가 선 안에 들인 대상은 엘자네스뿐이었다. 엘자네스를 바라보는 렌의 눈에 다시 엘자네스를 향한 애정이 깃들었다. 렌은 말했다.

"정말 이상합니다."

"무엇이요? 라시아 블렌시아와 관련된 건가요?"

"엘자에게 말한 사람이 라시아 블렌시아라는 사실을 알 거라고 생각합니다. 저는 오늘 그녀를 보면 마음이 아프거나 불쾌하고 부끄러울 줄 알았습니다. 혹은 고통스러울 거라고 생각했습니다. 하지만 그렇지 않군요. 그녀를 오래 바라보아도 내면이 고요했습니다."

"이제는 어떤 생각이 드나요?"

"그저 지난 과거일 뿐이라고 생각됩니다. 지금은 엘자가 가장 중요합니다. 황제 폐하가 앞에 있는데도 엘자만이 눈에 들어왔습니다."

"저도 그랬는걸요."

엘자네스는 렌의 뺨에 입을 맞추었다. 웃는 엘자네스가 사랑스러웠다. 황족들은 며칠간 별장에 틀어박혀 휴식 기간을 가질 것이다. 렌은 그 사실이 마음에 든다고 속삭였다.

"왜요?"

"며칠이나마 방해하지 못할 겁니다."

"맙소사, 렌."

두 사람은 웃고 대화하며 평소와 같은 일상을 보냈다. 그러나 보이지 않는 싸움은 시작되고 있었다. 별장에 도착한 라시아 블렌시아는 탄성을 내뱉었다.

"어머나. 세상에."

"라시아, 마음에 들어?"

"너무나도 아름다워요, 발."

라시아 블렌시아의 묘한 분위기에도 불구하고 이럴 때의 그녀는 순수해 보이고는 했다. 발라디미르는 라시아의 그런 점을 사랑했다. 라시아는 요부가 되기도 했지만 누구보다 순수한 소녀가 되기도 했다. 별장은 하나의 성과 다름없는 내부를 갖추고 있었다. 황성에서도 쉽게 볼 수 없는 윈터나이트만의 디자인이 곳곳에서 엿보였다. 새하얀 대리석으로 된 욕조와 발코니에 있는 아름다운 커튼. 바깥의 아름다운 녹음을 보던 라시아는 끊임없이 감탄했다. 그녀의 감탄은 꾸며낸 것이 아니었다. 단점이라면 윈터나이트의 영지가 북쪽 끝이기에 사교계에 참석하기가 어려운 정도였다. 또한 이곳은 수도에 비해서는 지루하고 따분했다. 라시아 블렌시아는 이번 휴가에 따라온 자신의 전속 시녀를 불렀다.

“아니타, 가져왔던 팩들을 모두 풀어놔. 오늘부터 사용할 테니까.”

“알겠습니다, 아가씨.”

“라시아. 여기 와서도 관리를 계속하려고?”

“당신에게 언제나 아름다운 모습만을 보여주고 싶단 말이에요, 발.”

라시아는 발라디미르 황자에게 살며시 몸을 기대었다. 미녀인 약혼녀가 기대자 그는 허술한 얼굴을 했다. 발라디미르는 라시아가 뛰어난 외모로 주목받는 것을 좋아한다고 생각했으나 틀린 이유였다. 라시아 블렌시아는 발라디미르 황자에게 다른 이야기를 하는 척 넌지시 물었다.

“발, 누군가가 발에게 상처를 준다면 발은 어떻게 할 건가요? 용서가 최고의 복수라는 말이 있잖아요.”

“최근 사교계에서 일어난 라일락 영애의 사건을 말하는 거지?”

“비슷해요. 누군가가 잊을 수 없는 상처를 준다면 발은 어떻게 할 거예요? 용서하고 잊어버릴 건가요?”

“잊어버리지 못할 거야. 상처는 결코 잊을 수 없지. 사랑하는 사람이 준 상처는 평생 잊히지 않는다는 말을 듣기도 했어. 라시아, 너무 신경 쓰지는 마. 나도 마음이 무거웠지만 처벌은 라일락 영애의 몫이야.”

“고마워요, 발.”

가르쳐줘서 고마워요. 라시아는 뒷말을 하지 않았다. 듣고 싶은 말은 이미 들은 후였다. 그래, 윈터나이트 대공이 그녀를 완전히 잊었을 리 없다. 라시아 블렌시아는 그렇게 생각했다. 그에게 남긴 상처를 그렇게 쉽게 극복했을 리가 없다. 라시아는 몇 년에 걸쳐 그를 천천히 길들이고 가지고 놀았다. 그런 생각을 하자 대공이 그녀를 바라본 이유에 대해 몇 가지 유추를 할 수 있었다. 루카르엔 윈터나이트는 그녀에 대한 기억을 잊지 못했다. 이것은 좋은 징조였다. 그의 상처와 그녀에 대한 감정이 남아 있을 수도 있다는 뜻이기도 했다. 라시아가 치장한 채로 나타난다면 대공이 어떻게 반응할까. 그 광경을 바라보는 대공비의 얼굴은.

"라시아 님, 어느 걸 먼저 사용할까요?"

"꿀을 먼저 사용해. 그게 좋겠어."

라시아는 전속 시녀에게 대답하며 싱긋 웃었다. 그녀가 이번에 가져온 화장품들은 아나스타샤 황녀가 쓰는 것보다도 좋은 것들이었다. 이것들을 사느라 엄청나게 무리를 했으나 상관없었다. 이것들이 그녀를 빛나게 해줄 테니까. 며칠 후 저녁 식사 자리에서 윈터나이트 대공은 그녀에게 다시 흔들리게 될 것이다.

※

여름은 윈터나이트 영지가 가장 풍요로워지는 계절이다. 산과 들에는 온갖 열매들이 자라고 동물들은 살이 올랐다. 밭의 야채들은 싱싱하게 자랐으며 여름의 윈터나이트 영지에서 물고기를 먹으면 그 맛을 잊지 못한다는 말이 있을 정도로 물고기마저도 맛이 좋았다. 여행자도 많고 무역이 활성화되는 시기였기에 여름은 바쁜 편이었다.

할 일을 마친 엘쟈네스는 휴식을 취하는 대신 마사지와 관리를 받고 있었다. 엘쟈네스의 일과였다. 오늘 엘쟈네스를 시중드는 이는 시녀장 아이라였다. 저녁에 황족들과의 저녁 식사가 있을 예정이었기 때문이다. 아이라의 관리 솜씨는 뛰어났으나 중요한 인력이었기에 자주 부를 수는 없었다. 엘쟈네스는 아이라에게 말했다.

"향유를 조금 더 발라주렴."

"알겠습니다."

"피로해서 조금 더 쉬고 싶구나."

"무슨 일이라도 있으셨습니까, 마님?"

아이라는 차분한 얼굴로 물었다. 아이라의 솜씨는 황족 전속 시녀들보다도 뛰어난 편이었다. 그녀는 영민했기에 주인에게 물어야 할 때와 묻지 말아야 할 때를 정확하게 구별하고는 했다. 그녀는 엘쟈네스의 머리칼에 향유를 더 바르며 주인의 대답을 기다렸다. 엘쟈네스는 나른하게 눈을 감으며 대답했다.

"며칠 전 라시아 블렌시아를 만났지."

"별채에서 머무시는 것으로 알고 있습니다."

"그렇다면 아이라, 그녀를 어떻게 다루어야 하는지 알겠니?"

"알려주신다면 감사히 듣겠습니다, 마님."

아이라는 대답하면서도 엘쟈네스의 피부에 크림을 바르는 것을 잊지 않았다. 아이라는 언제나 엘쟈네스를 최우선시했으며 그렇기에 엘쟈네스의 상태를 완벽히 파악할 수 있었다. 아이라는 라시아 블렌시아에 대해 아무것도 묻지 않았다. 그녀는 마님의 말에 귀를 기울일 뿐이었다. 아이라의 대답은 완벽했다. 아이라가 방법을 내놓았다면 손님인 라시아에 대해 평가하는 꼴이 되었을 것이다. 또한 엘쟈네스의 대답과 다른 답을 내놓을 수도 있었을 것이다. 엘쟈네스는 말했다.

"어떤 것으로 높은 자리에 올라간 이들은 그것으로 꺾였을 때 가장 패배감을 느낀단다. 라시아 블렌시아의 경우에는 자신의 외모를 자랑스러워하고 있지."

엘쟈네스는 라시아가 자신을 바라보았던 찰나 그 눈에 어리던 감정을 놓치지 않았다. 라시아는 엘자네스를 보며 입술을 약간 깨물었다. 리리엘의 주변에서 몇 번 본 적 있는 유형이었다. 리리엘의 아름다움은 신이 내린 것처럼 완벽했다. 여러 미녀들은 리리엘 앞에서 열등감을 느꼈다. 라시아 블렌시아의 눈빛이 그랬다. 엘자네스는 말을 이었다.

"혹은 자신이 가지지 못한 것을 남이 가지고 있을 경우 괴로워하기도 한단다. 혈통. 고귀함. 신분. 권력. 재력. 많은 것들이 있지."

리리엘의 혈육으로서 가장 좋은 점은 다양한 인물을 만났다는 것이다. 사교계에서 리리엘을 미워하는 다양한 이들을 만나며 다양한 경험을 쌓아왔다. 엘자네스의 눈에는, 라시아의 감정이 모두 보였다.

"모든 사람들이 그런 건 아니야. 그러나 자기 자신에 대한 확신이 없는 사람은 자신이 가장 자랑스러워하는 것에 자존심을 거는 법이란다. 그것이 곧 자기 자신이라고 생각하기도 하지. 이 경우 두 가지 대처를 할 수 있어. 무엇인지 알겠니?"

"저는 모르겠습니다."

"한 가지는 완벽히 위에 있는 존재라는 것을 보여주어 찍어 누르는 거야. 그러지 않는 방법도 있지. 어떻게든 자존심을 꺾어놓아야 한다는 건 같아. 단지 한 번에 누르느냐, 여러 번에 걸쳐 누르느냐의 차이지."

라시아 블렌시아가 아카데미에서 한 일은 엘자네스와 어떤 상관도 없었다. 이제 와서 옛날 일의 대가를 치르게 할 생각도 없었다. 라시아가 엘자네스에게 느끼는 경쟁의식 역시 엘자네스에게는 별 상관이 없는 것이었다. 그러나 그녀는 한 가지 실수를 했다. 라시아는 렌에게서 시선을 떼지 못했다. 이상하게도 라시아가 렌을 바라보는 것이 싫었다. 그리고 무엇보다도.

"걸어오는 싸움을 피할 이유는 없지 않겠니."

엘자네스는 말했다. 엘자네스가 굳이 라시아의 방식에 맞춰 자신을 치장하는 데에는 이유가 있었다. 엘자네스는 라시아가 최근 들어 치장에 공을 들이고 있다는 정보를 입수한 후였다. 라시아와 같은 유형의 사람은 꺾이지 않으면 굽히지 않는다. 단번에 꺾어버릴 생각은 없다. 그러나 충격을 줄 필요는 있었다.

“정리해왔습니다, 마님.”

“수고했다, 줄리.”

부시녀장인 줄리는 간만에 타인에게 사람을 붙여 정보를 입수할 수 있게 되어 신이 난 눈치였다. 줄리는 라시아가 쓰는 화장품과 팩의 가격 목록을 가져왔다. 라시아 블렌시아는 윈터나이트에 오면서 그것들로 집중적인 관리를 받기 시작했는데 전에는 사용하지 않았던 데다 모두 지나치게 비싼 것들이라고 했다. 그녀가 아나스타샤 황녀도 사용하지 않을 만한 초고가의 화장품을 윈터나이트에 도착해 갑작스럽게 사용하기 시작한 이유는 무엇일까. 저녁이 다가오고 있었다. 렌은 아직도 오지 않은 상태였다.

“각하는 아직 이야기 중이시니?”

“네, 그렇다고 합니다.”

최근 니콜라이 황태자와 발라디미르 황자는 무슨 생각에서인지 자꾸 렌에게 찾아가고는 했다. 오늘도 렌은 늦을 것이다. 그들과의 이야기가 길어지는 모양이었다. 모든 관리를 마친 엘자네스는 지시했다.

“가벼운 파티를 위한 검은 드레스와 진주 목걸이, 진주 귀고리를 준비해 주렴.”

검은 드레스는 장인들의 거리에 있는 디자이너가 혼신의 힘을 다해 만든 것이었다. 그것은 오로지 엘자네스를 위한 옷이었다. 진주 목걸이와 진주 귀고리 역시도 장인들의 거리에 있는 세공사가 엘자네스를 위해 만든 것이었다. 그것들을 착용한 엘자네스는 거울을 들여다보았다. 막 마친 화장마저도 완벽했다. 얇은 굽이 달린 여름용 하이힐은 발과 발목을 드러내는 형태였다. 보기와 달리 단단하고 튼튼해 엘자네스가 넘어질 염려는 없었다. 때

마침 렌이 들어왔다.

"엘자."

"렌, 이야기는 어땠어요?"

"나쁘지 않았습니다. 오늘도 아름답군요."

"어떤 이야기를 했는지는 말해주지 않을 거예요?"

"기억나지 않습니다."

"뭐라고요?"

"중요하지 않아 잊어버리고 말았습니다. 제게 중요한 것은 엘자입니다."

렌이 손을 내밀었다. 엘자네스는 웃으며 렌의 손 위에 손을 올렸다. 황태자와 황자마저도 엘자네스보다는 중요하지 않다고 말하는 이 남자를 어떻게 해야 할까. 엘자네스는 말했다.

"가요, 렌."

두 사람은 별장으로 향했다. 별장은 저택에서 그렇게 멀지 않았으나 그동안 바빠 자주 오지 못했다. 주위에는 장미가 한가득 피어 있었다. 별장 안에서 화려한 불빛들이 새어 나오고 있었다. 저녁 만찬을 위해 내부를 잔뜩 꾸민 모양이었다. 엘자네스는 별장 안으로 발걸음을 옮겼다.

한편, 라시아 블렌시아는 연회장의 의자에 앉아 있었다. 그녀는 오늘 극도로 신경을 쓴 상태였다. 라시아는 자세를 흐트러트리지 않았다. 치장이 망가질까 우려되었던 것이다. 묶지 않고 귀 뒤로 넘긴 금발은 반짝였고 며칠간 관리를 받아온 얼굴은 아름다웠다. 옆에 앉아 있던 발라디미르 황자가 말했다.

"라시아, 오늘 정말 아름다워."

"고마워요, 발라디미르."

라시아는 순진한 소녀처럼 웃었다. 오묘한 색상의 푸른빛 드레스가 샹들리에의 화려한 불빛 아래에서 빛났다. 라시아 자신도 지금의 모습이 아름답다는 사실을 알고 있었다. 며칠간 관리를 받는다고 얼마나 고생했던가. 라시아 블렌시아는 윈터나이트 대공비가 자신보다 더 뛰어난 인간이라고는 생각할 수 없었다. 정확히는 그녀가 자신보다 뛰어나다고 생각하기 싫은 쪽에 가까웠다.

며칠간 대공비를 만날 날만을 기다려왔다. 첫 만남에서는 별다른 준비를 하지 않았다. 반면 대공비는 손님을 맞을 생각에 치장을 했을 것이다. 애초부터 공정하지 않은 게임이었다. 그러나 오늘은 다를 것이다. 라시아는 모든 면에서 대공비보다 뛰어나다는 것을 입증할 자신이 있었다.

유학 기간 내내 라시아는 황자비로 살기 위해 필요한 것들에 대해 배웠다. 대공비는 남쪽의 사람임에도 불구하고 그 과정을 거치지 않았다고 들었다. 대공비가 사교계를 휩쓸 정도로 유명한 인물, 루이자 바이올렛 정도가 아닌 이상 라시아보다 뛰어난 화법을 구사할 수 있을 리 없지 않은가.

"예쁘다, 라시아."

황녀가 명랑하게 말했다. 아나스타샤 황녀는 밝은 하얀색의 드레스를 입고 있었다. 황녀는 예쁜 것을 좋아했으나 본인 스스로를 꾸미는 것은 좋아하지 않았다. 오히려 라시아 블렌시아를 꾸미는 일에 더 관심이 많은 듯했다. 니콜라이 황태자와 레오드릭 황자도 오늘의 라시아에게 시선을 보냈다. 잠시 꺾였던 그녀의 자존심이 다시 일어서는 것이 느껴졌다.

"아니에요, 아나스타샤. 아나스타샤의 미모는 따라갈 수 없는걸요."

"라시아. 내 눈에는 그대가 가장 아름다워."

"맞아. 라시아는 늘 예쁜 인형 같은걸. 황실에 사는 인형 말이야."

"라시아는 아름답지. 그 어떤 인형보다도 내 눈에는 가장 아름다워 보여."

"뮐렌 인형에 비교하기에는 제가 너무 뒤처져요."

라시아는 발라디미르 황자와 아나스타샤 황녀의 말에 손을 저었다. 황족들은 라시아의 외모를 늘 인형에 비유하고는 했다. 북쪽의 유명한 미녀 인형인 뮐렌 인형과 라시아의 외모가 닮았던 것이다. 그것이 라시아의 자부심이었다. 라시아는 자신의 독특한 분위기를 마음에 들어 했다. 황족들의 진심 어린 칭찬에 라시아는 기분이 좋아지는 것을 느꼈다. 라시아는 웃으며 즐겁게 이야기했다.

그러던 그녀의 기분이 급격히 저조해진 것은 다음 순간이었다. 화기애애한 대화가 오갈 무렵, 식당의 문이 열렸던 것이다. 집사가 들어오는 윈터나이트 대공 부부를 안내했다. 황족들의 시선이 대공 부부에게 향했다. 라시아의 시선 역시 예외는 아니었다.

"세상에. 저 모습을 봐."

예의 없게 대놓고 큰 소리로 감탄한 것은 아나스타샤 혼자였다. 두 사람은 그야말로 주인다운 분위기를 내고 있었다. 대공은 아카데미 시절보다도 더 성숙한 매력을 풍기고 있었다. 옆의 대공비는 아름답게 빛났다. 적갈색의 머리칼이 우아하게 틀어 올려져 대공비의 하얀 목이 드러났다. 민소매의 길고 검은 여름용 드레스는 샹들리에 아래에 서자 빛을 발했다. 대공비가 움직일 때마다 여름용 드레스에 새겨진 무늬가 화려하게 보였다. 진주 귀고리는 대공비의 귀에서 빛나며 대공비의 품격을 더해주었다. 대공이 말했다.

"황홀한 별이 빛나는 밤, 축배를 들리라."

"내 벗에게 가 오랫동안 기다렸음을 전하며 붉은 포도주를 따르리라."

대공비가 문장을 받았다. 라시아는 이것이 먼 옛날의 아마릴리스에서 쓰던 예법이라는 것을 알아보았다. 황제의 젊음을 바라며 축배를 든다는 문장이었다. 적어도 공작 이상의, 고귀한 자들만이 이 문장을 말할 수 있었다. 라시아의 개나 다름없다고 생각했던 대공은 완벽한 지배자였다. 대공비는 그의 곁에 누구보다도 완벽하게 서 있었다. 초라한 것은 라시아 혼자였다. 라시아는 이번엔 표정 관리를 할 생각도 못한 채 이를 악물고 말았다. 명백한 그녀의 패배였다.

"훌륭하도다. 잔이 차오르는 날, 내가 참여하리라. 그대의 잔에 넘치는 젊음을 따르리라."

답한 황제가 두 사람에게 박수를 보냈다. 멋진 등장이었다. 지금은 잊힌 옛 고풍스러운 예법이 나올 줄은 몰랐던 다른 황족들도 미소를 짓고 있었다. 저녁 식사는 곧바로 시작되었다. 분위기는 좋았다. 넓은 연회장에는 황홀한 샹들리에가 빛나고, 고풍스러운 긴 식탁 위에는 하얀 레이스로 수놓아진 식탁보가 깔려 있었다. 주방장은 대공비를 위해 혼신의 힘을 다한 요리를 계속하다 보니 실력이 더욱 늘어나 있었다. 온갖 진미가 식탁 위에 놓였다. 까다로운 황후마저도 음식을 먹고 감탄사를 내뱉었다. 어느새 악사들이 감미로운 음악을 연주하고 있었다. 황후는 한결 부드러워진 얼굴로 엘자네스에게 말했다.

"훌륭하군요."

"입에 맞으셨다니 다행입니다, 황후 폐하."

"이 술은 무엇인가요, 대공비? 마음에 드는군요."

"윈터나이트에서 자라는 나무딸기로 만든 와인입니다. 황후 폐하께서 나무딸기를 즐겨 드신다는 말을 듣고 제조했습니다."

황후는 와인의 병이 자신의 취향에 맞게 디자인되었다는 사실을 깨달았다. 이것은 오로지 황후만을 위해 만들어진 와인이었다. 황후가 좋아하는 나무딸기로 만들고, 황후의 취향에 맞춰 디자인된 병을 쓴. 사람들은 황후가 술을 즐기지 않는다고 생각했다. 황후가 술을 입에 대는 것을 보지도 못했을 뿐더러 황후의 지병인 두통에 대해 알고 있었기 때문이다. 그러나 황후가 술을 입에 대지 않는 이유는 좋아하지 않기 때문이었다. 그것을 대공비가 간파해낸 것이리라. 황후의 얼굴에 미소가 어렸다.

"고마워요, 대공비."

"도수가 높지 않으니 많이 드셔도 괜찮으실 거예요."

황후는 엘쟈네스의 말에 잠시 눈을 크게 떴다 부드럽게 웃었다. 이렇게 사람을 편안하게 하는 사람을 만난 것은 처음이었다. 황후는 전대 대공비의 친구였다. 전대 대공비가 사람을 자연스럽게 편하게 했다면, 젊은 대공비는 뛰어난 사교술을 가지고 있었다. 대공비는 여타 북쪽의 영애들보다도 더 자연스럽게 사람들의 분위기를 주도했다.

남쪽은 귀족의 개념이 북쪽에 비해 많이 희석되었다고 알고 있었다. 더군다나 로벨리아 왕국이 그리 큰 왕국도 아닌데 어디서 저런 영애를 데려온 것일까. 조금 더 일찍 엘쟈네스를 발견했다면 반드시 니콜라이 황태자의 짝으로 삼았을 것이다. 아쉬움이 남았지만 이미 지난 일이었다. 대공비와 결혼한 후 풀린 대공의 얼굴을 보니 이 아쉬움을 잊을 수 있었다. 황후 역시도 대공을 아꼈기 때문이다. 친우의 아들은 완연한 남자가 되어 제 짝을 위하고 있었다. 그 모습이 보기 좋았다. 황후의 옆에 앉아 있던 아나스타샤가 말했다. 그녀의 어조는 밝고 가벼웠다.

"엘쟈네스, 오늘 정말 아름다워요. 그 진주 귀고리와 드레스는 정말 진귀한 것들이네요. 루카르엔 오라버니가 선물한 건가요?"

"네, 대공 각하께서 주셨답니다."

엘쟈네스는 대답했다. 그녀는 우아하게 와인 잔을 들었다. 아나스타샤의 옆에서 한마디도 하지 않고 있던 라시아 블렌시아는 기분이 계속 저조해지는 것을 느꼈다. 황족들은 죄다 제멋대로였다. 그들의 관심사는 쉽게 바뀌었다. 바로 몇 시간 전까지만 해도 라시아를 아름답다고 극찬하고 신경을 쓰던 그들은 라시아가 한마디도 하고 있지 않는데도 불구하고 말조차 건네지 않고 있었다. 라시아의 상태를 전혀 알아차리지 못한 것이다. 알아차릴 필요조차 느끼지 못했다는 표현이 적합하리라.

윈터나이트 대공을 비롯해 황제와 황태자, 황자는 남자들 간의 이야기를 나누고 있었다. 내용은 주로 결혼 후 대공이 변했다는 것이었다. 황후와 황녀는 대공비와 함께 화기애애한 분위기를 이어나가고 있었다. 모든 이들이 라시아가 대화에 참여하든 말든 신경 쓰지 않으며 대화를 이어나가고 있었다. 문득 아나스타샤 황녀가 말했다.

“역시 남자는 여자를 만나면 바뀌게 되는 건가 봐요. 발라디미르 오라버니도 라시아를 만나고 나서 바뀌었으니.”

“그래. 확실히 여자에게 곰처럼 둔한 반응을 보이던 발라디미르가 좀 더 빨라지긴 했지.”

“발라디미르 황자님이 블렌시아 영애를 많이 사랑하시는군요.”

황후의 말을 듣고 난 대공비는 말했다. 대공비의 어조는 부드러웠다. 대공비는 대공의 이름을 루카렌이라고 딱딱하게 발음하는 북쪽의 사람들과는 달리 루카르엔이라고 부드럽고 유려하게 발음하고는 했다. 대공비의 말에는 어떤 기품이 실려 있었다. 라시아는 그녀의 말을 두 번 곱씹어보고 나서야 명확한 선을 깨달을 수 있었다. 라시아는 발라디미르 황자의 약혼녀였다. 대공과는 관련이 없는. 그것을 우아하고 나긋나긋하게 표현한 것이다. 어떤 적의감도 드러내지 않은 채. 보이지 않게 이를 약간 악물었던 라시아는 대공비에게 순진한 얼굴로 말했다.

“대공 각하도 비 각하를 많이 사랑하시는 것 같은걸요. 원래도 친절했던 분이 더 다정해지셨으니.”

“렌은 상냥한 사람이죠. 그처럼 세심한 사람은 본 적이 없답니다. 제가 꽃을 좋아한다고 스쳐 지나듯 한 말에 유리 온실을 지어주었을 정도니까요. 말이 나온 김에 나중에 보러 오시겠어요?”

“영광이죠. 저도 꽃을 아주 좋아하거든요.”

라시아는 말했으나 자신의 말이 패배자의 것처럼 들린다는 사실을 외면할 수 없었다. 대공은 다정하거나 친절한 남자가 아니었다. 대공에게 거절당하고 눈물을 흩뿌리던 영애가 많았다. 그랬기에 친절하다는 말을 덧붙였으나 대공비는 그를 비웃기라도 하듯 대공이 그녀를 위해 만든 유리 온실의 이야기를 꺼냈다. 대공이 상냥하고 세심하다고? 도발을 던졌다 되돌아오는 답에 흔들린 것은 라시아뿐이었다.

꽃을 아주 좋아한다는 말을 함으로써 라시아는 보이지 않는 기 싸움에서 밀렸음을 알 수 있었다. 대공비의 표정에는 적대감도 악의도 없었다. 그녀는 라시아에게도 부드럽고 우아한 태도를 보이고 있었다. 라시아는 그것이 그녀가 자신을 적으로조차 인식하지 않아서라는 사실을 깨달았다. 라시아 정도는 위협으로도 느끼지 않는다고 말하는 것 같았다. 기분이 나빠졌다. 설상가상으로 아나스타샤 황녀는 계속해서 대공비에게 말을 걸고 있었다.

"어머, 그러면 엘자네스. 혹시 새로 생긴 건물도 루카르엔 오라버니가 엘자네스를 위해 지은 거예요?"

"네. 더 이상 보석과 드레스를 둘 곳이 없었거든요."

그녀는 못 말린다는 듯 웃었다. 라시아도 그 건물을 보았다. 황족들이 저택 크기의 건물을 가리키며 새로 생긴 것이라는 이야기를 했다. 라시아는 짧은 대화를 통해 대공이 대공비에게 수많은 드레스와 보석 그리고 물질적인 많은 것들을 다 준다는 것을 알 수 있었다. 아카데미 때와는 규모가 달랐다. 라시아는 악의가 느껴지지 않는 순진한 얼굴로 말했다. 그녀의 어조에는 감탄이 들어 있었으나 은근히 비꼬는 의미가 담겨 있었다.

"지금 착용한 장신구와 드레스처럼 부르는 게 값인 진귀한 것들인가요? 정말 대단하네요. 아주 좋은 것들은 귀족 가문 하나를 살 수 있을 정도라고 들었어요."

"그렇게 좋은 것들은 아니에요. 지나치게 값비싼 것은 제가 원하지 않는 걸요."

윈터나이트 대공이 당신에게 그만한 돈을 쓸 리가 없는 거겠지. 라시아는 잠시나마 작은 승리감을 느꼈다. 발라디미르 황자도 라시아에게 저런 드레스와 보석을 줄 수는 없다. 남자의 마음은 물질로 나타나는 법이다. 윈터나이트의 부가 상상을 초월한다는 소문을 들었는데 그것이 사실인 모양이었다. 그럼에도 불구하고 대공비에게는 별것을 해주지 않는다는 말이지. 그렇게 생각한 라시아는 다소 놀란 듯 말했다.

"윈터나이트의 부가 상상을 초월한다고 들었는걸요? 대공 각하께서는 그 말을 들어주시나요?"

"다행스럽게도 들어주셨죠. 너무 과한 사치는 좋지 않아요. 오늘도 가진 것들 중 가장 평범한 것을 착용하고 나왔답니다."

라시아의 눈이 엘자네스의 귀고리와 드레스를 향했다. 황족들도 입기 힘든 좋은 것이었다. 라시아의 얼굴이 구겨지려는 것을 엘자네스는 놓치지 않았다. 엘자네스는 리리엘을 흉내 내고 있었다. 라시아 블렌시아에게는 이런 방법이 가장 적합했다. 리리엘이 했던 것처럼 말할 때마다 라시아 블렌시아의 얼굴이 조금씩 일그러지고 있었다. 라시아는 실제로도 속으로 들끓는 감정을 느끼는 중이었다. 결국 대공비의 말을 종합하자면 대공이 그녀에게 황족도 하지 못할 만한 것들을 사서 바치고 있으며, 그녀가 값비싼 것을 원하지 않자 해줬다는 것이 저 드레스와 보석이라는 게 아닌가. 대공비는 마지막으로 라시아의 속을 긁어놓기라도 하듯 라시아에게 말했다.

"블렌시아 영애의 드레스와 장신구도 아주 아름다워요. 지나친 사치가 아니라면 아름다움을 즐기는 데에는 문제가 없죠."

대공비의 표정은 호의적이었고 그녀의 말은 상냥하고 부드러웠다. 지나친 사치가 아니라는 말이 라시아의 물건들이 그녀가 볼 때 보잘것없다는 것을 돌려 말하는 것인지 아니면 그녀를 사치스러운 여자로 생각해서 그렇게 말한 것인지 헷갈릴 정도였다.

라시아 블렌시아는 이런 말에 어떻게 대처해야 할지를 알 수 없었다. 그녀를 향해 적의를 내비친 것도 아니었고 그녀를 깎아내린 것도 아니었다.

라시아에게 적대감을 전혀 드러내지 않으며 말을 할 때마다 속을 긁는 여자를 어떻게 해야 할까. 라시아는 식사가 끝날 때까지 들끓는 속을 진정시키기 위해 와인을 자주 입에 가져다 댔다.

식사가 끝난 후에는 춤을 출 수 있었다. 윈터나이트 영지의 주인인 대공 부부가 손님들이 춤을 추기에 앞서 먼저 춤을 추기 시작했다. 악사들은 달콤한 음악을 연주했다. 대공비가 움직일 때마다 민소매의 여름 파티용 드레스가 샹들리에 아래에서 빛났다. 두 사람의 유대감과 애정이 보는 이들에게도 전해지고 있었다. 라시아는 겨우 마음을 가라앉히고 발라디미르 황자와 대화를 나눌 수 있었다. 황제 부부와 황태자 니콜라이는 결혼에 대해 토론하고 있었다. 아무것도 하지 않고 두 사람을 구경하는 것은 아나스타샤 황녀와 레오드릭 둘뿐이었다. 레오드릭은 움직이는 두 사람을 바라보았다. 옆에 서 있던 아나스타샤 황녀가 즐거운 듯 재잘거렸다.

"정말 잘 어울린다. 레오 오라버니, 나도 저렇게 춤을 추고 싶어."

"추면 되잖아, 아나스타샤."

"그렇지만 나는 아직 사랑하는 사람이 없는걸. 저렇게 서로 사랑하는 사람을 만나고 싶은 거야."

그녀는 철없이 칭얼거렸다. 레오드릭은 두 사람의 모습을 보며 가슴에 무언가가 내려앉는 듯한 기분을 느끼고 있었다. 그는 자신이 생각했던 것과 많이 다르다는 사실을 깨달았다. 엘자네스는 부드러웠고 사교적이었으며 친절했다. 그리고 아름다웠다. 리리엘처럼 시선을 단번에 잡아끄는 세기의 아름다움을 갖지는 않았으나 타인의 시선을 자신에게로 이끄는 매력이 있었다. 루카르엔 윈터나이트와 즐거운 표정으로 춤을 추던 엘자네스 크로커스가 사르르 웃었다. 윈터나이트 대공도 약간의 미소를 지었다. 서로를 바라보는 눈길이 다정했다.

저 여자가 그가 생각했던 패악을 부리는 악독한 여자가 맞는가. 그는 대화조차 나누지 않았는데 왜 엘자네스 크로커스를 악녀라고 생각했을까 싶어 혼란스러웠다. 그의 마음 한구석에서는 그 자신의 편협함에 대해 속삭이는 소리가 들려왔다. 화려하게 빛나는 샹들리에 아래서 대공 부부는 춤을 마쳤다. 레오드릭은 계속해서 답답한 기분만을 느끼고 있었다.

"레오. 넌 아직 모르는 게 많아. 좀 더 넓은 시야를 가지도록 해."

몇 년간의 유학을 끝냈을 때, 황태자인 니콜라이가 그렇게 말했다. 레오드릭은 많은 자부심을 가지고 있었다. 선량하고 정의로운 리리엘 크로커스. 남쪽에 떠돌던 혁명을 추종하는 분위기와 리리엘을 좇던 수많은 이들. 레오드릭은 그 말에 반박했다. 남쪽에서 그가 배운 것이야말로 사물을 폭넓게 보는 것이었건만. 니콜라이의 말이 맞았다는 사실을 어렴풋이 실감한 것은 처음이었다. 발라디미르 황자가 호탕하게 웃으며 레오드릭을 불렀다.

"레오드릭! 춤을 추어야지."

"아, 네. 형님."

황족들은 오랜만에 무거운 업무들을 내려놓아 가벼운 마음이었다. 아마릴리스 황가 일원들이 1년 중 유일하게 쉴 수 있는 때였기 때문이다. 다른 나라와는 달리 아마릴리스는 황제의 자녀들 중 황제가 된 자녀를 다른 자녀들이 보필하는 식으로 대를 이어나갔다. 그랬기에 윗사람의 말에 순종하는 것은 의무였다. 어리광쟁이에 사랑스러운 막내인 아나스타샤조차도 레오드릭처럼 어느 정도 일을 하고 있었다. 일의 양과 중요도는 크지 않았지만.

황제 부부가 춤을 춘 후 발라디미르 황자와 라시아가 춤을 추었다. 악사들은 경쾌하고 즐거운 음악을 계속해서 연주했다. 뮐렌 인형에 대한 노래가 잠시 지나갔다. 아나스타샤 황녀는 모든 인원들과 춤을 추었다. 사적인 자리였기에 여성의 역할과 남성의 역할은 중요하지 않았다. 라시아를 제외한 모든 인원의 신분이 높았기에 다들 이성의 역할에도 능숙했다.

사람들은 모든 것을 잊고 즐겁게 춤추고 있었다. 음악이 바뀌었다. 모든 인원이 들어가 춤을 추며 곡이 바뀔 때마다 상대를 바꾸는 사적인 무도회를 위한 음악이었다. 악사들은 가느다란 피리를 불고 북을 치며 흥겨운 음악을 연주했다. 윈터나이트 대공 부부와 아마릴리스 황가 일원들 모두가 빙글빙글 돌았다.

렌과 춤을 추던 엘자네스는 음악이 느리게 바뀌자 몸을 빙글 돌렸다. 이번 엘자네스의 상대는 레오드릭 황자였다. 황자는 엘자네스를 생전 처음 보는 사람처럼 혼란스러운 눈으로 보고 있었다. 레오드릭의 몸짓이 딱딱했다. 엘자네스는 말했다.

"좀 더 부드럽게 움직여주세요, 황자님."

레오드릭은 엘자네스의 우아한 말에 그제야 정신을 차렸다. 그는 여성의 춤을 추고 있었다. 대공비는 남성의 춤을 추는데도 이상한 점 하나 없었다. 오히려 큰 동작이 절도 있어 보였다. 음악이 느렸기에 두 사람은 비교적 편안하게 대화를 나눌 수 있었다. 엘자네스와 시답지 않은 이야기를 나누던 레오드릭은 긴장을 풀고 드디어 며칠 내내 궁금했던 것을 물을 수 있었다. 이 질문은 며칠간 그를 괴롭혀왔다.

"그대는 리리엘 크로커스를 미워하던 게 맞습니까?"

그는 한 번 빙글 돌았다. 대공비는 부드럽게 움직여 그를 리드했다. 그녀의 진갈색 눈은 단호했으며 어딘지 모를 군주다운 기품이 실려 있었다. 레오드릭은 바보처럼 '과연 윈터나이트 대공비'라는 생각을 했다. 엘자네스는 레오드릭을 한 번 불렀다.

"황자님."

"네, 대공비."

"누구도 믿지 않았겠지만, 저는 그 아이를 미워한 적이 단 한 번도 없답니다."

그는 이번에야말로 할 말을 잃어버리고 말았다. 그녀의 말이 거짓처럼 느껴지지 않았기 때문이다. 동시에 그 누구도 리리엘 크로커스를 정말로 미워하느냐는 질문을 엘자네스 크로커스에게 한 적이 없다는 사실을 떠올릴 수 있었다.

엘자네스는 단 한 번도 거짓말을 한 적이 없었다. 엘자네스와 가깝지 않은 레오드릭조차도 그 사실을 알고 있었다. 아카데미 시절, 심장 발작을 일으킨 날 리리엘 크로커스가 치유의 힘으로 그를 구해주었다. 그때 엘자네스 크로커스는 없었다. 그가 입학하기 전 크로커스 자매의 사이가 좋았었다는 소문이 돌았지만 그가 입학했을 때 둘의 사이는 이미 최악으로 틀어진 후였다. 둘이 대화를 나누는 일은 리리엘이 먼저 청하는 것이 아니면 거의 없다시피 했다. 리리엘은 엘자네스 크로커스와 대화를 나누면 늘 슬픈 얼굴을 하고는 했다. 엘자네스 크로커스가 먼저 말을 거는 건 용무가 있는 경우 외에는 드물었다. 그때는 그런 무정한 자매를 신경 쓰는 리리엘이 상냥하다고만 생각했었다.

레오드릭은 엘자네스 크로커스가 리리엘 크로커스를 먼저 건드린 적이 단 한 번도 없다는 사실을 깨달았다. 그의 생각을 꿰뚫어 보기라도 하듯 엘자네스 크로커스는 말했다.

"제가 원하는 것은 단지 조용히 사는 것이었어요. 이렇게 떠올려보니 그 애에게 가려져 주목받지 못할 때가 좋았던 것 같네요. 사람들은 그 애의 말을 듣고 제게 돌을 던졌어요. 어딜 가든 저에 대한 소문이 퍼져 있었어요. 그 소문을 들은 또 다른 사람들이 다시 돌을 던지는 식이었죠."

엘자네스의 진갈색 눈은 과거를 그리고 있었다. 그녀의 눈에는 좋지 않은 과거가 그려지고 있었다.

레오드릭이 엘자네스와 이렇게 많은 대화를 나누는 것은 처음이었다. 북쪽에 비해 남쪽은 파괴의 마법을 다소 불길하게 여겼다. 쓰일 곳이 없었기 때문이다. 그 마법이 그녀에 대한 나쁜 이미지를 더했다. 레오드릭은 자신이 엘자네스 크로커스에 대한 최악의 평가를 내렸을 때 다른 이들이 주변에 있었다는 사실을 떠올렸다.

리리엘 크로커스는 평민들을 돕고 싶으니 엘자네스 몫으로 내정되어 있는 예산을 달라고 요구했다. 엘자네스 크로커스는 거절했다. 옆에 있던 누군가가 말했다. 저 여자는 선한 일에 전혀 참여하지 않는다고. 마음씨가 성녀처럼 고운 리리엘 크로커스에 대한 이야기도 오갔던 것 같다. 레오드릭은 더듬거렸다.

"그대는 리리엘 크로커스의 제안을 거부했습니다."

"제안을 거부한 것이죠. 그 애가 평민들에게 은수저를 주도록, 제게 할당된 배당금을 주고 싶지는 않았거든요. 아실지 모르겠지만, 그들에게 필요한 것은 조금 더 실용적인 것들이에요."

엘자네스는 차분하게 논리적으로 말했다. 그녀는 리리엘의 말을 거절할 때와 달라진 것이 없었다. 달라진 것은 레오드릭이었다. 그가 인식을 바꾸자 엘자네스가 제대로 눈에 들어왔다. 그녀는 리리엘 크로커스를 질투하지 않았다. 오히려 리리엘 크로커스에 대해 별다른 감정을 가지고 있지 않은 듯했다. 그럴 가치가 없어서였다. 아니, 그녀가 굳이 리리엘 크로커스를 부러워할 이유가 없었다. 레오드릭은 그가 북쪽으로 떠나오기 바로 전 리리엘의 추종자 중 유명했던 란제크 카멜리아가 엘자네스 크로커스와 약혼했던 것을 떠올렸다. 사람들은 엘자네스가 리리엘을 질투해 카멜리아 백작과 약혼했다고 말했다. 무언가가 산산조각 나고 있었다. 레오드릭은 다소 다급하게 물었다.

"그렇다면 란제크 카멜리아를 어떻게 생각했습니까?"

"그가 제게 이익을 제시했어요. 제가 손해 보는 조건은 결코 아니었죠. 꼭 카멜리아 백작이 아니었더라도 누군가와 결혼했을 거예요. 권리를 누린다면 의무도 함께 져야 하는 법이니까요."

레오드릭은 그 말을 듣고서야 그녀의 그런 말들이 황실의 개인 교사가 가르쳤던 것과 같다는 사실을 알 수 있었다. 몸이 약해 다른 형제자매들처럼 많은 교육을 받지는 못했지만 한 가지 사실만은 머리에 늘 새겨두고 있었다. 그가 누리는 것이 있다면 그만큼 의무도 져야 했다.

엘자네스 크로커스의 말은 틀린 것이 없었다. 모든 귀족들은 10대 중후반에 아카데미를 간다. 북쪽의 일원이면서 남쪽의 아카데미에 간 레오드릭의 상황은 특이한 것이었다. 그의 성장 과정 중 가장 중요한 때에 받아들인 남쪽의 것들은 그를 이루었다. 그는 어느새 자신도 모르게 저런 말을 귀족적이라며 부정적으로 받아들이고 있었다. 이제 윈터나이트가 된 엘자네스 윈터나이트는 레오드릭이 한 바퀴 더 돌도록 정중하게 도와주었다. 그 동작은 루카르엔 윈터나이트와도 닮아 있었다. 레오드릭은 아카데미 시절 자신이 꽤 많은 실수를 했다는 점을 깨달았다. 그가 놓치고 있는 것들이 많다는 사실을 알게 됐다. 그러나 당장은 그것에 대해 정의를 내릴 수가 없었다. 막연히 알 뿐이었다. 음악이 끝나갈 무렵이었다. 그는 물었다.

"폭언을 퍼붓고 독설을 하던 제가 밉지 않으십니까?"

그녀는 소리를 내어 우아하게 웃었다. 그리고 대답했다.

"그것도 한때의 일이죠."

음악이 바뀌고 레오드릭의 상대가 니콜라이 황태자로 바뀌었다. 엘자네스 윈터나이트는 어느새 빠져나가 다른 상대방을 만난 후였다. 레오드릭은 방금 전까지도 엘자네스의 손을 잡고 있었던 자신의 손을 멍하게 바라보고 있었다.

이내 다시 음악이 이어졌다. 이번의 음악은 다소 로맨틱한 것이었다. 약간 빠르나 서정적인 연주가 연회장 안에 가득 흘렀다. 아나스타샤의 상대방이 된 라시아 블렌시아의 눈이 치켜떠졌다. 미세했기에 그것을 본 사람은 없었다. 엘자네스의 이번 상대는 발라디미르 황자였다. 엘자네스는 부드럽게 말했다.

"황자 전하를 위하여."

"겨울 심장의 주인을 위하여."

그는 세련되게 답했다. 발라디미르 황자는 렌에 미치지는 못했지만 그 나름대로의 미남이었다. 비교적 체구가 컸고 좋은 인상을 하고 있었다. 실제로도 그는 소박하고 좋은 사람이었다.

둘은 춤을 추었다. 그저 춤이었지만 라시아 블렌시아의 눈에는 달랐다. 엘자네스 크로커스와 발라디미르 황자가 화기애애하게 대화를 나누고 있었다. 발라디미르 황자가 모든 사람에게 유한 반응을 보인다는 건 알았지만 저건 말도 안 되는 것이 아닌가. 라시아는 발라디미르 황자가 자신에게 관심을 가진 것이 루카르엔 윈터나이트의 여자였기 때문이라는 사실을 잊지 않았다. 두 사람은 사무적인 대화를 나누었으나 라시아의 눈에는 적대감이 어려 있었다. 발라디미르 황자가 그녀를 사랑했지만 늘 한시도 마음을 놓을 수 없었다. 황족은 변덕스러웠기 때문이다. 엘자네스 윈터나이트에 대한 열등감이 그녀의 눈을 가렸다.

엘자네스는 발라디미르 황자에게 질문했다.

"황자님, 한 가지 여쭤보아도 될까요?"

"얼마든지 물어보셔도 됩니다. 제가 대답할 수 있는 선이라면요. 하하."

발라디미르 황자가 웃자 먼 곳에 있던 라시아 블렌시아의 눈에서 불꽃이 튀었다. 엘자네스는 그런 그녀를 보았지만 모른 척 황자와 대화를 나누었다. 둘의 대화는 들리지 않았다. 황자는 엘자네스의 질문에 답했다. 엘자네스는 그의 말을 듣고 우아하고 만족스러운 미소를 지었다.

"제 생각이 맞아떨어져 다행이군요."

"대공비는 이미 예상하고 있던 것 같습니다만."

"부족한 통찰력이 우연히 답을 가리켰을 뿐이지만요."

그는 이제 호의적인 시선을 보냈다. 가족의 좋은 배우자에 대한 호의가 담긴 시선이었다. 엘쟈네스를 신뢰할 수 있었던 것이다. 또한 그것은 엘쟈네스를 인정하는 의미이기도 했다. 엘쟈네스는 뛰어난 여자였다. 그는 윈터나이트 대공의 짝이 되어주어 고맙다는 말을 건넸다. 춤이 끝난 후 휴식 시간이 찾아왔다. 이 곡을 마지막으로 휴식 시간이 주어지고 이후 다시 춤이 시작되는 것이었다.

라시아는 춤을 추는 내내 한시도 엘쟈네스 윈터나이트와 발라디미르 황자에게서 눈을 떼지 못했다. 그녀는 화가 있는 대로 난 상태였다. 춤을 추는 내내 엘쟈네스 크로커스와 발라디미르 황자의 사이가 지나치게 가까워 보였기 때문이다. 약혼녀를 앞에 둔 채 그 약혼자에게 친밀하게 굴다니 이 얼마나 무례한 짓이란 말인가. 라시아 블렌시아는 참을 수 없어 엘쟈네스 윈터나이트에게 다가갔다.

만일 엘쟈네스 윈터나이트가 라시아보다 신분이 낮았다면 라시아는 주저 없이 뺨을 후려쳤을 것이다. 물론 상상일 뿐이었다. 그녀는 엘쟈네스 윈터나이트가 자신보다 까마득히 높은 신분이라는 사실을 잊지 않았다. 라시아는 숨을 몇 번 내쉰 뒤 엘쟈네스를 불렀다.

"대공비 각하."

"무슨 일인가요, 블렌시아 영애?"

대공비는 우아하게 싱긋 웃으며 답했다. 그 얼굴이 유난히 미워 견딜 수 없었다. 흥분하면 안 된다. 라시아는 자신을 애써 억눌렀다. 엘쟈네스는 로벨리아의 공녀였고 지금은 대공비의 자리에 있는 여자였다. 라시아는 자신이 아직 블렌시아 자작 영애라는 것을 잊지 않았다. 신분의 차이는 컸다. 이곳에서 함부로 언성을 높이거나 무례를 저지른다면 처분을 받는 쪽은 라시아가 될 것이다. 문제를 일으킨 쪽이 대공비라 하더라도 마찬가지였다. 설령 대공비가 크나큰 잘못을 했다 해도 라시아는 웃어야만 했다. 황족들에게 밉보이면 그녀가 쌓아올린 모든 것이 날아갈 것이었다.

라시아는 순진무구한 표정을 지었다. 대공비가 서 있던 곳은 화려한 연회장의 테라스 쪽이었다. 마침 대공비의 주변에는 그 누구도 없는 상황이었다. 황족들과 윈터나이트 대공은 반대편에 있었다. 황후가 테라스에서 나오는 밤바람을 그리 좋아하지 않았기 때문이다. 그것을 확인한 라시아는 나긋나긋하게, 그러나 은근히 비꼬는 의미를 담아 말했다.

"비 각하는 남성분들의 마음을 애타게 하는 재주가 있는 것 같아요. 이토록 타인에게 상냥하게 자꾸만 다가가니 그럴 수밖에요. 남자들은 본래 구하기 어려운 보석보다는 자꾸만 굴러들어오는 길가의 돌을 선호하잖아요. 누군가가 보면 비 각하의 마음을 오해하고 말 거예요."

흥분했던 탓에 말의 수위가 제대로 조절되지 않았다. 그러나 라시아의 표정에는 악의가 드러나지 않았다. 라시아는 엘자네스가 남자들에게 자꾸만 다가서는 여자이며 창녀라는 뜻을 전했다. 북쪽에서 굴러가는 길가의 돌이란 말은 창녀를 은유적으로 뜻했다. 이 이야기를 남쪽에서 온 대공비가 알아들을 리 없을 것이다. 실제로도 대공비는 뜻을 알아듣지 못한 눈치였다. 그녀는 단지 자신이 남자들에게 먼저 다가가 그들을 애타게 하는 여자라고 모욕당했다는 사실만을 알아들은 것 같았다.

가벼운 모욕처럼 들렸다. 사교계식 공격이었다. 엘자네스는 라시아 블렌시아를 바라보았다. 라시아가 크나큰 모욕을 했다는 사실을 알 수 있었다. 그러나 신분이 한참 낮은 상대에게 쉽게 반응하면 엘자네스의 위치가 우스워질 것이다. 엘자네스는 평온하게 이야기를 들었다. 라시아의 기쁨에 가득 찬 눈동자를 보자 오히려 마음이 차분해졌다.

화를 낼 줄 알았던 대공비가 평온한 태도를 보이고 있다. 순간 라시아는 그녀에게서 보이지 않는 어떤 위압감이 느껴졌다고 생각했다. 그러나 그것은 찰나였다. 그녀는 라시아의 말을 들은 후 라시아를 바라보고 있었다. 라시아는 대공비에게 폭언을 퍼부은 것에 대해 승리감을 느끼고 있었다. 이쯤 되면 대공비는 수치심을 느끼거나 화를 낼 것이다. 그러나 신분이 낮은 사람의 사교계식 도발에 감정을 내보이는 것은 좋지 않다. 드디어 대공비의 일그러진 얼굴을 볼 수 있다. 대공비의 단호한 진갈색 눈동자가 라시아에게 닿는 순간 라시아는 저열한 기쁨을 감추지 못했다.

그러나 다음 순간, 대공비가 웃었다. 꽃이 만개하는 듯 아름다운 웃음이었다. 그 웃음에 라시아가 당황하는 사이 대공비는 노래하듯 부드럽고 상냥하게 말하고 있었다.

"그런 세간의 시선은 단지 편견에 불과해요. 저는 모든 사람과 우정을 나누는걸요. 제 친구들과 저를 그런 관계로 보는 사람은 틀림없이 삐뚤어진 시각을 가진 추악한 사람일 거예요."

"비 각하는 지금 제 시각을 삐뚤어진 것으로 치부하며 저를 추악한 사람이라고 하시는 건가요?"

"어머나, 블렌시아 영애. 어떻게 그런 험악한 가정을 할 수 있나요. 너무하네요. 설령 그런 사람이 있다 한들 사랑으로 감싸주면 언젠가 그 사람도 자신의 잘못을 뉘우칠 거예요. 친절하고 상냥한 분들에게서 사랑의 마음을 배우시길 바라요."

"사랑의 마음이라고요?"

"모든 사람들에게는 사랑의 마음이 있는걸요."

라시아는 기가 차 말을 잇지 못했다. 대공비의 압도적인 아름다움이 라시아를 참게 만들고 있었다. 대공비는 사람의 속을 잔뜩 뒤집고 긁는 재주가 있었다. 그녀는 일방적으로 자신을 이상한 사람인 것처럼 말했는데 막상 물어보면 그렇지 않다고 어떻게 그런 가정을 할 수 있냐고 대답했다.

"발라디미르 황자님 역시도 친절하고 다정하시답니다. 그분은 과분할 만큼 좋은 분이에요."

"발은 제게 과분한 남자죠."

"미안해요. 제가 이름을 함부로 불러서 혹여나 화가 나시지 않았을까 생각되네요."

"그런 일로 화낼 리가요."

"하지만 블렌시아 영애도 노력하면 아름다워질 수 있을 거예요. 마음은 사람을 배신하지 않는답니다, 라시아."

라시아의 어조가 뚝뚝 끊겼다. 그녀는 발라디미르 황자에 대한 이야기에 점점 화가 치밀어 올라 주먹을 꽉 쥐었다. 노력한다면 당신도 아름다워질 것이라는 대공비의 말에 치밀어 오르는 열로 인해 점점 거친 숨소리를 냈다. 발라디미르 황자는 좋은 남자였으나 상냥한 남자는 아니었다. 무엇을 어떻게 했기에 대공비는 이런 말을 하는 것인가. 마지막 타격은 대공비가 그녀의 이름을 친밀하게 부른 것이었다.

화를 낼 수도 없었다. 대공비의 사과하는 뉘앙스는 꼭 라시아가 자신의 이름을 부르면 누구에게나 달려드는 야만인이라는 것처럼 들렸다. 라시아는 호흡을 진정시키려 애썼다. 이런 대화를 나눌 때 흥분하는 사람은 그런 것에 연연하는 사람처럼 보이거나 말의 내용이 사실이라는 것을 간접적으로 인정하는 것처럼 보일 뿐이다.

대공비는 라시아에게 호의적인 태도를 보이고 있을 뿐이었다. 자신이 라시아에게 아무렇지도 않게 한 말이 얼마나 실례인지 모르는 듯했다. 라시아는 이를 악물다 간신히 말했다.

"비 각하, 무례는 그만두어주세요."

"라시아. 아니, 블렌시아 영애. 미안해요. 황자님과 춤을 춘 것이 불쾌했던 거군요. 제가 황자님의 곁에 있는 걸 싫어하는 줄 몰랐어요. 블렌시아 영애의 눈에 저희의 순수하고 긍지 높은 우정이 저급한 사랑처럼 보일 줄은 몰랐어요. 제가 블렌시아 영애를 지나치게 과대평가한 탓이에요. 영애는 황자님의 곁에 누군가가 다가가는 것조차도 싫어하는데…."

대공비는 그녀의 손을 잡았다. 이제 그녀는 라시아를 의부증 환자 취급하고 있었다.

'리리엘이 도움이 될 때도 있구나.'

엘자네스는 생각했다. 그녀는 리리엘이 했던 말들을 조금 비틀어 그대로 하고 있었다. 엘자네스는 몰랐으나 그녀는 리리엘과 자매였기에 상당히 많이 닮은 편이었다. 다른 점은 어떤 행동을 하든 가려지지 않는 엘자네스만의 어떤 분위기였다. 엘자네스가 리리엘처럼 슬픈 음성으로 말할 때마다 라시아는 눈에 띄게 화가 난 얼굴을 했다. 엘자네스는 라시아를 세상에서 가장 가련하고 질투심이 많은 사람인 것처럼 대했다. 라시아가 이에 대해 지적하면 그런 생각은 추호도 하지 않았다는 말을 했다. 이렇게 말하는 엘자네스의 얼굴에는 어떤 악의도 보이지 않았다.

"비 각하."

"네?"

"아니에요. 아무것도."

대공비 나름의 선한 의도랍시고 그녀에게 말하는 것이 와닿아 오히려 더 화가 솟구쳤다. 그러나 감히 큰소리를 낼 수 없었다. 라시아는 그녀의 아름다움과 분위기에 압도된 후였다. 더군다나 신분의 차가 있었다. 차라리 황자비의 신분이었다면 대등한 대화가 가능했을 텐데. 라시아는 부글부글 들끓는 속을 진정시키며 고개를 저었다. 분노에 잠시 숨이 막혀 말을 제대로 할 수 없었다. 그녀는 노력 끝에 대공비에게 말을 내뱉을 수 있었다.

"비 각하. 제가 오해를. 했나 봐요."

"저야말로 블렌시아 영애를 생각하지 못했는걸요. 더군다나 블렌시아 영애의 이름을 불러서 기분이 상할 줄은 몰랐어요. 마음 깊은 곳에서 블렌시아 영애를 친밀하게 여겼었나 봐요. 블렌시아 영애가 저를 미워하는 줄도 모르고…."

"미워하지… 않아요. 비 각하."

"애써 거짓말을 할 필요는 없어요. 하지만 마음이 너무 아프네요. 이렇게 다정하고 웃음이 많은 발라디미르 황자님과는 영원히 보지 못하겠군요."

이 여자의 머릿속은 꽃밭으로 이루어진 건가. 라시아는 인내심을 끌어모아 폭발 직전의 화를 간신히 억눌렀다. 라시아는 자신의 것을 빼앗기는 것을 싫어하는 사람이었다. 가난한 시골 영주의 딸에서 황자의 약혼녀라는 자리에 올라오기까지 많은 공을 들였고 그것을 빼앗기기 싫었기 때문이다. 대공비에게 실수를 하면 라시아가 누리는 모든 것이 사라져버릴 것이다.

"어쨌든 발라디미르 황자님은 좋은 분이에요. 그분은 블렌시아 영애에게도 친절하게 대해주시나요? 그분이 검을 잘 쓴다는 이야기도 들었답니다."

"네, 저도 알아요. 제게 은여우를 선물해주셨으니까요."

"어머나. 그 이야기는 저도 알아요. 사냥을 잘한다는 말을 황자님이 해주셨거든요. 제게도 은여우를 선물해주실지도 몰라요. 아, 이런 이야기는 실례인가요? 미안해요. 나는 라시아의 기분을 상하게만 하나 봐요."

"괜… 찮아요. 정말로 괜찮아요. 비 각하."

라시아는 대공비가 발라디미르 황자의 장점과 그의 매력에 대해 언급할 때마다 들끓는 화를 억누를 수밖에 없었다. 대공비는 그런 말들이 정말로 발라디미르 황자와 그녀 사이의 어떤 우정을 나타낸다고 생각하는 듯했다. 대화를 중지해야 했다. 대공비는 선한 사람의 행세를 하며 그녀를 계속해서 악인으로 몰아가고 있었다. 대공이 친절하고 다정하다고 했던 라시아의 말이 몇 배가 되어 돌아오는 순간이었다.

"블렌시아 영애. 어디를 가세요?"

"윈터나이트의 찬 공기가 쐬고 싶어서요. 실례가 많았습니다, 비 각하."

라시아 블렌시아는 결국 핑계를 대며 테라스 밖으로 나가버렸다. 대화를 나누다 나오는 것은 실례임을 알았지만 이대로라면 라시아가 피가 거꾸로 치솟아 올라 죽을지도 모른다는 생각이 들었던 것이다. 라시아는 왜 대공비가 자신을 붙잡지 않는지에 대한 의구심도 가질 수 없을 정도로 화가 치밀어 오른 상태였다.

"맨 오른쪽의 것을 주렴."

"여기에 있습니다, 비 각하."

라시아가 떠나고, 혼자 남은 엘쟈네스는 지나가는 시종에게서 우아한 태도로 샴페인 잔을 받아 들었다. 라시아에게 말하던 것과는 다른 태도였다. 방금 전까지 세기의 천사처럼 굴었던 것이 거짓말처럼 느껴지는 단호한 얼굴이었다. 샹들리에 아래에 서 있는 그녀는 마치 무심한 여왕과도 같았다. 황족들은 그 모습을 바라보았다. 엘쟈네스는 시선을 받으며 샴페인 잔을 입에 가져다 댔다. 그 모습마저도 완벽하기 그지없었다.

이후 라시아 블렌시아는 테라스에서 거의 나오지 않았다. 황족들이 몇 번 나오라고 권유했지만 바람을 쐬며 보는 별이 아름답다는 대답이 돌아올 뿐이었다. 아나스타샤 황녀는 다시 연회장 안을 즐겁게 폴짝거리며 다녔다. 라시아가 없다는 사실을 신경 쓰는 사람은 발라디미르 황자 하나뿐이었다. 시간이 흐르고, 사람들은 연회를 마무리하는 춤을 추었다. 아나스타샤 황녀가 아쉬워하는 기색을 보였으나 황후가 피로하다 말하며 타이르자 곧 잠잠해졌다. 대공 부부가 먼저 연회장을 나섰다. 별채에서 머무는 황족들이 두 사람을 신경 쓰지 않고 편안하게 휴식을 취하라는 배려였다.

"이만 가보겠습니다."

"즐거운 연회를 열어주어서 고마워요, 대공 대공비."

황후는 두 사람이 서로를 사랑하는 것이 눈에 잘 보인다며 덧붙였다.

두 사람을 배웅할 때 다시 표정을 갈무리해 웃던 라시아 블렌시아는 황족들이 차례로 배정된 방에 돌아갈 무렵 이를 바드득 갈았다. 몇 년간 잊고 있던 감정들이 한꺼번에 수면 위로 올라왔던 것이다.

블렌시아 가문이 남작가일 때, 사람들은 아둔한 남작 부부를 비웃고는 했다. 블렌시아 남작은 그의 살찐 배를 더욱 불리기라도 하려는 듯 끊임없이 음식을 먹어 영지의 내정 사정을 악화시켰다. 사람들은 역시 천민 출신이라 비웃으며 킬킬 웃었다. 블렌시아 남작 부인은 한시라도 누군가의 험담을 하지 않으면 견디지 못하는 사람이었다. 주변 영지의 귀부인들은 블렌시아 남작 부인을 조롱했다. 그 사이에서 태어난 라시아가 아름답다는 것은 큰 비극이었다.

라시아가 어렸을 적 그녀는 강제로 주변 영지의 어느 늙은이에게 팔려 갈 뻔했다. 블렌시아 남작이 그에게 빚을 졌기 때문이다. 천만다행으로 그 늙은이가 중풍으로 쓰러지게 되어 라시아는 간신히 결혼을 피할 수 있었다. 그녀를 그런 식으로 탐내는 이가 수도 없이 많았다.

블렌시아는 권력도 재력도 없었다. 라시아는 길에 아무렇게나 떨어진 보석처럼 다루어졌다. 그랬기에 라시아는 남자를 다루는 법을 익혔다. 그것만이 살 길이었다. 블렌시아가 영애로서 할 수 있는 일은 그리 많지 않았다. 잘못된 선택을 하면 가문이 짓밟힐 수도 있었다. 어리석은 블렌시아 부부는 아무것도 몰랐다. 라시아의 노력조차도.

라시아는 권력을 원했다. 넘치는 재력 또한 원했다. 그녀는 그녀의 미모가 그것들을 붙잡는 기반이 되어줄 것이라는 사실을 알았다. 라시아는 영민했다. 그 후는 일사천리였다. 많은 결핍에 의해 생겨난 라시아의 탐욕은 라시아에게 날개를 달아주었다. 라시아처럼 순진하게 보이면서도 당돌하고,

묘한 분위기를 내면서도 영특한 영애는 없었다. 그녀는 황자의 약혼녀가 되었고 그 누구도 라시아를 함부로 대할 수 없어졌다. 사교계의 그 루이자 바이올렛마저도 라시아에게 제멋대로 할 수는 없었다. 그런데 대공비가 뭐라고. 짓씹자 발라디미르 황자가 라시아에게 고개를 기울였다.

"라시아, 뭐라고 했어?"

"아니에요, 발. 졸려서 하품을 했나 봐요."

발라디미르 황자는 그녀의 아버지인 블렌시아 남작과 닮은 구석이 많았다. 저 우둔해 보이는 눈빛과 큰 체격이 그러했다. 라시아가 가장 싫어하는 사람이 살이 찐 사람이었다. 블렌시아 남작을 떠올리게 했기 때문이다. 라시아는 살에 대해 예민했다. 그래서 황자가 살이 많은 것이 아니었음에도 불구하고 때때로 미워질 때가 있었다. 라시아가 팔짱을 낀 채 어깨에 머리를 살며시 기대자 황자는 좋아하는 얼굴을 했다.

"라시아는 정말 사랑스러워."

"발을 사랑하니까요. 발의 앞에서만 그래요."

그녀는 웃었다. 라시아는 자신의 눈 밑에 있는 점이 웃을 때마다 도드라진다는 것을 알고 있었다. 라시아의 웃는 얼굴은 그래서 묘하게 선정적인 느낌을 가져오고는 했다. 발라디미르 황자는 라시아를 사랑스럽다는 듯 바라보고 있었다. 라시아는 애써 자기 자신에게 속삭였다. 대공비만큼은 아니어도 라시아는 충분히 아름다운 여자였다. 황자의 자리에서 많은 여자를 만났을 발라디미르마저도 결국은 그녀에게 빠지지 않았는가. 윈터나이트 대공도.

라시아의 생각이 윈터나이트 대공에게 미쳤다. 완벽했던 윈터나이트 대공 부부. 그들은 라시아를 비웃기라도 하듯 고귀하게 존재하고 있었다. 대공비는 순진한 얼굴을 하며 라시아를 조롱했다. 라시아는 어떻게든 대공비의 얼굴이 일그러지는 꼴을 보고 싶었다. 그녀는 자신을 무시하는 것을 참지 못했다. 참을 수가 없었다. 대공의 약점인 아카데미 시절을 되살려주면 대공은 흔들릴 것이다. 사람의 마음을 얻는 법은 간단했다. 사람의 마음은 잘 흔들리고 가장 약해졌을 때 건드리기 쉬웠다. 어떻게든 대공비의 그 잘난 얼굴을 일그러뜨리고 말리라. 내일부터는 바빠질 것이다. 라시아의 눈빛이 매섭게 빛났다.

※

"다녀오셨습니까, 마님."

대공 부부의 침실에 들어오자 엘리나가 엘쟈네스를 반겼다. 렌은 집사와 함께 영지에서 온 무역상들을 만나러 간 상태였다. 오늘 마님은 검은 드레스를 입고 있다. 마님은 분명 검은 옷을 위해 태어난 사람일 것이다. 엘리나는 오늘도 그렇게 생각했다.

어제는 하얀 드레스였고, 그저께는 파란 드레스였다. 엘리나는 똑같은 생각을 며칠째 하고 있었다.

'하지만 그럴 수밖에 없지.'

주인은 너무나도 완벽했다. 엘리나의 신비로운 파란 눈에 자부심이 서렸다. 엘리나는 엘쟈네스의 화장을 지워주기 위해 커다란 화장대 앞에 섰다. 엘쟈네스는 화장대의 의자에 앉았다. 엘리나도 이제 제법 시중에 능숙했다. 시녀장인 아이라가 놀랄 만큼의 성취였다. 아이라는 진지하게 다음 대 윈터나이트의 시녀장이 되어 시녀로서의 재능을 살리고 싶지 않으냐는 제안을 했지만 엘리나의 기사다운 사고 과정을 겪더니 곧 그런 말을 하지 않게 되었다.

"마님."

엘리나는 아이라에게서 배운 대로 주인의 기분과 상태를 보며 말을 걸었다. 오늘의 엘자네스는 기분이 좋아 보였다.

"오늘 좋은 일이 있으셨습니까?"

"아니라고 대답하려 했지만, 따지고 보면 그런 셈이구나."

"어떤 일이셨는지 여쭤보아도 됩니까?"

"라시아 블렌시아를 만났단다."

라시아 블렌시아? 엘리나의 머릿속이 빠르게 많은 인물들을 탐색했다. 그 결과 엘리나는 라시아 블렌시아를 떠올려낼 수 있었다. 금발과 푸른 눈을 가진 순진하고 나른한 인상의 미녀였다. 또한 엘리나가 좋아하지 않는 인물이기도 했다. 별다른 이유는 없었다. 그저 좋지 않은 감이 들었을 뿐이다. 아카데미를 다닐 때는 라시아 블렌시아에게 별다른 관심이 없었다. 그러나 엘자네스를 모시게 되자 라시아 블렌시아가 유난히 눈에 밟히기 시작했다. 엘자네스와 관련이 되었을 때 엘리나의 직감은 늘 정확했다. 엘자네스는 말을 이었다.

"내가 그녀에게 무엇을 했는지 아니?"

"모르겠습니다."

"그녀를 괴롭혔단다."

말과 동시에 엘자네스가 웃음을 터뜨렸다. 맑은 웃음소리가 고왔다.

"내가 좋아하지 않던 방식을 똑같이 사용해주었지. 어린아이에게 어른이 화를 낸 격이란다. 어쩌면 내 성격이 나쁜 것일 수도 있겠구나."

"당치도 않습니다. 마님의 성격은 세상에서 가장 상냥합니다. 또한 저희 부단장은 늘 저희들에게 가르쳤습니다. 맞을 바에야 때려눕히라고."

"그러니? 네게 상냥한 사람이라니 다행이구나."

"모두가 알고 있을 겁니다. 설령 마님이 나쁜 사람이라 해도 저는 마님의 기사일 겁니다."

그렇게 말하는 엘리나의 눈은 올곧아 엘자네스는 미소를 지어버리고 말았다. 라시아 블렌시아는 엘쟈네스에게 상대조차 되지 못하는 여자였다. 엘쟈네스는 그런 부류에게 상위의 존재라는 것을 각인시키기보다 리리엘처럼 대처하는 게 더 타격을 줄 수 있다는 사실을 알고 있었다. 물론 엘쟈네스는 결코 라시아 블렌시아에게 손댈 생각은 없었다. 황자의 약혼녀라는 직위는 생각보다 높다. 그러니.

"가벼운 화풀이 정도는 해도 나쁘지 않겠지."

엘쟈네스는 중얼거렸다. 밤이 지나가고 있었다.

다음 날 아침 황후와 아나스타샤 황녀가 유리 온실을 보고 싶다는 전갈을 보내왔다. 그들은 윈터나이트에 그런 아름다운 것이 생겼다는 사실에 놀라고 있었다. 라시아 블렌시아는 반드시 올 것이다. 엘쟈네스는 영광이라는 답장을 보냈다. 업무를 미리 거의 해놓았기에 오늘은 한가한 편이었다. 테이블 위에는 줄리의 보고서가 올려져 있었다. 그것을 보던 엘쟈네스는 엘리나에게 지시했다.

"오늘은 녹색 드레스가 좋겠구나."

"녹색이 잘 어울리십니다."

엘리나는 엘쟈네스의 준비를 도와주며 기쁜 표정을 지었다. 엘쟈네스는 차츰 변해가고 있었다. 기피하던 녹색 드레스를 입을 수 있게 되었고, 엘리나를 그리고 기사들을 신뢰하게 되었다. 내면의 변화가 밖으로 나타나고 있었다. 엘쟈네스에게서는 부드럽고도 강인한 분위기가 났다. 예전의 단호함과 우아함에 그것이 실리자 이제는 눈을 뗄 수가 없었다.

아룬델 마법의 영향일지도 모르지만, 화이트 기사단에게 사람을 매혹시키는 힘은 통하지 않는다. 그랬기에 엘리나는 가끔 아쉽다는 생각이 들었다. 엘리나가 겨울의 마법을 가지지 않았다면 아룬델의 마법으로 인해 더 빛나는 엘쟈네스의 모습도 볼 수 있었을 것이다.

'비 각하를 지켜드리는 편도 좋지만.'

엘쟈네스는 외출 준비를 마치고 밖으로 향했다. 목적지는 유리 온실이었다. 엘리나가 그녀의 뒤를 따랐다. 얼마 지나지 않아 엘쟈네스는 유리 온실에 도착할 수 있었다. 앞에 서 있던 황후와 황녀가 엘쟈네스를 보고 반가운 얼굴을 했다. 반면 라시아 블렌시아의 얼굴은 단번에 구겨지고 말았다. 대공비는 라시아와 같은 녹색 드레스를 입고 있었다.

라시아는 녹색 드레스를 좋아했다. 라시아는 입는 옷에 따라 분위기가 바뀌고는 했는데, 녹색 드레스는 그녀의 퇴폐적인 느낌을 싱그럽게 만들어주었다. 사람들은 녹색 드레스를 입은 그녀가 요정 같다고 이야기했다. 오늘 라시아가 입은 드레스는 황족 전속 의상 디자이너인 도란 카렌이 만든 것이었다. 라시아는 자부심을 가지고 있던 상태였다. 대공비 역시도 라시아의 드레스를 보면 감탄을 내뱉으리라. 예상은 빗나갔다. 옷이 겹치는 것을 본 순간부터 라시아의 기분은 저조해졌다. 대공비가 다가왔다.

“귀빈들을 오래 세워둔 것이 아닐까 걱정되네요.”

“아니에요. 온실의 외관이 아름답더군요, 대공비. 덕분에 즐거웠답니다.”

“감사합니다, 황후 폐하.”

“그 루카르엔이 이렇게 변할 줄은 몰랐어요. 요즘은 무리하게 업무를 도맡던 습관도 고쳤다고 하더군요. 그대의 공이 큽니다.”

“좋게 보아주셨다는 사실을 즐거운 마음으로 받아들이겠습니다.”

라시아에게 사무적으로 대하던 황후는 대공비에게 부드러운 얼굴을 하고 있었다. 아나스타샤 황녀는 연분홍빛의 드레스를 입고 있었는데 성인임에도 불구하고 소녀 인형처럼 보였다. 황후도 아나스타샤 황녀도 공식 석상이 아니면 그다지 치장하지는 않았다.

문제는 대공비였다. 라시아는 대공비가 입은 드레스를 슬쩍 바라보았다. 팔꿈치의 위는 약간 부풀려졌으나 그 밑은 하늘거렸다. 검은색의 레이스가 드레스를 장식하고 있었다. 치마는 부드럽게 퍼지는 형태였다.

라시아가 입은 것과 같은 디자인이었다. 도란 카렌의 것이다. 도란 카렌이 즐겨 만드는 형태이기도 했다. 다른 점은 라시아의 드레스에 비해 대공비의 것이 더 세밀하고 정교했다는 것이었다. 공을 들인 티가 났다. 아름다워 보이던 라시아의 드레스는 대공비가 입은 드레스 옆에 있자 빛을 잃었다. 같은 형태임에도 불구하고 두 드레스가 현저하게 달랐다. 이 상황에서 마저도 도움이 되지 않는 아나스타샤 황녀가 눈을 동그랗게 떴다.

"어머, 라시아. 둘의 드레스가 똑같아."

"비 각하와 비슷한 생각을 했나 봐요. 비 각하의 드레스도 참 아름답네요."

"그런가요? 도란 카렌이 제 결혼을 위해 특별히 만든 몇백 벌의 드레스 중 손에 잡히는 것을 입고 왔어요. 도란 카렌의 드레스지만 계속 보다 보니 저는 무감각해졌거든요."

"무슨 소리예요, 엘쟈네스. 아주 아름다운 드레스인걸요? 라시아가 입은 것보다도 훨씬 더 멋져요."

아나스타샤가 아무렇지도 않게 말했다. 라시아는 가슴이 답답해지는 것을 느꼈다. 아나스타샤 황녀는 말을 직설적으로 하는 편이었다. 그 단순하고도 솔직한 모습이 그녀의 매력이었으나 지금은 아니었다. 그녀는 라시아 앞에서 비교하는 말을 꺼내놓고도 아무 생각이 없는 것 같았다. 얄밉기 그지없었다.

황후는 눈앞에서 이루어지는 셋의 대화에 별다른 관심을 가지지 않는 것 같았다. 그녀는 두통과 자기 자신 외의 다른 것에 신경을 쓸 여력이 없는 듯했다. 대화가 빠르게 마무리되자 엘쟈네스의 곁에 기척 없이 서 있던 엘리나가 조용히 유리 온실의 문을 열었다. 아나스타샤가 말했다.

"어머나. 예뻐라."

"아직 몇 가지 꽃이 피지 않아서 귀한 분들을 모시기에는 적합하지 않을

지도 모르겠네요."

말은 그러했으나 유리 온실 안은 아름다웠다. 온통 유리로 되어 있었기에 바깥의 풍경과 하늘이 아름답게 보였고 유리 온실 안의 꽃들은 모두 잘 관리되어 상그러움을 뽐냈다. 라시아는 자신도 모르게 감탄하고 말았다. 꽃을 좋아하는 편이 아닌 황후와 아나스타샤 황녀마저도 유리 온실을 감탄의 눈으로 보고 있었다. 드넓은 온실 안의 한쪽에는 새하얀 그네 같은 것이 있었다. 그 앞에는 물이 흐르고 있었다. 그 안에서 아름다운 빛깔의 물고기들이 움직이고 있었다. 온실을 둘러보는 내내 라시아는 불편한 심기를 느끼고 있었다. 처음에는 아름답고 다소 부러웠으나 이 모든 것이 라시아에게 갈 수도 있었다는 생각을 하니 거슬리기 시작했던 것이다. 꽃을 대강 둘러본 후 엘자네스는 세 명을 하얀 테이블에 앉혔다.

"너무 아름다워요. 이곳이 공개된다면 사람들은 윈터나이트의 유리 온실에 대해 이야기할 거예요."

"감사해요, 황녀님. 그러나 저는 이곳을 공개하지 않을 거예요."

"어머. 어째서요?"

"황족 분들 외의 누구에게도 이곳을 알리고 싶지 않은걸요."

"그럴 만하군요."

공개한다면 윈터나이트는 온갖 손님들로 귀찮아질 것이다. 그렇게 생각한 황후가 고개를 끄덕였다. 자리에 앉자 시녀가 은빛의 작은 손수레를 밀며 다가왔다. 그녀는 다과들을 내려놓고 꽃이 든 찻잔을 각자의 앞에 놓아준 후 작은 주전자를 들어 올렸다. 그때까지만 해도 즐겁게 이야기를 하던 아나스타샤가 놀란 얼굴을 하고 말았다.

"엘리나 블루벨 경?"

아나스타샤는 한때 엘리나 블루벨의 열렬한 팬이었다. 블루벨 가문의 사람이 신의를 지키지 않는 날 태양이 반대편에서 떠오른다는 우스갯소리가 있을 정도로 그들의 충심은 강했다. 윈터나이트 기사단에 엘리나 블루벨이 속해 있다는 얘기는 들었지만 설마 이곳에서 만날 줄은 몰랐던 아나스타샤가 엘리나의 얼굴을 보고 또 보았다.

"어머나. 정말이야. 라시아, 진짜 엘리나 블루벨 경이야."

"황후 폐하와 황녀 저하를 뵙습니다."

엘리나가 우아하게 인사했다. 시녀와 기사를 반씩 섞어놓은 것 같은 동작이 절도 있었다. 아나스타샤 황녀는 무척 흥분한 눈치였다. 그녀의 눈이 반짝거렸다.

"경, 놀랐어요. 경이 시녀복을 입고 올 줄이야. 이 옷도 잘 어울리네요. 경은 기사를 그만두고 시녀로 일하고 있는 건가요?"

윈터나이트 대공가가 존경을 받는 만큼 대공가의 시녀들은 좋은 대우를 받았다. 어지간한 기사보다는 시녀의 대우가 훨씬 더 좋을 정도였다. 엘리나 블루벨이라면 시녀도 나쁘지 않을 것이다. 황후마저도 그녀의 대답을 주의 깊게 듣고 있었다. 엘리나는 예의를 갖추며 대답했다.

"아닙니다. 낮엔 시녀의 일을, 밤엔 호위 기사를 겸하고 있습니다. 두 일 모두를 하고 있습니다. 저는 대공비 각하에게 충성을 맹세했습니다."

"멋지네요! 두 가지를 모두 하기 쉽지 않을 텐데. 힘들지는 않아요?"

"비 각하를 가까이서 모시는 일이니 고되지 않습니다."

엘리나는 말하며 주전자의 물을 따랐다. 곧이어 찻잔 안에 들어 있던 마른 꽃이 화사하게 피어나기 시작했다. 그 광경을 본 아마릴리스 황녀는 어린아이처럼 손뼉을 쳤다. 하얀 꽃이 만개하며 완연히 피어났다. 겨울이 끝났음을 알리는 꽃. 윈터데이였다. 엘자네스는 감탄의 기색을 감추지 못하는 세 여자에게 우아하게 웃으며 말했다.

"윈터데이는 말렸다 뜨거운 물을 부을 때 그윽한 향기가 나죠. 저희 영지에서는 유명한 것이랍니다."

황후는 내심 흐뭇함을 느꼈다. 전대 대공 부부가 은퇴한 이후 처음으로 받아보는 귀한 대접이었다. 안주인이 없는 것과 있는 것은 차원이 달랐다. 렌은 세심했으나 황후를 대접하는 데는 조금씩 부족함이 있었다. 처음 윈터나이트 대공가에 도착하면서 느꼈던 것이지만 대공가의 많은 것이 바뀌었다. 이제는 대공비에 대해 좀 더 자세히 알고 싶다는 생각이 들 정도였다.

"블루벨 경."

"네, 황후 폐하."

"그대의 주인은 좋은 사람이군."

"감사합니다."

엘리나 블루벨의 눈동자에 기쁜 빛이 감돌았다. 라시아 블렌시아는 자신도 모르게 이를 까드득 갈고 말았다. 대공비는 그녀를 자극하기 위해 태어난 사람 같았다.

라시아 역시도 엘리나 블루벨을 알았다. 그녀는 라시아와 복도에서 만났을 때 신비롭고 무심한 얼굴로 스쳐 지나갔다. 그랬던 엘리나가 엘자네스 앞에서는 웃고 있었다. 엘리나 블루벨의 주인 자리를 원하는 사람은 무수하게 많았다. 마땅한 주인을 찾지 못했다며 아마릴리스 황족들을 거절하고 방패막이가 되어줄 윈터나이트 기사단에 들어가 누구에게도 충성을 맹세하지 않던 엘리나. 그 엘리나가 지금 엘자네스를 완벽히 주인으로 모시고 있었다.

그래도 사교계에서는 라시아가 더 우월하리라. 라시아는 몇 년이라는 세월을 아카데미에서 보내왔다. 대공비가 사교계에 참석했던 것은 대공비의 결혼식 당일이 유일하다고 들었다. 그녀는 모르는 척 말을 꺼냈다.

"루이자 바이올렛 영애는 요즘 뭘 하고 지내나요?"

"루이자 바이올렛 영애요?"

"네. 그녀와 아카데미 때 가까웠거든요."

루이자 바이올렛. 사교계의 실세. 또한 아마릴리스 황가를 제외하고 가장 높은 자리를 차지한 영애. 그런 그녀를 언급하며 라시아는 다소 오만하게 웃었다. 루이자 바이올렛은 사람을 까다롭게 가렸다. 라시아가 그녀와 인사를 하는 사이가 된 것은 엄청 이례적인 일이었다. 그다음 순간 대공비가 반갑다는 얼굴을 했다.

"아, 루이자는 정말 좋은 친우죠."

"루이자라고요? 아마릴리스의 바이올렛 영애를 말하시는 건가요?"

"네. 이 찻잔도 그녀가 보내준 것이랍니다."

"두 분은 자주 교류하시나요?"

"당연한 것을요. 그녀와 저, 레이라와 세실리아는 좋은 친우예요. 우리는 편지를 자주 주고받거든요. 서로 바빠 시간이 맞지 않아서 가을이 되어서야 볼 수 있겠네요. 그녀는 제게 편지를 자주 보내줘요. 많은 소식을 알려주고요."

라시아가 꺼낸 말은 더한 답변으로 돌아오고 말았다. 라시아는 충격에 입을 벌렸다. 그 루이자 바이올렛이 편지를 자주 보내준다고? 말도 안 되는 일이었다. 루이자 바이올렛은 세상에서 편지 쓰는 일이 가장 싫다고 말하는 여자였다. 아카데미를 졸업할 때까지의 성향이 라시아가 자리를 비운 몇 년 사이에 갑작스럽게 변할 리 없다. 그렇다면 루이자 바이올렛이 대공비를 그 정도로 좋아한다는 말이 된다. 라시아는 노력해서 루이자 바이올렛과 그럭저럭 친근한 사이가 되었다. 그 과정도 힘들었다. 그런데 이 여자가 무슨 수로.

티 파티 내내 라시아는 치밀어 오르는 질투심을 참기 어려웠다.

엘자네스는 그것을 보고도 모른 척 우아하게 차를 마셨다. 줄리의 서류에는 녹색 드레스를 입기를 권유하는 추신이 붙어 있었다. 줄리는 분명히 라시아가 오늘 입을 드레스를 알고 있었을 것이다. 라시아에게는 안타깝게도, 라시아가 꺼내는 주제들은 모두 엘자네스가 이미 통달한 것이있다. 같은 상황이 반복되었다. 차를 마신 후 네 여자는 각자만의 휴식 시간을 가지기로 했다. 황후가 두통을 심하게 느꼈던 것이다. 황후와 아나스타샤 황녀가 쉬러 간 후, 라시아는 엘자네스에게 말했다.

"비 각하. 정원을 좀 더 둘러보아도 될까요? 홀로 산책을 하고 싶어서요."

"그럼요. 모든 곳이 블렌시아 영애에게 열려 있어요."

라시아는 대공비의 인사를 들으며 정원으로 나왔다. 라시아가 어디로 갈지 안다면 그녀는 절대 라시아에게 저런 친절한 대답을 하지 못할 것이다. 라시아는 대공이 점심때 같은 장소에서 산책을 한다는 말을 들었다. 그것은 대공 스스로가 라시아에게 말해준 것이었다. 그는 자신이 태어나던 해 어머니가 심어준 나무를 보러 정원에 간다고 했다. 정원을 지나자 마침내 나무 한 그루가 눈에 들어왔다. 그 아래에 그가 있었다. 그녀가 찾고 있던 남자. 라시아는 조금의 주저도 없이 루카르엔 윈터나이트에게 다가갔다.

"대공 각하."

대공이 하루에 한 번 이 나무를 보러 온다던 말은 사실이었던 모양이다. 라시아의 부름에 윈터나이트 대공이 그녀를 돌아보았다. 아카데미 시절 그녀가 부를 때 루카르엔 윈터나이트는 늘 이렇게 돌아보고는 했다. 변한 것은 없었다. 다만 몇 년의 시간이 흘렀을 뿐이다. 묘한 감상에 사로잡혔던 라시아는 그의 눈에 더 이상 라시아를 향한 그때의 감정이 남아 있지 않다는 사실을 발견했다. 그의 질문은 정중했으나 사무적이었다.

"길을 잃으셨습니까."

"그럴지도 모르겠네요."

라시아는 대공을 향해 웃으며 자연스럽게 머리를 귀 뒤로 쓸어 넘겼다. 대공의 무심한 반응이 라시아를 도발했다. 신경을 쓰지 않는 것처럼 보이는 것이 그녀를 신경 쓰고 있다는 증거일 가능성이 높았다. 탐스러운 금발이 넘어간 자리에 귀와 목덜미가 드러났다. 보통 남자라면 시선을 주었을 것이다. 그러나 대공은 관심조차 없다는 얼굴을 하고 있었다. 라시아는 천천히 나긋나긋한 손동작으로 머리칼을 정돈했다.

"집사를 불러드리면 됩니까."

"아니에요."

라시아가 가진 것은 외모뿐이었다. 그 외에는 아무것도 없었다. 그 사실이 늘 그녀의 열등감을 부채질했다. 라시아는 윈터나이트에 온 이후로 단 한시도 편한 적이 없었다. 윈터나이트 대공비는 그녀를 초라하게 만들었다. 대공비는 귀한 신분이었고 아름다웠다. 라시아와는 다르게 귀족다운 우아한 기품이 있었다. 몇 년간 유학을 하며 많은 것을 보고 들었던 터다. 하지만 대공비에게 닿지는 못했다. 대공비는 모든 면에서 우수했다. 그녀와의 격차가 라시아가 잊고 지내던 옛 시절을 자꾸만 떠올리게 했다. 라시아는 그 시절을 떠올리고 싶지 않았다. 루카르엔 윈터나이트가 자신보다 더 상위의 사람이 되어 빛나고 있다는 사실을 깨닫자 불안과 함께 어딘지 모를 미움이 솟아올랐다. 라시아는 순진한 얼굴로 조금 더 다가갔다. 그녀의 목소리는 묘하게 달콤한 구석이 있었다.

"그저, 인사를 드리고 싶었어요. 오랜만이에요. 윈터나이트 대공 각하."

"그렇군요."

그는 정말로 미남이었다. 라시아는 루카르엔 윈터나이트보다 더 완벽한 남자를 본 적이 없었다. 그의 얼굴은 수려했으며 검을 잡는 몸은 탄탄했다. 북쪽에서 쉽게 찾아볼 수 없는 검은 머리칼이 그에게 어울렸다. 라시아는 대공의 말에 더 대답할 수 없었다. 대공의 어조는 무심했다. 차라리 그녀에 대한 원망이나 악감정이라도 드러났다면 좋았을 것이다. 그는 그저 있는 사실을 수긍했을 뿐이었다. 이을 말을 찾을 수가 없었다. 라시아는 애써 말했다.

"정원이 아름답네요. 저 나무들도요."

"폐하께서 선물하신 나무입니다."

라시아는 그 순간 대공과 그녀의 격차를 느꼈다. 그는 윈터나이트의 대공이었고 라시아는 그저 그런 가문의 한 영애였다. 라시아는 황제와 제대로 된 대화조차 해보지 못했다. 황제는 너무나도 어려운 존재였다. 그런 황제도 대공에게 언급되는 순간 평범한 사람처럼 느껴졌다. 대공은 나무의 확인을 끝낸 듯했다. 나무의 가지를 바라보던 대공은 자리를 뜨기 위해 몇 발자국 걸었다. 그는 더 이상 라시아에게 눈길을 주지 않았다. 그의 서늘한 얼굴을 보던 라시아는 주먹을 꽉 쥐었다. 라시아는 다가가며 말했다.

"몇 년간 각하를 보고 싶었어요. 유학 내내 각하가 그리웠거든요."

"그렇습니까."

"제가 각하를 얼마나 그리워했는지 모를 거예요. 각하는 정말 좋은 분이었으니까요. 저는 늘 각하를 떠올렸어요. 각하, 저는 각하를 좋아했어요. 너무 뒤늦게 깨닫고 말았지만요."

감상적인 얼굴로 웃으며 말하던 라시아는 고개를 들었다. 대공이 어떤 반응도 하지 않고 있다는 사실을 깨달았기 때문이다. 라시아는 무수한 남자들을 겪었다. 라시아의 이런 한마디가 남자에게 얼마나 여지를 주는지, 그리고 얼마나 남자를 흔드는지에 대해서는 그녀 스스로가 더 잘 알고 있었다. 미련을 흔드는 한마디였다.

고개를 든 자세 그대로 대공과 눈을 마주한 그녀는 순간 숨을 들이마셨다. 그 상태로 숨을 내뱉을 수가 없었다. 라시아는 잠시 멍하게 서 있었다. 대공의 눈에 그녀가 없었다. 라시아는 검은 눈과 마주한 순간 그 사실을 알아차렸다. 대공은 더 이상 그녀를 사랑하지 않았다. 그가 라시아에게 악감정을 가지지 않은 것은 그녀가 그에게 있어 어떤 무엇도 아니었기 때문이었다. 그는 라시아의 말을 무시하지 않았다. 손님에 대한 예우를 갖추어 대답하는 편이었다.

"각하, 듣고 계신가요?"

"모든 이야기를 다 들었습니다. 블렌시아 영애."

"각하, 저는."

"말씀하십시오."

그러나 라시아는 그의 정중한 태도가 오히려 그녀를 밀어내는 것임을 느꼈다. 의미 모를 불안감이 솟아올랐다. 대공은 그저 한참 동안 그녀를 단지 바라볼 뿐이었다. 가장 잘 안다고 생각했으나, 이 순간 그는 낯선 사람 같았다. 정적이 흘렀다. 마침내 루카르엔 윈터나이트가 그녀를 불렀다.

"라시아 블렌시아 영애. 영애에게 하고 싶었던 말이 있습니다."

"네, 각하. 무엇이든 말씀해주세요. 각하를 위해서라면 얼마든지 대답해 드릴게요."

"긴말은 하지 않겠습니다."

"무슨 이야기인가요?"

"제 아내를 건드리지 마십시오."

라시아는 충격에 휩싸이고 말았다. 머리를 한 대 맞은 것처럼 얼떨떨했다. 대공의 말은 오로지 아내를 위한 것이었다. 대공의 용건은 단지 그게 전부인 듯했다. 그의 위압감에 눌려 제대로 대답할 수 없었다. 라시아 블렌시아는 아카데미 시절 그가 자신을 배려했다는 사실을 아이러니하게도 지금 알게 되었다. 그는 바보가 아니었다. 그는 라시아의 행동을 이미 보고 들은 후였다. 그것을 깨달았다.

렌은 라시아를 지켜보고 있었다. 엘자네스는 내버려두라고 이야기했으나 렌은 그녀를 가만히 놔둘 생각이 없었다. 렌은 며칠간 라시아가 엘자네스를 무시하려는 수작을 부리는 것을 보아왔다. 예전에는 저 놀란 얼굴을 풀어주고 싶다고 생각했을 것이다. 또한 그녀를 달래주고 그녀가 원하는 것을 바치고 싶다고 생각했을 것이다. 지금은 라시아 블렌시아를 보아도 별다른 감흥이 들지 않았다. 라시아는 지나간 과거의 사람일 뿐이었다.

"무슨 이야기인지 저는 잘 모르겠어요, 각하."

라시아는 모른 척 대답했다. 그가 그녀가 생각하는 것 이상으로 현명한 인물이라는 사실을 믿고 싶지 않았다. 왜냐하면 아카데미 시절 그는 그녀의 행동을 모두 알아차렸을 테니까. 그녀가 그를 고립시켰다는 것마저도.

"저는 단지 각하가 반가웠을 뿐인걸요. 인사를 나누고 싶었을 뿐이에요."

"저는 당신이 달갑지 않습니다."

"저희는 가까운 사이가 아니었나요?"

"저는 영애와 단 한 번도 가까운 사이였던 적이 없습니다. 블렌시아 영애 스스로가 더 잘 알 겁니다."

"어째서 저를 밀어내시는 건가요?"

"한 번 말하겠습니다. 블렌시아 영애. 지난 제 감정에 대해서는 말하지 않겠습니다. 그 시절의 저는 최선을 다했고, 그것으로 만족합니다. 영애는 제게 지난 과거일 뿐입니다. 또한 제게 있어서 더 이상 그 무엇도 아닙니다. 더 이상 영애와 사적으로 둘만 만나는 일은 없었으면 합니다. 영애가 제 아내를 도발하는 것 역시도 용납하지 않겠습니다."

대공은 명확한 선을 그었다. 라시아는 그에게 어떤 말도 꺼낼 수 없었다. 윈터나이트 대공은 그녀에게 여지조차 주지 않았다. 대공이 라시아를 잘라내는 것은 빨랐다. 라시아의 입가가 파들거렸다. 모욕감이 물밀듯 밀려들었다. 동시에 수치스러웠다. 라시아는 대공에게 순진한 얼굴로 애써 웃으며 말했다.

"그것은 단지 여자들 사이의 일일 뿐이에요. 신사분이 걱정하실 만한 일은 없답니다."

"저 역시도 영애가 현명한 판단을 할 거라 생각합니다."

그는 대답했다. 이내 윈터나이트 대공이 그 자리를 벗어나 걸어가기 시작했다. 그가 향하는 방향은 유리 온실이었다. 대공이 그의 아내에게 지어준 곳. 대공비가 있는 곳. 라시아는 입술을 잘근잘근 깨물었다. 이대로 끝나서는 안 된다. 윈터나이트 대공에게마저도 그녀가 아무것도 아니라는 것을 믿을 수가 없었다. 이 순간만큼은 그녀를 사모하는 수많은 남자들보다도 그녀를 밀어내는 루카르엔 윈터나이트가 가지고 싶었다. 탐이 났다. 라시아는 마지막으로 말했다.

"가지 말아요, 렌."

"그 이름은 당신이 부를 것이 아닙니다. 더 이상 선을 넘지 마십시오. 황자의 약혼녀에 대한 예우는 이로써 충분히 다했다고 생각합니다."

그는 예전과 같았지만 달랐다. 아카데미의 졸업식 날 대공은 상처받은 얼굴을 하고 있었다. 그러나 대공에게서 이제 그런 모습은 찾아볼 수가 없었다. 그의 어깨에 매달려 있던 상처는 아물어 그를 더 강하게 만들었으며 과거를 완전히 극복한 그는 닿지 않는 위치에서 빛나고 있었다. 라시아는 완전히 거절당했다. 완전히. 일말의 여지도 없이. 라시아의 얼굴에 부끄러움과 분노가 실렸다. 라시아는 어쩔 줄 모른 채 그저 서 있을 뿐이었다.

별장에 돌아가자 발라디미르 황자가 그녀에게 물었다.

"라시아, 무슨 일이라도 있는 거야?"

"제 얼굴에 무슨 문제라도 생겼나요, 발?"

"거울을 보는 편이 좋겠어."

라시아는 분노와 부끄러움으로 붉게 물든 자신의 얼굴이 추하게 일그러진 표정을 짓고 있다는 사실을 깨달았다. 그러나 어쩔 수가 없었다. 마음속에서 솟아오르는 감정을 어찌할 수가 없었다. 그녀는 거울을 가려버렸다.

황가의 휴가는 빠르게 끝나갔다. 라시아는 윈터나이트에 머무는 동안 대공의 눈을 피해 끊임없이 대공비를 도발했으나 그녀에게 모든 면에서 뒤떨어지는 사람이라는 결과만 얻었을 뿐이었다. 계속해서 뒤떨어졌다는 사실을 확인받자 이제는 대공비에게 덤빌 마음조차 들지 않게 되었다. 라시아 스스로도 모르는 체념과 포기가 라시아를 감쌌다.

대공의 검은 눈은 그녀를 늘 서늘하게 주시했다. 라시아는 대공이 두려웠다. 어떻게 저 남자가 그녀를 사랑했는지에 대한 의문이 들 정도로 그는 무서운 남자였다. 대공은 자신의 적을 베어내는 데 어떤 주저함도 없었다. 대공의 서늘한 얼굴을 보면 겁을 먹게 되었다. 대공에게 있어서 라시아는 자신의 아내에게 허튼 수작을 부리는 여자였다. 대공에 대한 두려움에 라시아는 제법 선을 지키며 살아왔다.

하지만 그럴수록 오기가 들었다. 저 남자를 반드시 무릎 꿇리고 말겠다는. 패배하고 싶지 않았다. 아카데미 시절 그녀에게 한없이 약자였던 대공이 그녀의 위에 있다는 사실도 인정하고 싶지 않았다. 그리하여, 라시아는 대공비가 보석과 드레스를 두는 별관 건물의 입구에 서 있었다. 이곳의 수많은 보석과 드레스를 보면 주체할 수 없는 질투심이 솟아올랐다. 라시아는 윈터나이트에 장인들의 거리가 있다는 것과 대공비의 보석들이 모두 그곳에서 왔다는 사실을 듣게 되었다.

영지에 찾아갔지만 장인들은 라시아에게 아무것도 만들어주지 않았다. 그녀에게서 어떤 영감도 느낄 수 없다는 것이 이유였다. 한 장인은 라시아에게 도금한 구리 펜던트를 선물해주었다. 금을 긁었을 때 나오는 구리 부분을 보자 라시아 자신을 나타내는 것 같아 분노가 일었다. 장인이 그녀에게 펜던트를 선물한 것은 온전한 호의임을 알았음에도 불구하고 그랬다.

대공비는 별관을 잘 단속하지도 않았다. 윈터나이트에서 감히 대공비의 것을 훔쳐가는 사람은 없었을 뿐더러 사라져도 많은 것들을 가지고 있기에 큰 상관이 없던 것이다. 그런 이유를 들었을 때 더 분노가 솟아올랐다.

왜 자신에게는 이런 것들이 주어지지 않았나. 왜 이런 수많은 것들을 쥘 수 없나. 많은 것들이 비교되어 다가왔다. 대공의 옆에 선 발라디미르 황자는 한없이 모자란 사람처럼 보일 뿐이었다. 니콜라이 황태자도 대공보다는 뛰어날 수 없었다.

라시아 블렌시아는 극단적인 방법을 택했다. 그녀는 이곳에서 윈터나이트 대공을 기다리고 있었다. 대공이 그녀에게 고개를 숙이거나 흔들리는 모습을 보기 위해 어떤 수단과 방법도 가리지 않기로 했다. 떠날 때가 다가오자 대공과 자주 시간을 보내던 황태자와 황자는 대공을 놓아주었다. 라시아는 그 틈을 타 아나스타샤 황녀에게 대공을 불러달라고 한 참이었다.

별관의 입구에 선 채 라시아는 초조하게 손톱을 물어뜯었다. 일단 대공이 온다면 그다음은 알아서 할 자신이 있었다. 그것이 라시아를 지탱시키는 원동력이었다. 많은 부정적인 것들이 라시아를 갉아먹고 있었지만 그녀는 알지 못했다.

짧은 시간이 흘러갔다. 라시아는 가장 아름다운 모습으로 치장한 상태였다. 화장은 완벽했고 풀어서 늘어뜨린 금빛 머리칼은 빛났다. 드레스는 대공비의 것과 닮은 것 중 가장 아름다운 물품이었다. 대공은 나오지 않았다. 사람 하나 지나가지 않는 곳에서 몇십 분을 기다렸다. 사람의 이목을 걱정할 필요는 없었다. 장신구와 드레스를 두는 별관은 사람이 거의 다니지 않아 한산했다. 얼마쯤 기다렸을까. 누군가가 라시아의 앞에 섰다. 라시아가 고개를 들었다.

"라시아, 아직도 여기에 있는 거야?"

익숙한 음성이었다. 라시아가 자주 들어온. 발목을 덮은 레이스 자락이 눈에 들어왔다. 라시아는 고개를 들어 아나스타샤 황녀를 바라보았다. 아나스타샤 황녀는 의아하다는 듯 라시아를 바라보고 있었다. 황녀의 옆에 대공은 없었다. 라시아는 황녀에게 조급하게 물었다.

"아나스타샤, 대공 각하는요?"

"아, 루카르엔 오라버니를 기다리던 거야?"

"제게 데려와주신다고 약속했잖아요."

"그랬나?"

황녀는 고개를 갸웃거렸다. 그 모습이 미치도록 얄미웠다. 황녀는 라시아에게 부탁받아 대공을 데리러 갔다는 사실조차 잊어버린 듯했다. 중요하지 않아서 잊어버린 건지 원래부터 기억할 생각도 없던 건지. 라시아가 이를 갈았다. 지금은 휴가의 막바지였다. 황족들은 곧 윈터나이트를 떠나 다시 수도로 가야 했다. 남은 시간이 많지 않았다. 라시아의 절박한 심정을 모르는 아나스타샤 황녀는 여유로워 보였다. 라시아는 다시 입을 열었다.

"분명 아까 전에 대공 각하를 이곳으로 불러와달라고 했을 때 그러겠다고 하셨잖아요."

"맞아. 아까는 그랬었지."

"대공 각하는 언제쯤 오는 건가요? 도착 시간을 알 수 있을까요?"

라시아가 초조하게 물었다. 황녀는 그 말을 듣고 방긋 웃었다. 황녀는 사랑받고 자라온 아가씨 특유의 어리광쟁이의 분위기가 났다. 아나스타샤가 자신의 금발을 손끝으로 만지며 말을 흐렸다.

"글쎄…."

"장난치지 말고 말해주세요. 그분은 언제쯤 오시나요?"

라시아는 가끔 황녀를 이해할 수 없다는 생각을 하며 입술을 잘근잘근 깨물었다. 황녀는 라시아에게 사랑스러운 미소를 지으며 말했다. 다음 순간 라시아는 놀라 되묻고 말았다.

"오지 않아."

"네?"

"앞으로도 오지 않을 거야, 라시아."

"그럴 수가…. 제게 도움을 주겠다고 하셨잖아요. 어떻게 이러실 수가 있는 건가요."

"그야 네가 재미없어졌으니까지."

"네…?"

황녀는 여전히 철없는 아이 같은 분위기를 내고 있었다. 그래서 황녀가 한 말을 더 믿을 수가 없었다. 라시아의 눈이 크게 떠졌다. 지금 황녀가 무슨 말을 한 것인가. 라시아는 다시 자기 자신을 다잡았다. 재미없어졌다는 아나스타샤 황녀의 말은 언제나와 같은 생각 없는 말일지도 모른다. 황녀는 아무렇지도 않은 얼굴을 하고 있었다. 라시아는 혼란스러움에 황녀의 얼굴을 들여다보았다. 인형처럼 예쁜 얼굴. 두 사람은 서로를 마주 보고 있었다. 문득 황녀가 라시아의 이름을 불렀다.

"라시아 블렌시아."

라시아는 황녀의 분위기가 어느새 자연스럽게 바뀌었다는 사실을 깨달았다. 황녀는 여전히 편한 파란 드레스를 입고 있었고 아까처럼 웃고 있었지만 위압감을 보이고 있었다. 니콜라이 황태자나 황제에게서 느꼈던 황족 특유의 느낌. 라시아는 황녀의 분위기에 압도당했다. 저 앞에서 무릎을 꿇어야만 할 것 같았다. 아마릴리스의 지배자에게서 나는 느낌이 라시아를 누르고 있었다. 라시아는 자신도 모르게 뒤로 몇 발자국 물러섰다.

"난 널 좋아해. 적당히 똑똑하고, 적당히 예쁘지. 난 예쁜 게 좋거든. 물론 너처럼 영악하게 노력하는 것도 좋아해. 재미있으니까."

"황녀님…?"

"라시아. 재미있는 이야기를 해줄게. 아마릴리스 황가 핏줄에게는 대대로 기억이 내려와. 오로지 아마릴리스 황제의 자녀들에게만 이어지는 마법이지. 태어난 아이는 모두 그것을 받아. 다만 무수한 기억 중 우리가 허락받은 것은 반도 되지 않는 거야. 황제가 되어야만 그것을 열어 볼 수 있어. 우리는 기억을 가지고 태어났기에 남들보다 우수해. 또한 황위를 꿈꾸지. 열리지 않은 기억들을 보고 싶다는 그 열망은 누구도 모를 거야. 황위를 원하는 이유는 이거야."

라시아는 갑작스러운 말에 대답을 할 수가 없었다. 아마릴리스 황실에 대해서 잘 알고 있다고 생각했으나 난생처음 듣는 말이었다. 무슨 말인지 이해조차 할 수 없었다. 황녀는 라시아가 이미 황녀의 말에 꼼짝없이 사로잡혔다는 것을 눈치채기라도 한 듯 느긋하게 말했다.

"이해하지 못하는 편이 나을 거야. 우리도 예외는 아니야. 다만 니콜라이가 황태자가 될 무렵 우리는 그에게 약조했지. 황위를 넘보지 않겠다고. 우습게 들리겠지만 기억을 열고 싶다는 열망은 크거든. 그렇기에 남은 황족의 자녀들은 새 황제를 보필하는 거지. 기억을 이어받은 건 에리카도 나도 마찬가지야. 네 옆의 발라디미르도 마찬가지지. 우리는 한 번 보고 들은 것은 잊지 않아. 아카데미에서의 일들을 우리는 잊지 않았어, 라시아."

순간 라시아의 얼굴이 희게 질렸다. 처음에는 황녀의 말들을 믿을 수 없었다. 그러나 말을 들을수록 그동안 이상하다고 생각했던 점들이 증거가 되어 다가오기 시작했다. 발라디미르는 라시아가 사소하게 한 말도 잊어버리는 법이 없었다. 정확한 날짜와 시간까지 기억하는 모습을 보며 대단하다고 말하자 발라디미르는 라시아를 사랑해서라고 대답했다. 대수롭지 않게 넘겼던 것들이었다.

아나스타샤 역시도 마찬가지였다. 아나스타샤 황녀는 아카데미에 다닐 시절 이상하게 성적이 좋았다. 철없는 어린아이처럼 칭얼거리고 떼를 썼지만 상위권을 놓치는 일이 없었다. 라시아는 황녀가 책을 펴는 것을 본 적이 없었다. 그때는 황실의 조기 교육 덕분이라고 생각했다. 모든 귀족들이 그렇게 생각했을 것이다. 아나스타샤 황녀는 라시아에게 한 발자국 다가왔다. 황녀는 라시아를 보며 말했다.

"라시아 블렌시아. 시골 블렌시아에서 자라나 무수한 남자를 겪으며 살아왔고, 남자를 다루는 데 능숙하지. 고위 귀족이 되고 싶다는 야망도 있고 독기도 있어. 나쁘지 않아."

아나스타샤 황녀에게서 나올 것이라 생각하지 못했던 웃음기가, 일순 감돌았다.

“누구도 모르겠지만 발라디미르는 본래 잔혹한 성미를 가졌어. 어릴 적 발라디미르가 죽인 사람만 백 단위가 될 걸? 발라디미르 본인도 알아. 그래서 발라디미르는 황위를 포기한 거야. 이 시대에는 발라디미르 같은 황제가 맞지 않거든. 그래서 발라디미르는 조용히 살기를 원했지. 그가 내게 적합한 여자를 구해달라고 말했어. 니콜라이가 발라디미르를 견제하던 시기였지. 내가 봐도 발라디미르를 믿기 힘들긴 했거든. 그래서 나는 그런 여자를 찾았어. 낮은 신분에 적당한 미모, 적당한 영리함. 적당한 야망과 원하는 것을 위해서는 무엇이라도 할 수 있는 우리와 닮은 구석이 있는 여자.”

“설마….”

“내가 널 택했어, 라시아. 지금까지 네가 내게 접근했고 발라디미르를 유혹하는 데 성공했다고 생각했던 건 아니지? 그럴 리가 있겠어. 네 지금의 신분과 위치, 권력과 명예조차도 결국은 우리에게서 나온 건데. 그렇지?”

아나스타샤 황녀는 아름답게 빙긋 웃었다. 그 웃음에 평소처럼 따라 웃을 수가 없었다. 주변에 지나가는 사람은 없었다. 라시아는 당장 별관에서 벗어나고 싶다는 생각을 했다. 당장 뛰어서 사람이 많은 곳으로 가면.

아. 달아날 곳조차 없었다. 황족의 눈을 피해 달아날 수 있는 곳은 없을 것이다. 아나스타샤 황녀가 한 발자국 더 다가왔다. 거리가 가까워졌다. 추적자에게 바짝 추적당한 듯한 느낌이 들었는데도 꼼짝도 할 수가 없었다. 심장이 쿵쿵거리며 불안하게 뛰었다.

“우리는 루카르엔을 질투했어. 아카데미 시절을 고스란히 기억해. 가장 뛰어난 인간들로 살아오다 우리보다 상위의 존재가 있다는 것을 발견하자 열등감에 눈이 흐려졌지. 다들 그랬을 거야. 우리가 암묵적으로 동의했기에 루카르엔 윈터나이트를 다들 몰아붙인 거겠지. 너도 마찬가지일 거고. 하지만 라시아."

바람이 불었다. 서늘해서 기분 좋다고 느꼈을 바람이 이제는 차갑게만 느껴졌다. 황녀는 바람을 기분 좋게 맞으며 하얗게 질린 라시아의 얼굴을 보고 있었다.

"결국 우리는 혈족이야. 우리는 루카르엔을 어릴 적부터 보아왔지. 우리가 그에게 사과하지 못했던 이유는 그의 마음이 닫혀 있었기 때문이야. 그걸 엘자네스가 열어주었어. 올해 여름 우리는 루카르엔과 완전히 화해했지. 그에게 사과하고 용서를 받았어. 우리가 루카르엔과 많은 시간을 보낸 이유지. 엘자네스는 정말로 좋은 신부야. 그녀가 아니었더라도 결국 우리는 화해했을 테지만. 결국 중요한 건 혈족이거든. 서로의 등에 칼을 꽂기 쉬우나 서로의 등을 맞대기에도 좋지. 언제든 버릴 수 있는 타인과는 달라."

라시아의 손은 이제 안쓰러울 정도로 파들파들 떨리고 있었다. 라시아는 쏟아지는 진실들을 감당할 수 없었다. 황족들이 자신을 택했다는 것을 믿을 수가 없었다. 라시아가 먼저 접근한 것이. 아니었다. 결국 그녀는 그들의 판 위에서 놀아나는 인형이라는 이야기였다. 라시아는 황족들이 그녀의 외모를 칭찬할 때 늘 펄레 인형에 비유했던 것을 떠올리고 말았다. 그 말은 설마. 소름이 돋았다. 아나스타샤는 이번에 오지 않은 예리카 황녀 이야기를 꺼냈다.

"난 네가 정말로 마음에 들어. 예리카는 근본 없는 인형이 지나치게 나서는 것을 싫어하지만. 그래서 이번 여름휴가도 오지 않은 거야. 물론 레오드릭은 달라. 그는 몸이 약했기에 황족들의 이능을 이어받지 못했거든. 가장 평범하고 우둔하지. 하지만 그래서 사랑스러워. 모든 형제자매들이 레오를 아껴. 하지만 네가 선을 넘으면 안 되는 거야."

"제가…. 이 이야기를 어디에 가서 폭로할 거라고 생각하지 않으세요…?"

"그럴 리가. 라시아 블렌시아를 지워버리는 건 아주 쉬워. 라시아 블렌시아라는 여자는 더 그렇지. 목숨이 아깝지 않다면 말해도 좋아. 누구도 믿지 않을 테지만. 아, 난 네가 이렇게 나름대로 머리를 굴리는 게 너무 좋아. 발라디미르도 그래서 널 사랑해. 발라디미르가 늘 원해오던 여자였거든. 적당히 똑똑하나 적당히 멍청하고 미모도 있고 야망은 넘쳐서 자신을 잘 보필해줄 여자."

라시아는 문득 황녀가 어느 날 했던 말을 떠올렸다. 잊고 있던 기억이 수면 위로 서늘하게 올라왔다.

"라시아. 너도 위로 올라가고 싶다고 생각해?"

어느 날, 아나스타샤 황녀가 물었다.

"할 수만 있다면 위로 올라가 빛나고 싶어요."
"대가가 무엇이든 간에?"
"무엇이든지 간에요."

황녀는 드물게도 진지한 얼굴을 했으나 곧 웃으며 재잘거렸다. 라시아에게 한 말은 갑작스러운 변덕이라고 생각했다. 그러나 이제 알 수 있었다. 황녀가 결정적으로 그녀를 택한 이유는 그래서일 것이다. 황녀는 그 말을 들은 후 아무것도 모르는 얼굴로 대화를 나눴다는 사실마저 잊은 듯 행동했지만 잊지 않았던 것이다. 그날 이후 블렌시아 남작가가 자작가로 승격했다. 라시아는 발라디미르 황자의 구애를 받게 되었다. 황녀는 이제 라시아의 앞에 있었다. 황녀가 두려웠다. 두려워서 견딜 수 없었다. 아나스타샤 황녀의 손이 라시아의 뺨에 닿았다. 아나스타샤가 웃었다.

"네가 원했던 삶이야. 똑똑하게 굴어야지, 라시아. 지금까지 잘해왔잖아?"

등골이 서늘했다. 식은땀 한 줄기가 그 위로 차갑게 흘러내렸다. 지금 눈앞에 있는 황녀가 라시아가 그동안 보고 겪어왔던 황녀가 맞는 것인가. 모든 것이 현실감 없이 다가왔다. 이것은 진실이 아니다. 단지 라시아가 잠시 꾸는 꿈에 불과할 것이다. 믿고 싶지 않았기에 잠시 그런 생각마저 들었다. 그럴수록 지금 이 순간이 현실이라는 사실이 더더욱 절절하게 다가왔다. 황녀는 라시아에게 비밀 이야기를 속삭였을 때처럼 목소리를 낮췄다.

"적어도 윈터나이트는 건드리지 말아야지."

그제야 라시아의 머릿속에 지난 일들이 주마등처럼 스쳐 지나가기 시작했다. 황족들이 그녀의 모든 것을 알고 있다면. 아카데미에서의 일뿐만 아니라 윈터나이트에 와서의 일도 모두 알고 있었을 것이다. 그녀가 대공비를 돌려서 비난하려 애쓰고 대공의 이목을 끌기 위해 치장을 하던 것들 모두를 황족들이 알고 있었다는 이야기였다. 그들은 라시아의 모든 행보를 인형의 재롱으로 생각해 방관한 것뿐이었다.

"그래도 라시아, 난 널 좋아해. 다른 황족들이라면 바로 너를 제거했을 테지만 난 그럴 생각이 없어. 다시 사람을 고르고 찾아내서 길들이기가 귀찮단 말이야. 네게 정이 들기도 했고. 영리한 너라면 이해했겠지?"

라시아는 아무 말도 하지 못했다. 얼어붙어버린 듯 아무 말도 할 수 없었다. 입을 뗄 수조차 없었다. 라시아는 뒤늦게야 후회했다. 라시아는 오만해졌다. 라시아가 황족들을 보며 나태하고 거만하다고 폄하했듯, 라시아 역시도 그렇게 변해버렸다. 라시아가 아카데미 시절 비웃던 귀족들의 모습이 라시아의 현재 모습이었다. 라시아는 더 이상 예전처럼 위로 올라가기 위해 노력하지 않았다. 어떠한 실수나 결점도 남기지 않기 위해 필사적으로 노력하지 않았다. 그녀는 노력하지 않아도 위였으니까. 몇 년간 누린 사치와 권력이 그녀의 눈을 까맣게 가리고 있었다. 라시아는 어느 순간부터 이 화려한 세계에 길들여지고 물들어버려 자신이 변질되었다는 사실을 깨달았다. 전이었다면 결코 하지 않을 실수들을 한 것이 그 증거였다. 안락함과 평화가 라시아를 변하게 만들어버렸다. 물고기는 헤엄치지 않는 순간 죽는다. 라시아가 나태해져 긴장의 끈을 놓아버린 순간 모든 것이 라시아를 향한 칼날로 변해 돌아오고 말았다. 어떻게 하지? 이제 어떻게 해야 하지? 평화에 길들여진 머리는 답안을 떠올려내지 못했다. 아나스타샤는 라시아에게 사랑스러운 미소를 지어 보였다.

"조용하게 살아. 정해진 길 밖으로 벗어나서는 안 돼. 선을 넘은 순간 내가 아닌 발라디미르가 널 죽일 거야. 난 엘쟈네스가 정말 좋아. 그녀는 타고난 귀족이니까. 만들어진 인형과는 달리. 선을 벗어나지 말라는 말뜻을 이해하지? 그렇지, 라시아?"

"네… 알겠… 습니다."

라시아는 떨리는 음성으로 대답했다. 라시아가 올라오게 된 세계는 무서운 곳이었다. 화려하게 빛났지만 치열했고 빛나는 것들은 라시아에게 칼로 돌아올 수 있는 끔찍한 것들이었다. 라시아는 고개를 숙였다. 황녀의 표정은 알 수 없었다. 모르는 게 나은 진실이었다. 만일 몰랐다면 라시아는 행복하게 살아갈 수 있었을 것이다. 황실의 예쁜 인형으로 살아가면서도 늘 즐거웠을 것이다.

"난 더 이상 루카르엔에게 미움받고 싶지 않거든. 지킬 것이 있는 윈터나이트는 무서워. 난 가장 많은 기억을 열어내는 데 성공했거든. 네가 들어도 무슨 말인지는 모르겠구나, 참."

라시아는 아나스타샤의 혼잣말을 듣지 못한 것 같았다. 두려움에 빠져 귀에 들어오지 않은 것이 정확하리라. 누구도, 심지어 황제조차도 아나스타샤 황녀가 대부분의 기억을 열었다는 사실을 몰랐다.

"응? 듣고 있지 않네."

라시아가 몇 년간 알아왔던 허상들이 모조리 깨졌다. 이제는 아무것도 믿을 수 없었다. 윈터나이트를 건드린 대가는 컸다. 라시아는 이제 늘 목숨을 잃지 않을까 불안에 떨며 살아가게 될 것이다. 바람이 불어왔다. 고요한 정적이 흘렀다. 아나스타샤는 빙긋 웃고 있었다. 동시에 저 멀리서 소년 집사가 빠른 걸음으로 걸어오는 것이 보였다. 소년은 두 여자 앞에 서서 나름대로 정중하게 예를 갖춘 뒤 말했다.

"식사 시간입니다."

"어머, 벌써? 안 되는데. 난 더 놀다 가고 싶은걸."

"폐하께서 식사를 마치고 주변을 구경하라고 하셨어요."

율리히는 황제의 말을 그대로 전했다. 라시아는 황제가 아나스타샤 황녀의 경고를 알고 있을 뿐만 아니라 지금까지 라시아가 무엇을 했는지 알고 있다는 사실을 깨달았다. 모든 일상이, 이미 황족들의 손에 넘어가 있었다. 라시아의 의지는 없었다. 사소한 것 하나조차도 황족들의 손에서 이루어지고 있었다. 율리히의 말에 철없이 칭얼거리던 기색을 보이던 아나스타샤 황녀가 이내 불만스러웠던 얼굴을 누그러뜨렸다. 어린아이와도 같은 모습이었다. 황녀는 새침하게 말했다.

"알았어. 가자, 라시아."

"네, 황녀님."

라시아의 말끝이 떨렸다. 율리히는 두 손님을 바라보았다. 황녀는 평소 그대로였으나 라시아 블렌시아는 귀신이라도 본 것처럼 새하얗게 질린 얼굴을 하고 있었다. 율리히는 고개를 갸웃했다. 두 사람이 나눈 이야기가 블렌시아 영애를 저렇게 만든 듯했다. 그러나 관여할 생각은 없었다. 대공 부부가 명하지 않은 것을 굳이 파헤칠 필요는 없었다. 두 사람에 대한 사실을 머릿속에서 지워버린 율리히는 두 사람을 안내했다.

두 사람은 율리히를 따라 별장 입구에 다다랐다. 라시아에게 보였던 모습이 거짓말인 것처럼 황녀는 철없고 사랑스러운 얼굴로 식사에 대해 말하고 있었다. 예전이었다면 황녀를 어리석다고 생각했을 것이다. 그 모습이 가장이라는 것을 안 지금은 그렇게 생각할 수가 없었다. 라시아는 소년 집사와 황녀가 이야기를 하는 동안 먼저 식당으로 들어가버렸다. 아나스타샤 황녀가 율리히의 머리에 손을 올렸다. 처음으로 황녀가 성인으로 보이는 순간이었다.

"많이 컸구나. 일이 커지기 전에 적당히 끼어들 줄도 알고."

"할아버지께서 비 각하는 큰 소란을 싫어하신다고 하셨는걸요."

"제법이야. 많이 컸네. 몇 년 전까지만 해도 순진하더니. 네 할아버지에게서 가문의 마법을 물려받는 중이니? 꼭 이 집 집사처럼 능글맞아졌다니까. 이렇게 예쁜 얼굴을 하고서는."

"대공 각하께서 이야기를 이 정도에서 마무리시키라고 명하셨어요. 황녀님, 식사를 하셔야죠."

"거봐. 루카르엔이 우리 중 제일 나빠. 결국 루카르엔은 모든 걸 다 알고 있거든. 알면서도 모른 척할 뿐인 거지. 지금도 봐. 내가 라시아에게 이렇게 말할 걸 미리 알고 있던 거잖아. 그래서 가끔은 짜증 나고, 가끔은 무서워. 참 이상한 일이지."

아나스타샤 황녀는 율리히의 머리를 가볍게 쓰다듬으며 말했다. 소년 집사는 그 손길을 피하지 않았다.

⁂

그는 틀렸다. 레오드릭은 처음으로 알량한 자존심을 꺾고 결론을 도출했다. 며칠간 고민하고 또 고민한 끝에 나온 결과였다. 레오드릭은 눈을 감았다. 리리엘 크로커스의 맑은 음성이 들려오는 듯했다.

"레오드릭. 무슨 일이 있니?"

"고민하고 있었어요."

"무엇에 대해?"

"제가 져야 할 의무에 대해서요."

사춘기 시절의 레오드릭은 늘 방황했다. 레오드릭은 황족이었으나 황족답지 않았다. 그는 발라디미르 황자나 니콜라이 황태자에게 있는 카리스마도 없었으며, 예리카 황녀나 아나스타샤 황녀처럼 좋은 머리를 가지고 있지도 않았다. 남쪽의 아카데미에서 레오드릭은 우울증에 걸려버렸다. 눈을 감으면 누군가가 외쳤다. 황족들은 낙오자인 레오드릭을 버렸노라고. 그는 버림받았다고. 리리엘 크로커스는, 그에게 유일하게 상냥한 말을 해준 사람이었다.

"너는 아무것도 하지 않아도 돼."

그 시기 레오드릭은 늘 중압감에 시달렸다. 낯선 땅에서의 적응은 힘들었다. 남쪽은 북쪽과 너무나도 달랐던 것이다. 그러던 중 리리엘이 한 말은 그를 위로해주었다. 리리엘 크로커스는 사실, 이상한 점이 많은 여자였다. 그녀는 가끔 수업에 들어오지 않기도 했고 추종자들에게 자신의 과제를 부탁하기도 했다. 추종자들은 기쁘게 그것을 해냈다.

맨 처음 입학할 당시, 레오드릭은 그 모습을 이상하다고 생각했으나 그것도 순간이었다. 리리엘은 레오드릭과 달리 건강했다. 또한 자유로웠으며 선량했다. 어쩌면 레오드릭은 그의 이상향을 리리엘에게 대입한 걸지도 모른다. 문득 그런 생각을 했다.

"엘자네스 크로커스다!"

누군가가 외쳤다. 리리엘 크로커스를 향해 다정한 웃음을 짓던 사람들이 한꺼번에 표정을 일그러뜨렸다. 레오드릭은 당황했고, 점차 그들에게 동조하고 휩쓸리게 되었으며 마지막으로는 엘자네스를 향해 자발적으로 손가락질을 했다.

리리엘 크로커스는 선했다. 엘자네스 크로커스는 악했다. 그것만 알면 되었다. 리리엘 크로커스의 고결한 무리에 끼어 있다는 사실이 자랑스러웠다. 레오드릭은 늘 남쪽에서의 생활을 떠올릴 때 자신이 얼마나 정의로웠는가를 떠올리며 자랑스러워하고는 했다. 그가 타인에게 무슨 짓을 했는지조차 알아차리지 못하고. 형제자매들은 레오드릭에게 늘 우유부단한 태도를 보인다며 지적했다. 그들의 말은 모두 옳았다. 레오드릭은 비겁했다.

"…그래."

더 솔직하게 인정하자. 엘자네스 크로커스는 아무런 잘못도 하지 않았다. 그녀의 화려한 외관? 리리엘 크로커스와의 사이? 리리엘의 추종자들이 관여하고 비난할 부분이 아니었다. 성인이 된 지금은 알고 있다. 리리엘 크로커스의 말은 번지르르했지만 실속이 없었다. 그녀는 타고난 머리와 운동 신경으로 두각을 드러냈지만 단지 그뿐이었다.

리리엘은 혁명을 외치면서도 귀족으로서 누릴 수 있는 모든 것을 누렸다. 사람들의 소문이, 리리엘 크로커스를 향한 이미지가 그녀의 모든 행동들을 정당화했다. 엘자네스 크로커스는 피해자였다. 그녀는 악의적인 헛소문에 휩싸여 있었다. 소문만을 믿고 그녀를 손가락질하고 비난하는 이들에게 시달렸다. 레오드릭이야말로 가해자였다. 그야말로 엘자네스 크로커스를 괴롭혀오지 않았던가. 그 사실을 떠올리면 얼굴이 붉어졌다.

그는 자신이 잘못되었다는 것을 안 순간 과거를 뼈저리게 후회했지만 피해자인 엘자네스 윈터나이트에게 나서지 못했다. 누군가가 레오드릭의 머릿속을 본다면 알량한 자존심이라며 비웃을지도 모른다.

"나도 알고 있어. 하지만… 하지만…."

레오드릭은 중얼거렸다. 그래. 이제 대공비가 된, 그보다 서열이 높은 엘자네스 윈터나이트에게 머리를 숙여 사과하는 것이 부끄러웠다. 과거의 일이 자신의 잘못이었다고 인정하는 것이 수치스러웠다. 레오드릭은 끝까지 비겁했다. 그는 성인이 되었음에도 불구하고 변하지 않았다. 거울을 볼 수가 없었다. 추악한 자신의 모습이 비칠 것 같아 두려웠다.

"레오 오라버니? 왜 아직까지 방 안에 있어?"

문을 열고 들어온 아나스타샤 황녀가 그를 불렀다.

"아."

"뭐 하고 있는 거야? 지금 출발할 거란 말이야."

레오드릭은 멍한 얼굴로 자신의 짐을 찾았다. 짐은 없었다.

"뭐 해?"

"짐이 없어서 말이야."

"아까 마차에 실었잖아. 정신을 어디에 두고 다니는 거야?"

"아. 미안."

"오늘 이상하다? 오라버니답지 않네."

아나스타샤가 눈을 동그랗게 떴다. 그것도 잠시였다. 아나스타샤는 가벼운 여름용 드레스를 자랑하듯 빙글 돌았다.

"멋지지? 엘자가 준 거야."

"엘자라면…."

"맞아. 엘자네스의 애칭이야. 정말 귀엽지? 남쪽에는 작은 엘자가 없대. 눈이 오지 않아서라나."

리리엘을 부르는 이름은 많았다. 누군가는 리리엘을 렐이라고 줄여 부르기도 했고, 리리라고 부르기도 했다. 엘이라고 부르는 이도 있었다. 레오드릭은 엘쟈네스의 애칭이 엘쟈라는 사실조차 몰랐다. 몇 년간 그녀를 비난하면서도 그녀에 대해서는 정작 아무것도 알지 못했다. 레오드릭은 외면을 택했다. 그는 이제 엘쟈네스 윈터나이트의 눈을 마주치지 못할 것이다. 존경하는 친척 형인 윈터나이트 대공 앞에서 결코 떳떳하지 못할 것이다. 두 사람은 레오드릭을 전혀 신경 쓰지 않았다. 레오드릭이 내려가자 윈터나이트 대공 부부가 있었다. 엘쟈네스 윈터나이트가 물었다.

"혹시 두고 온 것이 있다면 말씀해주세요. 고용인들은 모두 유능하답니다."

"그렇게… 하겠습니다. 대공비."

레오드릭을 괴롭히는 것은 레오드릭 자신이었다. 엘쟈네스 윈터나이트도, 루카르엔 윈터나이트도 레오드릭에게는 큰 관심이 없었다. 두 사람은 황족의 일원으로 레오드릭을 대우할 뿐이었다. 차라리 이 자리에 서 있는 것이 니콜라이 황태자였다면. 그는 이런 죄책감을 느끼지 않았을까. 아니다. 레오드릭과 다르게 완벽한 니콜라이 황태자는 결코 실수를 하지 않았을 것이다. 그는 변명조차 할 수 없었다. 저 멀리에서 황후가 묻고 있었다.

"니콜라이."

"네, 어머니."

"발라디미르는 어디에 있니?"

"블렌시아 영애를 기다리고 있을 겁니다."

"발라디미르 녀석. 어렸을 때는 사고만 치더니 짝을 만난 후 많이 바뀌었어. 그렇지 않소?"

"그렇긴 하죠."

갑작스럽게 끼어든 황제의 말에 황후가 대답했다. 라시아와 발라디미르는 별장의 입구 쪽으로 걷고 있었다. 라시아는 별장 주위의 호숫가에 서 있던 중이었다. 며칠 내내 라시아의 표정과 행동이 이상한데도 지적하는 사람은 아무도 없었다. 황족들은 아무 일도 없던 것처럼 웃고 대화했다. 그리고 저 멀리에서 큰 체구를 가진 남자가 다가왔다. 발라디미르 황자였다. 그는 언제나처럼 라시아에게 물었다.

"라시아, 어디에 있었던 거야? 한참 찾았어."

"호수가 너무 아름다워서 보고 있었어요."

라시아는 호숫가로 간다는 말을 어느 누구에게도 하지 않았다. 아니, 라시아가 호수로 온 지 10분도 채 되지 않았다. 이 남자는 대체 어떻게 라시아를 찾아낸 것일까. 늘 그랬다. 발라디미르는 라시아를 바로바로 찾아냈다. 오늘처럼.

"갈 시간이야. 어서 돌아가야지."

"알았어요."

언제나 같았다. 여느 때와 다르지 않았다. 며칠 전의 일은 꿈이 아닐까, 생각하는 사이 발라디미르 황자가 라시아의 손을 잡았다. 단단한 손이었다. 라시아는 발라디미르 황자의 손이 전형적인 검을 잡는 이들의 손이라는 것을 깨달았다. 발라디미르가 가장 잔혹한 성품을 가졌다는 황녀의 말이 차갑게 와닿는 순간이었다. 라시아는 연인의 두 얼굴을 느꼈다. 오래 봐와 잘 안다고 생각했는데 정작 라시아가 알고 있는 것은 아무것도 없었다. 두 사람은 별장의 입구로 걸어갔다. 여러 대의 마차가 서 있었다. 많은 짐들이 실렸다. 이제는 마차에 올라야 할 시간이었다.

"블렌시아 영애. 황자님."

"아. 신경 쓰이게 해서 죄송합니다. 제 약혼녀가 이곳의 호수가 마음에 든 모양입니다."

윈터나이트 대공비는 오늘 가벼운 은빛의 드레스를 입고 있었는데 이제는 질투심마저도 들지 않았다. 그저 묻고 싶었을 뿐이었다. 그녀는 황족들에 대해 알고 있을까. 어쩌면 고위 귀족들의 이중적인 면모를 알아서 그 위에 기품 있게 군림할 수 있는 것일지도 모른다. 그렇기에 라시아가 따라갈 수도 없을 만큼. 완벽한 것이리라. 레오드릭 황자는 다른 데에 정신이 팔린 듯 먼 산을 바라보다 가끔씩 흠칫거렸다. 대공비가 아나스타샤 황녀에게 말했다.

"황녀님을 위해 이 다이아몬드 장신구를 준비했어요. 모두 연한 분홍빛을 띠는 귀한 것들이랍니다. 조금 더 일찍 드리려고 했는데 세공 기간이 길어져버렸네요."

"엘쟈네스. 믿을 수가 없어요. 이걸 정말 제게 주는 거예요?"

"황녀님을 위해 만든 것이랍니다."

"무례한 질문이지만, 라시아에게 이걸 착용하게 해도 될까요? 난 라시아를 아름답게 꾸미는 게 더 좋거든요."

"황녀님이 만족하신다면 어떻게 사용하셔도 상관없답니다."

화려한 장신구가 라시아의 목을 졸라오는 것 같았다. 라시아는 황녀의 뜻대로 저것을 착용하게 될 것이다. 그것이 라시아의 목줄이었다. 다른 편에서는 니콜라이 황태자와 발라디미르 황자, 윈터나이트 대공이 이야기를 나누고 있었다.

"그때 사슴이 도망쳐버렸지. 알고 보니 덫을 우연히 밟아 열어버렸던 거야."

니콜라이 황태자가 가볍게 어깨를 으쓱거리자 발라디미르 황자가 큰 웃음을 터뜨렸다.

"참 운이 좋은 사슴이군요. 저는 벌레 하나 죽이기도 무서워서 말입니다. 형님."

"이렇게 체격이 큰데 그런 게 무서워서 벌벌 떨다니."

"어쩔 수 없지 않습니까. 저는 누군가를 해치는 게 가장 무섭습니다. 겁쟁이 같지만요."

라시아는 저 모습을 철저하게 믿어왔다. 세간 사람들 중 싸움을 싫어하는 평화주의자인 발라디미르 황자를 한심하게 여기는 사람도 있었다.

대외적인 이미지는 중요하다. 만일 이 중 누군가가 니콜라이 황태자보다 뛰어난 모습을 보였다면 바로 다음 대 황제 후보로 추대되었을 것이다. 황태자 니콜라이는 고개를 끄덕이며 발라디미르의 말을 들었다. 황제의 나머지 자식들은 황위에 도전할 마음이 없다는 의사 표시를 이런 식으로 해왔던 것이다. 계속. 라시아는 깨달았다. 격이 달랐다. 이것이 위에 있는 자들이었다. 라시아는 결코 저렇게 살 자신이 없었다. 다가온 발라디미르가 라시아에게 물었다.

"응? 무슨 일이야, 라시아? 부족한 거라도 있어?"

"아니에요. 그저."

"응?"

"떠나는 게 아쉬워서요."

"이곳이 마음에 들었나 봐."

"맞아요."

라시아는 불안한 속내를 모조리 감추며 살며시 웃었다. 발라디미르는 대수롭지 않은 일처럼 그 웃음을 넘겼다. 엘쟈네스는 라시아를 바라보았다. 라시아는 이제 엘쟈네스에게 날카로운 태도를 보이지 않았다. 아나스타샤 황녀가 엘쟈네스를 향해 의미심장한 눈웃음을 지었다.

이내 마차가 출발하기 시작했다. 윈터나이트를 떠나는 순간이었다. 윈터나이트로 내려올 때처럼 마차 하나에는 황제 부부와 황태자 니콜라이가, 다른 마차에는 발라디미르 황자와 라시아, 레오드릭 황자와 아나스타샤 황녀가 탔다. 바깥으로 윈터나이트의 숲이 스쳐 지나가는 것이 보였다. 아나스타샤는 입술을 삐죽 내밀었다.

"수도는 정말 질색이야. 가기 싫어."

"집으로 가는 거잖아, 아나스타샤."

"난 더운 게 싫단 말이야. 윈터나이트에 계속 있고 싶어."

"민폐야."

"엘쟈네스는 괜찮다고 할걸."

라시아는 레오드릭을 바라보았다. 라시아처럼 황족들에 대해 아무것도 모르는 사람.

레오드릭은 아나스타샤 황녀가 대공비에 대한 말을 꺼내자 이내 당황해 말을 돌리고 있었다. 아나스타샤는 곧 눈을 반짝이며 레오드릭의 말을 들었다. 그는 아나스타샤를 정말로 속여 넘겼다고 생각하는 눈치였다. 그런 레오드릭이 견딜 수 없이, 견딜 수 없이 부러웠다.

라시아는 지나치게 많은 것을 알게 됨으로써 평생 불안 속에 살아가게 되었다. 그녀는 평생 발라디미르 황자와 살아가면서 그가 자신을 죽이지는 않을까, 황족들이 해를 끼치지 않을까 생각하며 불안감에 시달릴 것이다. 높은 자리에서 화려한 옷을 입고 좋은 음식을 먹고 춤을 추면서도 속은 늘 떨고 있을 것이다. 어떤 행동을 하든 황족들이 그어둔 선 안에서 하게 될 것이다. 벗어난 순간 라시아는 무사하지 못할 테니까. 그 사실이 무서워 견딜 수가 없었다.

레오드릭은 서늘하게 불어오는 공기에 기분 좋은 얼굴을 하고 있었다. 발라디미르 황자와 아나스타샤 황녀도 즐거운 얼굴을 하고 있었다. 황족들의 이능이 이들을 더위에 견디지 못하게 한 것일지도 모른다. 라시아의 생각이 거기까지 닿을 무렵 문득 발라디미르 황자가 그녀를 불렀다. 그는 웃었다.

"라시아."

"왜요?"

"사랑해."

"저도 사랑해요, 발."

라시아는 황자에 대한 사랑을 속삭였다. 발라디미르 황자는 그녀의 어깨에 팔을 둘렀다. 라시아는 그의 어깨에 살며시 머리를 기대었다. 연인은 다정한 모습을 취하고 있었다. 앞으로도 그럴 것이다. 두 사람이 황족으로 살아가는 한 계속.

라시아 블렌시아는 이날 이후 다시는 오만한 모습을 보이지 않았다. 그녀는 대공과 대공비에게 철저히 예를 갖추었다. 사교계 사람들이 놀라게 되는 것은 훗날의 일이다. 그녀의 앞날은 빛났으나 불안정했다. 그 길밖에 없었다. 남은 선택지가 그것뿐이었기에 그럴 수밖에 없었다. 이미 다른 선택지는 사라진 지 오래였다. 아나스타샤 황녀의 손을 잡고 그 길을 택한 것은 라시아 본인이었다. 그 누구도 원망할 수 없었다. 여름휴가가 끝나가고 있었다.

※

"루카르엔."

렌은 그들이 무슨 생각을 했는지 알 수 없었다. 타인의 속내를 알기란 어려운 일이다. 겨울의 마법은 상대를 어느 정도 판단할 수 있게 해주었으나 그 속내까지는 읽게 해주지는 못했다. 그랬기에 렌은 상황을 이해하지 못했다. 윈터나이트에 온 이후 자꾸만 렌의 집무실로 찾아오던 황태자 니콜라이와 발라디미르 황자가 고개를 숙였다.

"미안하다."

라시아 블렌시아가 대중의 힘을 빌려 렌을 고립시키려고 할 때, 황가의 자녀들은 그것을 묵인하거나 암묵적으로 지지해주었다. 그 사실은 처음에 충격으로 다가왔다. 렌은 질투의 대상이 되어본 적이 없었다. 사람들은 윈터나이트의 핏줄이라는 사실만으로도 렌의 뛰어남을 이해하는 것 같았다. 모든 아카데미 학생들은 윈터나이트 대공자의 높은 신분과 권력을 이야기하며 열등감을 버렸다. 아니, 애써 자신들을 위로했다. 렌은 눈앞의 니콜라이와 발라디미르를 바라보았다.

"네가 어떻게 느낄지는 모르겠다. 우리는 비열했어."

"뒤늦게 말하는 것도 위선이겠지만, 사과를 하고 싶었다."

몇 년간 황가의 자녀들은 렌의 눈치를 살펴왔다. 렌은 대외적으로 황녀들과 늘 좋은 관계를 유지했다. 그들의 눈빛이 바뀐 것은 렌이 대공위를 받으면서부터였다. 그들은 렌이 윈터나이트 대공이기에 우호적인 관계를 유지하고 싶어 하는 것일까. 아니면 렌에게 정말로 죄책감을 느끼는 것일까. 이제는 둘 중 어떤 이유든 상관없었다.

"엘쟈. 저와 함께 별장 주위를 산책하시겠습니까."

"좋아요."

렌은 손을 내밀었다. 엘쟈네스는 그 위에 손을 올려주었다. 엘쟈네스는 알 수 있었다. 얼핏 서늘한 얼굴을 했다고 착각하기 쉽지만 지금 이 남자는 은근히 신이 났다는 것을. 황족들이 떠나자 윈터나이트 저택은 비교적 한산해졌다. 고용인들은 별장을 청소하고 관리하기 위해 흩어졌고 그동안 황족들을 모셨던 아랫사람들에게는 휴가를 내렸다. 부부는 간만에 찾아온 여유를 즐기기로 했다. 걷던 엘쟈네스가 물었다.

"렌, 느리게 걷는 게 답답하지는 않나요?"

렌은 함께 걸을 때면 늘 엘자네스의 속도에 맞춰 걸었다. 렌은 빨리 걷는 편이었고 엘자네스는 보통 레이디와 비슷하게 걷는 편이었다. 발목 아래로 내려오는 드레스를 입고 빠르게 걷기란 어려웠기 때문이다.

"함께 걷는 일 자체가 즐겁습니다. 엘자."

"그렇군요. 어머나."

숲은 녹음을 뽐내었다. 얼어붙었던 호수에는 생명력이 가득했다. 이런 곳이 윈터나이트 내에 존재한다고는 믿을 수 없을 정도였다.

"황실의 귀한 분들이 이곳으로 여름휴가를 오는 이유를 알 것 같아요."

"왜 그렇게 생각합니까."

"이토록 아름답고 좋은 곳을 마다할 사람이 누가 있을까요."

엘자네스는 감탄 어린 눈으로 주위를 둘러보았다. 렌은 엘자네스를 호숫가 방향으로 천천히 인도했다. 나무로 된 계단은 전대 대공이 전대 대공비를 위해 직접 만든 것이라고 했다.

호수의 수면은 투명하고 맑은 에메랄드빛으로 일렁거렸다. 물은 안이 들여다보일 정도로 투명했고, 햇빛은 호수에 내려앉으며 금빛 물결을 만들어내기도 했다. 해가 지고 있었기에 호수 위로 붉은 노을이 점점 번지기 시작했다. 호숫가 앞에 도착해서야 엘자네스는 렌의 목적지를 알 수 있었다. 호숫가에 작은 배가 묶여 있었다. 자세히 보니 그것은 나무로 만들어진 나룻배였다. 렌은 엘자네스를 배 앞으로 인도했다.

"타십시오."

"렌, 노를 저을 줄도 아나요?"

"제가 못하는 것이 있겠습니까."

렌의 대답이 능청스러웠다. 엘자네스는 웃었다. 배는 크지 않았는데도 안정적으로 떠 있었다. 배를 조종하는 렌의 솜씨가 능숙하기 때문인지도 모른다. 나룻배가 점점 별장과 멀어지기 시작했다. 풍경들이 흘러 스쳐 지나갔다. 엘자네스는 주변의 풍경을 감상했다. 바람이 불었고 호수의 물결이 찰랑거리는 소리가 잔잔하게 들려왔다. 곧 저 멀리에 오두막이 보이기 시작했다. 작은 섬 하나가 있었다.

"렌, 저곳이 오두막이군요."

"네. 윈터나이트 대공 부부만이 올 수 있는 곳입니다. 대공위를 이어받은 후에는 제가 관리하고 있습니다."

"렌은 이곳에 자주 왔나요?"

"아카데미를 졸업한 후로는 잊어버려 거의 오지 못했습니다."

오두막 주변에는 나무 몇 그루가 있었다. 작은 갈대들이 자라난 호숫가 쪽에는 낚시를 할 수 있는 작은 낚시터가 있었다. 윈터데이가 바람에 따라 가볍게 흔들렸다. 배에서 먼저 내린 렌은 익숙한 솜씨로 나룻배를 기둥에 묶었다. 엘자네스는 렌의 손을 잡고 조심스럽게 내렸다.

"조심하십시오. 물이 깊습니다."

"알았어요."

내린 엘자네스가 가장 먼저 한 일은 오두막의 문을 열어보는 것이었다.

"어머나."

오두막은 안락하게 꾸며져 있었다. 커다란 침대의 이불은 부드러워 보였고 벽난로에서는 불꽃이 타오르고 있었다. 나무로 된 의자와 식탁은 따스한 느낌을 주었다. 렌이 물었다.

"마음에 드십니까."

"정말로 마음에 들어요, 렌."

엘자네스는 렌을 끌어안았다. 렌이 바빴던 이유는 황족들의 접대뿐만이 아니었을 것이다. 오두막 안은 엘자네스가 좋아하는 것들로만 꾸며져 있었다. 렌이 직접 하나하나 지시를 내리지 않았다면 불가능한 것들이었다. 모든 가구는 새것이었다. 렌은 그녀에게 입을 맞추었다. 맞닿은 입술이 열렸다. 엘자네스는 눈을 감았다. 그녀의 뺨이 장밋빛이 되는 것이 아름다웠다. 하늘이 서서히 어두워지고 있었다.

"벌써 저녁이네요. 흐읏…. 렌, 장난치지 말아요."

"정말로 그렇게 생각합니까."

남자가 웃었다. 나직한 웃음소리는 배 아래쪽에서 오싹한 쾌감이 일 만큼 낮았다. 렌은 엘자네스를 안아 들었다. 은근한 의도가 깔린 그 스킨십에 약간 몸이 달아올랐다. 그는 말했다.

"싫다면 거부해도 됩니다."

물론 그것은 말뿐이었다.

⁂

밤이 깊었다. 엘자네스는 샤워를 끝낸 뒤 오두막 밖으로 나왔다. 바깥의 바닥에는 모닥불을 켤 수 있는 장치가 있었다. 그 주위에 담요와 의자가 놓여 있었다.

"엘자. 앉아 있으십시오."

"도와드리지 않아도 되나요?"

"오늘은 앉아 있어도 됩니다."

렌은 엘자네스에게 얇은 담요를 둘러주고 모닥불에 불을 붙였다. 그는 모닥불 위에 장치를 가져와 설치했다. 엘자네스는 문득 점심 이후 식사를 하지 못했다는 사실을 깨달았다. 허기가 느껴졌다.

렌은 주방장이 준비해준 재료들을 그릴 위에 올려놓았다. 약간의 레몬즙과 향신료가 발라진 커다란 고기들이 놓였다. 커다란 깐 새우는 아직도 싱싱함을 뽐내고 있었다. 렌이 식사 준비를 하는 동안 엘자네스는 의자 주변에 있던 작은 식탁을 설치했다. 가벼웠기에 설치 작업은 어렵지 않았다. 엘쟈네스가 식기를 놓는 것을 본 렌이 접시를 가져왔다. 샐러드는 이미 준비되어 있기에 올려두기만 하면 되었다. 음식들이 익어가고 있었다.

검은 밤하늘에 무수한 별들이 떠 있었다. 간간이 들리는 물결 소리가 평화로웠다. 음식이 마침내 다 익자 렌이 그것들을 커다란 접시에 올려 가지고 와 엘쟈네스가 원하는 대로 잘라주었다. 불 위에서 익은 고기가 입안에서 부드럽게 녹아내렸다. 살이 오른 커다란 새우는 달콤한 맛마저 느껴졌다. 엘쟈네스는 말했다.

"맛있네요."

"그렇습니까."

"전 요리를 잘하는 편은 아니거든요."

"사람마다 잘하는 것은 다르니까요. 윈터나이트의 사람 대다수가 요리를 못합니다."

"어머나. 정말요?"

"주방장이 자주 한탄한다고 합니다. 그의 화려한 기술을 알아보는 사람이 없다더군요."

"황가분들이 칭찬을 했을 때 무척 기뻤겠네요."

짧은 여름휴가 내내 많은 일이 있었다. 라시아 블렌시아가 나타났다. 아마릴리스 황족들은 엘쟈네스에게 라시아를 관리하겠다며 이것저것 물어보았다. 엘쟈네스는 문득 궁금했다.

"황태자 전하와 황자 전하와는 완전히 화해하게 되었나요?"

"그렇습니다."

"렌의 아카데미 시절 이야기를 들었을 때 화가 많이 났어요. 라시아 블렌시아에 대해서도, 두 분에 대해서도. 두 분은 자신들이 잘못했다고 말하더라고요."

"두 사람이 졸업 후 제게 몇 년간 계속 미안해하며 주위를 맴도는 것은 알고 있었습니다. 그러나 용서할 마음이 들지 않았습니다. 그러기에는 제가 지쳐 있었으니까요."

"그렇다면 지금은 어떻게 두 분을 미워하지 않게 되었나요, 렌?"

"엘쟈를 만나고 과거를 지난 일로 치부하게 되었기 때문입니다. 엘쟈에게 감사하고 있습니다. 엘쟈가 아니었다면 여전히 그 일에 갇혀 살았을 겁니다."

"두 사람의 말을 들어준 것은 과거의 일이기 때문인가요?"

"아닙니다. 이제는 관심이 없습니다. 그게 가장 큰 이유입니다."

엘쟈네스는 황족들을 떠올릴 수 있었다. 질투에 눈이 멀었을 뿐 황족들은 렌을 사랑했다. 어딘가 비인간적일 만큼 완벽히 이성적이었으나 렌에 대해서는 예외였던 이들. 황족들은 렌에게 친밀감을 느꼈다. 렌에게 많은 감정을 느꼈기에 질투 또한 가능했던 것이리라. 렌은 그 사실을 모르는 듯했다. 별다른 관심이 없었기 때문이다. 엘쟈네스는 그에 대해 침묵하기로 했다. 렌과는 달리 엘쟈네스는 황족들의 선택을 이해했으나 용서할 수 없었다. 엘쟈네스는 문득 물었다.

"그렇다면 라시아 블렌시아는요?"

"그녀는 두 번 다시 엘쟈를 건드리지 못할 겁니다."

말하는 렌의 검은 눈이 깊어졌다. 라시아 블렌시아를 떠올린 듯했다. 그는 라시아 블렌시아가 엘쟈네스에게 은근히 비꼬는 말들을 내뱉던 장면을 머릿속으로 보고 있었다. 엘쟈네스가 현명한 대처를 할 거라고 믿었다. 실제로도 엘쟈네스는 우아하게 대처했다. 그럼에도 불구하고 그런 모습을 보고 싶지 않았다.

렌은 처음으로 아나스타샤 황녀에게 무언가를 요구했다. 그에게 있어 라시아 블렌시아는 그 정도였다. 예상외의 답이었다. 엘쟈네스는 밝은 불빛에서 시선을 돌려 렌을 바라보았다.

렌은 엘자네스와 닮은 구석이 많았다. 여름이 되어서야 엘자네스는 그런 사실을 깨닫게 되었다. 수많은 사람들이 등을 돌려 그를 외면했으며 소문이 그를 갉아먹었다. 다른 점은, 주변 사람들이 그를 의도적으로 몰고 갔다는 것이었다. 그 자국은 그가 윈터나이트 대공이 된 지금에도 하얗게 남아 있었다.

엘자네스에게는 리리엘이 그런 존재였다. 엘자네스는 리리엘을 가족으로서 사랑했으나 동시에 싫어하기도 했다. 리리엘에 대한 감정은 여전히 엘자네스에게 남아 있었다. 그래서 렌의 대답에 놀라고 말았다. 그는 어떻게 그 모든 것들에서 벗어날 수 있는 걸까. 밤의 공기와 일렁거리는 불빛이 엘자네스를 솔직하게 만들었다. 엘자네스는 잠시 눈을 감았다. 엘자네스가 렌에게 묻고 싶었던 것은 결국 단 한 가지였다.

"렌은 그녀와 황족들을 용서했나요?"

말이 고요히 퍼져 나갔다. 여름 내내 이것이 궁금했다. 엘자네스는 듣고 싶었다. 비슷한 경험을 한 렌이 그들을 어떻게 생각하는지. 렌은 아내의 손을 잡았다. 그리고 말했다.

"용서하지 못했습니다."

"그렇다면 어떻게 그들을 신경 쓰지 않을 수 있죠?"

"그들은 제게 아무것도 아닙니다. 그런 이유 때문입니다."

렌은 천천히 이야기를 시작했다. 낮고 매혹적인 목소리가 밤의 공기를 타고 울려 퍼졌다. 아카데미 시절은 악몽으로 아로새겨졌다. 렌이 유혹에 넘어온 것이라고 여겼던 라시아 블렌시아의 생각과는 달리 렌이 라시아 블렌시아에게 끌렸던 이유는 단 하나였다. 렌은 라시아 블렌시아의 노력하는 모습을 좋아했다. 라시아 블렌시아가 듣지 않는 편이 좋을 이야기였다.

모닥불이 비친 진갈색 눈동자에 따뜻한 다홍빛이 돌았다. 밤은 고요했다. 별이 무수히 많았다. 밤하늘에 온통 별이 펼쳐져 있었다. 엘자네스는 입을 열려다 머뭇거렸다. 렌은 엘자네스가 말을 할 때까지 조용하고 차분하게 기다려주었다. 그의 체온이 엘자네스에게 닿았다. 엘자네스는 렌에게 기댄 채였다. 엘자네스가 입을 열었다.

"여동생이 하나 있어요. 남동생도 하나 있고요. 여동생은 태어나면서 오래 살지 못할 것이라는 말을 들을 정도로 몸이 약했어요. 어릴 적 그 애는 매일 침대에 누워 있었어요. 덕분에 세 살이 넘을 무렵부터 부모님은 늘 여동생을 애지중지 돌보셨어요. 관심을 받지 못한다고 투정을 부릴 수는 없었어요. 그 애가 얼마나 아픈지는 제가 가장 잘 알고 있었거든요."

어린 리리엘은 마치 하늘에서 내려온 천사 같았다. 찬란한 금발은 어린 엘자네스가 가졌던 많은 인형들보다도 더 예뻤으며 영롱한 녹색 눈동자는 보석 같았다. 창백한 안색은 리리엘을 더 돋보이게 만들었다. 그래서 많은 사람들이 더 안타까움을 표했을지도 모른다. 렌은 이 사실들을 알고 있었으나 처음 듣는 이야기처럼 경청하고 있었다.

"윈터나이트에 온 후 제가 알던 것들이 많이 틀렸다는 걸 알게 되었어요. 아룬델에 대해 알게 된 이후 그 애도 어쩌면 아룬델이 쓰는 매혹의 마법을 쓰는 게 아닐까 생각하게 되었죠. 그러나 크로커스가에 있을 때는 몰랐어요. 사람들이 여동생을 광적으로 사랑하는 건 당연한 일이라고 생각했죠."

어린 리리엘은 새하얀 잠옷을 입은 채 누워 있다 엘자네스를 보고 기쁜 얼굴로 웃고는 했다. 리리엘은 엘자네스가 간간이 해주는 바깥의 이야기를 무척 심취해서 들었다. 리리엘은 점차 바깥에 나가겠다고 하기 시작했다.

"그러자 부모님은 많은 것을 금지시켰어요. 리리엘이 부러워했거든요. 바깥에 나가 노는 것이 금지되었어요. 그 애가 가지고 싶어 하는 것은 무엇이든 넘겨주어야 했죠. 그게 당연한 일인 줄 알았어요. 제가 학습한 것은 그 정도니까요. 그래도 가끔은 부모님의 믿음직스럽다는 칭찬이 기뻤던 것 같아요. 가진 것들을 리리엘에게 양보할 때마다 부모님이 제게 잘했다고 말해주셨거든요."

엘자네스에게 주어져야 할 것들마저도 양보하는 게 당연시되기 시작했다. 그때 전대 크로커스 공작 부인인 엘자네스의 조모가 찾아왔다. 그녀는 엄격했지만 동시에 자애로운 사람이었다. 나이 든 귀부인은 엘자네스에게 많은 예법과 지식들을 가르쳤다. 조모는 엘자네스가 친모인 공작 부인에게서 배웠어야 할 것들도 알려주었다. 크로커스 공작 부인이 엘자네스에게 단 한 번도 알려주지 않은 것들이었다.

"사실 저는 어머니가 왜 저를 꺼렸는지 모르겠어요. 어쩌면 아무런 이유가 없을 수도 있죠. 아버지는 제게 큰 관심이 없으셨어요. 할머니는 그 모든 것들이 이상하다고 말하셨죠. 그러네요. 제가 익숙해져 있던 상황을 이상하다고 말해준 사람이 있었어요."

엘자네스는 쓰게 웃었다. 그때쯤의 리리엘은 자기중심적인 아이가 되어 있었다. 조모는 리리엘에게 끊임없이 잔소리를 했고, 리리엘은 조모가 자신을 미워한다고 생각했다. 크로커스 공작 부부는 리리엘의 말에 따라 조모에게 돌아갈 것을 권유했다. 퇴출이나 다름없는 말이었다. 그러나 크로커스 전 공작 부인은 홀로 돌아가지 않았다.

"할머니가 제게 물으셨어요. 같이 가지 않겠냐고. 그렇게 집을 떠나 몇 년을 살았고, 할머니가 돌아가시면서 다시 공작가로 오게 되었어요."

렌은 엘자네스의 이야기를 듣고 있었다. 어린 남동생이 태어났다. 이후 좋은 소식이 이어졌다. 리리엘에게서 치유의 마법이 발현되었다. 리리엘은 건강해지는 중이었다. 아이였던 엘자네스는 내심 기대했다. 리리엘이 건강해졌으니 이제는 부모님이 자신에게도 신경을 써주시지 않을까 하고. 이야기를 하던 엘자네스는 잠시 뜸을 들이다 말했다.

"그런 일은 없었어요. 리리엘은 여전히 부모님의 사랑스럽고 소중한 딸이었고 남동생이 태어나며 제가 할 일은 더 많아졌거든요. 리리엘이 하지 않는 일은 제 차지가 되었어요. 그리고 좀 더 자라 아카데미에 갔죠. 리리엘과 저는 사상이 맞지 않았어요. 할머니를 따라 남쪽에서도 비교적 북쪽과 가까운 영지에서 자란 저는 귀족스러운 편이었고, 그 애는 남쪽의 혁명을 접하며 자란 탓에 저와 생각이 많이 달랐죠. 그래도 사이가 좋았어요. 그 애가 밉지 않았다면 거짓말이겠지만, 제 동생이었는걸요. 사이가 본격적으로 틀어진 날은 리리엘의 자선 행사 날이었어요."

렌은 엘쟈네스의 생각보다 리리엘 크로커스에 대해 잘 알고 있었다. 조사를 하기도 했고 엘쟈네스가 간혹 무의식적으로 리리엘 크로커스에 대해 언급했던 것이다. 엘쟈네스는 자신이 그런 말을 했다는 것조차 모르는 눈치였다. 그녀가 자신의 이야기를 해주어서 다행이라고 생각했다. 렌이 엘쟈네스에게 위로받았듯이, 그녀도 그러기를 바랐다. 엘쟈네스의 목소리가 천천히 밤공기를 타고 퍼져 나갔다.

"그날은 바빴어요."

엘쟈네스는 그날을 떠올렸다. 리리엘과 친했을 무렵 엘쟈네스의 삶은 평범했다. 엘쟈네스는 자신의 의견을 말하지 않는 것이 습관화되어 있었고 조용하고 다소 소극적인 편이었다. 리리엘 주변의 남자들과 리리엘과 함께 다니기는 했지만 엘쟈네스에게 크게 주목하는 사람은 없었다.

그날 엘쟈네스는 마법학 논문을 작성하느라 바빴다. 그랬기에 리리엘의 자선 행사 소식을 흘려듣고 말았다. 리리엘에게 자금이 없다는 이야기 역시도 제대로 듣지 못했다. 논문 작성에 열중했던 것이다. 그래서 리리엘에게 자금을 대주지 못했다. 리리엘의 자금은 대부분 엘쟈네스에게서 나오는 편이었다. 리리엘은 타인에게 자금을 빌리는 것이 폐를 끼치는 일이라 여기면서도 엘쟈네스는 예외라고 생각하는 듯했다. 이런 사실을 모르는 리리엘 주변의 영식들은 그런 리리엘의 태도를 무척 좋아했다. 그들은 리리엘이 다른 여자와 다르다며 늘 리리엘을 떠받들고는 했다.

"방 안에 가자 제 서랍들이 열려 있었어요. 뒤늦게야 그 사실을 알았죠. 그래도 익숙했어요. 그 애는 자금이 모자라면 그런 식으로 가져가고 후에 제게 허락을 맡고는 했으니까. 그것도 괜찮았어요. 좋은 일을 하는 데에 쓰이는 거니까요. 다만 참을 수 없었던 것은."

물건을 정돈하던 엘자네스는 새하얗게 질린 얼굴로 서랍을 뒤졌다. 없었다. 어디에도 없었다. 다급하게 방 안 모든 곳을 뒤져보았지만 없었다. 엘자네스가 찾던 것은 엘자네스의 조모가 남겨준 유품이었다. 고풍스러운 보석함이 있던 자리에 아무것도 없었다.

"저는 그 애에게 보석함을 가져갔냐고 물었어요. 그리고 그 애는 아무렇지도 않게 그렇다고 대답했죠. 그리고 그 순간."

이야기하던 엘자네스는 우아하게 웃었다.

"저는 폭발해버리고 말았어요."

그날, 많은 것들이 바뀌게 되었다. 엘자네스는 긴말을 하지 않았다. 엘자네스의 손이 리리엘의 찬란한 긴 금발을 잡았다. 금발이 엘자네스의 손에 움켜쥐어짐과 동시에 리리엘은 순식간에 패대기쳐졌다. 엘자네스는 남에게 손찌검을 단 한 번도 한 적이 없는, 귀족의 표본다운 영애였다. 그렇기에 누구도 엘자네스의 반응을 예상하지 못했다. 리리엘의 친우인 아리타 왕녀는 경악한 기색으로 입을 벌렸다.

"그 애에게 말했어요. 일어나. 리리엘 크로커스. 그 애는 수준 높은 검술 실력을 가지고 있었으니 처음 그 애가 아무런 대처도 하지 못한 건 당황해서였다고 생각해요. 곧 그 애는 일어서며 눈물이 고인 눈으로 절 바라보았죠."

리리엘은 친언니에게 머리채를 잡혔다는 충격과 그 공격에 당했다는 부끄러움에 정신을 차리지 못하는 것 같았다. 엘자네스는 이어 바로 세차게 뺨을 때렸다. 리리엘은 그 보석함을 엘자네스가 얼마나 아끼는지, 그리고 그것을 누가 준 것인지 알고 있었다.

"그 애는 아니라고 생각했어요. 제가 보석함을 얼마나 아끼는지 알고 있었으니까요. 리리엘은 제게 할머니의 유품이 어떤 의미인지 알고 있었죠. 그럼에도 불구하고 제멋대로 보석함을 팔아버린 거예요."

엘자네스는 조용하게 살아왔다. 엘자네스의 타고난 성격이 그랬고 체념에 익숙해졌기 때문이다. 리리엘이 모든 것을 가져가는 것을 당연하게 여겼고 리리엘의 철없는 행동들을 받아주었다. 부모인 크로커스 공작 부부가 드러내놓고 리리엘을 편애했기에 그럴 수밖에 없었다. 엘자네스는 그 순간에서야 자신이 얼마나 무르게 리리엘을 대해왔는지 깨닫고 말았다.

"몇 차례 그 과정을 반복하자 리리엘이 저를 분한 눈으로 똑바로 보았어요. 그 애가 치유의 마법을 썼고, 검을 들었죠."

리리엘의 검이 엘자네스를 겨누고 있었다. 영롱한 녹색 눈에는 분한 감정이 한가득 담겨 있었다. 리리엘이 쉽사리 덤비지 못했던 것은 엘자네스가 그때까지와 다른 분위기를 냈기 때문이었다. 이윽고 리리엘이 검을 들었고 엘자네스는 손을 뻗어 파괴의 마력으로 그것을 순식간에 태워버렸다. 리리엘이 치유의 마법을 끌어올렸지만 치유의 마법은 발현되지 못했다. 엘자네스는 그것마저도 태워버렸다. 극도로 세밀하고 정교한 마법 컨트롤이었다. 리리엘은 엘자네스만큼 마법에 능숙하지 못했다. 아카데미 내에서 엘자네스보다 마법에 능숙한 이는 없었다. 리리엘은 마력을 끌어올렸지만 엘자네스의 압도적인 마력에 짓눌리고 말았다.

"많은 사람들이 폭발음을 듣고 달려왔어요. 다들 저를 보고 충격에 빠졌죠."

리리엘이 바닥에 굴러 더러워질 무렵이었다. 사람들은 사랑스러운 리리엘에게 손찌검을 하고 감히 바닥에 패대기친 엘자네스를 끌어내려 했으나 파괴의 마력 때문에 쉽게 다가가지 못했다.

"그동안 친분이 있던 사람들이 많았어요. 그들이 저를 비난하며 그야말로 악녀가 아니냐고 소리쳤죠. 리리엘을 일어설 수 없도록 마력으로 계속해서 짓눌렀거든요. 제게 왜 그랬냐고 묻는 사람은 아무도 없었어요. 그때 깨달았죠. 제가 잘못 살아왔다는 걸. 저라는 사람은 없었어요. 저는 그저 리리엘의 언니였을 뿐이죠. 친분이 있다고 생각했던 사람들마저 사실은 리리엘의 사람들이었던 거예요."

남자들은 흥분한 기색이었으나 엘쟈네스에게 감히 덤벼들지 못했다. 엘쟈네스는 낯선 사람처럼 담담하게 그들을 보았다. 추종자들은 엘쟈네스의 눈치를 살피며 리리엘을 일으켜 세우고 입으로 엘쟈네스를 비난하는 쪽을 택했다.

"리리엘은 부축을 받아 겨우 일어났어요. 그걸 보는데 기분이 그렇게 나쁘지는 않았어요."

사람들은 엘쟈네스를 리리엘의 언니라고 불렀다. 엘쟈네스를 비교적 존중한 이들은 리리엘의 혈육이었기에 엘쟈네스를 대우해주었고, 엘쟈네스를 무시하는 이들은 리리엘의 언니라는 이유로 엘쟈네스를 깔보았다. 엘쟈네스가 리리엘의 격에 맞지 않는다고 생각하거나 리리엘과 어울리지 않는다고 생각했기 때문이다. 리리엘은 그런 반응을 제지하지 않았다.

엘쟈네스에게 단호함이 깃들자 그 누구도 엘쟈네스를 함부로 대하지 못했다. 자매가 판이하게 달랐기에 두 사람을 비교하는 소문이 많았다. 대부분의 사람들은 은연중에 엘쟈네스가 리리엘을 질투하고 괴롭힐 것이라고 생각했다. 엘쟈네스가 리리엘에게 손찌검을 한 광경을 본 사람들은 소문이 사실이라고 떠들며 엘쟈네스를 악녀라고 비난했다. 크로커스 공작가의 적통을 이런 식으로 깎아내릴 기회는 흔치 않았다. 악의 어린 즐거움과 군중심리가 소문을 가중시켰다. 그러나 그 소리들은 엘쟈네스에게 거의 닿지 않았다. 그들은 엘쟈네스에게 의미 없는 자들이었기 때문이다.

"그 후 리리엘은 제게 자신이 하는 것들을 같이 하자고 제안하기 시작했어요. 혁명이라거나, 사치하지 않는 것 등등이요. 그 애는 제가 절대적인 자신의 편이라고 생각했을 거예요. 리리엘에게 모든 것을 양보하게끔 하고 그 애를 언제나 우선시한 부모님 교육의 영향이 컸죠. 리리엘은 저와 관계를 회복하고 싶어 했던 것 같아요. 제 마음은 이미 떠난 상태였지만요. 아카데미를 졸업한 후로는 리리엘 몫의 일까지 맡아서 했어요. 가문을 이어받을 남동생이 어리다 보니 제가 임시 차기 가주 역할을 했어요. 대공의 업무만큼은 아니지만, 하는 일은 많았어요. 공작 부인의 업무마저 점차 제게 넘어오기 시작했고요. 다들 제게 말했죠. 너는 참 믿음직하다고. 글쎄요. 제겐 다른 선택지가 없었어요."

엘쟈네스를 움직이게 한 것은 의무감이었다.

"바보같이 들릴지도 몰라요. 누군가가 제 이야기를 듣는다면 손해를 보면서도 미련하게 일을 한다고 생각할지도 모르죠. 하지만, 리리엘이 하지 않는다고 해서 저까지 제게 주어진 의무를 팽개쳐야 한다고 생각하지 않거든요. 저는 제게 주어진 일에 충실했어요. 그렇기에 제 자신에게 떳떳할 수 있었어요."

리리엘에게 모든 사람들이 비정상적일 정도로 호의를 보이게 되기 전부터 크로커스 공작 부부는 리리엘을 사랑했다. 그들은 엘쟈네스가 무수히 모욕당해도 절대 나서지 않았다.

"지금은 막연히 생각하고 있어요. 그 애가 정말로 아룬델의 마법을 가지고 있어 사람들을 매혹시킨 것이라고 해도 사람들의 반응은 진심이었을 거라고."

엘쟈네스가 문득 웃었다.

"이야기의 끝이 싱겁네요. 결국 간신히 할머니의 보석함을 되찾는 데 성공했어요. 시집왔을 때 가져온 물건이에요."

"화장대 위에 있는 것이라면 본 적이 있습니다."

"맞아요. 하지만 단 한 가지는 찾지 못했어요. 할머니로부터 대대로 물려받아온 결혼반지만큼은 아무리 찾아봐도 없었거든요. 몇 년간 수소문을 했지만 찾을 수 없었어요. 그러다 로벨리아를 떠나게 되었고요. 돌이켜보면 로벨리아 왕국에 애정이 없는 편이었네요. 좋은 기억이 없어서 그런지도 모르겠어요."

"아카데미를 졸업한 후에는 어떻게 지냈습니까."

"렌과 비슷했어요. 일이 많았고 늘 바빴죠."

엘자네스는 로벨리아에서의 삶에 대해 말해주었다.

"렌과 달리 타의에 의해 많은 일들을 했어요. 하지 않는 순간 가문의 명예가 실추되고 그 손해가 저에게까지 돌아왔을 거예요. 그래도 늘 꿈꾸었어요. 로벨리아를 벗어나는 날을. 어떤 상황이라도 좋았어요. 결혼을 하게 된다면 그 사람에게 최선을 다하리라 생각했죠. 그리고 렌을 만났어요. 처음에는 리리엘 대신 오게 된 것이었지만 지금은 렌에게 빠지고 말았고요. 사랑해요, 렌. 그리고 고마워요."

엘자네스는 누군가가 이야기를 들어주는 것만으로도 위안이 된다는 사실을 알게 되었다. 그리고 자신이 정말 많이 변했다는 것도 알게 되었다. 가슴 아픈 일이라고 생각했으나 이제는 차분하게 그 일을 회상할 수 있었다. 렌은 엘자네스에게 말했다.

"엘자는 좋은 사람입니다. 또한 제가 사랑하는 사람이기도 합니다. 북쪽의 많은 사람들이 엘자를 귀하게 여깁니다. 엘자가 빛나는 사람이기 때문입니다."

"렌의 눈에 저는 빛나나요?"

"제 온 세상이 엘자로 이루어져 있습니다."

"저도 그래요. 고마워요, 렌."

온 세상이 엘자네스로 이루어져 있다는 렌의 말이 찬란하게 와닿았다. 엘쟈네스의 눈에 눈물이 약간 고였다. 엘쟈네스는 렌을 보며 웃었다.

"정말로 고마워요, 렌. 렌을 만나서 다행이에요."

렌은 아내를 안아주었다. 엘쟈네스가 라시아 블렌시아를 다루고 황족들과 협상하는 모습을 지켜보며 렌은 느꼈다. 엘쟈네스가 했듯 그 역시도 엘쟈네스에게 위안이 되고 싶다고. 부끄러운 과거였으나 엘쟈네스는 렌에게 잘못을 돌리지 않았다. 엘쟈네스는 렌의 잘못이 아니라고 말했다. 렌을 위로하고 함께했다. 여름 별장에 내려온 이들이 렌에게 함부로 대할 수 없던 이유 중 하나가 엘쟈네스였다는 것을 모르지 않았다. 렌은 말했다.

"엘쟈. 당신을 사랑합니다."

여름 밤하늘에서 유성이 떨어졌다. 빛나는 별들이 밤하늘에서 무수히 반짝거리고 있었다. 엘쟈네스는 렌과 앉아 있었다. 간간이 호수에서는 기분 좋은 물소리가 났다. 온 세상이 고요했다. 엘쟈네스는 렌과 이야기를 나누고 소곤거리며 비밀을 나누기도 했다.

여름밤이 깊어져갔다. 엘쟈네스는 먼저 잠들었다. 렌은 잠이 든 엘쟈네스를 바라보았다. 엘쟈네스는 곤히 자고 있었다. 렌은 주기적으로 받아 보았던 서류에 대해 잊지 않았다. 그는 머리가 좋았다. 엘쟈네스가 황족들과 라시아를 용서하지 못했듯 렌도 엘쟈네스 주위의 사람들을 용서하지 못했다.

여름밤이 지나가고 있었다. 밝게 빛나는 별이 하나 더 떨어졌다. 렌은 엘쟈네스에게 담요를 덮어주었다. 그는 잠든 아내의 머리칼을 어루만졌다. 전대 대공 부부에게서 크로커스가에 흐르는 아룬델의 마법에 관한 답장이 왔다. 머지않아 로벨리아에 갈 일이 있을 것이다. 적어도 1년 안에. 렌은 잠든 엘쟈네스에게 가볍게 입을 맞추었다. 그가 엘쟈네스를 지키리라.

외전

요하네스 크로커스

요하네스 크로커스의 삶은 늘 평탄했다. 누구나 입을 모아 그렇게 말하고는 했다. 요하네스는 모든 분야에서 우수한 편이었으나 두드러지게 잘하는 것도, 못하는 것도 없었다. 눈에 띄게 좋은 일이 일어난 적은 없지만 눈에 띄게 나쁜 일 역시도 일어난 적이 없었다. 요하네스의 주위 사람들은 그 원인으로 요하네스의 가정 환경을 꼽고는 했다. 전체적으로 무난한 인물인 요하네스에 비해 요하네스의 두 자매들은 로벨리아 왕국에서 유명한 인물들이었다.

요하네스는 아카데미의 복도를 걷고 있었다. 다음 수업이 시작하기 전까지 시간이 많이 남았지만 서둘러야 했다. 강의가 있는 건물은 요하네스가 나온 건물에서 가장 멀리 떨어져 있었던 것이다. 요하네스는 남색의 머리칼을 넘겼다. 머리칼이 많이 길었으니 잘라야겠다는 시답잖은 생각을 하면서. 옆에서 걷던 친우가 말을 걸었다.

"무슨 생각해?"

"머리를 잘라야 할 것 같아서."

크로커스가의 첫째, 장녀인 엘자네스는 붉은빛이 도는 적갈색 머리칼과 진갈색 눈동자를 가지고 있었다. 둘째인 리리엘 크로커스는 찬란한 금발과 녹색 눈동자를 지니고 있었다. 요하네스는 둘 모두를 닮지 않았다. 그랬기에 요하네스가 아카데미에 입학했을 때 그의 남색 머리칼과 검은 눈동자를 보며 놀란 이들이 많았다. 비교적 초연하고 모든 일을 자연스럽게 받아들이는 요하네스의 태도 역시 신비감을 가져다주기에 충분한 것이었다. 옆의 친우가 물었다.

"그러고 보니 네 둘째 누님은 뭐 하셔? 요즘 뜸하시네."

"준비하느라 바쁘겠지."

"뭘? 앞의 주어가 빠졌잖아. 제대로 설명 좀 해."

"곧 약혼식이 있을 것 같아."

"잠깐. 그거 설마 칼레스 왕자와의 일을 말하는 거야? 약혼식까지 올린다면 결혼은 기정사실화된 거잖아? 맙소사. 요한. 그런 걸 나에게 알려줘도 되는 거야?"

"어차피 곧 다들 알게 되겠지. 상관없어."

요하네스는 대답했다.

고위 귀족들 사이에서 이루어지는 약혼식은 그들이 결혼을 결심했다는 것을 뜻했다. 약혼과 파혼은 비교적 자유로웠지만 약혼식을 올리면 그 후로는 파혼이 거의 불가능했다. 또한 약혼식을 올린 남녀는 약혼을 파기할 시 이혼한 사람과 같은 취급을 받았다. 고위 귀족 간의 이혼은 꼭 필요한 상황이 아니라면 거의 불가능했다. 신성한 계약을 깨는 것과 같았기 때문이었다. 로벨리아 왕국에서 리리엘과 칼레스 왕자의 약혼식 예정 사실을 아는 이는 크로커스 일가와 왕가뿐이었지만 요하네스는 아무렇지도 않게 리리엘과 칼레스 왕자의 약혼식 사실을 말할 수 있었다. 요하네스는 리리엘 크로커스에 관한 소식은 아무리 비밀로 해도 날개 돋친 듯 퍼져 나간다는 것을 알았다. 또한 옆의 친우가 이런 사실을 누군가에게 말하지 않을 것을 알았다. 친우는 갑작스럽게 빙글빙글 웃더니 물었다.

"그렇다면 네 첫째 누님도 오겠네? 무려 약혼식이잖아. 아마릴리스에서 두 나라의 친교를 위해 반드시 이곳으로 보낼 거 아니야."

첫째 누님. 엘자네스 크로커스를 떠올린 요하네스의 입이 잠시 다물어졌다. 요하네스는 태어나 갓 말을 시작할 무렵부터 둘째 누님인 리리엘 크로커스가 모든 사람들에게 사랑받는 것은 너무나 당연하다는 말을 계속 들으며 자랐다. 일종의 학습에 가까웠다.

요하네스가 태어날 시점부터 리리엘은 건강을 되찾았다고 들었다. 거기에 후계자인 요하네스가 태어났으니 집 안에는 늘 기쁜 웃음이 그치질 않았다. 리리엘은 요하네스를 사랑해주었고 둘은 가까운 편이었다. 그러나 엘자네스는. 생각하는 요하네스에게 친우가 물었다.

"뭐야. 잘 몰라? 네 첫째 누님에 대한 평은 극과 극이더라고. 사교계의 악녀라고 말하는 사람이 있는가 하면 어떤 사람은 그 이름을 부르지 말라며 화를 내질 않나."

엘자네스 크로커스가 로벨리아를 떠난 지도 벌써 반년이 넘었다. 그녀의 이름을 부르지 말라며 화를 냈다는 인물을 알 것 같았다. 평탄했던 요하네스의 삶에 균열이 가기 시작한 것도 바로 그쯤이다. 첫째인 엘자네스가 북쪽으로 시집간 후로 모든 것이 조금씩 어그러지기 시작했다.

"란제크 카멜리아. 맞지?"

"어? 맞아. 어떻게 알았어?"

"그냥."

요하네스는 그다지 않게 얼버무렸다. 모든 것이 어그러지며 요하네스의 세계도 점차 금이 가기 시작했다.

요하네스에게 있어서 첫째 누님인 엘자네스 크로커스는 늘 어려운 존재였다. 엘자네스는 화려하게 치장한 아름다운 모습으로 사교계를 오갔으며 세 남매가 함께 좋은 일을 하면 보람찰 거라는 리리엘의 말을 늘 단호하게 거절하고는 했다. 또한 세간에는 이런 소문이 돌고 있었다. 리리엘 크로커스는 성녀와도 같고 그 언니인 엘자네스 크로커스는 악녀와도 같다.

요하네스는 엘자네스 크로커스가 소문처럼 악한 여자가 아니라는 것을 알고 있었다. 그러나 그렇다고 해서 그녀가 살갑고 사랑스러운 사람도 아니었다. 요하네스가 묻는 말에는 잘 대답해주었지만 리리엘처럼 찾아와 요하네스를 보살피고 끊임없이 신경 써주는 일은 없었다. 그래서 몰랐다. 엘자네스의 빈자리가 그렇게 클 줄은.

“그나저나 조용하네. 유학 오기 전 로벨리아도 델피늄 못지않게 시끄럽다고 들었단 말이야. 내 생각이랑은 완전히 다른걸.”

“첫째 누님이.”

“뭐라고?”

“첫째 누님이 떠난 이후 이렇게 된 거다.”

엘자네스 크로커스가 떠나자 모든 것들이 어그러지기 시작했다. 요하네스는 자신의 인생이 평탄하다고 늘 믿었다. 요하네스가 당연하다 여겼던 것들이 사실은 당연하지 않다는 사실을 깨달은 건 란제크 카멜리아가 술에 취해 샴페인 잔을 깨뜨린 날이었다. 지나가던 요하네스는 그의 목소리를 들었다. 그는 엘자네스를 부르고 있었다.

엘자네스가 없는 크로커스 공작가는 엉망이었다. 엘자네스 크로커스가 처리하던 업무들이 공작가 일원들에게 돌아온 것이 그 시작이었다. 요하네스는 엘자네스 크로커스가 닿기에 너무 먼 혈육이라고만 단순히 생각했다. 관계를 진전시키기 위해 엘자네스에게 다가갔지만 엘자네스는 차를 마시면서도 끊임없이 서류를 보았다. 요하네스에게 눈길을 준 적은 한 번도 없었다. 무언의 거절이라고 생각했다. 요하네스가 리리엘과 더 가까워진 것은 당연한 수순이었다.

요하네스는 정말로 몰랐다. 엘자네스가 맡은 일들이 그렇게 많을 줄은. 임시 차기 가주 위치를 물려받으며 요하네스는 그녀에 대해 다시 생각하게 되었다. 요하네스는 하루 종일 사람을 만나고 가문 간의 관계를 쌓기 위해 노력해야 했다. 일정을 잡는 것은 고되었으며 엘자네스가 초석을 다져두어 그들의 호감을 받고 있는데도 임시 차기 가주의 일은 힘들었다. 엘자네스가 남겨둔 인수인계 자료를 참조하지 않았다면 버티기 힘들었을 것이다.

그뿐만 아니라 요하네스의 어머니인 크로커스 공작 부인은 넘쳐나는 일들을 감당하지 못하고 있었다. 엘자네스는 내정 살림을 훌륭히 맡았을 뿐만 아니라 공작가의 재정을 불려놓았다. 크로커스 공작 부인은 점차 엘자네스에게 많은 일들을 위임하기 시작했고 어느 순간부터는 공작가의 내정 살림에 대해 거의 관심조차 가지지 않았다. 사치와 향락에 젖었던 탓이다.

요하네스는 이제야 엘자네스가 차를 마시면서도 서류를 봤던 이유를 알게 되었다. 옆의 친우가 물었다.

"왜? 무슨 일이 있었어?"

"그런 건 아니지만."

특별한 일이 있었던 것은 아니다. 모든 것이 평소와 같았다. 감당할 수 없을 만큼의 업무를 제외한다면 엘자네스가 떠나기 전과 다른 점은 없었다. 문득 멀리서 다른 귀족 영식이 두꺼운 책을 든 채 지나쳤다. 리리엘을 가장 따르던 예술학도 청년이었다. 그는 늘 리리엘에 대한 시를 쓰고 초상화를 그려 바치고는 했다. 지금도 그는 리리엘의 주위에 있었다. 그러나 청년은 요하네스와 눈이 마주쳤음에도 불구하고 요하네스를 그냥 지나쳤다. 인사 한마디도 없이.

"저 사람과 얼마 전까지는 인사를 주고받지 않았어?"

"그랬었지."

요하네스는 한숨을 내쉬었다. 요하네스 주변에 있는 인물들은 대개 리리엘 크로커스의 추종자들이었다. 그들은 리리엘의 동생인 요하네스에게도 우정을 베풀었다. 그러나 이제는 그렇지 않았다. 그들은 요하네스를 봐도 못 본 척 지나가거나 귀신이라도 본 듯 질린 얼굴로 지나가고는 했다. 모두가 리리엘 크로커스 때문이었다.

리리엘은 전과 달라진 것이 없었다. 서민들을 돌보았고 상냥한 얼굴로 자선 사업을 펼쳤다. 고아들을 돕고 사람들을 치유했다. 그렇게 보였다. 전에는 정말 그런 줄로만 알았다. 리리엘이 자선 행사 때 사고를 쳤을 때, 추종자들의 얼굴이 아연해졌다. 그것은 단지 시작에 불과했다. 요하네스는 리리엘이 생각과 많이 다르다는 것을 그제야 알게 되었다. 추종자들은 점차 욕을 내뱉기 시작했다. 동시에 점차 엘쟈네스의 이름이 오르내리게 되었다. 얼마 후에는 추종자들 모두가 엘쟈네스 크로커스의 부재를 깨닫게 되었다. 누군가가 외쳤다. 그녀가 없어서 모든 것들이 어그러지기 시작했다고.

칼레스 왕자와 몇몇 고위 귀족은 리리엘 크로커스의 나머지 추종자들에게 리리엘이 저지른 일들을 수습할 것을 명했다. 그들은 서로가 모임에서 빠져나가지 않게 감시하며 지옥 같은 날들을 보냈다. 추종자들은 더 이상 요하네스에게 잘 대해주지 않았다. 그들은 리리엘 크로커스의 동생이라는 이유만으로 요하네스를 기피했다. 요하네스는 결국 다른 친우를 사귈 수밖에 없었다. 옆의 소년이 그 친우였다. 소년은 델피늄 혁명 때문에 아카데미로 오게 된 작은 지방의 귀족이라고 했다. 그 말을 증명하기라도 하듯 소년의 행동 하나하나가 우아했다. 마치 엘쟈네스처럼. 엘쟈네스를 무심코 떠올리던 요하네스는 소년의 이름을 불렀다.

"헬."

"왜?"

"네가 살면서 믿어왔던 것들이 모두 편견에 불과하다면 너는 어떻게 할 거야?"

"응? 아아, 네 첫째 누님 이야기구나."

헬은 말했다. 그는 처음부터 요하네스의 기분이나 생각을 마법처럼 알아차리는 재주가 있었다. 헬은 호기심이 많았으며 남들이 기피하는 요하네스에게 다가오기를 주저하지 않았다. 또한 그는 어딘지 모르게 엘쟈네스와 닮은 구석이 있었다. 헬의 모든 것이 비밀스러웠다. 헬에 대해 잘 아는 사람은 없었다.

아카데미 사람들이 추측할 수 있는 것은 그가 귀족이라는 사실뿐이었다. 헬은 태생부터 군주로 태어난 사람 같은 분위기를 냈다. 이에 대해 물어보면 헬은 가문의 특성이라는 말을 하며 웃고는 했다. 그의 가문이 거의 멸문했다는 말을 들었기에 자세히 캐물으려는 사람은 없었다. 헬의 진회색 눈동자가 요하네스에게 닿았다. 그 안에는 푸른빛이 섞여 있었다.

"네 첫째 누님이라면 사과하는 게 좋지 않을까?"

"사과?"

"그래, 사과. 네 첫째 누님도 약혼식에는 올 거 아냐. 나는 그분을 꼭 뵙고 싶거든."

요하네스는 홀린 듯 헬을 바라보았다. 헬의 음성은 어쩐지 매혹적인 구석이 있었다. 마치 마법처럼. 그러나 이런 마법은 세상에 존재하지 않는다. 요하네스는 잠시 한기를 느낀 듯한 착각에 빠졌다가 헬에게 물었다.

"누님께 내 잘못을 사과드려도 괜찮은 걸까?"

"그럼. 당연히 해야지. 내가 도와줄게."

"잘 모르겠어. 내가 어떤 태도를 취해야 좋을지."

"걱정하지 마. 내가 도와줄 거야. 그날 내가 함께 있을게."

헬의 붉은 머리칼은 엘쟈네스를 연상시켰다. 요하네스는 헬의 머리를 보면 늘 엘쟈네스를 떠올렸다. 엘쟈네스에 대한 감정이 헬을 친우로 여기게 만든 걸까. 이제는 잘 기억나지 않았다. 헬은 언제부터인가 늘 요하네스의 옆에 있었다.

"그런데 내가 누님께 사과하고 싶었었나?"

"그렇게 말하지 않았어?"

엘자네스를 생각하면 늘 마음이 흔들렸으나 사과하고 싶다고 생각한 적은 없다. 요하네스는 그 생각을 잊어버렸다. 확실한 것은 헬이 아카데미의 일원이고 지금은 요하네스의 친우라는 것이다. 헬의 붉은 머리칼이 바람에 흔들렸다. 푸른빛이 섞인 진회색의 눈동자가 묘한 색으로 물들었다. 그리고 헬은 웃었다.

"그날은 정말 재미있을 거야."

9

가을 무도회

아마릴리스의 가을 무도회는 추수와 수확을 기념하는 것이었으나 한편으로는 각 영지의 상황을 황제에게 전달하기 위한 것이기도 했다. 아주 작은 영지의 영주들은 황제의 보좌관들에게 영지의 상황과 안건을 보고했고 그 이상 크기의 영지를 가진 귀족들은 황제를 직접 마주하고 상세한 서류를 올릴 수 있었다.

모든 영지에 대한 정보가 황제에게 완전히 보고되는 일주일 정도가 가을 무도회의 기간이었다. 그것이 관례였다. 화려한 무도회를 좋아하지 않아 무도회를 잘 열지 않는 현 황제 조나단 아마릴리스도 가을 무도회의 기간과 행사는 꼭 지키고는 했다.

오늘은 무도회의 첫날 밤이었다. 먼저 도착한 많은 사람들이 이야기를 나누기 시작했다. 서로를 발견한 두 귀부인은 인사를 주고받으며 서로에게 다가갔다.

"어머나, 부인. 오랜만이에요."

"부인도 이런 자리에서는 오랜만에 뵙네요."

작년 가을에는 윈터나이트 대공의 결혼식이 열렸다. 황제는 그와 동시에 가을 무도회를 생략해버렸다. 결혼식 피로연이 열리기는 했으나 무도회의 주인이 갓 결혼한 대공 부부이기에 대공 부부에게 모든 것이 주목되었고 제대로 된 사교 행사는 열릴 수 없었다. 참가 인원 다수도 고위 귀족이거나 유명 인사뿐이었다. 그랬기에 사람들은 들뜬 분위기를 감추지 않고 있었다. 인사를 주고받은 두 귀부인은 담소를 나누었다.

"가을 무도회가 열려서 기뻐요. 많은 분들이 저처럼 설레는 마음을 안고 왔을 거라 생각한답니다. 나이가 들어도 무도회가 즐겁다니 주책일지도 모르지만요."

"아니에요, 부인. 나이는 상관없는걸요. 부인은 여전히 아름다우세요. 무도회가 더 열리지 않아 아쉬울 정도예요. 황제 폐하께서 무도회를 즐기는 분은 아니시니까요."

"그걸 알면서도 때가 되면 가을 무도회 생각이 나네요. 올해는 열려서 다행이에요. 그나저나 올해는 좋은 소식이 있다면서요? 황실에서 발표할 거라는 이야기를 얼핏 들었어요."

"네. 물론 있고말고요. 우선 발라디미르 황자님의 결혼 소식이 있을 거랍니다."

귀부인들의 대화에 다른 낯선 귀부인 하나가 끼어들었다. 사교계에서 말을 옮기고 다니기 좋아하는 것으로 유명한 여자였다. 귀부인들은 우선 낯선 귀부인의 이야기를 주의 깊게 듣기로 했다. 그녀의 정보는 어느 누구보다도 빠른 편이었다. 낯선 귀부인의 말을 들은 두 귀부인은 놀란 목소리로 대답했다.

"그게 정말인가요? 라시아 블렌시아 영애가 올해 귀국했다는 이야기는 들었어요."

"사실이에요, 부인들. 황실에서 일하는 이들이라면 모르는 이가 없답니다. 발라디미르 황자님이 얼마 전 공개적으로 블렌시아 영애에게 직접 청혼을 했다고 하더라고요. 낭만적이지 않나요?"

"그렇군요. 참 좋은 소식이에요. 두 분의 사랑은 아카데미 시절부터 유명했으니까요."

귀부인들은 웃었지만 웃을 만큼 가벼운 소식은 결코 아니었다. 두 부인은 눈짓을 주고받았다. 발라디미르는 생각보다 결단력과 추진력이 있는 편이었다. 느긋하게 보이는 성격 아래 숨겨진 그런 면모를 성급하다고 생각하는 귀족들이 대다수였지만 간혹 그런 발라디미르의 면모를 황제의 자리에 더 어울린다고 판단하는 귀족들도 있었다. 발라디미르는 권세가 전혀 없는 가문의 외동딸인 라시아 블렌시아를 택함으로써 황위를 완전히 포기한다는 무언의 메시지를 전했다. 황권은 안정될 것이다. 말을 옮기고 다니기를 좋아하는 귀부인은 이야기에 완전히 귀를 기울이는 두 귀부인의 반응을 보며 웃었다.

"그리고 이건 거의 확실한 사실인데, 유진 바이올렛 공자가 실연을 당했다고 해요."

"어머나. 그게 무슨."

"유진 바이올렛 공자를 거절할 여자도 있나요?"

많은 귀부인들은 차기 바이올렛 공작인 유진 바이올렛에 눈독 들이고 있는 상태였다. 대공이 결혼을 한 지금, 그만한 신랑감이 없었기 때문이다. 유진 바이올렛과의 하룻밤을 원하는 이들도 있었다. 귀부인들은 잠시 술렁거렸다.

"부인, 소문이 확실한가요? 저는 유진 바이올렛 공자가 만나는 여자가 있다는 말을 들어본 적이 없어요."

"저도요. 제 딸아이는 유진 바이올렛 공자에 관한 소문을 모두 듣고 있지만 생전 처음 듣는걸요."

"무례한 말이지만, 사실이기는 한가요?"

사람들이 불신의 태도를 보일수록 말을 옮기고 다니기 좋아하는 귀부인은 짜릿함을 느꼈다. 그들의 놀란 얼굴과 머쓱한 얼굴을 볼 때가 좋았기 때문이다. 그녀는 바로 이어 말했다.

"전부 사실이에요. 왜냐하면 그렇게 말한 사람은 유진 바이올렛 공자 본인이니까요. 참한 영애를 소개해주려다 그렇게 거절당했답니다. 바로 어제의 일이에요. 다른 분들께 말해도 좋다는 허락을 이미 받았어요. 대신 아는 영애들을 소개해주는 것은 피해달라고 하더군요."

"세상에."

"물론 확실한 증거가 없으니 완전한 사실은 아닐지도 모르지만요."

"유진 바이올렛 공자는 거짓말을 거의 하지 않잖아요."

"대체 유진 바이올렛 공자의 마음을 빼앗고도 그를 원하지 않은 영애는 누구일까요?"

"아주 아름다운 분일 거예요."

"글쎄요. 혈육인 루이자 바이올렛 영애가 그토록 아름다운걸요. 저는 현명함이 돋보이는 분이라고 생각해요."

"어쩌면 활발한 매력의 소유자일지도 모르죠."

"자, 이 이야기는 여기까지 하도록 해요. 더 중요한 소식이 있으니까요."

소문에 대해 이야기를 맨 처음 꺼냈던 귀부인이 가볍게 박수를 쳤다. 사람들은 그녀를 바라보았다. 많은 이들이 이 귀부인이 중요한 소식이라고 하는 것이 무엇인지 궁금해하는 눈치였다. 귀부인은 말했다. 말의 파장은 엄청났다.

"이번 무도회에는 전대 대공 부부가 오신다고 해요."

"맙소사. 오늘을 말하는 건가요?"

궁금하게 서두를 던져놓은 귀부인은 더 대답하지 않은 채 슬쩍 자리를 빠져나갔다. 나머지는 직접 보라는 무언의 눈치였다.

황실의 연회장은 드넓었다. 아마릴리스 제국의 모든 귀족들이 모여 있는데도 연회장은 여전히 넓어 보였다. 누군가는 연회장을 보며 우스갯소리로 옛 황제들은 신하들이 큰 실수를 했을 때 가을 무도회에 사용하는 연회장을 청소하라는 형벌을 내렸을 거라는 말을 하고는 했다.

음악이 잔잔히 깔리기 시작했다. 황족들이 등장했다. 니콜라이 황태자의 뒤로 발라디미르 황자와 그의 약혼녀인 라시아 블렌시아, 레오드릭 황자와 에리카 황녀, 아나스타샤 황녀가 나타났다. 그들은 연회장의 가장 높은 곳에 놓인 화려한 상석에 다가가 각자의 자리에 앉았다. 황족들의 존재만으로도 연회장에 위엄이 깔리고 있었다. 귀족들은 시계를 보며 주변을 둘러보았다. 황제와 황후는 아직 오지 않았다. 몇몇 귀부인들은 다시 대화를 나누었다.

"이제 곧 윈터나이트 분들이 도착하겠네요."

"사실 기대감이 크답니다. 전대 대공 각하와 전대 대공비 각하는 아주 세련된 분들이셨으니까요. 사실상 아마릴리스의 사교계를 주도하신 분이죠."

"새로운 대공비 각하 또한 그 명성에 뒤처지지는 않아요. 작년 결혼식에서 저는 충격을 받고 말았어요."

"어땠나요? 저는 초대받지 못했거든요. 소문만 들었을 뿐이랍니다."

"아, 정말로 잊히지 않아요. 지금 이렇게 화려한 드레스들이 갑작스럽게 유행하게 된 건 비 각하 덕분일 거예요. 그 결혼식의 화려한 드레스들은 너무나도 아름다웠죠."

"덕분에 화려함이 덜한 드레스를 많이 만든 의상실들은 피눈물을 흘렸다고 하더라고요."

"확실히 화려한 드레스로의 전환이 그날 이후 확연히 이루어지기는 했죠. 어머."

귀부인은 입구를 보다 입을 다물지 못하고 말았다. 옆의 귀부인 역시도 말을 잇지 못하기는 마찬가지였다. 열린 문으로 네 명의 윈터나이트 일원이

들어오고 있었다. 전대 윈터나이트 대공 부부와 현재의 윈터나이트 대공 부부였다.

※

엘쟈네스는 시녀에게 지시했다.

"잠시, 등 쪽에도 크림을 발라줄 수 있니?"

엘쟈네스는 관리를 받는 중이었다. 마사지를 담당하는 시녀는 엘쟈네스가 입은 가운을 조심스럽게 벗겨냈다. 그러던 그녀가 흠칫했다. 초점이 희미해진다. 마님의 부드러운 살결이 눈에 들어왔다. 그 위로 늘어뜨려진 적갈색의 머리칼과 우아한 몸의 곡선. 그녀는 그 모든 것들을 취한 듯이 바라보았다. 시녀의 눈은 꿈을 꾸는 것처럼 몽롱해졌다. 이렇게 아름다운 분이 또 있을까. 그녀는 완전히 홀린 사람 같았다. 시녀가 중얼거렸다.

"네. 크림을…."

"안 되겠습니다."

시녀를 지켜보던 엘리나가 고개를 저었다. 시녀는 되뇌면서도 자신이 무슨 말을 하는지 모르는 듯했다. 엘리나는 시녀를 끌어냈다. 그녀는 반발했지만 이내 온순해졌다. 시녀가 나간 후, 엘리나가 말했다.

"아무래도 생각보다 심각해진 것 같습니다."

가을이 찾아온 윈터나이트 저택의 나무들은 붉은색과 황색으로 물들었다. 북쪽의 끝에 있기 때문에 윈터나이트에는 가을이 가장 빠르게 찾아온다. 동시에 윈터나이트 저택에도 변화가 일어났다. 겨울의 마법을 사용할 수 있는 이들은 아룬델의 마법에 잘 걸리지 않았다. 그랬기에 엘쟈네스가 지닌 아룬델의 마법, 매혹의 힘에 대한 문제점을 느낀 것도 최근이었다.

'향기가 짙어지듯, 마님은 사람을 끌어당기신다.'

엘자네스는 이제 만개한 꽃 같았다. 길거리의 사람들은 입을 쩍 벌린 채 풀린 눈으로 엘자네스를 바라보았고, 비교적 정신력이 강한 사람들도 엘자네스에게 매료되었다. 이제는 바깥에 돌아다닐 수조차 없을 정도였다. 심각성이 뒤늦게야 나타난 것이다.

렌은 전대 대공 부부에게 편지를 보냈다. 그들은 엘자네스에 대한 이야기를 듣더니 곧바로 로벨리아에 대해 조사할 것이며, 가을 무도회 때 오겠다는 말을 했다. 방 안으로 렌이 들어왔다.

"엘자. 어땠습니까."

"마리마저도 이제는 마법의 영향을 받아요. 비교적 영향을 받지 않았었는데…."

"어쩔 수 없군요. 당분간은 블루벨 경에게 모든 일을 처리하도록 해야겠습니다."

"초대장은 왔나요?"

"네. 지금 가져왔습니다."

아마릴리스 황실에서는 해마다 열리는 가을 무도회 초대장을 모든 귀족가에 보내왔다. 그중 윈터나이트의 것은 다른 초대장들과는 달리 무려 황제가 친필로 쓴 것이었다. 집사는 엘자네스의 심장 부근에 매혹의 힘을 억누르는 마법을 심었으나 효과가 크지는 않았다. 보통 사람들은 로벨리아의 추종자들이 리리엘에게 하듯 감탄의 눈으로 엘자네스를 보았다.

그러나 매혹의 마법이 진짜 효과를 발휘할 때는 사람의 마음이 불안정할 때였다. 어떤 식이든 마음에 작은 틈이 생기는 순간 마법이 상대를 지배했다. 더 이상 어떤 방법도 쓸 수가 없었다.

무도회 날짜가 코앞으로 다가왔다. 황족의 일원이며 윈터나이트 대공비인 엘자네스가 무도회에 불참할 수는 없었다. 결국 엘자네스와 렌은 수도로 출발할 수밖에 없었다. 렌에게 기댄 채 창밖을 바라보던 엘자네스가 말했다.

"시간 참 빠르네요. 벌써 다시 가을이라니 말이에요. 결혼 후 1년이 다 되어가고 있어요."

"그렇군요. 아쉽습니다."

"왜요, 렌?"

"시간이 더 천천히 흘렀으면 좋겠습니다. 엘자와 함께하는 모든 순간이 더 길어졌으면 합니다."

"그래도 렌. 렌과 함께 시간을 보냈다는 것만으로도 그 순간은 의미 있다고 생각해요."

엘자네스가 웃었다. 렌은 아내에게 입을 맞추었다. 엘자네스가 맑은 웃음소리를 냈다. 마차는 순조롭게 수도로 가고 있었다. 전대 윈터나이트 대공 부부. 렌의 부모님. 렌이 무수하게 말해온 사람들이었다. 그러나 엘자네스는 두 사람을 잘 떠올릴 수 없었다.

'생각해보니 만난 적이 없구나.'

전대 대공 부부는 엘자네스와 렌의 결혼식 때 잠깐 얼굴을 비쳤다고 들었다. 아룬델과 그 남은 잔당을 추적하느라 늘 바빴으니 그럴 만도 하리라. 그녀는 물었다.

"렌, 두 분이 저를 어떻게 생각할까요?"

"무척 좋아할 겁니다."

"렌도 참. 그건 렌의 의견이잖아요."

"정말입니다."

렌은 이제 대화를 주고받는 데 더 능숙해지고 있었다. 엘자네스는 가끔 렌이 그녀를 지나치게 좋아하는 게 아닌가 하는 생각이 들 때가 있었다. 쓸데없는 생각을 하는 것을 알아챈 듯 렌이 엘자네스의 목덜미에 입을 맞추었다. 렌의 팔은 엘자네스의 허리에 감겨 있었다. 렌은 부모에 대해 최대한 정직하게 대답했다.

"어머니가 아름다운 사람을 선호합니다. 아버지는 어머니의 마음에 들면 좋아합니다. 두 분은 반드시 엘자를 마음에 들어 할 겁니다."

검은 눈은 진지했다. 고맙다고 해야 할지 렌의 눈에 아름답다는 것을 깨닫고 기뻐해야 할지 모르겠다. 엘자네스는 사실 조금 긴장하고 있었다. 전대 대공과 대공비가 좋아하는 것들을 공부하고 많은 것들을 준비했지만 호의적인 반응을 보일지는 장담할 수 없었다.

"그래도 안타까운 일이에요. 윈터나이트의 겨울에 대공위를 받은 적이 있는 윈터나이트가 하나 이상 존재할 수 없다는 건."

엘자네스는 렌의 손을 잡았다.

"괜찮습니다. 엘자가 있으니까요"

수도에 가까워질수록, 엘자네스는 렌의 손을 꼭 잡았다. 렌은 엘자네스가 긴장해 기대고 접촉을 해오는 것을 즐기는 눈치였다. 그는 엘자네스의 귓가에 속삭였다. 엘자네스의 귓가에 렌의 목소리가 닿았다. 동시에 렌은 엘자네스의 귀를 약간 깨물었다. 장난스러운 동작이었다.

"너무 긴장하지 마십시오. 실수하더라도 제가 있을 겁니다."

"렌!"

렌은 능청스럽게 엘자네스의 이마에 입을 맞추었다. 엘자네스는 그의 뺨에 입을 맞출 수밖에 없었다. 마차는 윈터나이트 저택에 거의 다다라 있었다. 엘자네스는 바깥을 바라보았다.

"저기군요."

"네. 윈터나이트 영지와 비슷합니다."

윈터나이트에 있는 대공 부부의 저택과 비슷하게 생긴 건물이 저 멀리에 있었다. 옆에 있는 것은 별장을 닮아 있었다. 가까이 가니 크기를 축소했을 뿐인 윈터나이트 영지의 건물들이 많았다. 윈터나이트 대공성과 비슷한 분위기였다.

"건물의 안도 윈터나이트 저택과 유사합니다. 엘쟈. 부모님은 엘쟈의 사랑스러움을 알아볼 겁니다."

"갑작스럽게 무슨 말이에요, 렌."

엘쟈네스가 웃었다. 렌의 검은 눈이 깊어졌다. 그는 과거의 상처가 한 인간을 어떻게 바꾸어놓는지 알고 있었다. 엘쟈네스는 배척당하고 거부당하는 데 익숙해진 사람이었다. 짙게 드리워졌던 그림자가 옅어졌지만 그 잔재는 여전히 남아 있었다.

렌 역시도 엘쟈네스의 가족들을 만난다면 같은 기분을 느꼈을 것이다. 물론 그들이 정상적인 가족이라면.

내릴 시간이었다. 렌이 마차의 문을 열었다. 먼저 내린 렌은 엘쟈네스가 내리는 것을 도와주었다. 엘쟈네스는 마차에서 내려 바로 앞에 있는 두 사람을 바라보았다.

렌보다 훨씬 더 차가운 인상의 중년 귀족은 강렬한 눈빛으로 두 사람을 바라보고 있었다. 그는 나이가 들었음에도 불구하고 미남이었다. 다른 이들이었다면 오해할 수 있었을 것이다. 그러나 엘쟈네스는 저 눈빛이 다른 사람을 바라보는 것 외의 다른 의미를 담고 있지 않다는 것을 알았다.

옆에 선 갈색 머리의 작은 중년 부인은 사랑스러운 미소를 짓고 있었다. 나이가 들었음에도 불구하고 고운 인상이었다. 엘쟈네스는 두 사람이 렌의 부모라는 사실을 깨달았다. 마침내 렌이 엘쟈네스를 소개했다.

"아버지. 어머니. 제 반려가 된 사람입니다. 엘쟈. 제 부모님들입니다."

"만나서 반가워요, 엘쟈네스. 난 멜리사 윈터나이트예요."

"반갑소. 르윈스키 윈터나이트요."

"두 분을 만나 뵈어 기쁩니다. 엘쟈네스 윈터나이트입니다."

인사를 하는 엘쟈네스의 동작에는 어떤 흠도 없었다. 우아한 동작을 보던 렌의 부모가 눈길을 주고받았다. 엘쟈네스는 두 사람의 눈빛에 담겨 있는 것이 호의라는 것을 알았다. 둘은 엘자네스를 처음 본 순간부터 호의적인 태도를 보이고 있었다.

이내 렌의 어머니, 멜리사가 엘자네스의 손을 잡았다.

"엘자, 식구가 된 것을 환영해요. 엘자와 함께할 수 있어 기뻐요."

중년 부인의 얼굴에는 한 치의 거짓도 없었다. 렌의 부모인 두 사람은 엘자네스를 적극적으로 환영하고 있었다. 사교계에 오래 있었기에 알 수 있었다. 또한 엘자네스를 중요한 존재로 여기고 한 가족이 된 것을 고마워한다는 것도.

'따스하구나.'

결혼에 대한 생각을 많이 했고, 남편의 혈육에 대한 생각을 많이 했었다. 엘자네스의 가정은 늘 최악이었다. 그리고 현실은 생각과 달랐다. 엘자네스는 렌이 좋은 사람으로 자랄 수 있던 이유 중 하나가 두 부부 덕분이었다는 것을 알았다. 전대 대공은 두 사람의 모습을 바라보고 있었고 전대 대공비는 엘자네스를 향해 상냥하게 웃었다. 엘자네스가 겪은 중 가장 순수하고도 따스한 애정이었다. 엘자네스는 중년 부인을 따라 웃었다. 어쩐지 눈물이 날 것 같았다.

"참, 엘자. 바깥에 너무 세워두고 있었네요. 같이 차라도 마시면서 이야기를 나누어요."

"좋은 생각이네요. 호의에 감사드려요."

그렇게 전대 대공 부부와 젊은 대공 부부는 저택의 거실에 앉았다. 수도의 윈터나이트 저택은 윈터나이트 영지의 벽보다 얇았다. 삼중으로 되어 있지 않은 창 역시 특이하게 느껴졌다. 윈터나이트에 익숙해진 엘자네스의 눈에는 그랬다. 차를 가져온 이는 겨울의 마법을 받은 늙은 기사였다. 멜리사가 가볍게 인사했다.

"고마워요."

"별말씀을."

그는 건조하게 고개를 숙이고 돌아갔다. 본래 전대 대공 부부, 르윈스키와 멜리사는 타국에 몇 개월 더 머물 예정이었으나 렌의 편지를 받고 수도로 곧바로 온 참이었다.

"음, 우선 반가워요. 엘자, 날 멜리사라고 불러주면 돼요."

"알았어요, 멜리사."

"르윈스키와 나는 렌의 편지를 그동안 받아왔어요. 상세한 보고가 적혀 있었죠. 사실 우리는 아룬델에 대해서 정확히 알지 못해요. 아룬델의 마법과 겨울의 마법은 서로를 감지하죠. 그렇기에 서로를 없애기에 바빴어요. 지금은 남은 아룬델이 없지만, 르윈스키와 결혼했을 당시에는 순혈의 아룬델이 많았거든요. 편지를 보고서야 그들의 마법에 대해 다시 이해하게 되었어요. 사람들이 엘자를 볼 때마다 넋을 놓은 사람처럼 변한다는 게 사실인가요?"

"사실입니다. 겨울의 마법을 받은 사람을 제외하고 모든 사람들이 반응을 보였습니다."

렌이 대신 대답했다.

"그렇구나. 아마도 확실할 거야. 아룬델의 매혹시키는 힘. 이건 마법보다는 차라리 저주에 가깝겠지. 엘자, 엘자의 몸에는 아무런 이상이 없죠?"

"네. 저는 괜찮아요, 멜리사."

"다행이에요. 우선 우리는 진저를 로벨리아로 보냈어요. 우리의 화이트 기사들 중 가장 발이 빠른 기사죠. 또한 강하기도 하고요. 진저가 새로운 소식을 가져다줄 거예요. 그때까지는 수도에 머물며 함께 행동해요. 우선은 가을 무도회부터 준비해야죠."

손뼉을 가볍게 짝 친 멜리사는 언제 심각한 어투로 말했냐는 듯 가벼운 어조로 말했다. 장난기가 가득 담긴 그녀의 갈색 눈 안에서 보랏빛이 빛났다. 엘자네스는 이 중년의 귀부인이 젊었을 때는 미인이었을 것이라고 추측했다. 그녀는 무척 신이 난 얼굴을 하고 있었다.

"사실 렌에게서 편지를 받고 무척 기대했어요. 나는 누군가를 꾸며주는 일을 무척 좋아하거든요. 엘자와 같은 머리칼은 북쪽에 없어요. 지금은 새 대공비를 따라 강렬한 색으로 머리를 염색하는 일이 유행한다지만 내가 사교계에서 활동할 당시에는 다들 염색을 하지 않던 시기였으니까요. 해도 열은 금색으로 하는 게 대부분이었죠."

"사람들이 저를 따라 머리를 염색한다고요, 멜리사?"

"어머나, 엘자. 몰랐군요. 이번 무도회에 참가해서 사람들을 자세히 봐요. 지금 사람들은 윈터나이트 대공성에서 거의 나오지 않는 대공비의 모든 것에 관심을 기울이고 있어요. 지금 유행을 주도하는 건 엘자인걸요."

멜리사는 엘자네스에게 눈을 찡긋거렸다. 엘자네스를 향해 이렇게 즐겁게 많은 말을 하는 여자는 처음이었다. 대부분의 사람들은 엘자네스의 기품에 압도되는 편이었으나 멜리사는 전혀 신경 쓰지 않는 듯했다. 엘자네스는 멜리사와 윈터나이트 부자가 엘자네스의 반응을 귀엽다고 생각한다는 것을 몰랐다.

"렌은 어떤가요? 내 자식이지만 삭막한 구석이 많아서 말이에요."

"세심하게 신경을 많이 써줘요."

"다행이네요. 이런 예쁜 아가씨를 놓치지는 않을까 오늘 걱정을 많이 했거든요. 엘자는 어떤 요리를 좋아하나요? 이곳의 주방장도 윈터나이트의 주방장만큼 뛰어난 솜씨를 지니고 있답니다."

두 여자가 화기애애하게 이야기를 나누는 동안 렌과 르윈스키는 이야기를 나누었다.

"잘 지냈느냐."

"네."

"별일은 없었고?"

"있었지만 이제 문제 될 정도는 아닙니다."

"신혼 생활은, 좋고?"

렌은 전대 대공을 바라보았다. 두 윈터나이트 간의 대화는 무미건조해 보이기 쉬웠으나 그 안에는 서로에 대한 애정이 깔려 있었다. 전대 대공은 렌보다 더 냉랭한 얼굴을 하고 있었지만 사실은 짓궂게 묻고 있는 것이었다. 렌의 장난기는 모두 전대 대공에게서 온 것이었다. 렌은 간결하게 대답했다.

"좋습니다."

"그렇구나."

세월은 그 르윈스키 윈터나이트의 얼굴마저도 부드럽게 만들어주었다. 그는 강렬한 눈빛과 매력적인 인상의 소유자였다. 렌에게 있어 그는 늘 거대한 산과도 같았다. 사교계에는 아직도 전대 윈터나이트 대공을 추억하는 이들이 많았다. 그들은 전대 대공이 어떻게 사교계를 지배했는지, 정치판에서는 어떻게 다른 파를 제압했는지에 대해 이야기했다.

그렇기에 렌이 정치나 권력에 대해 아무런 관심도 없다는 사실에 놀라는 이들이 아카데미에 많았다. 당시 르윈스키 윈터나이트의 입김이 닿지 않는 곳은 아마릴리스 제국에 없다는 말이 나올 정도로 영향력은 막강했다. 세월의 차에서 오는 연륜 역시도 렌과 그의 좁힐 수 없는 격차를 가져왔다.

"렌. 지금은 행복하더냐."

렌에게 단 한 번도 한 적이 없는 질문이었다. 렌은 다소 놀라고 말았다. 렌이 놀랐다는 것을 알아차리기라도 한듯 그가 웃었다. 낮은 웃음소리는 씁쓸했다.

"미안한 점이 많았다. 너를 윈터나이트로 태어나게 한 것 하며 그리 좋은 부모가 되지 못한 것 등."

"그렇지 않습니다."

"윈터나이트가 보통 사람과 다르다는 건 나도 안다. 내 아버지와 마찬가지로 나는 정서적으로 좋은 아버지는 아니었지. 멜리사가 너를 다 키우다시피 했고. 나이가 드니 후회가 많이 되더구나. 네가 아카데미 시절에 힘들었다는 걸 안다. 멜리사가 말했다. 우리는 네게 아무것도 해주지 못한 못난 부모라고."

처음 듣는 이야기였다. 렌의 조부는 전형적인 윈터나이트와 같았다. 간혹 렌을 들여다보고 가던 것이 그가 표현할 수 있는 최대한의 애정이었다. 르윈스키 윈터나이트 역시 다른 부모들에 비해서는 애정 표현이 부족한 편이었다. 렌의 부모 둘 다 정치계와 사교계에서 활발하게 활동을 했기에 영지에 있는 날은 드물었다. 렌은 대답했다.

"그렇지 않습니다. 두 분은 늘 제게 최고였습니다."

렌은 전대 대공이 정치적인 활동을 활발히 하는 것이 어머니인 멜리사와 자신 때문이라는 것을 잘 알고 있었다. 또한 두 사람이 자신을 사랑한다는 사실도 알고 있었다. 두 사람은 렌을 위해 목숨을 걸고 아룬델과 맞서 싸워왔다. 다른 부모와는 달랐지만 두 사람은 좋은 부모였다. 렌은 두 사람 아래에서 그 누구보다도 행복하게 자랐다. 렌의 말을 들은 르윈스키는 먼 곳을 바라보았다.

"그렇군."

그는 오랜만에 본 그의 아들이 너무나도 자라버렸다는 것을 느꼈다. 두 부자는 오래 이야기를 나누지 못했다. 전대 대공비인 멜리사가 갑작스럽게 웃음을 터뜨렸기 때문이다. 전대 대공 부부는 무수한 사람을 겪어왔다. 그랬기에 윈터나이트가 된 엘자네스가 무의식적인 두려움을 가지고 있다는 것을 알아차릴 수 있었다. 엘자네스는 가족이라는 울타리로 묶인 사람들의 사이에 오자 긴장하고 있었다. 혈연들에게 거절과 배척을 당한 경험이 있는 이들의 특징이었다. 그랬기에 전대 대공 부부는 엘자네스에게 더 신경을 쓰고 있었다. 멜리사의 말투도 부드러워졌다. 두 남자는 궁금함에 다가갔지만 두 여자는 어떤 대화를 했는지 말해주지 않았다. 렌은 막연히 그것이 자신에 대한 이야기가 아닐까 추측했을 뿐이었다. 멜리사는 엘쟈네스를 불렀다.

"엘쟈, 이걸 봐주시겠어요?"

"장신구인가요?"

"맞아요. 엘쟈에게 꼭 직접 전해주고 싶었던 거예요. 열어봐요."

멜리사는 엘쟈네스에게 다정한 눈을 했다. 엘쟈네스의 몸짓은 우아했고 의사 표현은 명확했다. 멜리사가 보아온 사람 중 흔치 않은 유형이었다. 선을 지키는 것이 적절했고 행동 하나하나에 상대방을 향한 배려가 깔려 있었다. 렌의 눈빛도 눈에 띄게 부드러워져 있었다. 전대 대공 부부가 결혼에 대해 묻자 상대가 누구든 상관없다고 말했던 것이 엊그제 같은데 이제는 엘쟈네스에 대한 애정이 넘친다.

두 사람의 완벽한 조화에 웃음이 나왔다. 무엇보다도 엘쟈네스가 그저 마음에 들었다. 멜리사는 엘쟈네스가 상자를 여는 것을 지켜보았다. 벨벳 재질의 상자가 천천히 열렸다. 그리고 엘쟈네스는 안을 바라보았다. 커다란 다이아몬드 목걸이가 눈부시게 빛나고 있었다. 디자인은 고풍스러웠다.

"이건…."

"별건 아니지만, 르윈스키와 나를 이어준 다이아몬드예요. 나름대로, 추억이 담겨 있는 목걸이예요. 우리에게는 딸이 없으니, 렌이 신부를 맞으면 주겠다고 생각했죠."

전대 대공비 멜리사는 다정하게 웃었다. 상자 안의 목걸이는 빛을 흩뿌리며 눈부시게 빛나고 있었다. 딸을 가지고 싶었으나 잘 되지 않았고 20년 전쯤에는 아룬델들이 한 번에 갑자기 날뛰기 시작해 시도를 포기해야 했다. 그렇기에 엘쟈네스를 보자 그런 생각이 들었다. 딸이 있다면 이런 기분일까 하는. 분위기의 환기는 집사가 정중하게 인기척을 내며 이루어졌다.

"황실에서 전갈이 왔습니다."

황궁 무도회에 대한 전갈이었다. 무도회는 며칠 후 저녁에 열리기로 되어 있었다. 새로 온 전갈은 무도회가 조금 더 앞당겨졌다는 소식이었다. 둘째 황자인 발라디미르 아마릴리스와 라시아 블렌시아의 약혼 소식을 맨 마지막 날에 전하기로 하다 보니 일정이 앞당겨진 것이다. 별다른 문제는 없을 것이다. 모든 귀족들은 무도회 준비를 일주일 전에 끝낸다. 엘자네스도 무도회 준비를 이미 끝낸 후였다. 전대 대공비가 엘자네스를 불렀다.

"엘자."

"네."

"혹시 정통 아마릴리스식으로 치장해본 적이 있나요?"

"아니요."

"이번 기회에 한번 경험해봐요. 내가 도와줄게요."

멜리사의 체구가 작았음에도 불구하고 그 기백에 엘자네스는 거절의 말을 내뱉을 수 없었다. 윈터나이트의 남자들은 모두 실상을 알고 있었다. 전대 대공비인 멜리사는 아마릴리스 사교계의 유행을 주도하던 여인이었다. 또한 남을 관리하는 데 있어 천부적인 재능이 있기도 했다. 멜리사가 빙긋 웃었다. 무도회 자리에서 그 누구도 엘자네스에게 눈길을 주지 않고는 배기지 못하게 하리라.

물론 렌도 관리가 필요할 것이다. 렌은 멜리사의 눈빛을 읽고 은근히 몸을 피했지만 이미 늦은 후였다. 렌 역시도 알고 있었다. 렌도 결국은 멜리사의 뜻에 따라 관리를 받게 될 것이다. 르윈스키는 이미 포기한 눈치였다.

대부분의 사람들은 유행하는 방식으로 꾸몄으나, 각 나라에는 전통적인 치장법이 있었다. 고유의 화장과 드레스 코드가 없는 나라는 없다고 봐도 좋을 정도였다. 이것들은 평소에 쓰이지 않다가 아마릴리스의 가을 무도회처럼 커다란 전통적인 행사 때 가끔 쓰이고는 했다. 멜리사가 옆방을 향해 외쳤다.

"입가의 팩은 절대 떼지 말아요! 르윈스키."

"하아…. 알겠어, 멜리사."

전대 대공의 낮은 한숨 소리가 들려왔다. 해마다 했는데도 이런 관리는 통 익숙해지지 않았다. 렌은 이제 말조차 하지 못하고 있었다. 말을 하면 얼굴에 주름이 질 수도 있다는 멜리사의 핀잔 때문이었다. 며칠간 멜리사는 세 사람을 끊임없이 관리시켰다. 렌과 전대 대공 역시도 예외는 아니었다. 엘자네스는 멜리사와 함께하며 상상할 수도 없을 만큼 다양한 관리법을 알게 되었다. 멜리사는 특히 약초를 배합하는 데 능했다. 멜리사가 물었다.

"괜찮아요, 엘자?"

"좋은걸요. 이 팩은 특히 마음에 들어요."

"어머나. 역시 그렇죠? 검은콩이 들어간 거예요. 이걸 개발하는 데 가장 많은 노력을 기울였답니다. 이것도 한번 봐줄래요?"

두 여자의 웃음소리가 들렸다. 멜리사와 엘자네스는 서로를 관리해주거나 옷차림에 대해 이야기하는 것을 즐기고 있었다. 엘자네스는 멜리사의 감각을 칭찬했고 멜리사는 엘자네스의 비율과 화려한 외모를 칭찬했다. 두 사람은 서로가 평소에 선호하는 옷 디자인과 화장법을 공유하며 관리를 받고 있었다. 한쪽은 화기애애했지만 다른 쪽은 아니었다. 문 하나를 사이에 두고 존재하는 옆방의 렌과 르윈스키는 강제적으로 관리를 받으며 괴로워하고 있었기 때문이다. 예외는 없었다. 두 사람도 하루 종일 피부와 머릿결을 관리하며 마사지를 받아야만 했다. 엘자네스와 멜리사가 즐거운 대화를 나누며 관리를 받을 때 둘은 그 소리를 들으며 한숨을 쉬고는 했다. 르윈스키는 말했다.

"만약 네 어머니가 오래전에 태어나 윈터나이트와 결혼했다면 최초로 윈터나이트의 감정을 이끌어낸 여자로 불렸을 거다."

"어느 정도는… 동감합니다."

감정이 거의 없는 과거의 윈터나이트들을 떠올린 렌이 르윈스키의 말에 동감했다. 윈터나이트는 매력적인 외양을 가지고 태어났기에 굳이 관리에 힘쓰지 않았다. 멜리사가 르윈스키와 결혼한 후 가장 먼저 한 것은 르윈스키를 관리하는 일이었다. 렌 역시도 어렸을 때는 빠져나갈 수 없었다. 멜리사는 겉으로 보이는 외양이 사람에게 많은 영향을 미친다는 것을 잘 알고 있었다. 그래도 두 사람의 눈빛에는 불쾌한 기색이 하나 없었다. 옆방에서 즐거운 웃음소리가 담긴 여자들의 목소리가 다시 들려왔다. 평화로운 시간이었다. 어쩌면 이런 평화로운 시간이 오래가지 않으리라는 사실을 직감했기에 더욱 그렇게 느껴졌는지도 모른다.

그렇게 며칠이 지나갔다. 무도회의 저녁이었다. 전대 화이트 기사단원들과 만나고 대화를 나누느라 바빴던 엘리나가 실내로 들어왔다. 윈터나이트의 네 주인은 거실에 서 있었다. 실외에는 전대 화이트 기사단이 그들을 호위하기 위해 서 있었다.

"마님, 준비가 다 되었습니다."

"알겠다, 리나."

엘리나는 엘자네스에게 전하고 바깥으로 나갔다. 바깥에 서 있던 화이트 기사단원 한 명이 물었다.

"전했나?"

"그렇습니다."

전대 대공의 화이트 기사단은 엘리나의 선배인 셈이었다. 같은 대의 화이트 기사단원들끼리는 기사단장과 부기사단장을 제외하고 예의를 갖추지 않았으나 전대의 화이트 기사단에게는 어느 정도의 예의를 갖추어야 했다. 그들은 며칠간의 대련 끝에 젊은 새 대공비의 시녀 기사에게 패배하고 말았다. 유일하게 엘리나를 이긴 자는 많은 경험을 쌓은 전대 화이트 기사단장

혼자였다. 그가 엘리나를 간발의 차로 꺾을 수 있었던 건 풍부한 경험 덕분이었다. 전대 화이트 기사단원들은 괴물 신예 기사 하나가 등장했다며 혀를 내둘렀다.

"또 저 얼굴이군."

신비롭고 무심하던 얼굴에 열기가 실렸다. 엘리나의 눈은 반짝거리며 빛나고 있었다. 전대 화이트 기사단원 중 한 명이 머리를 짚었다. 귀족 출신인 그는 무심하기 짝이 없었으나 엘리나를 보면 골칫거리라는 반응을 하고는 했다. 엘리나의 기사도가 새 대공비로부터 시작해 새 대공비로 끝난다는 사실을 알았기 때문이다. 어떤 의미로는 가장 블루벨다우면서도 블루벨답지 않은 기사였다.

"현 블루벨 가주가 보면 고개를 젓겠군."

"뭐라고 하셨습니까?"

"아무것도 아니다."

시대가 바뀌었다. 새 대공비와 그 호위 기사는 새로운 역사를 써나갈 것이다. 물론 아직까지는 이른 이야기였다. 전대 화이트 기사단은 현재의 화이트 기사단보다 많은 경험을 가지고 있었다. 기사는 엘리나에게 마지막으로 조언했다.

"아룬델은 무엇이든 될 수 있다. 어디에든 있을 수 있지. 혹여나 새 대공비 각하를 보고도 반응하지 않는 사람이 있다면 즉시 보고하도록."

"알겠습니다."

"그래. 잘하겠지."

엘리나 블루벨은 그가 본 기사 중 가장 강하고 고고한 기사였다. 또한 주의력이 깊은 기사이기도 했다. 그녀는 그의 말을 절대로 잊지 않을 것이다. 그때 문이 열리고, 네 명의 윈터나이트가 나왔다. 그는 그제야 중얼거렸다.

"이런 말을 하기는 조금 그렇지만… 왜 자랑스러워하는 얼굴을 했는지 알 것 같군."

무도회장의 사람들은 기대감을 가지고 있었다. 네 명의 윈터나이트는 아마릴리스에서 가장 유명한 이들이었다. 더군다나 이번 가을 무도회에서는 강렬한 색상으로 염색을 한 사람들이 군데군데 눈에 띄었다.

아마릴리스는 타인의 외양을 따라하는 행위를 낮게 평가했지만 올해는 예외였다. 적갈색 머리칼이 잘 어울리는 사람이 미인으로 인정받는 때였다. 염색한 머리칼이 너무나도 잘 어울리는 영애들 몇은 사교계의 신흥 세력으로 떠올랐다. 윈터나이트 대공처럼 검은색으로 염색하는 이들도 있었다. 새 대공비와 친우 사이로 유명한 사교계의 꽃 중 하나인 세실리아 에델바이스가 문득 웃어버렸다. 루이자 바이올렛은 물었다.

"왜 웃어?"

"재미있잖아. 한 번도 대공성을 나가지 않는 엘쟈가 이토록 주목받는다는 게."

"그 이유 때문이 아닌 것 같은데. 왜 그렇게까지 즐거워 보이는 거야?"

사랑스러운 레이라 시네라리아가 눈을 가늘게 떴다. 세실리아 에델바이스는 친우의 눈빛에 두 손을 순순히 들었다. 여기서 어떻게 둘러댄다 한들 거짓말을 할 수 없다는 것을 깨달았기 때문이다.

"알았어. 솔직하게 말할게. 목소리는 좀 낮춰야겠다. 그러니까, 라시아 블렌시아."

그들은 라시아 블렌시아에 관한 편지를 엘쟈네스에게서 받은 참이었다. 엘쟈네스는 상황을 아주 간략히 쓰며, 그녀에 대해 걱정할 필요는 이제 없을 것이라는 추신을 적어 보냈다. 엘쟈네스가 그렇게 말한 이상 걱정은 하지 않았으나 라시아 블렌시아에 관해 좋게 생각되지 않는 것은 어쩔 수 없었다. 특히나 루이자는 자신이 언제부터 라시아 블렌시아와 알고 지냈냐며 불쾌감을 표시했다. 세실리아는 말했다.

"사실 난 이번 가을 무도회에서 라시아 블렌시아가 주인공이 될 거라고 생각했거든. 아카데미에 다닐 때 그녀가 유명했던 건 알잖아. 하는 짓이 직설적으로 말하자면 여우여서 그렇지. 그 외에는 외모, 성적, 재능 다 출중했어."

"그렇긴 해. 루이자는 그녀에게 관심이 없었지만 나는 같은 수업을 들었거든. 뒤늦게 대공 각하에게 수작을 걸려고 한 게 마음에 들지 않은 거지. 그녀 자체는 인정했었어."

"맞아, 레이라. 더군다나 그 발라디미르 황자님이 택한 약혼녀지. 알다시피 발라디미르 황자님은 절대 손해를 안 봐. 미안. 이건 사실 아버지께서 말씀해주신 거야. 난 그렇게 알고 있어. 그런 황자님께서 그녀를 택한 데는 무언가 이유가 있을 거야. 거기에 이번 무도회에서는 두 사람의 결혼 소식이 발표된다고 들었거든."

"세상에. 그게 사실이야? 난 떠도는 소문이라고 생각했어."

"루이자는 아마 알고 있었을 걸? 발라디미르 황자님이 바이올렛 공자에게 결혼식 관련으로 도움을 요청했잖아."

루이자 바이올렛은 멀리 보이는 유진 바이올렛을 바라보다 삐딱한 얼굴을 했다. 곧 그것은 루이자의 냉랭하고 새침한 얼굴에 가려졌다.

"그랬었지."

라시아 블렌시아에 대해 적어 보낸 엘쟈네스의 서신 내용을 듣자마자 유진은 발라디미르의 요청을 거절했다. 엘쟈네스를 향한 그의 감정이 여전히 남아 있는지는 모르겠지만, 적어도 유진 바이올렛이 엘쟈네스를 어느 정도 신경 쓰는 것은 사실인 듯했다. 세실리아는 현명하게 다시 말했다.

"어쨌든 내 말은. 많은 것들이 예상과 달라져서 재미있다는 거야. 이번 가을 무도회의 주인공은 틀림없이 라시아 블렌시아가 될 참이었지. 신분이 문제였지만 유학을 다녀왔으니 자격도 충분해. 거기다 발라디미르 황자님은 황가의 자녀들 중 첫 번째로 결혼하는 사람이고. 결론은, 라시아가 아닌 엘자네스가 주인공이라 기쁘다는 거야."

그 말을 마지막으로 화려한 연회장의 문이 열렸다. 모든 귀족들이 그쪽을 일제히 바라보았다. 아마릴리스 황제를 제외하고 가장 고귀한 혈통의 지배자들. 사람들은 자신들도 모르게 고개를 숙였다. 네 명의 윈터나이트가 등장하는 순간이었다.

"아. 저럴 수가…!"

한 귀부인의 감탄 어린 말을 시작으로 많은 사람들이 그들을 바라보았다. 젊은이들은 윈터나이트를 동경의 눈으로 바라보았으며, 나이가 있는 이들은 네 명을 보며 추억에 잠겼다.

"르윈스키 윈터나이트로군."

감상에 잠긴 누군가가 중얼거렸다. 전대 윈터나이트 대공인 르윈스키 윈터나이트는 북쪽 최고의 신랑감으로 유명했다. 그는 보는 이들을 한 번에 사로잡는 수려한 외양과 강렬한 눈빛을 가지고 있었으며 정치적으로도 뛰어난 인재였다. 나이가 들어 중년이 되었음에도 불구하고 르윈스키 윈터나이트는 여전히 사람을 끌어당기고 있었다. 그는 오늘 흰 정장을 입고 있었는데 아내인 멜리사 윈터나이트의 검은 드레스와 대조되는 것이었다.

"멜리사 윈터나이트는 여전하네요."

한 나이 든 귀부인이 그 말에 대답했다. 멜리사 윈터나이트는 윈터나이트 주변의 작은 영지 고트 출신이었다. 그 르윈스키 윈터나이트와 결혼하게 된 영애가 작은 가문의 여자라는 사실에 반발하는 이들이 있었지만 멜리사 윈터나이트가 사교계에 들어서면서부터 그런 불만이 쏙 들어가고 말았다. 멜리사 윈터나이트가 처음 등장한 순간 입었던 드레스는 아직까지도 종종 회자되고는 했다. 멜리사 윈터나이트는 자신의 부드러운 갈색 머리와 어울리는 하얀 드레스를 입었는데 그 드레스에 장미 자수처럼 박혀 있던 것이 고운 빨간색의 윈터데이 생화였던 것이다. 윈터나이트에서만 나는 꽃인 윈터데이로 치장하고 옴으로써 자신이 윈터나이트 대공비라는 것을 알린 셈이었다. 그녀의 머리에는 빨간색과 흰색이 섞인 윈터데이 화관이 놓여 있었다. 귀족들은 그 모습을 잊지 못했다.

"그래도 오늘의 주인공은 이번 대의 윈터나이트 부부일 거예요. 봐요."

그런 두 부부 사이에서 태어난 지금의 윈터나이트 대공인 루카르엔 윈터나이트는 전대 부부만큼 시선을 주게 되는 인물이었다. 젊은 윈터나이트 대공 부부를 보던 귀족들이 탄성을 내질렀다. 젊은 대공은 전대 대공과는 반대로 검은 정장을 입고 있었다. 루카르엔 윈터나이트는 르윈스키 윈터나이트처럼 정치나 권력의 한가운데 있지는 않았다. 그러나 그는 늘 주목받았다. 루카르엔 윈터나이트와 함께 아카데미를 다니던 젊은 귀족층 사이에서 그에 대한 좋지 않은 인식이 있다는 것을 많은 사람들이 알고 있었으나, 젊은 층 외의 사람들은 이 새로운 대공을 흠모했다. 그는 부친을 닮아 뛰어난 외모를 가졌고, 대중을 압도하며 자연스럽게 지배자로 군림했다. 또한 루카르엔 윈터나이트는 대공으로서의 일을 완벽하게 해냈다. 혹은 오히려 그보다 더 뛰어난 성취를 거두는 일이 많았다. 루카르엔 윈터나이트는 몰랐으나 그가 사교계에 나와 황녀들과 춤을 출 때면 남몰래 한숨을 쉬는 영애들이 많았다. 루카르엔 윈터나이트를 좋아하지 않는 젊은 층마저도 루카르엔 윈터나이트를 보고 넋을 잃는 일이 종종 있었다. 그는 오늘 머리를 뒤로 넘긴 스타일이었다. 드러난 수려한 선에 귀부인들마저도 한숨을 내쉬었다.

"정말 멋진 분이에요."

"제가 더 젊었더라면 저분께 라일락 한 송이를 보냈겠죠."

"부인이 그런 농담을 하는 건 처음 봐요."

"그만큼 탐나는 분이잖아요."

그 가운데서도 빛나는 것은 젊은 대공비였다. 대공비는 대공의 검은 정장과 상반되는 몸에 붙는 흰색의 드레스를 입고 있었다. 대공비의 선을 드러내며 내려오던 드레스는 발목에서 퍼졌다. 사교계에 오래전 유행했던 전설 속의 인어를 떠올리게 하는 드레스였다. 그것은 좀처럼 북쪽에서 보기 힘든 강렬한 것이었다. 대공비의 드레스 등 뒤쪽은 파여 있었다.

네 명의 윈터나이트가 지나가자 사람들은 자신도 모르게 길을 비켜주었다. 그들의 가슴에는 섬세하게 세공된 작은 금빛 브로치가 달려 있었다. 윈터나이트에서만 나는 꽃인 윈터데이를 세공한 것이었다. 사람들은 그 브로치를 정신없이 훑었다.

"역시나네요."

멜리사가 작게 속삭였다. 사람들은 그 말을 듣지 못하는 것 같았다. 엘쟈네스가 아름다운 것은 사실이었으나 사람들은 홀린 사람처럼 엘쟈네스를 보고 있었다. 고위 귀족들은 그나마 정도가 덜했다. 멜리사는 그들의 가문에 흐르는 고유의 마법 때문에 아룬델의 마법에 어느 정도 저항하는 것이라고 추측했다. 네 명의 윈터나이트가 황족들과 가까운 쪽으로 걸어갔다. 검은색과 흰색의 대비가 도드라졌다. 이내 황족들이 내려와 네 사람을 맞이했다.

"어서 와요, 엘쟈네스."

황태자 니콜라이가 두 부부에게 인사를 하는 동안 아나스타샤 황녀가 빙긋 웃으며 다가왔다. 그녀는 오늘 옅은 백금발 몇 가닥을 복잡한 형태로 꼬아 땋고 나머지는 풀어 내린 채였다. 화려한 물빛의 드레스가 잘 어울렸다. 엘쟈네스는 인사했다. 격식을 차리지 않아도 되는 자리였기에 인사는 정중하기보다는 부드러운 쪽에 가까웠다.

"황녀님을 뵈어요. 오늘 아름다우시네요."

"정말요? 고마워요. 하지만 엘자네스보다는 아닌걸요. 아, 이쪽은 예리카예요. 아카데미 졸업 후 학위를 땄고 주로 연구를 하고 있어요."

안경을 쓴 예리카 황녀가 엘자네스에게 손을 내밀었다.

"만나서 반가워요. 예리카 아마릴리스예요."

"엘자네스 윈터나이트라고 합니다. 황녀님."

엘자네스는 우아하게 인사한 후 예리카 황녀의 손을 잡았다. 북쪽에 비해 남쪽은 악수 인사가 발달한 편이었다. 델피늄에게 영향을 받은 나라들은 정중한 격식 인사 대신 악수를 나누고는 했다. 사람은 신 앞에서 같다는 델피늄의 사상이 흘러들어갔기 때문이다. 리리엘 덕분에 다른 나라보다 델피늄의 사상을 많이 접한 로벨리아에서는 악수를 더 많이 하는 편이었다. 예리카는 철없고 사랑스러운 아나스타샤 황녀와는 달리 지적이고 날카로운 분위기를 내고 있었다. 그녀가 말했다.

"남쪽에서는 악수 인사를 더 많이 한다기에 해보았어요. 같은 연구자 중 한 명이 남쪽 출신이거든요."

"상냥한 배려에 감사드려요."

엘자네스의 말에 예리카는 만족스러운 미소를 지었다. 예리카 황녀는 차분하고 우아한 사람을 좋아했다. 지적인 사람과의 대화를 즐기기도 했다. 그 모든 범주에 드는 엘자네스 윈터나이트는 예리카의 마음에 들기 그지없는 인물이었다. 아나스타샤의 평가에서 더 점수를 주어야 한다고 생각하며 예리카는 엘자네스와 짧은 대화를 나누었다.

전대 대공 부부와 대공 부부로 이루어진 윈터나이트 일가는 계속해서 주목을 받고 있었다. 사람들은 그들에게서 시선을 떼지 못했다. 보이지 않는 어떤 빛이 윈터나이트 일가에게서 나고 있는 듯했다. 눈에 띄지 않게 엘자네스를 호위하고 있던 엘리나는 날카로운 시선으로 군중을 훑어보았다. 별다른 이상은 없었다. 단지, 사람들이 전보다 더 광적인 반응을 보인다는 것이 달랐을 뿐이다. 아룬델의 마법은 장악한 사람이 많을수록 증폭된다. 엘리나는 가설을 세웠다.

황제가 등장함을 알리는 음악이 울려 퍼지기 시작했다. 엘쟈네스는 전대 대공비 멜리사와 함께 다정하게 팔짱을 끼고 상석에서 떨어진 곳으로 걸어왔다. 황제의 말을 듣기 위해서였다. 멜리사가 엘쟈네스를 올려다보며 물었다.

"엘쟈는 무도회에 익숙해 보이네요."

"사교계 행사에 자주 참석했거든요. 그래도 사람들이 계속 바라보는 건 조금 신경 쓰이네요."

"걱정하지 말아요. 오늘 정말 아름다우니까. 겨울의 마법이 아니더라도 사람들은 엘쟈네스에게 빠졌을 거예요. 음, 하지만 점점 정도가 심해지기는 하네요. 몇몇 사람들은 엘쟈가 죽으라고 명령해도 기쁘게 받아들일 것처럼 보여요."

퀭한 눈을 한 귀족 몇이 엘쟈네스를 향해 손을 뻗고 있었다. 사람들은 엘쟈네스에게 매료되어 그 사실을 눈치채지 못하고 있었다. 눈앞의 상황조차 인지하지 못하게 만드는 마법. 이런 힘을 악용하는 것은 얼마나 위험한 일이란 말인가. 순간 소름이 돋았다. 사람들의 광기에 가까운 열기가 사그라진 것은 황제와 황후 때문이었다.

대중의 관심사가 바뀌는 순간, 엘쟈네스를 향한 시선도 거의 사라지게 되었다. 마침내 황제가 수많은 귀족들 앞에 섰다. 모든 아마릴리스의 귀족들이 황제의 행동에 집중했다. 모든 사람의 주목을 받은 것을 확인한 황제는 느긋하게 말했다.

"풍요로운 추수를 기념하는 가을 무도회에 오신 걸 환영하오. 긴 연설을 하고 싶지만 내게도, 그대들에게도 좋지는 않을 것 같으니 생략해야겠군. 우선 좋은 소식이 한 가지 있소. 내 둘째 아들 발라디미르가 곧 결혼 날짜를

잡을 것 같소. 상대는 발라디미르의 약혼녀인 블렌시아 영애지. 이런, 다들 놀라지 않는군."

황제는 구태여 덧붙였다. 고위 귀족들이 놀라지 않은 이유는 이 소식을 미리 들어서였고, 다른 귀족들이 놀라지 않은 것처럼 보이는 이유는 너무나도 놀라서였다. 발라디미르 황자의 결혼 소식을 몰랐던 이들이 많았다. 사람들은 소리조차 내지 못하며 경악하고 있었다. 황제는 어쩐지 즐거워 보였다. 그의 취미는 갑작스럽게 중대한 소식을 발표해 사람들을 놀라게 하는 것이었기 때문이다. 발라디미르 황자의 결혼 소식에 대해 모르던 사람들 사이로 뒤늦게 파란이 퍼져 나갔다. 황제의 얼굴에 만족스러운 빛이 감돌았다.

"우선 식은 내년 봄으로 생각하고 있소. 확실할지는 모르겠군. 어쨌든 내년 여름 안에 발라디미르가 짝을 맞이하게 될 거요. 박수 한 번이라도 쳐준다면 고맙겠군."

사람들은 얼이 빠진 상태로 일제히 박수를 쳤다. 사람들이 뒤늦게 술렁거리자 황제가 그 모습을 태평한 눈으로 바라보았다. 사람들의 술렁거림이 가라앉을 때쯤 황제는 이어 말했다.

"아. 그리고 로벨리아로 갈 사절단을 뽑게 되었소. 칼레스 로벨리아 왕자와 대공비의 여동생인 리리엘 크로커스 영애가 약혼식을 올리게 되었거든."

이번 소식에는 엘자네스조차도 당황을 감추지 않을 수 없었다. 칼레스 로벨리아 왕자는 리리엘의 구혼자 중 리리엘과 가장 가까운 남자였다. 그러나 약혼식이라니. 약혼식은 가장 신성한 맹세였으며 결코 깨뜨릴 수 없는 조약이었다. 더군다나 혁명을 외치던 리리엘이 칼레스 로벨리아 왕자를 반려자로 택했다는 것 또한 의외의 이야기였다. 황제는 눈을 빛내고 있었으나 그 모습마저도 잘 들어오지 않았다. 리리엘. 그리고 그녀의 약혼식. 혼란스러운 소식이었다. 전대 화이트 기사단원 하나가 나타난 것은 그때였다. 그는 네 명의 윈터나이트 앞에 몸을 굽히며 다급하게 속삭였다.

"진저의 소식이 끊겼습니다."

진저는, 로벨리아로 보냈던 전대 화이트 기사단원의 이름이었다. 그는 발이 빨랐으나 결코 약하지 않았다. 그런 진저의 소식이 끊겼다는 말에 멜리사와 르윈스키의 얼굴에 충격이 감돌았다. 멜리사가 다시 물었다.

"진저의 소식이 끊겼다고요?"

"잠시 끊긴 게 아닙니다. 그는 저희에게 하루 간격으로 신호를 보내기로 했습니다. 그러나 로벨리아에 들어간 후로는 일주일이 다 되도록 아무런 연락도 오지 않습니다. 저희가 받았던 마지막 연락은 로벨리아에 도착했다는 것이었습니다. 착오나 오류는 없습니다!"

"맙소사…. 엘자."

멜리사의 얼굴이 하얗게 질렸다. 상황이 어떻게 돌아가고 있는지에 대해 대답해줄 이는 어디에도 없었다. 그러나 자리의 모든 윈터나이트가 한 가지를 떠올리고 있었다. 아룬델. 그것 외에는 겨울의 마법을 오래 익혀온 기사의 실종에 대해 설명할 수 있는 말이 없었다.

그 와중에도 황제는 말하고 있었다.

"긴 축하 연설은 나도, 그대들도 사양일 테니 간략히 이야기하지. 시간이 부족하거든. 본래 로벨리아로 갈 사절단을 이렇게 갑작스럽게 선출할 생각은 없었소. 그런데 어느 한쪽이 급한지 시간이 앞당겨지더군. 윈터나이트 대공 부부가 이번 사절단의 핵심이 될 것이오."

황제가 괴짜와 같은 행동을 한 게 이번이 처음은 아니었기에 반응은 비교적 누그러져 있었지만 사람들이 웅성거리는 것은 마찬가지였다. 특히 로벨리아로 가는 사절단을 뽑는다는 것은 고위 귀족들조차 몰랐던 사실이었다. 그리고 네 명의 윈터나이트는 얼굴을 굳힌 채였다.

"엘자. 여동생이 아룬델이 쓰는 것과 같은 매혹의 마법을 썼다고 했나요?"

"지금은 거의 확신 중이에요. 맞을 거예요."

"그런 그녀가 갑작스럽게 약혼식을 올린다는 말은 정말로 이상하게 들리거든요. 진저가 사라지고 마침 우리가 로벨리아로 갈 명분이 생긴 거예요. 정말 공교롭죠. 누가 짜기라도 한 것처럼."

이쯤이면 무도회를 시작하는 음악이 울려 퍼져야 했지만 사람들 목소리로 홀이 시끄러워지자 음악조차 울리지 않았다. 황제는 느긋하게 그들을 바라보고 있었다. 귀족들은 누가 사절단으로 갈지에 대해 이야기를 나눴다. 엘쟈네스는 말했다.

"그 애가 일찍 결혼을 한다는 사실도 이상해요."

"어째서요? 무슨 이유가 있나요?"

엘쟈네스는 그동안 로벨리아에 대한 소식을 거의 듣지 않았다. 별다른 소식이 들려오지 않기도 했다. 그래서 더욱 이상하게 생각되었다.

"첫 번째로, 제 여동생이 약혼식을 결심했다면 결코 이렇게 조용히 지나가지 못했을 거예요. 그 애는 모든 사람의 주목을 받으면서 약혼식을 올릴 거고요. 더군다나 그 애는 입버릇처럼 20대 후반이 되어서야 결혼을 하겠다고 말했어요. 또한 제 여동생은 아랫사람들을 고생시키기 싫으니까 약혼식을 앞당기는 일은 하지 않을 거예요."

"반대로 하는 편이 오히려 아랫사람을 고생시키는 일이 아닙니까."

"그 애는, 적어도 그렇게 생각해요. 제가 잘 알고 있어요."

엘쟈네스는 차분하게 말했다. 리리엘은 고집이 셌다. 특히나 무언가를 주장했을 경우 리리엘은 그 주장을 절대로 굽히지 않았다. 아랫사람들에게 리리엘은 친구 같은 좋은 주인이라는 이야기를 들었다. 리리엘은 공녀님이라고 불리는 것조차 싫어했다. 신분으로 인해 상대를 깔아뭉개는 것 같아 옳지 않다고 생각했기 때문이다. 리리엘은 귀족들은 좋아하지 않았지만 고용인들에 대해서는 한없이 관대한 면을 보였다. 그런 리리엘이 약혼식을 앞당겨 아랫사람들을 힘들게 했을 리가 없다. 리리엘은 엘자네스에게도 시녀를 쉬게 하라는 말을 하러 쫓아올 정도로 아랫사람들을 좋아했다.

"또한 제 동생이 결혼한다는데 부모님이 나서지 않을 리가 없어요. 두 사람은 리리엘의 결혼에 대해 부정적인 시각을 가지고 있어요. 오해하지는 마세요. 상대방이 리리엘을 힘들게 할 것이라고 생각해 그러는 거니까요. 또한 현 국왕 폐하의 허락이 있었다는 것도 이상해요."

"어째서인가요, 엘자?"

"그 애는 혁명 사상에 물든 대표적인 귀족이니까요."

"맙소사, 엘자. 혁명이라고요?"

멜리사가 경악했다. 엘자네스는 말없이 고개를 끄덕여 보였다. 로벨리아는 강자에게 약하고 약자에게 강한 식의 정치를 하는 곳이었다. 그렇기에 대부분의 사람들은 위험한 혁명 사상을 가진 리리엘을 왕비로 들이기를 원했다. 하지만 국왕만은 달랐다. 국왕은 자신의 눈에서 피눈물이 나도 리리엘을 비로 들이지 않을 것이라고 칼레스 왕자에게 공표했던 것이다. 만일 국왕의 반대가 없었다면 칼레스 로벨리아는 리리엘과 곧바로 결혼했을 것이다.

"혁명국 델피늄과 인접한 나라들에서는 다소 흔한 일이에요, 멜리사. 어쨌든 이상하다고 생각해요. 로벨리아의 국왕 폐하는 결코 혁명 사상과 타협하고 싶어 하지 않는 분이었어요. 아직 왕자의 신분인 칼레스 왕자에게 국왕을 이길 만한 힘이 있을 리도 없어요. 완고하던 분이 갑작스럽게 그 뜻을 꺾었다는 것도 이상하죠. 너무 공교로워요."

"직접 가보는 수밖에 없겠군."

르윈스키가 말했다. 그의 음성은 가라앉아 있었다. 이것은 아룬델의 도발이었으며 초대였다. 아룬델은 무슨 생각으로 그들을 로벨리아로 부르는 것일까. 확실한 것은 아룬델이 손해를 보려고 그들을 부르는 것은 아니라는 사실이다. 리리엘 크로커스에게 흐르는 매혹의 마법. 아룬델의 마법을 가지고 태어나는 크로커스가의 혈육들. 심상치 않았다. 핏속에 흐르는 겨울의 마법이 속삭였다. 이것은 마지막 전투가 될지도 모른다고.

"다시 음악을 연주하게."

황제가 손가락을 튕겼다. 전대 대공 부부와 젊은 대공 부부의 이야기가 끝날 때쯤 사람들도 술렁거림을 멈추었다. 악사들은 그 틈을 놓치지 않고 감미로운 음악을 연주하기 시작했다. 무도회의 시작이었다. 사람들은 언제 술렁거렸느냐는 듯 무도회를 즐기기 시작했다. 엘쟈네스는 이번에는 춤을 추지 않았다. 선을 드러내며 발목에서 퍼지는 이 흰색 드레스가 춤을 출 때 무척 불편했기 때문이다. 무도회 초반의 음악은 발을 많이 움직여야 하는 것이 대다수였다.

"대공비 각하를 뵙습니다."

세 명의 영애가 우아하게 치맛자락을 약간 들어 올리며 인사했다. 가장 신분이 높은, 사교계의 주인인 루이자 바이올렛. 사교계의 꽃인 레이라 시네라리아. 사교계의 재간꾼인 세실리아 에델바이스였다. 엘쟈네스는 웃었다.

"어서 와요. 루이자, 레이라, 세실."

대공비에게 접근할 기회를 노리던 영애들은 세 영애를 보고 이내 풀이 죽어 대공비를 포기하고 말았다. 대공비의 친우들을 뚫을 자신이 없었기 때문이다. 루이자가 호의적인 얼굴로 말했다.

"레이라와 세실리아와 모이면 늘 엘쟈네스의 이야기를 하고는 했어요. 저번에 보내준 윈터데이 압화는 잘 받았답니다."

멜리사는 루이자 바이올렛이 엘쟈네스를 굉장히 마음에 들어 하는 것을 놀랍게 바라보았다. 그것은 레이라 시네라리아와 세실리아 에델바이스 역시도 마찬가지였다. 레이라 시네라리아는 사랑스럽게 웃었다. 그녀의 볼은 장밋빛이었다. 엘쟈네스는 마치 사교계의 주인 같았다.

"정말 보고 싶었어요, 엘자네스. 편지를 보며 늘 다시 만나 뵙기를 기다렸는걸요. 저번 겨울 이후 처음 만나는 거잖아요."

"레이라의 편지를 보며 저도 늘 즐거워했답니다. 어머나, 세실리아. 왜 그런 얼굴을 하고 있나요?"

"심통이 났거든요. 루이자와 레이라에게만 다정한 모습을 보여주다니 너무해요. 저와 가장 먼저 이야기를 나누기를 바랐단 말이에요."

말은 그렇게 하지만 세실리아 에델바이스의 얼굴은 밝았다. 그녀의 눈동자에는 장난기가 가득했다. 세실리아 에델바이스는 어떤 사람이든 화술로 사로잡는 매력이 있었다. 세실리아 에델바이스의 입담에 대한 이야기는 많이 전해져 내려오고 있었다. 엘자네스는 부드럽게 말했다.

"제 마음은 늘 세실리아를 먼저 생각할 거예요."

엘자네스는 그들이 본 귀부인 중 가장 우아하고 부드러운 말씨를 쓰는 사람이었다. 북쪽의 다소 딱딱한 발음과는 달리 부드럽게 넘어가는 세실리아의 이름이 달콤하게 들렸다. 같은 여자임에도 불구하고 대공비에게는 자꾸만 끌려드는 느낌이었다. 엘자네스가 미소를 짓자 그들은 자신도 모르게 얼굴을 붉혔다. 정신을 차린 루이자 바이올렛이 말했다.

"엘자네스. 물어보고 싶은 것이 있어서 왔어요. 이번 로벨리아로 가는 사절단에 저희가 참석해도 될까요?"

"당연하고말고요. 친우들과 함께할 수 있어서 오히려 기쁘네요."

"그리고 엘자네스."

"네, 레이라."

"저와 루이자, 세실리아가 사절단에 가는 인원들에 참견을 해도 될까요?"

"어떤 식으로요?"

"북쪽의 사교계에 대해서나 각 귀족들에 대해 도움을 드리고 싶어요. 저희를 믿어줘요, 엘자네스."

"도움을 준다니 제가 오히려 감사할 일인걸요. 정말 기뻐요."

엘자네스가 우아하게 웃었다. 결혼식 때만 해도 압도적인 분위기를 내던 엘자네스는 그보다 더 성장한 모습이었다. 세 영애는 그 이유를 정확하게 알 수 없었지만 엘자네스 윈터나이트가 매혹적이라는 데에는 동의했다. 엘자네스는 사랑을 받아 피어난 눈부시게 아름다운 꽃이었다. 또한 이상하게도 엘자네스에게서 눈을 뗄 수가 없었다.

매혹적인 어떤 것이 엘자네스의 온몸을 타고 흐르고 있었다. 마력과도 같았지만 마력은 아니었다. 세 영애는 엘자네스를 보며 생각했다. 지금의 엘자네스에게 매달리지 않을 사람은 없을 것이다.

시간이 흘러갔다. 모든 사람들이 황홀한 무도회 분위기에 취한 채였다. 화려한 샹들리에의 불빛이 눈부시게 일렁거렸다. 그 아래에서 드레스 자락들이 빙글빙글 움직였다. 한쪽에서는 귀족들의 보고가 이루어지고 있었다. 황제는 무료한 얼굴로 그것을 듣고 있었다. 무도회가 한창이었다. 엘자네스는 렌과 함께 무도회장을 벗어났다. 바깥에 서 있던 엘리나가 엘자네스를 맞았다.

"비 각하, 오늘도 멋지십니다."

"고맙구나, 리나."

엘리나는 달빛 아래에서도 빛나는 자신의 주인을 자랑스럽게 바라보았다. 옆에 선 렌은 신경조차 쓰지 않는 것 같았다. 엘리나를 향해 렌이 말했다. 낮은 목소리가 울려 퍼졌다.

"진저의 소식이 끊겼습니다."

"진저의…? 설마 전대 윈터나이트 기사를 말씀하시는 겁니까?"

"맞습니다. 급박한 상황입니다. 로벨리아로 가야 합니다. 모든 화이트 기사단을 수도로 데려오십시오."

"각하. 그렇다면 윈터나이트는 어떻게 합니까?"

"전대 기사단과 전대 대공 각하가 갈 것입니다. 그들이 윈터나이트를 확인한 후 로벨리아로 가 합류하기로 했습니다."

엘리나 역시도 화이트 기사단이었다. 화이트 기사단은 명령을 따르는 데에 익숙했다. 겨울의 땅에서 서로의 의견이 맞지 않을 경우 목숨이 위태롭기 때문이다. 엘리나는 바로 대답하며 예를 취했다. 그녀는 곧바로 말을 타고 로벨리아로 떠났다. 멜리사와 르윈스키 그리고 전대 화이트 기사단은 그 뒤를 따라 늦게 출발했다. 엘자네스는 렌의 손을 잡았다.

"렌."

"엘자. 제가 가장 두려워하는 것이 무엇인지 아십니까."

"잘 모르겠네요. 무엇인가요, 렌?"

"엘자를 잃는 것입니다. 제게 그 일만큼 두려운 것은 없습니다. 그렇기에 엘자를 지키기 위해서라면 그 무엇이든 베어낼 겁니다."

엘자네스를 안고 안아도 모자랐다. 렌은 늘 엘자네스를 원했다. 엘자네스를 존중하고 사랑하는 것과는 별개로 엘자네스를 가지고 싶었다. 온전하게. 라시아 블렌시아는 그의 잠재된 어두운 감정들을 이끌어냈다. 렌은 이제야 전대 대공 부부가 아룬델을 소탕하러 다녔던 것에 대해 이해할 수 있었다. 그들은 렌이 평화롭고 무사하기를 바란 것이다.

렌은 엘자네스를 안았다. 엘자네스는 렌에게 안긴 채였다. 아룬델에 대한 고요하고도 냉랭한 증오가 내리깔렸다. 그는 그것을 감추며 엘자네스에게 언제나와 같은 목소리로 말했다. 낮고 매혹적인 목소리에 다정함이 실려 있었다.

"엘자. 사랑합니다."

"렌, 정말로 사랑해요."

엘자네스가 웃었다. 그 역시도 엘자네스를 따라 잘 보이지 않게나마 다정한 얼굴을 해보였다. 무도회의 밤이 그렇게 지나가고 있었다.

머칠 후 루이자 바이올렛과 레이라 시네라리아와 세실리아 에델바이스는 로벨리아로 가는 사절단에 참가 의사를 보인 귀족들을 심사해 엘자네스에게 알려주었다. 세 영애가 고른 모든 귀족들은 다들 기품 있고 나무랄 데 없었다. 엘자네스는 세 영애에게 감사 인사를 전한 후 사절단에 참가하겠다는 의사를 밝힌 그 외의 귀족들의 이름을 목록에 추가함으로써 사절단에 대한 준비를 끝냈다. 화이트 기사단 역시도 제때에 맞춰 수도에 도착할 수 있었다. 하얀 제복을 입은 기사들은 어딘지 윈터나이트다운 분위기를 내고 있었다.

수많은 북쪽의 귀족들과 대공 부부, 화이트 기사단이 함께하는 긴 행렬이 아마릴리스 수도에서 로벨리아로 향하기 시작했다. 엘자네스는 하늘을 바라보았다. 1년 만에 다시 로벨리아로 가는 것이다. 북쪽의 많은 사람들이, 아마릴리스와 윈터나이트의 많은 사람들이 엘자네스를 사랑했다.

엘자네스는 남쪽에서 자신이 받은 대우가 부당했다는 사실을 확실하게 실감하고 있었다. 가장 먼저 떠오른 것은 가족들의 얼굴이었다. 엘자네스는 이내 눈을 감았다. 행렬은 계속해서 나아갔다. 남쪽의 로벨리아를 향해.

10

로벨리아로

크로커스 저택에 있는 사람 중 사랑스러운 리리엘 크로커스를 모르는 이는 없을 것이다. 모든 이들은 리리엘을 사랑했다. 젊은이부터 늙은이까지, 여자든 남자든. 리리엘을 사랑하는 데에는 어떤 조건도 필요하지 않았다. 아침이 되자 저택 사람들은 리리엘을 떠올리고 노래를 흥얼거렸다. 방 안에 있던 리리엘이 말했다.

"사라, 엘자 언니가 온대."

사라는 리리엘의 나이 든 고용인이었다. 그녀의 표정이 순식간에 어그러졌다 다시 제자리를 되찾았다. 그 여자가 대체 왜 이곳에 온단 말인가. 사라는 리리엘을 모시기 전까지는 공작 부인의 시녀였다. 공작 부인의 시녀들이 모두 다른 곳으로 떠나버리면서 사라의 위치는 자연스럽게 급부상했다. 거기에 유모도 떠나버린 지금 시녀만큼은 아니더라도, 사라의 권세가 대단해진 상태였다. 사라는 리리엘이 아무렇게나 둔 책을 책꽂이에 꽂으며 대답했다.

"그분이요? 무슨 일로 오시는 거래요?"

"내 약혼식에 참석해주러 오는 거야."

"뭐라고요? 잠깐. 아가씨? 첫째 공녀님이 오신다고요? 정말이에요? 다시 말해봐요!"

"엘자 언니가 내 약혼식에 참석해주러 오기로 했어."

"흥. 참 웃기네요. 평소에는 관심 하나 없던 분이. 아마릴리스로 시집간 이후 편지 한 통 보내지 않으셨잖아요. 그러다 왜 이제 온다는 거람."

사라가 불손하게 콧방귀를 뀌었지만 리리엘은 지적 한 번 하지 않았다. 사라는 복잡한 정치나 국가 간의 이해에 대해 관심이 없었다. 그녀가 아는 것은 오로지 첫째 공녀인 엘자네스 크로커스가 상당히 밥맛 떨어지는 여자라는 사실뿐이었다. 첫째로 태어나 네스라는 이름을 받아 리리엘이 가져갔어야 할 임시 후계자 자리를 홀랑 가져간 것도 얄미웠는데 늘 리리엘이 하는 일을 가로막는 것을 보면 속이 탔다. 리리엘은 똑똑하고 박식했지만 엘자네스가 아는 것은 드레스를 입고 사치를 부리는 일뿐이었던 것이다. 사라는 늘 그렇게 생각해왔다.

"너무 그러지 마, 사라. 그래도 내 언니잖아."

"아이고, 아가씨. 아가씨는 맘씨가 고와서 탈이에요. 그분이 아가씨에게 어떻게 굴었는데요. 매일 인상을 찌푸리고 '리리엘, 안 돼.' 이러시기만 했잖아요."

"언니도 언니 나름대로의 사정이 있을 거야."

사라는 한탄했다. 하늘은 저렇게 예쁘고 고운 아가씨에게 왜 자꾸 시련을 내리는 것일까. 더군다나 엘자네스가 떠난 이후로 리리엘을 향하는 사람들의 눈초리가 이상해진 참이었다. 엘자네스가 무언가를 한 것이 분명했다. 그렇지 않다면 공작가 바깥의 사람들이 조금씩 리리엘을 떠날 리가 없지 않은가. 그때 노크 소리가 들렸다.

"네."

"리리엘 님, 공작 각하께서 부르십니다."

들어온 기사가 갑작스럽게 말했다. 리리엘은 눈을 살짝 크게 떴다.

"아버지가요?"

"네. 지금 가시는 편이 좋을 것 같습니다. 급한 용무처럼 보이더군요."

"알겠어요."

평소라면 리리엘에게 검술에 대해 이야기하며 웃을 기사의 얼굴에 긴장감이 가득했다. 심상치 않은 일인 모양이었다. 리리엘은 곧바로 기사를 따라갔다. 긴 복도를 지나자 크로커스 공작의 집무실이 나왔다. 기사는 문 앞에 섰고 리리엘은 노크를 한 후 들어갔다. 안에서 대답 소리는 들리지 않았지만 상관없었다. 리리엘이 들어갈 수 없는 곳은 크로커스 저택 내에 없었으니까. 크로커스 공작은 집무실의 소파에 앉아 양손에 얼굴을 묻고 있다 고개를 들었다. 그가 힘겹게 물었다.

"리리엘. 아가. 사실대로 대답해주겠니?"

"네, 아버지."

"아마릴리스 사절단이 이곳에 온다는 소식을 들었다. 알고 있었는지. 대답해주렴."

"알고 있었어요."

"대체 무슨…!"

잠시 언성을 높이던 공작이 입을 다물었다. 그는 초조해 보였다. 크로커스 공작은 잠시 일어나 방 안을 서성거렸다. 이내 앉은 그는 깊게 숨을 들이마신 후 한숨을 쉬었다. 그러고서 말했다.

"이 일을 폐하는 알고 계시느냐."

"네, 폐하가 저와 칼의 약혼식을 축복해주시며 말씀하셨어요."

"리리엘. 설마 아마릴리스의 사절단을 맞아들이겠다는 건 폐하의 생각이냐?"

"네. 저와 칼은 그래서 찬성했는걸요."

“뭐라고! 이런 말도 안 되는…!”

크로커스 공작이 주먹으로 테이블을 내리쳤다. 테이블 유리가 순식간에 깨졌다. 그는 분노에 가득 찬 사람처럼 보였다.

“이제 와서 이쪽을 배신하겠다는 속셈인가! 늙은이가 단단히 노망이 났군! 결혼을 허가했을 때부터 이상하다 싶었어. 후, 리리엘. 미안하다.”

“아버지, 대체 무슨 일이 있는 건가요?”

“너는 알지 않아도 된단다. 노망난 늙은이 같으니! 이런 식으로 뒤통수를 치려고 할 줄이야. 완전히 발을 빼려는 작정이군.”

리리엘의 보석 같은 눈동자가 그를 향했다. 공작은 겨우 차분함을 되찾을 수 있었다. 리리엘과 칼레스 왕자의 결합을 반대하던 국왕이 둘의 약혼식을 승낙했다. 공작은 로벨리아 국왕의 성격을 알고 있었다. 그는 고집이 세고 완고했다. 공작이 국왕이 비밀리에 추진하는 프로젝트에 참여하지 않았다면 국왕은 결코 두 사람의 결혼을 허락하지 않았을 것이다. 리리엘과 아내에게는 말하지 않은 공작만의 비밀이었다. 국왕이 크로커스 공작을 은밀하게 불러들인 것은, 겨울이 막 지난 올해 봄이었다. 국왕은 말했다.

“내 아들과 크로커스 영애의 결혼을 허락하겠네.”

“정말입니까, 폐하?”

“대신 조건을 하나 들어주게.”

거대한 기계 장치가 돌아가고 있었다. 국왕은 술에 취한 것 같았다. 그는 양팔을 벌렸다.

“소개하지. 에너지석 가공 장치일세.”

“무슨 말이십니까? 에너지석 가공 장치라니요? 에너지석이 나는 섬은 아

마릴리스에 넘기지 않았습니까?"

기계의 안쪽에서 돌아가는 액체는 푸른빛이었다. 그것은 에너지석에서 나오는 빛과 닮아 있었다. 커다란 톱니바퀴들이 시끄러운 소음을 내며 돌아가고 있었다. 공작은 얼이 빠진 채 그것을 올려다보았다. 그는 바보처럼 말을 더듬거리며 물었다.

"아마릴리스에 넘긴 섬의 에너지석들을 빼돌린 겁니까?"

"그럴 리가."

국왕의 눈동자가 광기로 번뜩였다.

"이것은 위대한 분이 만들어주신 거라네. 이제 로벨리아에는 이런 것들이 무수히 날 거야."

"대체 무슨 소리입니까?"

"자네는 자세히 알 필요가 없어. 어쨌든 이것들은 우리 로벨리아를 강성하게 만들어줄 거야."

국왕은 로벨리아의 국력이 그다지 강하지 않다는 데 대해 늘 열등감을 품고 있었다. 그가 아마릴리스의 동맹 제안을 재빨리 받아들인 것도 그런 이유에서였다. 그는 푸른빛을 내는 액체를 바라보고 있었다. 기계의 굉음이 끊임없이 들려왔다. 크로커스 공작은 왕을 만류했다.

"하지만 아마릴리스 황제가 가만히 있지 않을 겁니다. 황제가 에너지석이 나는 섬을 거래할 때, 조약서에 이후 로벨리아에서 나는 모든 에너지석을

아마릴리스의 소유로 돌린다는 조항을 적지 않았습니까."

"그게 무엇이 중요한가. 황제가 모르면 그만이지. 공작이 도와준다면 아무 문제도 없을 걸세. 리리엘 크로커스는 칼레스와 결혼하지 못한다면 꽤나 골치 아픈 삶을 살게 될 거야."

국왕의 드러난 이가 빛났다. 국왕은 말없이 묻고 있었다. 크로커스 공작이 이 계획에 동참할 것인지. 아니면 거절하고 리리엘 크로커스와 칼레스 왕자가 결혼하지 못하게 할 것인지.

리리엘. 아픈 손가락과도 같은 딸아이. 공작은 리리엘이 혁명 사상을 추구하고 남자처럼 보이려고 애쓰는 것이 어릴 적 아팠기 때문이라고 생각했다. 사교계의 수많은 귀부인들에게 미움을 받는 상태에서 그저 그런 가문의 남자와 결혼한다면 리리엘의 삶은 고달파질 것이다. 리리엘을 지켜줄 수 있을 만큼 권세가 있으며 결코 배신하지 않을 가문, 로벨리아 왕가. 공작은 눈을 감았다. 답은 정해져 있었다. 그는 리리엘을 너무나도 사랑했다.

"아버지. 아마릴리스 사절단에게 어떤 문제라도 있나요? 말해주세요."

리리엘의 영롱한 녹색 눈에 간절한 호소가 깃들었다. 그러나 공작은 입을 다물고 무겁게 고개를 젓는 대답을 택했다. 리리엘이 알아서 좋을 것이 없는 이야기였다. 로벨리아의 귀족들은 왕가에서 돌아가는 기계의 정체를 몰랐지만, 아마릴리스 사절단의 귀족들이라면 기계를 알아볼 것이다. 에너지석 가공 기계. 국왕은 그날 이후 때로는 제정신을 유지했고 때로는 광인 같은 태도를 보였다. 찜찜하긴 했지만 그를 믿어야만 했다. 아마릴리스 황제는 조약 체결 후 혹여나 에너지석이 다시 난다면 아마릴리스에 반드시 신고하라는 경고를 남겼다. 로벨리아는 아마릴리스에 비해 힘이 없었다. 두 나라가 혼인 동맹을 맺은 것도 사실은 기적적인 일이었다. 만일 아마릴리스 황제가 이 사실을 안다면 결코 왕가와 크로커스 공작가를 가만두지 않으리

라. 이런 상황에서 아마릴리스 사절단을 초대한 국왕을 이해할 수 없었다. 모든 것이 의문투성이였다. 국왕이 어떻게 에너지석 가공법을 알았으며, 기계를 만든 기술자는 어디에 있는가. 아마릴리스 내부의 보안을 뚫을 정도로 로벨리아의 정보력이 좋지는 않았다. 공작은 숨을 내뱉었다.

"후우…. 아니다. 네가 결혼한다는 생각에 내가 조금 흥분을 한 것 같구나."

대체 어떻게 된 일인지 알 수 없었다. 로벨리아 왕궁에 거대한 에너지석 가공 장치를 설치해놓고 하필이면 지금 국왕은 왜 아마릴리스의 사절단을 불러들인 것일까. 그것도 약혼식을 앞당겨가며. 공작은 머리가 아파져 눈을 감았다. 리리엘만이 영문을 모르고 그를 바라볼 뿐이었다.

"아버지?"

괜찮을 것이다. 국왕도 분명 생각이 있을 것이다. 그러나 무언가 단단히 잘못됐다는 생각을 떨칠 수 없었다. 국왕은 대체 무슨 생각을 하고 있는 것인지. 공작은 고개를 흔들었다. 불길한 기분을 떨쳐버리기 위해서였다.

※

홀의 뒤쪽 커다란 응접실에서 에너지석 가공 장치가 돌아가고 있었다. 푸른빛이 점멸했다. 기계 장치가 돌아가는 소리가 들렸다. 국왕은 멍한 얼굴로 중얼거렸다.

"에너지석…. 로벨리아의 힘…."

"그래. 이건 너희의 힘이지."

붉은 머리칼의 소년은 국왕의 눈을 보고 중얼거렸다. 순간 소년의 눈동자에 푸른빛이 스쳐 지나갔다. 국왕의 눈이 다시 흐리멍덩해졌다. 소년은 혼잣말을 하듯 국왕에게 말을 걸었다. 아니, 그의 인형에게 말을 걸었다.

"아마릴리스를 맞이해."

"아마릴리스를…."

"그리고 최대한 일을 만들어. 그래. 리리엘 크로커스를 향한 주목이 사라지면 더 좋고."

"리리엘… 크로커스?"

순간 국왕의 눈에 적개심이 떠올랐다. 소년은 국왕이 제정신을 차리기 전 그의 정신을 제압했다. 구슬처럼 투명한 눈동자를 마주한 국왕의 몸에서 힘이 다시 빠져나갔다.

"난 고위 귀족들이 싫어. 정신을 지배하기가 귀찮거든. 반면 한번 지배당하면 잘 깨어나지도 않지."

리리엘의 정신 지배는 오랜 세월에 걸쳐 이루어졌다. 대다수 사람들의 머릿속에는 리리엘 크로커스라는 인물이 깊숙이 박혀 있었다. 사람들은 리리엘 크로커스를 주목하고 그녀의 이야기를 하며 울고 웃었다. 리리엘에게 심어진 아룬델의 마법은 사람들을 착실하게 지배해나갔다. 붉은 머리칼의 소년은 아무 감정이 없는 얼굴로 입꼬리를 기괴하게 끌어올렸다. 소년은 에너지석 가공 장치를 올려다보고 있었다.

"이게 터지면 모두 죽을 거야."

아무도 에너지석에 대해 알지 못했다. 이 에너지석 가공 장치가 터진다면 남쪽은 완전히 초토화되어버릴 것임에도 불구하고. 기계 장치의 푸른빛이 파멸을 알리기라도 하듯 깜빡거렸다.

리리엘 크로커스와 칼레스 로벨리아 왕자의 약혼식 소식이 발표되었을 때 로벨리아의 사람들은 지금까지의 일을 잊고 그들의 행보에 주목하기 시작했다. 리리엘 크로커스에 대한 나쁜 소문은 약혼식이라는 파격적인 행보에 의해 묻혀버렸다.

약혼식은 영원한 사랑의 맹세로 인식되기도 했지만 야만적으로 받아들여지기도 했다. 부부가 이혼을 하거나 약혼식 도중 파혼할 시 한쪽이 사형당할 수도 있었기 때문이다. 목숨을 건 맹약이나 다름없었다. 리리엘 크로커스를 향한 칼레스 왕자의 사랑과 로벨리아 국왕의 반대는 유명한 가십거리였다. 신문을 보던 몇몇 사람들은 중얼거렸다.

"세상에. 이걸 사랑의 승리라고 불러도 될까요?"

"고난 앞에서 사랑은 더 불타오르는 법이죠."

"로벨리아 왕가가 본래 그렇죠. 왕가의 남자들은 누구나 반대하는 사랑을 이루어내고 말잖아요."

로벨리아 왕가는 본래부터 다소 특이한 면모를 보였다. 왕실의 인원 중 상당수가 평민이라는 점이 그러했다. 로벨리아 왕가의 많은 이들이 평민과 결혼했다. 로벨리아는 델피늄과 인접한 위치에 있는 나라였다. 혁명이 일어난 나라. 그렇기에 델피늄과 인접한 위치에 있는 나라들은 어떻게든 델피늄의 사상에 물드는 백성들에 대한 타파 방법을 보여야 했다. 어느 나라는 델피늄의 혁명 사상에 함께 물들기도 했고, 어느 나라는 공포 정치를 펼치기도 했다. 로벨리아 왕실 사람들은 그들과 손을 잡는 방법을 택했다.

로벨리아 왕실의 남자들은 배우자로 평민을 선택해왔다. 많은 사람들이 반대했으나, 로벨리아 왕가의 남자들은 끝내 사랑을 이루어내고 말았다. 그러나 로벨리아 왕실의 남자들이 그런 식으로 평민과 결혼한 것은 종종 있어온 데 비해, 현 국왕은 귀족과 평민의 교류를 반대하는 완고한 사람이었다.

나이가 있는 귀족들은 리리엘 크로커스의 사상에 거부감을 느꼈다. 리리엘 크로커스의 사상은 지나치게 위험했다. 그랬기에 사람들은 현 국왕이 리리엘 크로커스를 인정하느냐 아니냐를 두고 열띤 토론을 벌였다. 정치에 관심이 많은 이들은 수군거렸다.

"내 생각에는 뭔가 모종의 거래가 있었을 것 같소."

"왜 그렇게 생각합니까? 말씀해보십시오."

"국왕의 뼛속까지 신분제가 새겨져 있다는 건 유명한 사실이오. 현 국왕은 고집이 세오. 그런 국왕이 자신의 사상을 꺾으면서까지 리리엘 크로커스를 왕자비로 들이려 할 리 없소."

"아닙니다. 리리엘 크로커스의 행보에 문제가 있다 한들 그녀는 엄연한 크로커스의 영애입니다. 크로커스의 피 절반은 로벨리아 왕실의 것이지요."

"그런가? 흠…. 한 가지는 확실하오. 리리엘 크로커스의 이미지를 쇄신하려는 것이라면 아주 현명한 방법이지."

현재 리리엘 크로커스의 이미지는 좋지 않았다. 물론 다수의 사람들이 리리엘 크로커스를 사랑했으나 그뿐이었다. 사교계의 귀부인들은 리리엘 크로커스에 대한 부정적인 말을 주고받았고, 리리엘 크로커스의 추종자들에게서 자꾸 나쁜 소문이 퍼져 나왔던 것이다. 그런 상황에서 나온 리리엘 크로커스의 약혼식 소식은 새로운 충격을 가져다주기에 충분했다. 리리엘 크로커스의 지금까지의 행보가 골치 아프기는 했지만 왕실의 일원이 되어 좋은 인식을 쌓게 되면 바로 잊힐 것이다.

"그렇긴 하군요. 지금까지의 행보에 대한 지적에 답하지 않으면 모두 그녀에 대한 나쁜 소문을 잊고 말 겁니다. 대신 왕자비로 그녀를 주목하겠죠."

대중은 침묵하는 것에 대해 쉽게 잊어버렸다. 또한 변덕스러웠다. 사람들은 자극적인 소식으로 인해 리리엘 크로커스에 대해 제기해왔던 의문을 거의 잊어버린 후였다. 무려 약혼식이었다. 그것도 가장 아름다운 여자인 리리엘 크로커스와 왕자의 약혼식이었다. 로맨틱한 소문이 로벨리아를 뒤덮었다. 두 사람의 결혼 소식에 들뜬 사람들은 북쪽 사람들에 대해 상상하고 큰 연회를 기대하며 즐거움이 실린 대화를 나누었다. 사절단을 맞이하는 날은 빠르게 다가왔다. 그들을 맞이하기 위해 나온 고위 귀족 영애 둘이 이야기를 나누고 있었다.

"북쪽 사람들의 생김새가 정말 궁금해요."

"우리와 다를 바는 없다고 들었어요. 물론 아카데미에서 그들은 옅은 색의 머리칼과 피부를 지녔다고 듣긴 했지만요. 신기하진 않을 것 같네요. 북쪽도 우리와 다를 바 없이 사람이 사는 곳이잖아요."

"정보가 통제되지만 않았어도 알 수 있었을 텐데 말이죠. 저는 사절단이 오는 날까지 왜 정보가 통제되는지 모르겠어요."

"아무래도 엘자네스 윈터나이트가 불참하는 게 아닐까요? 그런 게 아닌 이상에야 왜 사절단에 대한 정보를 감추겠어요. 이건 비밀인데, 정보를 통제하는 건 크로커스 공작님이라는 말이 있어요."

"어머나. 그분이 왜요? 엘자네스 윈터나이트가 불참하는 건 아마릴리스 황가 측을 공격할 수 있는 요소인걸요. 오히려 감추지 않고 드러내야 정치적 이득을 볼 수 있을 것 같은데요."

"저야 모르죠. 그저 크로커스 공작님이 정보를 통제한다는 소문이 있다는 거예요. 어쩌면 우리가 모르는 숨겨진 이유가 있을 수도 있고요."

영애는 뾰로통한 얼굴로 부채를 접으며 그렇게 말했다. 한편 리리엘 크로커스는 모습을 드러내지 않았다. 약혼식 전이었기 때문이다. 약혼식을 올리지 않은 예비 신부가 손님들을 공식적으로 만나면 결혼식 전에 반드시 불행이 닥쳐온다는 속설이 있었다. 칼레스 왕자 역시도 이번에는 참석하지 않았다. 한쪽의 영애들은 사절단을 맞이하기 위해 나온 귀족들을 쭉 훑어보다 낮은 목소리로 수군거렸다.

"저쪽에 란제크 카멜리아 백작님이 있네요."

"저분이 이 자리에 참석했다고요? 믿을 수 없어요. 이 자리는 리리엘 크로커스 영애의 약혼식을 축하하기 위해 오는 사절단을 맞는 자리잖아요. 카멜리아 백작님은 리리엘 크로커스 영애를 사랑하는 게 아니었나요?"

"그뿐만이 아니에요. 리리엘 크로커스 영애와 절교했다고 알려진 프리케 아르메리아 영애도 있네요."

"프리케 아르메리아 영애에 대해서는 이해가 가요. 그녀는 가장 귀족다운 사람이죠. 의무를 저버리지 않는. 그렇기에 행사에 귀족으로서 참여한 걸 거예요."

"아니에요, 영애. 소문에 대해서 잘 모르시는군요."

한 영애가 작은 목소리로 소곤거리며 대화에 끼어들었다. 부채를 든 영애는 도도하고 냉정한 얼굴을 하고 있었지만 그 얼굴에 떠오른 호기심 어린 빛은 지울 수 없었다. 옆에 있던 영애는 그녀의 반응에 목소리를 더 낮추어 소곤거렸다.

"이 소식은 일부 고위 귀족들만 아는 거예요. 영애니까 말씀드릴게요."

"대체 어떤 것이기에 그렇게까지 강조하시는 건지 일단 경청해보아야겠네요."

"놀라실 거예요. 다들 쉬쉬하지만 란제크 카멜리아 백작님이 사랑하는 건 엘자네스 영애라는 말이 있어요."

"네? 세상에. 하지만 카멜리아 백작님은 리리엘 크로커스 영애가 칼레스 왕자님과 친밀해지자 술독에 빠지셨잖아요?"

"아니에요, 영애. 잘 생각해봐요. 그분이 이상해진 건 엘자네스 영애가 아마릴리스로 떠난 이후잖아요."

"확실하지 않은 소식은 듣지 않겠어요. 아무런 신빙성이 없는걸요."

"어머, 영애. 제 말을 자세히 들어봐요. 물론 소문일 수도 있겠죠. 소문이라는 것이 한번 퍼져 나가면 걷잡을 수 없잖아요. 그런데 오늘 란제크 카멜리아 백작님의 모습을 보세요. 요즘 흐트러진 모습을 한 채 늘 술을 드셨는데 오늘만은 깔끔한 외양을 하고 있어요."

"먼 곳에서 오는 사절단을 맞이하기 위해서가 아닐까요? 혹은 리리엘 크로커스 영애를 위한 것일 수도 있죠."

"아이참. 영애는 조금 둔한 구석이 있어요. 자세히 봐요. 카멜리아 백작님은 늘 좋은 옷을 입고 다니셨지만 오늘처럼 눈에 띄게 꾸미지는 않으셨어요. 더군다나 저는 아까 카멜리아 백작님의 옆을 스쳐 지나갔거든요. 그분이 평소에 뿌리는 향수는 아시죠?"

"알죠. 그 향수는 워낙 유명하니까요. 흠, 확실히 예전과 다른 모습이긴 하네요."

"오늘 카멜리아 백작님이 뿌린 향수는 원래 뿌리던 게 아닌, 달콤한 계열의 향수였어요. 믿어져요? 카멜리아 백작님은 달콤한 향기라면 질색을 하셨잖아요. 리리엘 크로커스 영애는 달콤한 향기를 싫어해요. 달콤한 향기를 선호하던 분이라면 오히려…."

은근한 영애의 말은 채 이어지지 못했다. 왕가의 시종이 큰 소리로 사절단이 입성한다는 소식을 알렸기 때문이다. 영애들은 입을 다물고 허리를 곧게 폈다. 영애들 주위에 서서 이야기를 들으려고 시도하던 남성 귀족 몇과 영애 몇도 곧 아무런 일도 없었다는 듯 흩어졌다. 세 사람이 극도로 작은 목소리로 대화를 나누었기에 수확이 크지는 않았으나 중요한 정보를 건져냈다. 그들은 대화를 나누었다.

"들었어요? 방금 그 이야기?"

"들었어요. 란제크 카멜리아에 대한 이야기라면요. 전 그보다도 더 신경 쓰이는 게 있습니다."

"뭔가요? 말해봐요, 영식."

"혁명 모임에서 누군가 말했습니다. 크로커스 공작이 의도적으로 아마릴리스 사절단으로 오는 그쪽 귀족들과 로벨리아의 귀족들이 교류하는 것을 막고 있다고요. 저희는 그 이유를 왕궁의 홀 뒤에 있는 기계 장치 때문이라고 판단했습니다."

"자네 지금 무슨 소리를 하는 건가?"

"아무리 생각해도 기계 장치가 수상하지 않습니까."

"이거. 혁명 모임은 모두 음모론 집단이로군. 자네의 말에 신빙성이 없다는 건 알고 있겠지."

얼굴이 새빨개진 젊은 남자가 반박했다.

"하지만 갑작스럽게 저렇게 큰 기계 장치가 들어섰다는 것이 이상하지 않습니까."

"저 기계가 뭔지는 알고 있나? 당연히 모르겠지. 저건 물을 정화하는 장치일세. 아직 실험 중이라고 하더군."

"네?"

"다른 나라가 기술을 훔쳐갈까 염려해 감췄다는 소문이 있어."

결국 젊은 남자는 말을 잇지 못했다. 큰소리를 치던 중년의 남자는 다시 대중 속으로 스며들었다. 사람들이 기계 장치에 대한 말을 할 때마다 다른 정보를 주어 그들을 혼란스럽게 하는 것이 남자의 임무였다. 동일한 임무를 위해 파견된 다른 남자들이 많았다. 그들은 왕궁에 있는 의문의 기계 장치에 대한 말이 나올 때마다 지어낸 소문을 퍼뜨리고 다녔다. 모두 크로커스 공작이 지시한 일이었다. 한쪽에서는, 귀부인들이 이야기하고 있었다.

"엘자네스 영애는 우아했어요."

"한 마리의 백조와도 같았죠."

"제 딸아이는 그녀를 미워했지만, 그만큼 사교계에 어울리는 사람도 없다고 다시 평가하더군요."

떠난 이는 쉽게 잊힌다. 사람들은 엘자네스 크로커스에 대해 거의 잊고 있었다. 엘자네스 크로커스의 자리가 비어버린 후 1년이 지났다. 미움은 퇴색되었고 망각이 더해지자 그들은 그녀에게 예전처럼 강렬한 감정을 가지지 않게 되었다. 그녀를 그리워하는 이들도 많았다. 그러던 중 문을 연 시종이 큰 소리로 외쳤다. 왕의 귀가 갈수록 나빠졌기에 시종의 목소리는 컸다.

“아마릴리스 황실에서 온 사절단이 들어옵니다!”

열린 문으로 긴 행렬이 들어오기 시작했다. 로벨리아인들은 기대감 어린 혹은 호기심 어린 눈으로 커다란 문으로 들어오는 이들을 바라보았다.

로벨리아 사람들이 가장 먼저 느낀 것은 신비한 어떤 분위기였다. 사람들이 다양한 외양을 가진 남쪽과는 달리 북쪽의 사람들은 대개 옅은 색소를 지니고 있었다. 로벨리아 사람들이 북쪽의 사람들을 만난 것은 이번이 처음이었다. 그랬기에 그들은 아마릴리스 사절단에게서 눈을 떼지 못했다. 눈을 뗄 수 있는 이가 없었다. 그들은 마치 전설 속의 존재처럼 보였다. 사람들의 머리칼이 옅은 금빛이나 백금색, 금방이라도 사라질 듯한 옅은 색을 띠고 있었다. 피부는 새하얀 색이었다. 남쪽의 귀부인들이 아무리 피부를 가꾼다 한들 타고난 저 새하얀 색을 따라잡을 수는 없으리라. 그들의 눈은 남쪽에서는 찾아보기 힘든 새파란 색이었다. 보석처럼 파랗고 투명한 눈동자와 녹색 눈동자는 햇빛이 적은 곳의 사람들만이 가질 수 있는 시린 빛을 띠고 있었다. 회색 눈동자도 보였다. 몇몇 귀부인들이 감탄을 금치 못했다.

“세상에….”

“보셨나요?”

아직까지도 밋밋하고 단조로운 드레스와 장신구들이 크게 유행하는 남쪽과는 달리 북쪽은 화려한 것들이 유행하는 듯했다. 영애들의 드레스는 화려하고 아름다웠고 영식들의 옷에도 많은 장식이 달려 있었다. 사람들은 북쪽 사람들의 모습을 넋을 잃고 바라보았다. 맨 마지막에는 기사들이 있었고, 그 앞에는 중년 이상의 귀족들이 있었다. 그리고 가장 앞쪽에 젊은 귀족들이 있었다. 그리고 그들 사이에서 가장 존중받는 한 여자가 있었다. 아름다운 붉은빛이 도는 적갈색의 머리칼이 먼저 눈에 띄었다. 가장 높은 영애 셋이 여자의 주위에 서 있었다. 사람들은 그녀를 알아보지 못했다. 누구라도 그랬을 것이다.

많은 북쪽 사람들 사이에 있는데도 여자는 전혀 우스꽝스러워 보이지 않았다. 여자의 화려한 머리칼과 눈동자가 오히려 아마릴리스 사절단들 사이에서 그녀를 더욱 돋보이게 만들었을 뿐이다. 사람들은 자신도 모르게 그녀를 시선으로 좇았다. 그리고 그 순간, 가장 높은 영애 셋과 이야기를 주고받던 여자가 웃었다. 숨이 멎을 것만 같은 아름다움이었다. 그녀가 웃는 순간이 유달리도 느리게 보였다. 그녀의 입술이 살며시 올라갔고 진갈색의 눈동자가 웃는 눈에 의해 사르르 사라졌다. 아름다웠다. 여자가 웃는 순간 로벨리아 사람들은 그만 넋을 잃고 말았다. 남쪽에 리리엘 크로커스가 있다면 북쪽에는 저 귀부인이 있으리라. 사람들은 그저 그렇게 멍하게 생각했다. 그들이 그녀를 알아본 것은, 란제크 카멜리아의 믿지 못하겠다는 듯한 커다란 중얼거림 때문이었다.

"엘자네스 크로커스…?"

그녀는 북방의 대공과 결혼을 했다. 아마릴리스에서 온 사절단을 앞에 두고 엘자네스 윈터나이트를 엘자네스 크로커스로 부르는 것은 큰 실례였지만 지적하는 이는 없었다. 로벨리아 사람들의 입이 쩍 벌어졌다. 남쪽 사람들의 감정 표현은 자유로웠다. 그렇다 보니 그들은 표정 관리를 제대로 할 수 없었다. 남쪽에서도 이만큼 드러낸 표현은 실례였다. 그러나 어쩔 수 없었다. 저 아름다운 여자가 정말로 그 엘자네스 크로커스라는 말인가.

"정말이에요?"

"저 귀부인이 엘자네스 크로커스라고요?"

"그녀가 저렇게 웃을 줄 알았단 말이에요?"

"그 악녀가…."

혼란에 빠진 영식 하나가 자신도 모르게 중얼거리다 입을 황급히 틀어막았다. 이제는 윈터나이트가 된 엘자네스 윈터나이트가 영애들에게 상냥한 얼굴로 무언가를 속삭였다. 그녀에게서는 생동감이 넘쳤고 만개한 꽃과 같은 어떤 우아한 사랑스러움이 있었다. 로벨리아의 귀족들은 눈앞에서 보고 있었음에도 불구하고 그 모습을 믿을 수 없었다. 그들이 엘쟈네스 크로커스를 부족한 사람으로 여긴 것은 아니었다. 엘쟈네스 크로커스가 아름다웠다는 사실은 모두가 인정하는 것이었다. 그러나 리리엘 크로커스에 비해서는 많이 모자랐다. 그렇게 생각했는데.

"저는 이제…. 리리엘 크로커스와 엘쟈네스 크로커스가 자매라는 게 믿기지 않는다는 말을 하지 않겠어요."

"쉿. 엘쟈네스 윈터나이트예요. 정신 차려요, 부인."

"이런."

이 순간을 기뻐하는 사람들은 엘쟈네스와 어울리던 귀부인들이었다. 그들은 리리엘 크로커스를 별로 좋아하지 않는 이들이었다.

"제가 그럴 줄 알았죠."

"로벨리아에서부터 알아보았다니까요. 그녀도 결코 리리엘 영애에 뒤지지 않는다고요."

"이제 누구도 엘쟈네스를 향해 딱딱하고 고지식하다는 평가는 하지 못하겠군요."

그 말은 사실이었다. 엘쟈네스 윈터나이트를 보며 예전처럼 품평하며 깎아내릴 수 있는 사람은 그 어디에도 없었다. 진갈색의 눈동자는 단호한 빛과 함께 자신의 사람을 포용하는, 기품 있으면서도 다정한 빛을 띠고 있었다. 엘쟈네스 윈터나이트는 로벨리아 사람들에게 시선을 주지 않았다. 그저 앞으로 걸어갈 뿐이었다. 그녀가 나아가는 길목에는, 란제크 카멜리아가 있었다. 많은 이들은 란제크 카멜리아와 엘쟈네스 윈터나이트를 흥미롭게 바라보았다. 둘을 둘러싼 소문이 많았기 때문이다.

"자. 과연 어떻게 할까요."

"무슨 반응을 보일지 정말 궁금한걸요."

란제크 카멜리아는 연회장의 중간에 서 있었다. 엘쟈네스가 떠난 지 1년이 되었는데도 그녀를 지울 수가 없었다. 엘쟈네스가 사라지고 나서야, 그는 그녀와 파혼한 것을 죽도록 후회했다. 거만한 카멜리아 백작. 그는 엘쟈네스와 한때 나누던 대화들을 기억했다.

"달콤한 향이 좋아요."

"어째서입니까?"

"그냥, 좋아해요. 달콤한 향수를요."

그녀는 그 대화를 기억하고 있을까. 란제크가 뿌린 향수를 알아볼까. 초조함이 그를 압박했다. 심장이 거세게 두근거렸다. 그는 주먹을 쥐었다. 제발. 단 한 번만이라도. 그리고 그 옆으로 엘쟈네스 윈터나이트가 지나쳤다. 느린 순간이었다. 그녀는 단 한 번도 란제크에게 시선을 주지 않고 지나쳤다. 아니, 란제크가 있다는 사실조차 모르는 것 같았다. 란제크 카멜리아는 엘쟈네스 윈터나이트를 바라보았지만 그녀의 시선은 끝내 그에게 닿지 않았다. 영애 하나가 엘쟈네스에게 소곤거렸다. 엘쟈네스는 그 말에 다정한 눈으로 고개를 끄덕였다.

란제크 카멜리아가 그녀를 긁고 폭언을 퍼부어도 열리지 않던 어떤 것이 북쪽의 이들을 향해 열려 있었다. 란제크 카멜리아는 엘쟈네스 크로커스가 웃는 모습을 처음 보았다. 엘쟈네스 크로커스는 웃지 못한다고 생각했다. 피도 눈물도 없어 찔러도 반응 하나 보이지 않는 냉랭한 여자라고 생각했다. 그런 점을 좋아하지 않았다. 리리엘 크로커스와 하나부터 열까지 대조되는 그 모습을 싫어했다. 란제크 카멜리아는 늘 생각하고는 했다. 엘쟈네스 크로커스는 그 누구에게도 정을 주지 못할 여자라고. 그렇게 생각했었다. 그는 그런 되뇜이 사실은 자기 위안에 불과했다는 사실을 깨달았다. 두 사람을 바라보던 이들은 맥이 빠진 채 중얼거렸다.

"별일은 없네요."

"그러게요. 우리가 상상했던 일은 일어나지 않았어요."

"너무 소설을 많이 읽은 건지도 모르죠. 최근 별다른 일이 없어 무료했기에 이런 일에 관심을 가진 걸지도 몰라요."

"하긴. 전 약혼자 사이더라도 한쪽은 이미 결혼한 몸이잖아요."

"두 사람 모두 서로에게 별다른 감정이 없는 걸지도 몰라요."

란제크 카멜리아는 눈으로 보고서도 믿기지 않는 현실에 사절단만을 계속해서 바라보았다. 그는 엘자네스 윈터나이트와의 만남을 수없이 상상했다. 그러나 그 모든 상상에서도 이런 장면은 없었다. 그는 주먹을 꽉 쥐었다. 그리고 란제크가 엘자네스 윈터나이트에게 손을 뻗지 못한 것은 엘자네스 윈터나이트의 옆에 선 윈터나이트 대공이 너무나도 완벽한 사람이었기 때문이었다. 란제크의 옆에 선 영애 두 사람이 대공을 보며 믿기지 않는다는 듯 급히 대화를 주고받았다.

"영애. 설마 저 사람이 그 윈터나이트 대공인가요?"

"엘자네스 윈터나이트의 옆에 있으니 그렇지 않을까요?"

"제가 생각했던 모습과는 거리가 너무 멀어 놀라고 말았어요. 세상에."

"리리엘 크로커스 영애가 말했던 것과는 너무나도 다른 모습이에요. 괴물이라고 말하지 않았나요?"

많은 귀족 영애들이 윈터나이트 대공에게서 시선을 떼지 못했다. 윈터나이트 대공에 대해서는 여러 의견이 분분했다. 리리엘 크로커스가 그러했듯 남쪽의 사람들은 북쪽의 사람들과는 달리 윈터나이트라는 성에 대해 익숙하지 않았다. 꽃 이름이 아닌 고위 귀족의 성은 얼마나 이상한가.

"대체 리리엘 크로커스 영애는 왜 대공 각하를 괴물로 묘사한 거죠?"

"저도 이해할 수 없어요. 전혀 괴물로 보이지 않는걸요. 오히려 매력적이라고 할 수 있겠죠."

로벨리아의 귀족들 대다수가 이 자리에 나온 것은 리리엘 크로커스가 묘사한 그 괴물 같은 남자를 보고자 하는 비열한 호기심이 앞서서였다. 엘자네스 크로커스가 어떤 남자와 결혼했는지를 알고 싶어서이기도 했다. 이상하게도 엘자네스 크로커스를 향해 자꾸만 시선이 가서, 다른 이들을 보는 것이 늦었으나 대공 역시도 사람의 시선을 끄는 사람이었다. 저열한 호기심을 가졌던 이들은 대공을 보자마자 입을 다물고 말았다. 대공은 누군가를 지배하기 위해 태어난 사람처럼 보였다. 예민한 이들은 대공을 보자 오금이 저림을 느끼며 고개를 돌렸다. 그렇지 않은 이들은 대공의 외양에서 눈을 떼지 못했다. 남쪽의 수많은 미남들도 대공에 견줄 수 없을 것이다. 리리엘 크로커스의 수많은 추종자들도 대공만큼 완벽하지는 못했다. 대공은 이 자리에서 가장 빛나는 남자였다. 수많은 영애들이 탄식하며 그의 얼굴을 바라보았지만 대공의 검은 눈동자가 향하는 곳은 오로지 엘자네스 윈터나이트가 있는 곳이었다. 그때만큼은 그의 차가운 검은 눈에도 다정함이 실리고는 했다. 믿기지 않는 모습이었다. 사람들은 윈터나이트 대공 부부를 바라보았다. 그들은 감히 닿을 수 없을 만큼 완벽한 이들이었다. 어느 영애가 생각 없이 입을 열었다.

"지금 이 자리에 없는 리리엘 크로커스 영애가 저분을 본다면 무슨 생각을 할까요?"

무심코 한 말이었다. 리리엘 크로커스는 대공을 거절했다고 말하고 다녔다. 보통의 영애였다면 후회했을 것이다. 그러나 리리엘 크로커스가 그럴 리가 없지 않은가. 리리엘 크로커스는 늘 자신은 남자의 조건을 보는 여자가 아니라고 말했던 것이다. 더군다나 이 자리는 리리엘 크로커스의 약혼식을 축하하기 위해 만들어진 것이었다. 사람들은 질 나쁜 상상을 그만두었다. 사절단이 앞으로 나아갔다. 그들은 이내 왕의 앞에 도달했다. 왕은 평소보다 힘이 없어 보였다. 움푹 꺼진 눈으로 피로한 기색을 하고 있던 왕이 양팔을 벌리며 그들을 반겼다. 쇠약해 보이는 모습이었다.

"로벨리아에 온 것을… 환영하오."

국왕의 말에 사람들이 흠칫했다. 왕의 목소리에는 생기가 없었다. 그는 죽어가는 사람처럼 섬뜩한 소리를 내고 있었다.

"우리는 그대들의 안식처를 마련할 것이며… 아마릴리스의 사자들을 늘 환영하고 지지할 것이오."

안식처는 사절단의 머물 장소를 말하는 것이 분명했지만 사람들은 죽음을 떠올렸다. 왕은 지친 얼굴로 손짓했다. 신하 몇이 나왔다.

"모든 사절단의 거처는… 왕궁에 마련될 것이오. 다만 크로커스 공작가는 대공 부부를 직접 모시고 싶다는 말을 했소."

"호의에 감사드립니다."

대공의 목소리는 낮고 매혹적이었다. 목소리가 울려 퍼지자 사람들이 숨을 삼켰다. 몇몇 이들은 숨쉬기가 편해졌다고 느꼈다. 대공의 말에 생겨난 변화였다. 대공은 곧바로 자신의 비에게 물었다.

"엘자. 어떻게 하시겠습니까."

크로커스 공작가. 엘자네스는 떠올릴 수 있었다. 그들이 대공 일가를 머무르게 하고 싶어 하는 것은 엘자네스에 대한 관심을 표면적으로나마 보이게 하기 위해서일 것이었다. 엘자네스는 그렇게 짐작했다. 공작 부부와 리리엘, 요하네스는 엘자네스의 결혼식에 오지 않았기 때문이다. 나쁘지 않은 제의였다. 엘자네스는 가볍게 고개를 끄덕였다.

"좋아요."

"제 비의 뜻과 같습니다. 크로커스 공작가에 머무르겠습니다."

대공은 말했다. 왕은 옆에 서 있던 전령을 불러 크로커스 공작가에 바로 달려가게 했다. 엘자네스는 그 장면을 지켜보고 있었다. 1년간 크로커스 공작가 일원들은 아마릴리스에 단 한 번도 찾아오지 않았다. 북쪽 사람들 중 그것에 대해 의문을 가진 사람들이 몇 나오고 있는 실정이었다. 그때 엘자네스의 뒤쪽에 있던 루이자 바이올렛이 몇 발짝 앞으로 나섰다.

"대공 각하. 비 각하. 요청드리고 싶은 것이 있어요."

"말씀하십시오."

"저희 셋 역시도 크로커스 공작가에서 머물러도 될까요? 친우의 곁에 머물고 싶답니다."

세실리아 에델바이스가 말했다. 엘자네스의 강렬한 이미지 때문에 결혼식에서 드러나지는 않았지만 세 영애는 크로커스 공작가가 다소 이상하다는 것을 눈치챈 상태였다. 레이라가 루이자 바이올렛에게 소곤거렸다.

"아무리 생각해도 불안해서."

"그저 감이길 바라야지."

"네 오라버니는 어떻게 한대, 루이자?"

"유진은 당연히 왕궁에 머물러야지."

세 영애는 이미 대화를 마친 참이었다. 엘자네스는 고개를 끄덕였다. 렌은 아주 틀린 것이 아닌 한은 모든 분야에서 엘자네스의 의견을 전적으로 따르는 편이었다.

"허가하겠습니다."

"허가에 감사드립니다. 비 각하."

루이자 바이올렛이 치맛자락을 약간 들고 완벽하게 인사했다. 다른 두 영애의 얼굴도 밝아졌다. 잠깐이나마 엘자네스가 그들을 밀어내지 않을까 우려했다. 그녀는 단 한 번도 가족들에 대해 언급하지 않았기 때문이다. 민감한 문제라고 생각해 거절을 예상하고 물은 것이었기에 허가를 받자 기쁨이 찾아왔다. 화이트 기사단과 대공 부부, 세 영애가 크로커스 공작가에서 머무르기로 했고, 나머지 사절단 일원들은 왕궁에서 머무르기로 했다. 크로커스로 향하는 행렬이 생겨났다. 화이트 기사단은 하얀 제복을 입은 채 말을 몰았고 대공 부부와 세 영애는 마차를 타고 가고 있었다. 엘자네스의 시녀로서 대공 부부의 마차에 함께 탄 엘리나가 보고했다.

"사람들의 반응이 둔합니다."

"어떤 식으로, 리나?"

"소식에 반응하는 것이 늦으며, 단순한 생각에 사로잡히는 경우가 많습니다."

"내가 오기 전부터 그랬니?"

"네. 비 각하가 들어올 때 그들의 반응이 잠시 빨라졌었습니다. 사람들은 큰 존재감이 아닌 한 타인을 바라보지 않습니다."

"심각한 일이구나."

"그런데 비 각하. 한 가지 여쭈어보아도 되겠습니까?"

"말해보렴, 리나."

"홀 뒤에 있는 커다란 문은 왜 닫혀 있습니까?"

"그건 나도 모르겠구나. 내가 떠나기 전까지는 열려 있었거든."

"그 뒤에서 기계 장치의 소리가 들려 홀이 시끄러웠습니다."

엘리나는 보고했다. 톱니바퀴가 맞물리며 돌아가는 소리와 돌을 분쇄하는 소리가 끊임없이 들려왔다. 계속해서 신경이 쓰였다. 엘리나의 귀는 화이트 기사단원 중 가장 밝다고 해도 과언이 아니었다. 엘자네스는 의아한 기색을 했다.

"그 홀은 비어 있었는데?"

"아닙니다. 거대한 기계 장치의 소리가 들렸습니다."

"유진 바이올렛에게 연락하겠습니다."

렌이 엘자네스에게 말했다. 무언가가 마음에 걸렸던 것이다. 마침내 일행이 크로커스가의 정문 앞에 다다랐다. 앞을 지키던 기사들은 곧바로 문을 열어주었다. 일행은 크로커스 공작가의 안으로 들어왔다. 엘자네스에게는 익숙한 곳이었다. 드넓은 문을 통과하자 크로커스 공작 부부가 서 있었다.

"엘자."

크로커스 공작 부인은 초췌해져 있었다. 정확히는 푸석푸석한 피부와 피로한 얼굴을 하고 있었다. 크로커스 공작 역시도 마찬가지였다. 그들은 엘자네스를 보자 반가워하는 얼굴을 했다. 두 부부는 엘자네스에게 다가왔으나 어떻게 대해야 좋을지 모르는 것 같았다. 공작 부부와 엘자네스는 스킨십을 그다지 하지 않았다. 게다가 윈터나이트 대공비라는 신분은 너무나도 높은 것이었다. 엘자네스는 리리엘과 요하네스의 모습을 찾았지만 보이지 않았다. 리리엘은 약혼식 당사자이니 그럴 것이다. 엘자네스는 요하네스에 대해 물었다.

"요하네스는요?"

"그 아이는 아카데미의 친우를 방문하기 위해 며칠 전 나갔단다. 조금 오래 걸린다는구나."

"그렇군요."

엘자네스의 분위기는 옛날과 달라져 있었다. 부부가 알던 단호하고 냉정하며 우아한 그 맏딸이 아니었다. 엘자네스는 부드럽고 상냥한 분위기마저 내고 있었다. 그것이 부부를 향한 것은 아니었지만. 다소 당황하는 크로커스 공작 부부에게 대공이 말했다.

"방을 안내받고 싶습니다."

"어머나. 내 정신 좀 봐. 뒤늦게라도 인사를 드립니다, 대공 각하."

"저도 인사를 드립니다."

크로커스 공작도 뒤늦게 인사를 했다. 두 사람은 리리엘의 매혹의 마법에 가장 강하게 걸렸을 사람들이었으나, 엘자네스를 가까이하는 순간 정신을 차리지 못했다. 렌은 화를 내지 않았다. 크로커스 공작 부부는 그 사실에 무척 감사해하는 눈치였다. 크로커스가의 집사가 와서 공작 부인에게 귓속말을 했다.

"모든 준비가 끝났다고 합니다. 헤럴드, 가서 이들을 안내해주세요."

"알겠습니다."

화이트 기사단은 공작가 시녀들의 뒤를 따라갔다. 대공 부부와 세 영애의 거처에 대한 안내는 집사가 맡았다. 엘자네스는 손님을 맞이하기 위해 둔 별채 앞에 다다랐다. 집사는 콧수염을 한 번 만진 후 말했다.

"2층에서부터 시녀들이 영애들을 안내해드릴 겁니다. 대공 각하와 비 각하의 방은 제가 안내해드리겠습니다. 저를 따라오시지요."

"고마워요."

그는 엘자네스를 좋아하지 않는 인물 중 하나였다. 집안의 모든 사람들은 리리엘을 사랑했다. 리리엘을 슬프게 하는 엘자네스를 집안사람들이 미워하는 것은 당연한 일일지도 몰랐다. 그가 집사였기에 티를 내는 일이 없었을 뿐이다. 그는 엘자네스의 대답을 들은 순간 얼떨떨한 기분을 느끼고 있었다. 엘자네스의 분위기는 부드러워져 있었다. 그는 엘자네스가 패악을 떨 거라고 생각했다. 혹은 화를 낼 것이라고 생각했다. 모든 예상은 빗나갔다. 집사는 감정을 추스르며 말했다.

"저녁 식사는 방으로 가져다드리겠습니다. 내일부터는 본관의 커다란 식당에서 식사를 하실 것 같습니다. 자세한 사항은 다시 보고드리겠습니다."

어찌 되었든 그는 나름대로 유능한 집사였다. 그는 손님들의 피로를 계산해 깍듯이 인사하고 물러났다. 문이 닫히기 전 그는 난생처음으로 엘자네스의 즐거워하는 웃음소리를 들을 수 있었다. 방금 무엇을 들은 것인가. 문은 닫혔고 방음이 잘되었기에 그 목소리를 다시 들을 수는 없었다. 문을 열어 그가 들은 것을 한 번 더 확인하고 싶은 심정이었다. 집사는 공작 부인에게 돌아가기로 했다. 그는 공작 부인의 집무실 앞에서 두 번 노크하고 안으로 들어갔다. 들어가자 공작 부인이 그를 반겼다.

"어서 와요, 헤럴드. 묻고 싶은 것이 많아요. 엘자는 어때 보이던가요?"

"좋아 보이셨습니다."

공작 부인은 끝없이 넘쳐나는 일거리에 질린 상태였다. 엘자네스 크로커스는 그녀답지 않게 인수인계를 거의 하지 못했다. 그럴 수밖에 없었을 것이다. 윈터나이트 대공과의 결혼은 리리엘 크로커스의 예상외의 고집으로 인해 갑작스럽게 이루어진 것이었으니까. 공작 부인은 윈터나이트 대공 부부가 올 것이라는 계산을 한 순간부터 엘자네스와 일을 나누어 할 기대감에 부푼 상태였다.

"정말이지 엘자가 와서 다행이에요. 이 일을 혼자 다 할 생각을 하니 눈앞이 깜깜했는데. 그 애의 도움을 받을 수 있어 이 시기에 얼마나 다행인지. 가을이 되니 일이 너무 많이 밀리지 뭐예요."

"그렇군요."

집사 헤럴드 역시도 리리엘을 사랑했으나 가끔 무언가가 어긋났다는 것을 느낄 때가 있었다. 바로 지금처럼. 공작 부인은 이런 일들에 대해 말할 때 단 한 번도 리리엘을 언급한 적이 없었다. 리리엘은 공작가의 업무에서도 자유로웠다. 엘자네스가 공작 부인을 돕는 것은 늘 당연시되어 있었다. 이것이 자연스러운 일인가. 그는 짧은 의문을 털어냈다. 사랑스러운 리리엘이 웃는 모습은 언제나 그를 기쁘게 했기 때문이다.

오후가 되자 공작 부인은 별관으로 발걸음을 옮겼다. 엘자네스를 부르기 위해서였다. 엘자네스는 별관의 응접실에 있다고 했다. 크로커스 공작 부인은 별관의 응접실로 가 노크했다. 안에서 들어오라는 상냥한 목소리가 들렸다. 그 목소리를 듣자 더욱 위안이 되는 기분이었다.

"엘자."

"어머니."

"보고 싶었단다."

"저도요."

엘자네스는 언제나처럼 대답했다. 그래. 그녀가 기억하는 엘자네스였다. 안도감이 공작 부인을 감쌌다. 그랬기에 그녀는 엘자네스의 눈 안에 담긴 것이 애정이 아닌 경계라는 사실을 알지 못했다. 공작 부인은 서둘러 엘자네스에게 말했다. 말은 물음이었지만 요청이나 다름없는 말이었다.

"네가 없는 사이 너무 많은 일들이 쌓여버렸단다. 약혼식까지 시간이 많으니 같이 처리해줄 수 있겠니? 이러다가는 리리엘의 약혼식에도 시간을 내지 못하고 말 거야."

그녀는 말했다. 엘자네스는 공작 부인을 올려다보고 있었다. 크로커스 공작 부인은 그제야 엘자네스가 그녀가 왔음에도 자리에서 단 한 번도 일어서지 않았다는 것을 알아차릴 수 있었다. 본래의 엘자네스였다면 그녀를 맞이하기 위해 자리에서 일어섰을 것이다. 무언가가 이상했다. 그녀가 무슨 말을 덧붙이려는 순간 엘자네스의 단호한 진갈색 눈동자가 그녀를 향했다. 엘자네스는 말했다.

"왜 그렇게 말씀하시는 거죠, 공작 부인?"

공작 부인. 그것이 딸아이에게 들은 말이 맞나. 공작 부인이 주춤했다. 우아한 어조로 대답한 엘자네스는 그녀를 차분하게 올려다보고 있었다. 무언가가 잘못되었다. 엘자네스가 그녀를 올려다보는데도 불구하고 그녀가 엘자네스의 아래에 있는 듯한 느낌이 들었다.

"에, 엘자…?"

"네. 공작 부인."

공작 부인은 엘자네스의 말을 지적하지 못한 채 그저 멈칫하고 있었다.

엘자네스는 차분하게 크로커스 공작 부인을 올려다보고 있었다. 공작 부인. 그래. 공작 부인이 맞았다. 그러나 엘자네스가 왜 그녀를 그렇게 부르는가. 엘자네스가 앉아 있는 자리는 마치 여왕의 옥좌처럼 보였다.

"지금 제게 공작가의 서류에 대해 말씀하셨나요?"

공작 부인의 얼굴이 하얗게 질렸다. 한 인간의 인품과 성격은 그 사람의 지위나 지식과 반드시 연관 있는 것이 아니다. 엘자네스는 크로커스 공작 부인을 보며 가끔씩 생각하고는 했다. 공작 부인은 좋은 고위 귀족 집안의 영애로 태어나 아카데미에서 우수한 성과를 거두고 졸업했다. 그러나 공작 부인은 혈육들에게 의존하는 편이었다. 공작 부인이 아카데미에서 공부한 것은 오로지 부모의 뜻이었다. 공작 부인은 혈육들의 말을 듣고 그에 따를 때 가장 안정감을 느꼈다.

엘자네스는 아카데미와 사교계, 주위에서 무수한 귀족들을 보아왔다. 그들은 높은 지위와 많은 지식을 가지고 있었다. 그러나 그것이 그들의 인품을 결정하지는 않았다. 엘자네스는 공작 부인이 다소 심약한 성격이라는 것을 알고 있었다. 그랬기에 그녀에게 이런 식으로 군 적이 없었다. 엘자네스의 배려였다. 그러나 이제는 그녀를 배려해줄 이유가 없었다. 공작 부인은 엘자네스의 말에 제대로 된 대꾸조차 하지 못하고 있었다.

"나는 그저 힘들어서… 이 일들을 혼자 하려니 너무나도 힘들었단다."

"그렇다고 해서 제가 공작가의 일을 같이 할 이유는 없죠. 나는 크로커스의 사람이 아니에요. 공작 부인."

"그래. 그렇구나…."

공작 부인은 엘자네스에게 감히 대응하지 못하는 듯했다. 공작 부인은 엘자네스를 늘 이런 식으로 대했다. 그녀는 리리엘을 보호해야 할 대상으로 생각한 반면 엘자네스를 어려워하고는 했다. 장점도 있었다. 공작 부인은 어떤 일을 하든 엘자네스에게 반드시 물어보고는 했다. 엘자네스가 아카데미에서 변화하기 시작했던 시점부터 공작 부인은 엘쟈네스를 이해할 수 없고 무서운 자식으로 생각했지만 한편으로는 엘쟈네스를 자신의 보호자처럼 대하기 시작했던 것이다. 차라리 그편이 나았다.

크로커스 공작가가 컸기에 공작 부인의 내정 살림 솜씨가 눈에 띄지 않았지만 공작 부인의 정에 흔들리는 마음은 많은 재정상의 손해를 가져왔다. 리리엘이 아랫사람들을 유달리 신경 쓰는 이유 중 하나가 공작 부인의 이런 점을 학습했기 때문일 것이라고 엘쟈네스는 생각했다. 공작 부인은 충격을 받은 얼굴을 했으나 애써 아무렇지도 않은 척하고 있었다. 저 얼굴에 마음이 늘 약해지고는 했다. 엘쟈네스는 이제 공작 부인의 얼굴에 흔들리지 않았다. 공작 부인은 완전히 기가 꺾여버린 것 같았다.

그때였다. 응접실의 문을 두 번 노크한 누군가가 문을 열었다.

"엘쟈네스? 노크 후 바로 들어오라고 한 말에 따라 문을 열었어요. 혹시 실례가 된 것은 아니겠죠?"

남쪽과 달리 절제되고 딱딱한 발음이 들렸다. 들어온 영애는 천사와도 같은 모습을 하고 있었다. 옅은 백금발과 보랏빛이 섞인 시리게 푸른 눈동자. 그녀의 얼굴은 북쪽의 사람들이 으레 그렇듯이 냉랭함을 띠고 있었다. 선뜻 다가가기 힘든 모습이었다. 공작 부인은 비교적 밝아진 얼굴을 했다. 그녀는 무의식적으로 내심 영애가 엘쟈네스를 나무랄 것으로 생각하고 있었다. 남쪽에서는 늘 그래 왔었기 때문이다. 엘쟈네스는 부드럽게 대답했다.

"그럴 리가요, 루이자. 제가 요청했는걸요."

"공작 부인을 뵈어요. 루이자 바이올렛입니다. 이야기를 방해한 것이 아니길 바라요."

"레아 크로커스예요. 만나 뵈어 반갑습니다."

엘쟈네스를 향할 때 부드러워지던 얼굴은 타인에게 냉랭했다. 북쪽 사람들의 특징이었다. 북쪽 사람들은 남쪽 사람들에 비해 무뚝뚝했고 이성적인 편이었다. 공작 부인은 대답했다. 자신도 눈치채지 못한 기대감이 섞인 어조가 흘러나왔다.

"별다른 이야기는 아니었어요. 그저 너무 힘들어 딸아이에게 도움을 요청했을 뿐이랍니다."

"어떤 일인가요? 제가 도와드릴 수도 있을 듯하네요."

"결혼 전까지 내정 살림을 나누어 맡았었거든요. 일이 너무 많아 그동안 사교계에도 나가지 못하고 힘든 나날을 보냈어요."

"어머나."

루이자 바이올렛의 감탄사는 냉랭했다. 공작 부인은 하고 싶은 말을 직접적으로 하지는 못했지만 이런 식으로 은근히 자신이 원하는 바를 알리는 편이었다. 꽤나 많은 로벨리아의 영애들이 이런 식으로 엘자네스에게 참으로 무정하다며 그녀를 비난하고는 했다. 엘자네스는 결국 그들의 말을 반영해 공작 부인을 도울 수밖에 없었다. 그들은 혼자서 상대할 수 없는 엘자네스를 공격한다는 사실에 어떤 쾌감을 느꼈다. 공작 부인은 아무것도 하지 않았다. 그녀는 단지 말을 했을 뿐이다. 공작 부인은 그렇게 생각했다. 루이자 바이올렛의 눈이 차가워졌다. 루이자는 크로커스 공작 부인을 한 번 훑었다. 그녀의 행동에는 품위가 서려 있었다.

"내정 살림을 도와달라고 요청하셨다는 건가요?"

"그동안 너무 고생을 했어요. 밀린 일이 많아 약혼식에도 제대로 참석할 수 있을지 모르겠네요."

"부인. 부인이 고생을 했고 힘들고는 중요하지 않아요. 알고 싶지도 않고요."

그때 응접실의 문을 두 번 노크한 다른 두 영애가 들어왔다. 세 영애는 엘자네스와 담소를 나누기 위해 찾아온 것이었다. 은발과 푸른 눈을 가진 사랑스러운 영애가 들어왔다. 북쪽 사교계의 꽃인 레이라 시네라리아였다. 그녀는 오자마자 엘샤네스를 찾아내고는 밝게 웃다가 뒤늦게 공작 부인을 발견하고 말았다. 옆에 선 세실리아 에델바이스는 심상치 않은 상황을 눈치채고 있었다. 입을 다물고 웃음기 하나 없는 얼굴을 한 그녀는 냉랭해 보였다. 루이자 바이올렛은 기다렸다는 듯 말했다.

"친우인 엘샤네스가 이 주제에 대해 언급하고 싶지 않아 하는 것 같아 말하지 않았지만, 부인은 결혼식에 참석하지 않았어요. 두 나라의 인연을 맺는 순간에는 양측 모두 참가하지 않아도 상관없고 그다음부터 서로의 행사에 참여하면 되니 그 부분에 대해서는 넘어갔어요. 하지만 엘샤네스는 북쪽의 끝에서 온 손님이자 이제는 윈터나이트의 대공비예요. 그런 제 친우에게 내정 살림을 나누어 해달라는 요구를 하다니."

루이자 바이올렛은 엘샤네스가 참가하기 전 북쪽 사교계의 여왕으로 군림해왔다. 그런 그녀에게 공작 부인이 감히 반박할 수 있을 리 없었다. 뒤늦게야 상황을 파악한 다른 두 영애들의 얼굴도 차가워졌다. 루이자 바이올렛은 우아하고 냉랭하게 마지막 문장을 내뱉음으로써 말을 끝냈다.

"뻔뻔하기 그지없네요."

공작 부인은 무언가가 크게 잘못되었다는 것을 깨달았다. 세 영애는 로벨리아의 다른 영애들처럼 엘샤네스를 적대적으로 대하지 않았다. 또한 공작 부인의 말을 들으며 공감해주지 않았다.

루이자 바이올렛은 공작 부인의 감정적인 호소 대신 객관적인 사실만을 짚어냈다. 엘샤네스 또한 전과는 달랐다. 예전이었다면 한숨을 쉬면서도 공작 부인을 옹호해주었을 엘샤네스는 세 영애가 공작 부인을 좋지 않게 바라보는데도 불구하고 끼어들지 않았다. 이곳에 공작 부인의 편을 들거나 옹호해줄 사람은 아무도 없었다. 레이라 시네라리아는 사랑스러운 얼굴로 싸늘하게 웃었다.

"지금부터 북쪽의 사람들끼리 대화를 나누기로 해서요. 실례가 아니라면 담소를 나누어도 될까요?"

"얼마든지요. 그럼… 저는 나가볼게요."

크로커스 공작 부인은 축객령에 모욕감을 느끼지도 못한 채 허둥지둥 나가버렸다. 엘자네스의 주위에는 북쪽의 세 영애가 서 있었고 그녀의 주위에는 누구도 없었다. 공작 부인이 나가버린 후 세 영애는 엘자네스를 바라보았다.

세 영애는 엘자네스의 이상적인 귀족다운 모습에 반해 기꺼이 사교계의 입지를 내주었고, 편지를 주고받으며 교류하면서는 엘자네스의 배려와 상냥함에 이끌린 상태였다. 네 명은 이미 가까운 친우였다. 1년이라는 시간이 그들을 그렇게 만들었다. 세 영애는 엘자네스의 옆과 주위에 앉았다. 세실리아 에델바이스는 엘자네스를 보며 장난기 어린 얼굴로 웃었다.

"지금부터 엘자네스가 가장 좋아하는 남쪽의 차를 알려주지 않겠어요?"

할 이야기가 많을 것 같았다.

※

엘자네스가 돌아왔다는 소식은 크로커스 공작가 전체에 퍼졌다. 크로커스 기사단 역시도 예외는 아니었다. 그들은 리리엘 크로커스를 처음 본 날을 잊지 못했다. 어린 리리엘은 그들을 향해 밝게 웃었고 그때부터 그들은 리리엘 크로커스를 그들만의 레이디로 삼았다. 리리엘은 늘 깨어 있는 생각을 가지고 있었다. 다른 영애들과는 달리 보석을 좋아하지도 않고 사치도 거부했으며 평민들을 돕기 위해 늘 애썼다. 리리엘의 검이 춤추듯 빠르게 움직일 때면 사람들은 넋을 잃고는 했다. 그랬기에 크로커스 기사단은 엘자네스 크로커스를 미워했다.

리리엘은 늘 검을 쉬다가도 엘자네스를 떠올리면 슬픈 얼굴을 하고는 했다. 엘자네스는 화려한 드레스를 입고 다녔고 동생을 보면서도 어떤 것도 느끼지 못하는 듯했다. 엘자네스가 걸친 장신구들을 볼 때면 기가 찼다. 크로커스 기사단은 공식 석상에서의 업무를 제외하고는 엘자네스를 은근하게 무시하거나 엘자네스가 없는 곳에서 그녀의 험담을 했다. 지금도 마찬가지였다. 악녀가 돌아왔다. 그들은 수군거렸다. 약혼식을 앞둔 리리엘 크로커스는 기사단의 연무장에서 검을 휘두르고 있었다. 리리엘은 기대감에 가득 찬 상태였다. 기사가 물었다.

"리리엘 님. 정말 그들과 만나셔야겠습니까?"

"난 새로운 검술을 보고 싶어요. 그리고 그들과 대련할 거예요. 윈터나이트의 기사단이 오는 게 언제라고 했죠?"

"곧… 아, 저기 오는군요."

리리엘은 윈터나이트의 기사단을 만나겠다며 고집을 부리고 있었다. 크로커스 기사단은 리리엘의 말이 못마땅했지만 참는 중이었다. 악녀를 모시는 기사단이라니. 그 얼마나 부끄러운 기사들인가. 크로커스 기사단이 하고 싶은 말을 하지 않는 것은 리리엘 때문이었다.

무수한 기사들이 들어왔다. 낯선 북방의 기사들은 연무장에 서 있는 리리엘을 보았다. 그녀는 위로 묶은 긴 금발과 녹색의 눈동자를 가진 미인이었다. 망나니 조제프가 수군거렸다.

"저 여자는 누구야?"

"리리엘 크로커스 영애. 마님의 동생분이시다."

"아아, 그래? 그런데 이럴 땐 어떻게 해야 해?"

블랙 기사단은 안전을 위해 오지 않았다. 실종된 화이트 기사단원인 진저는 제법 강한 이였다. 그런 이가 사라진 로벨리아가 결코 안전할 리 없었다. 덕분에 화이트 기사단원들은 쩔쩔매는 중이었다. 대다수의 기사단원들이 기사의 예법을 배워두지 않은 것을 후회하고 있었다. 리리엘 크로커스는 화이트 기사단에게 가서 손을 내밀었다.

"난 리리엘 크로커스예요. 앞으로 잘 부탁해요."

화이트 기사단은 당황스러워하는 얼굴로 리리엘을 보고 있었다. 기사들 사이에서 대뜸 악수를 청하는 것은 무례한 행위였다. 화이트 기사단이 예법에 무지해도 그것만은 변함이 없었다. 주인의 허락을 받지도 않고 검에게 손을 내밀다니. 리리엘 크로커스는 당황스러운 한마디를 더 던졌다.

"나는 엘쟈 언니와는 달리 검의 명예를 알아요. 드레스를 입고 누군가가 지켜주기를 바라는 멍청한 인형이 아니에요. 꼭 기억해주세요."

"지금 뭐라고 하였소?"

낮고 굵은 목소리가 들렸다. 화이트 기사단장, 렉더 마이어는 과묵한 남자였다. 그런 그가 리리엘에게 정말 이해하지 못하겠다는 듯 물었다.

"화이트 기사단의 렉더 마이어요. 검의 길만을 걸어 예법까지는 잘 모르오. 그러나 그 말은 듣기에 따라, 대공비 각하를 모욕하는 것으로 들릴 수 있소."

"리리엘 님! 이자는!"

보통의 기사였다면 공녀인 리리엘에게 감히 말대꾸하지 않았을 것이다. 그랬기에 크로커스 기사단원 하나가 발끈했다. 그를 저지한 것은 리리엘이었다. 손을 들어 기사를 막은 리리엘은 영롱한 눈동자로 렉더 마이어를 바라보았다.

"왜 그렇게 생각하시는지 모르겠어요."

"방금 비 각하와는 달리 검의 명예를 안다고, 드레스를 입고 누군가가 지켜주기를 바라는 멍청한 인형이 아니라고 말하지 않았소."

"그게 왜 모욕이라는 거죠?"

리리엘은 도전적인 눈으로 화이트 기사단을 바라보았다. 보통의 사람들은 리리엘의 기백에 감탄하거나 리리엘에게 이끌리고는 했다. 실제로도 크로커스 기사단은 리리엘을 감탄하며 바라보고 있었다. 그러나 화이트 기사단은 리리엘에게 어떤 영향도 받지 않았다.

"저게 매혹 마법의 발현이네."

"좀 조용히 해."

알렉이 조제프의 입을 틀어막았다. 다행히 크로커스 기사단에는 화이트 기사단원들처럼 괴물 같은 청력을 가진 이가 없는 것 같았다. 알렉은 안도의 한숨을 쉬었다. 조제프는 아룬델의 마법이 맞다고 읍읍거리고 있었다. 알렉은 조제프의 입을 틀어막은 손을 놔주지 않았다.

"그래, 알겠어. 알겠으니까 나중에 좀 말하라고. 그나저나 대단하네."

리리엘 크로커스의 한마디에 크로커스 기사단은 감명을 받은 얼굴을 하고 있었다. 그들은 리리엘을 보며 흐뭇해하는 눈치였다. 알렉은 기가 질려 조용히 중얼거렸다.

"정말로 한마디 할 때마다 사람들이 감동받잖아."

그것보다 더 대단한 것은 리리엘의 말이 그럴싸하게 들린다는 사실이었다. 알렉은 온갖 궤변을 늘어놓는 사람들을 보아왔기에 알고 있었다. 리리엘의 말은 얼핏 들으면 진실처럼 들렸다. 그러나 그 말은 허술하기 그지없었다. 렉터 마이어가 말했다.

"첫째로, 드레스를 입고 누군가에게 호위받는 사람을 멍청한 인형이라고 표현하지 마시오."

"아니요. 저는 그 말을 정정해야겠어요. 많은 영애들이 드레스를 입고 사치를 즐기다 위험할 때에는 기사의 보호를 바라요. 그들은 검조차 쓸 줄 모르죠. 그게 멍청한 인형이 아니면 뭔가요?"

"그대의 말은 틀렸소. 수많은 영애가, 드레스를 입지 않은 수많은 영식이 기사의 검에 의해 지켜졌소. 대신 그들은 그들의 의무를 다했지. 세상에서 가장 화려한 망토를 걸치고 누군가가 자신을 지켜주기를 바라는 사람이 아마릴리스에도 있소. 누군지 아시오? 바로 황제 폐하요. 누구나 검을 잘 쓸 수는 없소."

"그래. 저 영애는 좀 이상하다고."

알렉은 누구에게도 들리지 않을 정도로 중얼거렸다. 리리엘 크로커스의 말은 정말 이상한 구석이 있었다. 리리엘 크로커스는 여성이라는 존재를 차별하고 있는 것이다. 렉더 마이어는 말을 이었다.

"두 번째로, 비 각하가 검의 명예를 모른다고 생각하지 마시오."

"첫 번째는 넘어가겠어요. 하지만 두 번째는 용납할 수 없어요. 엘자 언니는 검을 들어본 적조차 없어요. 언니는 제가 수련을 하자고 권유했을 때 늘 거부했죠. 햇볕에 살이 타는 것이 싫다는 이유였어요. 당신들은 그런 언니가 검의 명예에 대해 알 거라고 생각하나요? 엘자 언니는 합당한 주인이 아니에요."

"정말 그럴싸하게 들리네."

알렉의 손에서 간신히 빠져나온 망나니 조제프가 중얼거렸다. 크로커스 기사단은 리리엘의 말을 들으며 적개심 어린 얼굴을 하고 있었다. 조제프는 덧붙였다.

"저 영애는 연극배우가 되었어야 했어."

그녀의 호소력 짙은 표정과 아름다운 얼굴, 결연한 몸짓은 모두의 이목을 사로잡기에 충분한 것이었다. 화이트 기사단 중 몇몇도 리리엘의 말에 자칫 넘어갈 뻔했다. 렉더 마이어는 말했다.

"검의 명예란 검을 휘두르는 자만이 아는 것이 아니오. 수련을 하지 않는 자라고 해서 검의 명예를 모르는 건 아니지. 대체 그런 논리는 어디서 배운 거요. 비 각하는 우리의 주인이시오. 영애가 깎아내리고 흠집을 내려 한들 그녀는 검의 명예를 아는 완벽한 주인 그대로일 거요."

"리리엘 님! 저 말을 더 이상 듣고 있을 수가 없습니다!"

기사 하나가 나섰다. 그는 리리엘을 향한 충심을 간직한 이였다. 크로커스의 기사는 이글거리는 눈으로 검을 겨누었다.

"결투를 신청한다. 궤변으로 리리엘 님을 모욕하지 마라."

"흐음, 알렉. 어쩔까?"

조제프가 물었다. 알렉은 어깨를 한 번 으쓱거렸다.

"지금 검을 뽑았잖아. 네 답은 이미 정해져 있는 것 같은데."

알렉은 조제프를 말릴 생각이 없었다. 알렉 또한 기사였다. 화이트 기사단과 그 주인은 어떤 주종 관계보다도 끈끈한 관계를 유지하고 있다. 대공이, 대공비가 곧 그들이었다. 알렉은 차갑게 웃었다.

"본때를 보여줘야지."

조제프는 변칙적인 검술에 능했다. 엘리나마저도 조제프의 검술에는 가끔씩 가로막히고는 했다. 조제프는 검을 아무렇게나 들어 올렸다.

"이름이나 뭐, 남길 만한 자기소개 없나?"

"패배자에게 알려줄 이름은 없다."

크로커스 기사의 눈이 이글거리며 타올랐다. 조제프는 기사의 눈 밑바닥에 깔린 것이 두려움이라는 사실을 알았다. 조제프는 가벼운 휘파람을 불었다. 그는 무엇이 두려운 것일까. 지금까지 지내오던 현실이 어그러지기 시작해서? 렉더 마이어의 말을 들은 크로커스 기사단 몇몇은 동요하고 있었다. 다른 이들은 렉더 마이어의 말을 떨쳐버린 지 오래였다. 그들은 너무 오랜 세월 동안 리리엘을 숭배하고 엘자네스를 배척했다. 그것이 깨지는 것을 결코 원하지 않았다. 조제프는 빙글빙글 웃었다.

"간다. 오늘은 술도 먹지 않아서 제정신이라고."

"무슨…! 헉!"

조제프의 검은 순식간에 크로커스 기사에게 쇄도했다. 신났군. 알렉은 혀를 찼다. 그러나 조제프를 적당히 자제시킬 생각은 없었다. 조제프는 가지고 놀 대련 상대가 생겼다는 사실에 즐거워하는 눈치였다. 아룬델 때문에 며칠간 술을 먹지 못해 스트레스가 쌓인 모양이었다.

"자. 옆구리가 비었네."

직선으로 뻗어지던 검날이 갑작스럽게 옆구리를 향했다. 조제프는 즐거워하는 얼굴로 웃고 있었다. 알렉은 조제프의 별명을 떠올렸다. 미친 개. 조제프는 한 번 문 사냥감은 절대로 놓치지 않았다. 피를 볼까 말까 고민하던 조제프는 그의 옆구리를 칼등으로 치는 것으로 찌르기를 대체했다.

"자. 형씨. 한 번 죽었어."

"비겁한 술수를 쓰지 마라!"

"응? 내가 비겁한 술수를 쓰기라도 했나? 어이쿠. 얼굴이 비어 있네."

조제프의 검이 아슬아슬하게 눈앞에서 멈추어 있었다. 조제프가 검을 더 들이댔다면 검은 크로커스 기사의 눈을 찔렀을 것이다. 기사의 얼굴이 새하얗게 질렸다. 조제프는 웃고 있었다.

"내가 이러려던 건 아닌데. 듣자듣자 하니 들어줄 수가 없더라고."

"윽…!"

"잘 생각해봐. 형씨. 왜 기사의 앞에서 그 주인을 모욕하지 않겠어?"

조제프의 검은 살아 있는 것처럼 날뛰었다. 이것은 대련이 아니었다. 크로커스 기사는 패배 시인도 하지 못한 채 조제프의 검을 받고 있었다.

"기사가 베어버리니까지. 알 거 아냐, 형씨도. 아, 경이라고 불러야 하나? 미안. 못 배워먹은 놈이라 그런 건 모르거든."

조제프는 킬킬거렸다. 술을 마시고 사고를 치거나 이것저것 부숴먹기는 해도 조제프는 윈터나이트에 대한 충성심이 강한 편이었다. 그는 돌아갈 곳이 없었다. 가족도, 친우도 다 죽었기 때문이다. 화이트 기사단이 조제프의 집이었고 대공과 대공비가 조제프의 삶의 이유였다. 알렉은 조제프 앞에서 입을 잘못 놀린 이들을 보며 묵념했다. 결국 견디다 못한 크로커스 기사단장이 패배를 시인하고 말았다.

"그만. 이쪽이 졌소."

"응?"

"조제프, 들어와라."

렉더 마이어가 낮은 목소리로 조제프를 불렀다. 조제프는 아쉬워하는 기색으로 들어왔다. 이렇게 된 이상 이 일은 기사단 간의 자존심 싸움이나 다름없게 되었다. 시작은 리리엘 크로커스의 모욕이었지만, 끝은 크로커스와 윈터나이트 기사단 간의 싸움으로 번지게 된 것이다. 크로커스의 기사단장은 렉더 마이어에게 말했다.

"조건이 있소!"

"말해보시오."

"대공비 각하가 검의 명예를 아느냐 모르느냐로 토론이 벌어진 것이 아니오."

"정신 나간 거 아니야? 토론은 무슨. 일방적인 모욕이지."

화이트 기사단원 하나가 말했으나 크로커스 기사단은 들은 체도 하지 않았다. 크로커스 기사단장은 말을 이었다.

"그러니 이 일은 비 각하에게 맹세의 서약을 바친 기사가 해결하도록 해주시오."

"제대로 설명하시오."

"비 각하의 기사가 있을 것 아니오. 그 기사와 리리엘 님께 맹세의 서약을 바친 기사들이 주인의 명예를 두고 싸울 수 있게 해주시오."

"저런 뻔뻔한…."

말뜻을 겨우 알아들은 화이트 기사단원 하나가 욕설을 내뱉었다. 리리엘 크로커스에게 맹세를 바친 기사는 많을 것이다. 반면 엘쟈네스에게 맹세를 바친 기사는 상대적으로 적을 것이 분명했다. 아니, 이들은 엘쟈네스에게 기사가 하나뿐이라는 사실을 알고 있을 것이다. 한 명과 다수를 싸우게 하겠다는 치졸한 소리였다. 이쯤 되면 화이트 기사단이 분개할 만도 했으나 그러지 않았다. 조제프는 알렉에게 되물었다.

"저거 자살하겠다는 소리 아냐?"

"몰라. 그런가 보지."

윈터나이트 기사단이 격분하는 반응을 예상했던 크로커스 기사단은 그들이 조용하자 의아했다. 리리엘은 양손을 모은 채 두 기사단 간의 마찰을 바라보고 있었다. 크로커스 기사단장은 말했다.

"번복은 없소. 주인의 명예를 지키기 위해서는 서약을 바친 기사만이 싸울 수 있는 법."

"그렇게 하시오."

"다른 방법은 인정하지 않겠소. 아니, 방금 뭐라고 했소?"

"엘리나를 불러와라."

렉더 마이어의 말에 화이트 기사단에서 발이 가장 빠른 잭이 나섰다. 그는 엘리나를 굳이 찾아갈 필요도 없었다. 왜냐하면 엘리나는 이미 연무장에 있었으니까. 심부름을 온 시녀가 천천히 걸어왔다. 옅은 금발과 신비로운 파란 눈동자를 가진 여자는 마치 요정과도 같았다. 북쪽 특유의 디자인이 강조된 시녀복을 보고서야 그들은 그녀가 시녀라는 사실을 알게 되었다. 여자의 아름다움에 잠시 넋을 잃었던 이들이 가까스로 정신을 차렸다. 시녀가 말했다.

"단장, 무슨 일입니까?"

"결투가 있다. 엘리나 경."

"경? 엘리나 경? 윈터나이트는 시녀를 기사로 삼는 것입니까?"

누군가가 외치자 크로커스 기사단 쪽에서 갑작스러운 웃음보가 터져나왔다. 우스꽝스러운 모습이 아닌가. 엘리나는 시녀복을 입고 있었다. 시녀를 데려올 만큼 높은 신분인 사람은 단 하나뿐이다. 엘자네스 윈터나이트. 그들은 그것을 눈치챈 후였다. 상대는 여자가 아닌가. 후환이 두렵지 않았다. 여기사는 남자에 비해 신체 능력이 떨어져 어떤 쓸모도 없었다. 리리엘 크로커스처럼 검술 실력과 치유 능력을 가진 이는 어디에도 없었다. 그랬기에 그들은 시녀를 거리낌 없이 무시할 수 있었다. 안도한 크로커스 기사 하나가 나섰다.

"이제 보니 윈터나이트는 기사에 대한 개념을 가르치지 않는 모양입니다. 설마 대공비 각하에게 맹세의 서약을 바쳤다는 기사가 이 시녀 하나입니까?"

"그대들이 뭘 말하고 싶은지는 모르겠으나, 그 말이 맞소. 엘리나가 비 각하의 명예를 위해 싸울 거요."

"엘리나 경이라니. 오, 엘리나 경. 대공비 각하의 드레스와 찻잔을 흔드는 솜씨가 매우 일품이군요!"

다른 기사가 신이 나 합세했다. 크로커스 기사들은 패배로 인해 다소 흥분한 상태였다. 그러던 중 만만해 보이는 여자가 나타난 것이다. 주인인 리리엘 또한 이 광경을 묵인하고 있었다. 그 사실이 그들을 더욱 공격적으로 만들었다. 그들을 훑어보던 엘리나는 말했다.

"드레스와 찻잔을 흔드는 건 아직 서툴지만 그대 하나는 이길 수 있을 것 같군."

웃던 기사들이 입을 다물었다. 엘리나가 인용한 '하나는 이길 수 있을 것 같다'는 말은 유명한 기사의 일화에서 따온 것이었다. 동시에 가장 큰 모욕이나 다름없는 것이었다. 기사의 주인을 조롱하는 의미이기도 했기 때문이다. 화이트 기사단과는 다르게 엘리나는 그들을 정확하게 모욕하고 있었다. 파란 눈동자는 고고했다. 엘리나는 동료에게서 검을 받아 들었다.

"한꺼번에 덤벼도 상관없다. 우선은 그대부터 하지. 검을 들어라."

눈앞의 시녀가 거짓말하는 것이 아님을 깨달은 크로커스 기사가 흠칫했다. 엘리나의 검날이 그를 겨누었다.

검날로 겨누어진 상황이었다. 여기서 뒤로 물러선다면 기사로서 체면이 말이 아닐 것이다. 그러나 바로 검을 들고 결투를 하는 것도 우스워 보였다. 크로커스 기사는 앞을 바라보았다. 상대는 여자였다. 간단한 이유였다. 극히 희박한 특수 케이스가 아닌 한 여자는 평생을 수련해도 노인 하나에게조차 근력 면에서 뒤처졌다. 여기사 자체가 드물고 그나마 여기사가 된 이들이 기사를 오래 하지 못하는 이유는 그런 데 있었다. 또한 여자는 보호하고 지켜야 할 존재였다. 크로커스 기사는 여자를 그렇게 생각했다. 검을 들고 있다고 해도 여자를 진지하게 상대할 수는 없는 것이다.

"뭐 하냐! 바스티안!"

"빨리 대충 끝내버리라고!"

"여자를 상대로 우리까지 나설 수는 없지! 네가 끝내라 그냥!"

크로커스 기사들 몇이 그에게 소리쳤다. 눈앞의 시녀가 한 말, '그대 하나는 이길 수 있을 것 같군'은 유명한 말이었다. 그 말을 내뱉은 기사는 결국 결투 후 상대 기사의 주인의 목숨을 앗아갔다. 이후 이 말은 기사의 주인을 모욕하는, 우아하고 잔혹한 도발로 종종 쓰이고는 했다. 기사에게 있어서는 모욕의 말이나 다름없는 것이었다. 이 말을 듣고도 가만있을 수는 없었다. 그는 결국 검을 뽑아 들었다. 그가 이길 것이다. 무력한 여자에게 검을 들이댄다는 것이 내심 찜찜하기는 했다. 리리엘은 눈물이 고인 눈으로 호소했다.

"바스티안. 적당히 해주세요. 저처럼 생각하면 안 돼요. 저는 아주 특이한 경우니까요."

"미쳤다. 미쳤어."

조제프가 보이지 않게 머리 위로 가져간 손가락을 빙빙 돌렸다. 머리가 어떻게 된 것이 분명하다는 표시였다. 저것은 엘리나가 리리엘 크로커스처럼 검을 잘 쓸 수 없다는 말이 아닌가. 조제프는 투덜거렸다.

"결국 요지만 정리하자면 나는 특별하고, 다른 여자들과 다르고, 검을 잘 쓰고, 사치를 안 하며 기사의 명예를 안다. 뭐 이런 거 아냐."

엘리나는 눈앞의 미녀를 바라보았다. 바지 차림과 긴 금발, 새하얀 피부, 녹색 눈. 어디에선가 많이 본 얼굴이었다. 잠시 고민하던 엘리나는 그녀가 엘자네스와 상당히 닮았다는 사실을 깨달았다. 엘자네스와 콧대와 얼굴의 비율이 상당히 닮은 여자였다. 저 영애가 비 각하의 동생이군. 엘리나는 고개를 끄덕였다. 엘리나가 아는 것은 크로커스 기사단이 자신을 모욕했으며, 어찌 되었든 결투를 해야 한다는 사실뿐이었다. 크로커스의 기사가 망설이고 있었다.

"로벨리아의 기사는 원래 이렇게 겁쟁이인 것인가. 아니면 로벨리아의, 그리고 크로커스의 기사이기에 그러한가."

검을 든 시녀는 크로커스 기사를 훑어보았다. 두 번째였다. 엘리나 블루벨은 귀족이었다. 그랬기에 그녀는 기사에게 있어서 가장 치명적인 모욕이 무엇인지 잘 알고 있었다. 엘리나는 첫 번째로 널리 알려진 말을 해 기사의 주인을 모욕했고, 두 번째로 크로커스가와 로벨리아를 모욕했다. 기사에게 있어서 가장 중요한 것은 자기 자신의 모습에 대한 자긍심이었다.

기사라는 집단의 본질이 그러했다. 화이트 기사단처럼 특수한 상황이 아닌 한 기사들은 자기 자신의 강한 모습을 보며 만족감과 긍지를 느꼈다. 크로커스가의 기사들도 그랬다. 그들은 크로커스가와 로벨리아를 지키는 기사다운 자신들의 모습에 긍지를 느꼈다.

그 자부심을 긁어내리고 깨려는 이는 어떤 상황이든 기사의 적이 될 수밖에 없었다. 크로커스의 기사는 검을 고쳐 들었다. 도발을 더 이상 들어줄 수 없었다. 그는 여자에게 해를 끼친다는 데 대한 죄책감을 억눌렀다.

"후회는 하지 마라!"

크로커스 기사는 바로 달려들었다. 단번에 힘으로 여자를 제압해 찍어 누를 심산이었다. 바로 이긴다면 저 여자의 입도 다물어지게 되리라. 그러나 기사의 검은 막혀버렸다. 시녀의 검은 기사의 검이 날아올 자리를 미리 예측이라도 하듯 바로 검을 막아버렸다. 여성들의 검술은 유연성과 민첩함을 이용한 것이 대부분이다. 여기사들의 가장 큰 단점은 남기사들에 비해 근력이 약하다는 것이었다. 힘의 차이에서 오는 조건 차이는 여기사들의 입지를 좁아지게 만들었다. 크로커스 기사는 시녀가 바로 나가떨어지리라고 생각했다. 그것이 여기사의 한계였기 때문이다. 그러나 시녀, 엘리나는 힘을 가한 그의 검을 대등하게 받아냈다. 아니, 오히려 그가 그녀를 밀어내지 못하고 있었다. 아직 검을 한 번 섞었을 뿐이다.

"이번에는 이쪽에서 가지."

시녀는 시녀복을 입고 있었다. 그러나 그녀가 제대로 검을 드는 순간, 크로커스 기사는 기사로서 그녀를 마주 대하는 듯한 어떤 착각을 느꼈다. 엘리나의 순간적인 위압감이 크로커스 기사를 향했다. 검이 맞부딪친 것은 순식간이었다. 엘리나의 검은 부드럽지 않았다. 유연하거나 민첩하지도 않았다. 검이 크로커스 기사의 검과 강하게 부딪쳤다. 엘리나와 맞붙는 크로커스 기사의 실력은 크로커스 기사단 중에서도 평균을 웃도는 수준이었다. 크로커스 기사단의 눈이 잠시 둘에게 닿았으나 그뿐이었다. 기사들은 답답해하고 있었다.

"바스티안! 오른쪽이라고!"

"훈련을 뜸하게 하더니 실력이 죽었어!"

크로커스 기사 바스티안이 직접 겪는 상황은 보이는 것과 달랐다. 그는 기사들에게 뭐라고 외칠 수도 없었다. 분명 시녀는 그와 비슷한 수준으로 검을 쓰고 있었다. 검이 그의 오른쪽을 노렸다. 그는 가까스로 검을 휘둘러 그것을 막아냈다. 이내 검날 끝은 순식간에 올라와 그의 목을 노렸다. 크로커스 기사들은 예상외로 고전하는 그를 보며 오른쪽으로 검을 휘두르라는

니 어깨를 조심하라느니 등의 훈수를 두고 있었다. 그는 이를 악물었다. 그렇게 할 수 있다면 그도 그렇게 했을 것이다. 검이 어디로 올지 보였다. 어디로 뻗어져 올지를 그도 알 수 있었다. 그러나 피할 수 없었다. 피하거나 맞부딪치기 위해 검을 휘둘러도 결국은 다가오는 검날을 피할 수 없었다. 느릿한 검날이 그를 스치고 지나갔다. 방금 전은 정말로 운이 좋았다. 크로커스 기사 바스티안은 식은땀을 흘리며 앞을 보았다. 검의 궤적이 보이는데도 제대로 반응조차 할 수 없다. 어째서인지 어디서부터 잘못된 것인지도 알 수 없었다.

"바스티안! 정신 차리라니까!"

"상대는 여자 하나다! 질질 끌지 마!"

상대가 보통 여자였다면 물론 그가 이겼을 것이다. 보통 여자라면. 시녀의 신비로운 파란 눈이 앞을 향했다. 시녀의 눈동자는 얼핏 무심해 보이기까지 했다. 완전히 조롱당하고 있었다. 경지가 달랐기에 어떤 수준인지조차 가늠할 수 없었다. 분명 느리게 뻗어 오는 것 같은데 그 검날을 왜 피할 수 없는지도 알 수 없었다. 그는 여자를 한없이 약하고 누군가의 보호를 받아야만 하는 존재라고 생각했다. 그렇기에 사랑스럽다고 생각할 때도 있었고 한심하다고 생각할 때도 있었다. 여자가 그보다 강해 검으로 지금처럼 농락을 당하는 것은 생각지도 못했던 일이었다.

"이것이 끝인가."

엘리나는 허점이 많은 검을 가볍게 흘려보내며 물었다. 크로커스 기사는 강했다. 보통 기사들 중에서는 이보다 강한 이를 찾아볼 수 없을 것이다. 화이트 기사단 중 가장 약한 이들을 이길 만한 수준이었다. 그러나 엘리나의 눈에는 무수한 단점들이 보였다.

차츰 엘리나를 상대하는 크로커스 기사의 이마에 식은땀이 맺혀갔다. 크로커스 기사들은 여자 하나를 이기지 못하고 쩔쩔매는 크로커스 기사에게

야유를 보냈다. 느릿한 검이 얼굴 쪽으로 다가왔다. 그러나 피할 수 없었다. 그는 마침내 주저앉고 말았다. 얼굴이 새파랗게 질린 채 주저앉은 그는 항복을 선언하고 말았다.

"패, 패배를…!"

시녀복을 입었지만 그녀는 기사였다. 느릿한 검날을 피할 수 없었다. 어디로 가든 검은 그가 갈 곳을 예상한 듯 정확히 날아왔다. 정신을 차리고 보면 느릿하게 보이던 그 검의 궤도에 있었다. 시녀는 그의 패배를 당연하다는 듯 받아들었다. 남쪽 사람들에게서는 찾아볼 수 없는 새파란 빛깔의 눈이 주위를 훑었다.

"크로커스 기사는 이자뿐인가?"

"기사단에서 가장 약한 자 중 하나가 그자다."

주먹을 쥔 기사 하나가 나왔다. 그는 크로커스 기사단에서 제법 뛰어난 위치를 차지한 인물이었다. 그는 곧바로 검을 들고 시녀에게 말했다.

"패배자에게 알려줄 이름은 없다."

그리고 그는 달려들었다. 그 또한 앞서 당한 기사와 마찬가지로 같은 방법에 당했다. 힘으로 밀리지 않는 강한 검이 느릿하게 들어왔다. 궤적이 보였으나 반응할 수 없었다. 이번은 더 빨리 끝났다. 시녀는 기사를 이리저리 가지고 놀기라도 하듯 상대하다 기사의 목에 검을 들이댔다. 기사 역시도 패배를 시인하고 말았다. 몇 분도 채 되지 않아 일어난 일이었다. 엘리나는 크로커스 기사를 내려다보았다.

"지루하군."

"네년…!"

구경하던 크로커스 기사 하나가 발끈했다. 그녀는 기사들을 모욕했다. 그들을 가지고 놀듯 쓰는 검의 궤적이 그러했다. 처음부터 압도적으로 실력차가 나는 결투였다. 엘리나 블루벨은 두 명의 크로커스 기사를 발치에 두고 있었다.

"다른 말로 표현하는 게 좋겠군. 검을 들어라. 내 주인의 명예를 위해서는 내가 싸우지. 내 주인을 모욕한 자에게 맹세의 서약을 바친 이들은 모조리 검을 들어라."

크로커스 기사들은 이 순간 엘쟈네스를 떠올리고 있었다. 엘리나의 모습은 이상하게 엘쟈네스와도 어느 정도 닮아 있었다. 시녀는 크로커스 기사단 자체에게 싸움을 걸고 있었다. 물론 시녀는 대단한 실력자였다. 그러나 그들 모두를 상대할 정도는 아니었다.

엘리나 블루벨은 생각보다 형편없는 크로커스의 기사들을 보고 있었다. 그들에게는 실력이 있었다. 그것은 엘리나도 인정하는 바였다. 크로커스 기사단은 엘리나가 보아온 기사단들 중 가장 강한 축에 속했다. 그러나 이들은 기사라기에는 너무나도 썩어 빠진 정신머리를 가지고 있었다. 이런 곳에서 엘리나의 주군이 지내왔다. 이들이 엘쟈네스를 어떤 식으로 모욕했을지 불 보듯 뻔했다. 엘리나의 검날이 모든 크로커스 기사단에게 향해졌다. 고고한 여기사는 말했다. 그녀의 말은 진심이었다.

"검을 들지 않는다면 죽을 것이다."

여기사의 기세가 달라졌다. 방금 전까지만 해도 비교적 시녀에 가까운 모습을 했던 엘리나는 한 기사로서 그들을 상대하고 있었다. 나긋나긋한 걸음걸이와 우아한 동작은 없었다. 크로커스 기사단 중 엘리나와 가까운 위치에 섰던 이들은 자신도 모르게 압도당해 검을 마주 들고 말았다. 단 한 명이었다. 그리고 결코 닿을 수 없는 먼 위에 서 있는 자를 상대하는 느낌이 들었다. 크로커스 기사단 중 검을 뽑은 이들은 본능적으로 자신을 지키기 위해 검을 든 것이었다. 그들은 검을 뽑아 들고 나서야 검을 든 이유를 알 수 없어 당황스러워하고 있었다. 왜 그들은 시녀의 말에 따라 검을 든 것일까. 모든 크로커스 기사단에게 검을 겨누는 저 여자가 제정신인가? 그러나 방심

할 수는 없었다. 크로커스 기사 중 두 명이 이미 쓰러진 후였다. 만만한 상대는 아니라는 말이 된다.

크로커스 기사 중 유달리 예민한 기사 하나가 있었다. 그는 본능적으로 느껴지는 불안감에 어찌할 줄 모르고 있었다. 이성적으로 생각해보면 정신 나간 상황이었다. 시녀 하나가 수많은 기사들을 도발했다. 윈터나이트 기사단은 그것을 손 놓고 지켜보고 있는 상태였다.

"시작인가?"

"나는 엘리나에게 걸래."

"나도."

"나도."

"그러면 내기가 안 되잖아."

"그러면 어떻게 해. 결과는 어차피 정해져 있잖아."

어째서 시녀가 기사단 전체를 상대로 싸우려고 하는데 남자인 그들이 가만히 있는 것일까. 크로커스 기사 하나가 말했다.

"윈터나이트의 기사들은 여자를 앞에 내세우는 것입니까? 졸렬하기 그지없군요."

"무슨 문제라도 있습니까?"

대답한 이는 부기사단장인 원이었다. 원은 뒤늦게 합류한 상태였다. 그는 온화한 인상의 미남이었으나 어쩐지 섬뜩한 구석이 있었다. 그의 무감정한 눈동자를 바라본 기사가 움찔거렸다. 그는 애써 말했다.

"첫 번째로 시녀가 기사라는 사실은 어디서도 들어본 적이 없으며, 두 번째로 시녀 기사가 다른 기사단 전체에게 검을 겨누는 걸 두고 보는 기사들도 본 적이 없습니다. 더군다나 여자와 결투라니요."

"시녀가 기사가 되지 못할 이유가 있습니까?"

"두 개가 엄연히 다릅니다. 영역이 다른데 두 가지 일을 병행한다는 건 불가능하지 않습니까?"

"크로커스 기사는 여자와 결투하지 않습니까?"

"반대로 물어서 윈터나이트의 기사는 여자가 나서서 남자 기사들과 결투를 하도록 만듭니까?"

"엘리나 경은 윈터나이트의 어엿한 기사입니다. 기사가 주인의 명예를 지키는 것이 어떤 문제가 되는지 모르겠군요."

"하. 전혀 말이 안 통하는군."

크로커스 기사가 질린 기색을 했다. 윈터나이트의 기사들은 윈터나이트 부기사단장의 말을 온전한 사실로 듣고 있는 듯했다. 그들은 진심으로 시녀복을 입은 저 여자를 동료로 받아들이고 있었다. 크로커스 기사단으로서는 이해할 수 없는 반응이었다. 여자는 화려하게 빛나는 보석을 주렁주렁 매달고 드레스를 입으며 사치를 즐긴다. 또한 남자에 비해 가벼운 주제들만을 찾아다니며 남의 험담을 늘어놓는다. 크로커스 기사단 대다수가 그렇게 생각했다.

여자는 한심했다. 이 가치관을 그대로 이어받으며 성장한 이가 리리엘 크로커스였다. 리리엘은 크로커스 기사단에게 사랑받았고, 크로커스 기사단과 가깝게 자라났다. 리리엘은 검을 배워 강한 검술 실력을 지니게 되었고 치유의 마법을 가지고 있었다. 그것만으로도 크로커스 기사단은 리리엘을 다른 여자들과는 다르다며 칭송했다. 크로커스 기사단에게 있어 리리엘은 다른 여자와는 다른 특별한 주인이었다. 그 외 다른 여자들은 기사들에 그다지 존중받지 못했다. 리리엘은 이 와중에도 시녀 기사를 걱정하고 있었다.

"제발, 그녀를 다치게 하지 말아줘요."

"리리엘 님은 너무 선량해서 탈입니다."

크로커스의 기사들은 말했다. 엘리나는 그들의 대화를 바라보고 있었다. 엘리나 블루벨. 블루벨 후작가의 가장 강했던 후계자 후보. 리리엘 크로커스는 이상했다. 엘리나는 그것을 더 이상 신경 쓰지 않기로 했다. 엘리나의 파란 눈이 기사들을 향했다.

"오지 않으니 내가 가야겠군."

시녀 기사가 말했다. 나직한 그 말은 놀랍도록 명확하게 들려왔다. 그리고 동시에 기사 둘이 그녀의 칼을 어설프게 막아냈다.

"윽…!"

순식간이었다. 아까 전 느릿하게 움직이는 것은 어린애 장난이었다는 것처럼 엘리나가 순식간에 움직여 검을 빠르게 찔러넣었다. 기사 둘은 운이 좋았다. 엘리나는 내심 실력은 제법이라 생각했다. 크로커스의 기사들이 엘리나의 검을 막아낸 것은 의식적으로 한 일이 아닌 본능적인 것이었다. 동작이 몸에 밸 정도로 훈련을 많이 했다는 이야기다. 엘리나가 그들의 수준에 맞춘 것이기는 하지만 괜찮은 검술 실력이었다. 그러나.

"또다시 기습이라니 비겁한…!"

다급하게 말하던 이는 엘리나의 검이 날아와 귓가를 스치자 입을 벌린 채 하얗게 질렸다. 예리한 검날에 베인 얕은 상처에서 피가 흘러내렸다. 반응할 수조차 없는 속도였다. 엘리나는 백 명 가까이 되는 크로커스 기사단 전체를 훑어보았다. 겨울의 마법은 상대에 대해 판단할 수 있게 해주었다. 그것은 본능과도 같은 감각이었다. 마법은 속삭였다. 이들은 썩었다. 엘리나는 그렇게 판단했다. 크로커스 기사 몇이 나가떨어졌다. 엘리나는 다시 그들이 볼 수 있을 정도로 느릿하게 움직이고 있었다. 더 빠르면 크로커스 기사들이 엘리나를 감당하지 못한다는 사실을 깨닫기 때문이다. 그럴 일은 없겠지만 죽일 수 있는 가능성은 피하고 싶었다.

검이 스쳐 지나간 귓가에서 피가 나오는 것을 본 크로커스 기사가 엘리나를 노려보았다. 동료의 피를 본 크로커스 기사 둘이 엘리나에게 달려들었다. 그들은 엘리나를 바로 찔렀다. 그러나 엘리나는 보지도 않고 간단히 몸을 틀며 그들의 검을 맞받아쳤다. 그 과정에서 기사 둘의 팔이 긁혀나갔다. 피가 나왔다. 붉은 피가 시각적인 효과를 더했다. 크로커스의 기사들은 시녀 기사의 동작을 보며 본능적으로 모여들었다. 만만하게 볼 상대가 아니었다. 그제야 긴장감이 퍼져 나갔다. 기사들은 제대로 뭉치게 되었다. 기사 몇이 연합해 달려들었다.

"느리군."

기사 하나는 앞을 노렸고 다른 이는 뒤를, 다른 이들은 각각 사선을 노렸다. 엘리나가 시녀이며 여자라는 사실은 생각조차 않았다. 중요한 것은 그녀의 말처럼, 검을 들지 않는다면 정말로 죽을지도 모른다는 것이었다. 엘리나는 기사 하나의 검을 받아내며 다른 기사와 검을 부딪쳤다. 검술로도 밀리지 않았으나 힘에 있어서도 밀리는 구석이 없었다. 마침내 모든 크로커스 기사들이 동요하게 되었다. 모든 크로커스 기사가 일제히 달려들었다. 그렇지 않으면 이길 가능성조차 없다는 것을 눈으로 보았기 때문이다. 수많은 기사들이 곧바로 달려들어 엘리나를 노렸다. 이것은 더 이상 결투가 아니었다. 실전이나 다름없었다. 모든 크로커스 기사단이 덤벼드는데도 시녀 기사의 고고한 얼굴은 한 치도 변함이 없었다. 시녀가 한 번 제대로 움직일 때마다 기사 여럿이 쓰러졌다.

"엘리나 잘하는데."

"오랜만이라서 신나나 보지."

알렉과 조제프는 태평하게 만담을 나누고 있었다. 엘리나는 주저 없이 그들에게 상처를 입혔다. 지나치게 큰 상처는 입히지 않았다. 생활에는 지장이 없지만 고통을 줄 만한 곳이 베이거나 얕은 상처가 만들어졌다. 피가 흘러내렸다. 많은 크로커스 기사들은 동료들이 쓰러지는 모습을 보며 계속해서 떼를 지어 시녀에게 달려들었다. 시녀는 그들의 검을 모조리 막아내며 동시에 그들을 공격했다. 다시 시녀의 검이 극도로 느려졌다. 아니, 느리게 보였다. 검이 어디로 올지를 예상할 수 있었으나 피하기는 불가능했다. 눈에 띄게 보이는 검의 궤적에서 달아날 수 있는 이가 없었다. 엘리나는 그들을 베어내고 상대했다. 화이트 기사단은 엘리나의 모습을 보고 있었다.

"참 천생 기사란 말이야."

"뭐, 그래. 엘리나 블루벨이니까."

저것이 아마릴리스에서 가장 유명한 기사인 엘리나 블루벨의 모습이었다. 엘리나는 반 정도의 크로커스 기사단을 아무런 힘들어하는 기색 없이 무릎 꿇렸다. 남은 기사들은 이제 악에 받쳐 달려들고 있었다. 본능적인 공포에서 기인하는 것이었다.

"형편없군."

그 말과 동시에 엘리나의 검은 무수한 크로커스 기사단들을 쓰러뜨렸다. 엘리나는 크로커스 기사단을 보고 있었다. 엘리나는 대공조차도 강하다고 생각하지 않았다. 엘리나가 생각하는 본질이 강한 사람은 바로 대공비, 엘자네스였다. 엘자네스는 엘리나를 처음 만난 순간 기사를 믿지 않는다고 말했다. 엘자네스가 엘리나를 받아들여가며 때때로 했던 말을 기억한다. 엘리나는 흘려듣는 것 같았지만 엘자네스가 한 말을 단 한순간도 잊은 적이 없다. 이곳에 와서 크로커스 기사단을 보고서야 엘리나는 알 수 있었다. 크로커스 기사단 대부분이 바닥에 쓰러졌다. 이제 남은 이는 몇 없었다. 엘리나가 말했다.

"옛 주인을 함부로 입에 담는 것치고는 보잘것없는 실력이군."

엘리나의 말에 대답할 크로커스 기사단은 남아 있지 않았다. 엘리나 블루벨의 주변에 백여 명 가까이 되는 크로커스 기사단이 쓰러져 있었다. 그들은 엘리나에게 순식간에 혈을 짚이거나 얕은 곳을 여러 번 베이거나 기절했다. 의식이 남아 있는 이들이 할 수 있는 것은 엘리나를 원통한 눈으로 올려다보는 것뿐이었다. 신비로운 여기사가 문득 말했다.

"아, 내가 잘못 판단했군. 그대들은 훌륭한 기사다."

엘쟈네스는 크로커스에 대해 이야기하는 순간 아무 기대도 없다는 듯한 반응을 했다. 기사에 대해 좋은 기억이 없다고 말했다. 엘쟈네스는 엘리나에게 세상에서 가장 중요한 사람이었다. 엘리나는 엘쟈네스를 존경했다. 또한 엘쟈네스를 지키고 싶어 했다. 크로커스 기사단에게 행하는 일은 엘리나의 일방적인 화풀이일지도 모른다. 엘리나는 쓰러진 크로커스 기사단 전체를 내려다보며 말했다.

"그대들의 혀가 그대들의 검이지 않은가."

모욕적인 말에도 그들은 반박하지 못했다. 반박할 수도 없었다. 대다수가 쓰러진 상황이다. 감히 입을 열어 시녀 기사에게 반박할 수 있는 이는 없었다. 압도적인 광경이었다. 시녀복을 입은 여기사는 서서 자신이 쓰러뜨린 기사단 전체를 내려다보았다. 남은 기사들은 엘리나에게 덤빌 의지를 잃어버렸다. 북쪽의 하늘과 닮은 파란 눈은 그녀의 주군을 그렸다. 이들은 다시는 엘쟈네스를 함부로 대하지 못할 것이다. 엘리나는 엘쟈네스의 기사였다. 화이트 기사단은 연무장 밖으로 향했다. 그 순간이었다.

"잠시만요!"

리리엘 크로커스였다. 그녀는 엘리나를 보며 믿을 수 없다는 듯 손을 뻗었다.

"이런 인재가 북쪽에 있다고 생각하지 않았어요. 여자는 검을 잘 쓰지 못하니까요. 그대 같은 기사가 어째서 엘쟈 언니의 곁에 있는 거죠?"

엘리나는 그 손을 피했다. 순간 리리엘에게서 꺼림칙한 느낌이 강하게 분출되었다. 모든 화이트 기사단이 그 감각을 느꼈다. 아룬델의 마법. 엘리나를 매혹시키지 못한 마법이 허공에 흩어졌다. 리리엘은 호소력 짙은 얼굴을 하고 있었으나 엘리나의 얼굴은 고고했다. 대답은 냉랭했다.

"영애의 기사들은 모두 패배했습니다. 제가 주인의 명예를 되찾기 위해 결투를 신청할 시, 나설 수 있는 기사가 없을 겁니다."

리리엘은 엘리나의 대답에 눈을 크게 뜨고 말았다. 사랑스러운 모습이었으나 화이트 기사단 중 리리엘의 모습을 사랑스럽다고 느끼는 이는 하나도 없었다.

"당신은 내가 누구인지 아나요?"

"리리엘 크로커스 공작 영애가 아닙니까."

"그런데도 이렇게 무례한 건가요? 시녀이면서?"

"왜 이랬다 저랬다 하는 거야. 신분제를 신경 쓰지 않겠다는 거야, 아니면 신분으로 찍어 누르겠다는 거야?"

조제프가 날카롭게 물었다. 조제프의 말을 듣고서야 리리엘의 말이 제멋대로라는 사실을 깨달은 알렉이 헛웃음을 흘렸다. 엘리나는 말했다.

"저는 아마릴리스의 블루벨 후작 가문에서 태어난 적통, 엘리나 블루벨입니다. 제게 불만이 있으시다면 가문에 정식으로 항의서를 보내십시오."

그럴 수 있을 리가 없었다. 리리엘은 멈춰 섰다. 화이트 기사단은 다시 갈 길을 갔다. 크로커스 공작가의 권세가 대단하다고 한들, 블루벨 후작가를 감히 건드릴 수는 없을 것이다. 블루벨 역시 꽃의 이름이라는 사실을 떠올린 리리엘은 엘리나가 고위 귀족이라는 사실을 깨달은 것 같았다. 화이트 기사단원 중 리리엘을 뒤돌아보는 이는 단 한 명도 없었다. 조제프는 이렇게 말했다.

"권력이 좋기는 좋단 말이야."

알렉은 드물게도 조제프의 말에 열성적으로 공감해주었다.

⁂

윈터나이트 대공이 간략한 서신을 보내왔다. 왕궁의 홀 뒤에 있는 기계 장치에 대해 알아보라는 내용이었다. 유진 바이올렛은 발이 빠른 심부름꾼 하나에게 기계 장치를 그려 올 것을 지시했다. 심부름꾼이 돌아온 것은 한 시간도 되지 않아서였다.

"벌써 돌아온 건가?"

"예. 그곳에는 경비가 전혀 없습니다요."

"그림을."

처음에는 홀 뒤에 기계 장치가 있다는 말을 믿지 않았지만 사실이었다. 기계 장치는 실존했다. 그뿐만 아니라 로벨리아의 귀족들 중 다수가 기계 장치의 존재를 알고 있다는 것이다. 그것은 개발 중인 물 정화 장치라고 했으나 대공이 자세히 조사하라는 명을 내린 상황이었다. 유진은 심부름꾼이 그려 온 그림을 들여다보았다.

"아주 똑같이 그려 왔습니다요. 아. 여기서는 푸른빛이 납니다요."

"이건…?"

"정말로 똑같습니다요."

심부름꾼은 방정맞게 말했다. 유진은 이 기계 장치를 본 적이 있었다. 바이올렛 공작가는 윈터나이트 다음으로 높은 가문이다. 황궁에 출입할 기회가 많았기에 유진은 황궁 곳곳을 둘러본 적이 있었다. 에너지석은 잘게 부서져 기계에 넣어졌고 거대한 가동 장치가 에너지석을 어떤 형태로 돌렸다. 오로지 아마릴리스의 기술공들에게만 전달되어오는 기술이었다. 에너지석 가공 장치. 이것이 어째서. 유진의 냉랭한 얼굴을 보고 오해한 심부름꾼이 횡설수설 무언가를 열심히 말했다. 유진은 말했다.

"이 모양이 확실한가."

"그렇습니다요."

"내가 직접 확인해보아야겠군."

"아이고, 똑같은데! 공자님!"

유진은 곧바로 홀의 뒤쪽 방에 찾아갔다. 유진이 그곳으로 가는데도 제재하는 인원이 없었다. 왕궁 사람들 중 절반이 다른 생각에 정신이 팔린 것 같았다. 유진은 심부름꾼의 안내에 따라 걸었다. 얼마 지나지 않아 거대한 부품들이 돌아가는 소리가 들리기 시작했다. 유진은 조심스럽게 문 틈새를 들여다보았다. 정말로 아무도 없었다. 그리고 방에 들어가자마자 보였다.

"이건 확실해…."

정말로 에너지석 가공 장치였다. 이게 어떻게 된 일이란 말인가. 유진은 방을 나섰다. 아마릴리스의 다른 사절단들이 에너지석 가공 장치를 발견하기까지 그리 오랜 시간이 걸리지 않았다. 로벨리아의 귀족들과 달리 아마릴리스의 귀족들은 기계 장치가 무엇인지 바로 알아볼 수 있었다.

※

"뭔가 있어요."

크로커스가의 별채에 머무는 귀빈들은 윈터나이트 대공 부부와 아마릴리스의 세 귀족 영애였다. 고용인들은 손님들에게 최고의 대우를 했고, 별채 역시도 쾌적했다. 그러나 별채를 방문하는 이는 없었다. 본래라면 크로커스 공작이 별채의 귀빈들을 본채로 초대했을 것이나 그럴 상황이 아니었다. 에너지석 사태가 터진 것이다. 말을 꺼낸 레이라는 진지한 얼굴로 엘쟈네스를 바라보았다.

"공작가의 기사들이 저희를 포위하고 있어요. 처음에는 호위라고 생각했지만 명백히 저희를 감시하는 것 같아요, 엘쟈."

엘쟈네스는 창 아래를 바라보았다. 검을 든 크로커스 기사 하나가 엘쟈네스의 위치를 흘끗 확인했다. 북쪽과 남쪽 사이를 가른 드넓은 죽은 땅에 묻혀 있던 에너지석은 아마릴리스가 상당수 채굴한 상황이었다. 남쪽에는 에너지석이 나지 않았다. 로벨리아 역시도 협상 때 에너지석이 나는 곳은 그 섬 하나뿐이라고 했다. 로벨리아가 에너지석이 나는 다른 지역들의 존재에 대해 알고 있으면서도 감추었다는 말이 나오고 있었다. 로벨리아는 부인했으나 몇몇 증거들이 나오고 있었다.

"대체 로벨리아 왕실은 에너지석을 어디에 쓰려던 걸까요?"

"첩자가 발견되었으니 다행이죠."

로벨리아에서 발견된 무수한 에너지석들. 설상가상으로 아마릴리스의 황실에 숨어들었던 로벨리아의 첩자가 기술을 훔치려다 발각되면서, 아마릴리스와 로벨리아는 마찰을 빚게 되었다. 아마릴리스의 사절단이 로벨리아에 도착한 지 며칠도 채 되지 않아 일어난 일이었다. 로벨리아 왕실과 크로커스 공작 사이에 모종의 거래가 있었다는 의혹이 추가되어 크로커스 공작은 사절단 중 정치 외교 담당 귀족들과 대화를 나누는 중이었다. 그는 며칠째 로벨리아 왕궁에서 나오지 못하고 있었다. 세실리아가 물었다.

"엘쟈. 약혼식 당사자인 동생마저도 이 사태에 대해 어떤 연락을 하지 않는 건가요?"

"전갈을 보내긴 했어요."

엘쟈네스는 아침에 리리엘이 보낸 짧은 전갈을 보았다. 남성의 필체처럼 힘 있게 휘갈겨 쓴 글씨에는 대공이 두려워 얼굴을 비칠 수 없다는 내용이 쓰여 있었다. 오랜만에 돌아온 로벨리아는 여전했다. 다른 점이 있다면, 엘쟈네스 옆에 세 영애와 렌 그리고 화이트 기사단이 있다는 것이다. 별채를 순찰하는 크로커스 기사단은 엘쟈네스의 얼굴을 예전처럼 똑바로 보지 못했다. 기사들 사이에 결투가 있었냐는 물음에 엘리나는 자랑스러워하는 기색으로 아무것도 모른다며 올라가는 입꼬리를 자꾸 내렸다. 엘쟈네스는 더 묻지 않았다. 엘리나가 특별한 비밀이라고 생각하는 것이 보였기 때문이다. 루이자는 냉랭하게 웃었다.

"웃기는 일이네요. 동맹국 귀빈들에게 이렇게 무례한 경우는 들어본 적도 없어요. 두 가지 중 하나겠죠. 크로커스 공작가가 제정신이 아니거나. 로벨리아 전체가 제정신이 아니거나. 아, 한 가지 추가할게요. 리리엘 크로커스 영애가 정신이 나간 건지도 모르겠네요."

로벨리아는 활발하고 자유로운 남쪽의 국가였다. 뚜렷이 보이는 계절들은 아름다웠으며 사람들은 밝고 솔직했고 그 탓에 무례한 사람도 많았으나 대체적으로 나쁘지 않은 곳이었다. 하지만 며칠 머물며 세 영애는 알게 되었다. 로벨리아가 이상하다는 것을. 물론 한 나라에서 가장 아름다운 미인이 유명해지는 것은 당연한 일이다. 아마릴리스만 해도 전대 대공비의 재치 있는 아름다움과 생화로 만든 드레스에 대한 소문이 우상시되어 퍼져 나갔으며, 북쪽의 여러 나라들에서도 가장 아름답고 우아한 여자에 대한 소문은 유명했다. 그러나 엘쟈네스에 대한 적의는 이해하기 어려운 것이었다. 리리엘 크로커스와 대조되는 이미지나 그로 인한 적의도 충분히 이해할 수 있지만, 크로커스 공작가 내의 적대감은 상상을 초월하는 수준이었다. 크로커스 공작가의 모든 이들이 엘쟈네스의 적이었다. 엘쟈네스 편을 들던 사람들은 공작 부부에 의해 나가게 되었다고 들었다. 영애들이 이상한 기류를 눈치챈 것은 공작 부인이 나가고 난 며칠 뒤부터였다. 방식은 교묘했고 공작가는 겉으로는 평화로워 보였다. 그랬기에 크로커스가의 태도가 이상하다는 것을 명확히 깨닫기까지는 시간이 걸렸다. 레이라는 말했다.

"저는 엘쟈의 동생을 직접 보고 싶어요. 대체 어떤 사람인지 궁금하거든요. 약혼식을 올릴 신부가 모습을 많이 보이면 좋지 않다는 속설을 핑계로 삼으니 약혼식 당일까지 기다리는 수밖에요."

"개인적으로는 이곳을 빨리 떠났으면 좋겠다고 생각해요. 로벨리아는 이상해요. 그 이상함을 눈치챈 사람들이 사절단 중 저희 셋뿐이라는 것이 더 믿기지 않고요. 왕궁에 간 사절단도 어쩐지 이상해졌는걸요."

세실리아의 얼굴은 진지했다. 세 사람은 엘자네스의 과거 이야기를 들었다. 크로커스 공작가에 대해, 리리엘에 대해, 그리고 악녀라는 호칭에 대해. 이야기가 끝나자 세 명의 꽃은 엘자네스를 위로했다. 그들은 로벨리아의 행태에 분노하는 중이었다. 서로의 방으로 갈 시간이 되었다. 엘자네스는 세 영애에게 방으로 가겠다는 말을 했다. 렌은 모처럼 일을 하지 않고 엘자네스와 단둘이 있는 것을 만족스러워하는 눈치였다. 처음 만났을 때는 정중하고 냉정했던 것 같은데, 그 남자가 어느새 능청스러워졌으니 알다가도 모를 일이다. 엘자네스는 복도를 걸어 렌과 함께 쓰는 방으로 들어갔다. 렌이 화이트 기사단의 보고서를 읽고 있었다.

"렌."

"엘자."

렌이 일어서서 엘자네스를 안았다. 입술이 맞닿았다. 엘자네스는 눈을 감았다. 렌의 손이 엘자네스에게 닿았다. 엘자네스가 입은 드레스는 등 뒤의 리본이 단추를 대체하는 형태였다. 그는 한 손으로 드레스 리본을 풀었다. 손길이 닿았다. 렌은 엘자네스를 은근히 유혹하고 있었다. 렌의 목에 손을 두르던 엘자네스는 웃었다.

"렌, 어디서 이런 걸 배워 오는 거예요."

"엘자가 저를 두고 다니니 이런 것을 배울 시간이 많았던 것뿐입니다."

렌의 손길이 부드러워졌다. 엘자네스는 점차 가쁜 숨을 내뱉었다. 렌은 점점 더 능숙해져가고 있었다. 아니, 엘자네스를 점차 능숙하게 만들고 있었다. 렌의 입술이 목 아래에 닿았다. 드레스를 입으면 아슬아슬하게 가려질 자리에 붉은 화인이 새겨졌다. 렌의 손이 점점 내려갔다. 엘자네스는 렌에게 몸을 맡겼다. 곧 부부의 그림자가 합쳐졌다. 저녁 무렵의 일이었다. 렌이 보던 서류 중 하나에는 아마릴리스 황제의 직인이 찍힌 것이 섞여 있었다. 엘자네스가 미처 보지 못한 그것에는 윈터나이트 대공에게 전하는 황제의 명이 쓰여 있었다.

⁂

크로커스 공작가의 고용인들은 별채의 윈터나이트 대공 부부를 피하는 편이었다. 리리엘 크로커스가 윈터나이트 대공에 대해 좋지 않은 말을 했기 때문이다. 사절단 중 많은 귀족들이 크로커스 공작가에 방문했다. 윈터나이트 대공에게 보고할 사항이 있다는 것이 이유였다. 공작 부인은 갑작스럽게 밀려든 손님들을 맞느라 쩔쩔맸지만 준비는 훌륭하게 끝이 났다. 손님들은 방문 후 순조롭게 대화를 나누고 있는 듯했다. 리리엘은 그 자리에 참석하지 않았다. 리리엘은 의자에 앉아 있었다. 리리엘의 고용인인 사라가 리리엘의 머리를 빗기는 중이었다. 리리엘은 이런 식의 관리를 귀찮다고 생각했으나 어쩔 수 없었다. 찬란하게 빛나는 금빛의 긴 머리칼이 빗으로 빗어 내릴 때마다 반짝거렸다.

"사라, 별다른 일은 없어?"

"네. 특별한 일은 없었어요, 아가씨."

"그렇구나."

리리엘은 창밖을 바라보았다. 리리엘 크로커스는 남쪽을 넘어서 대륙 전체에서 가장 아름답다고 해도 과언이 아닌 인물이었다. 영롱한 녹색의 눈동자는 창밖을 담았다. 이분이 공작가를 떠나간다. 사라의 마음속에 슬픔이 차올랐다. 몸이 약했기에 리리엘이 태어난 직후부터 모든 관심과 애정은 리리엘에게 쏟아졌다. 그 덕일까, 리리엘은 밝고 활기찬 영애로 자랐다. 다른 영애들과 다르게 바지를 입고 검을 휘두르는 모습마저도 아름다웠다.

"어머니가 무슨 생각으로 윈터나이트 대공을 집으로 불렀는지 모르겠어."

"아마 아마릴리스의 결혼식에 가지 못해서일 거예요. 윈터나이트 대공비가 된 그분과 사이가 멀어졌다는 의혹을 들으면 크로커스가의 평판이 떨어질지도 몰라요."

사라는 설명했다. 고용인인 시녀가 고용주인 주인에게 할 말은 아니었다. 더군다나 사라가 한 말은 윈터나이트 대공비에 대한 비난으로도 해석될 수 있는 여지가 많았다. 그러나 리리엘은 시녀가 정치적인 이유를 들어가며 주인의 민감한 사항에 대해 지적해도 문제를 느끼지 않았다. 사람은 평등하다고 생각했기 때문이다. 고개를 돌린 리리엘은 창밖을 바라보다 답답함을 느꼈다.

"잠시 정원에 다녀올게, 사라."

"괜찮으시겠어요?"

"난 괜찮아. 정원까지 올 사람은 없을 거야."

리리엘은 검을 허리에 차며 말했다. 정원은 별채와 얼마 떨어지지 않은 곳에 있었다. 그러나 정원까지 굳이 올 이는 없었다. 정원을 사용하는 사람이 아무도 없다는 이야기를 들은 후였다. 아무 일도 없을 것이다. 리리엘은 괴물이라는 소문이 퍼진 윈터나이트 대공이 끔찍했다. 대공은 무슨 생각으로 자신을 거절한 리리엘의 약혼식에 참가한 것일까. 리리엘은 생각하고 싶지 않았다. 이내 리리엘은 걸어 정원에 도착했다.

나무들과 자연이 리리엘의 마음을 편하게 만들어주었다. 조금 더 걸어 들어가자 무언가가 있었다. 리리엘은 그것이 사람이라는 것을 깨달았다. 아무도 없을 줄 알았던 곳을 남자가 지나고 있었다. 아무도 오지 않을 줄 알았는데. 리리엘은 그 사람이 누구인지 확인하기 위해 더 앞으로 나갔다. 남자의 모습이 완전히 드러났다. 남자는 무심하게 이쪽으로 걸어오고 있었다. 은은한 가을바람이 불어온다. 리리엘과 남자가 마침내 가까워졌다.

남쪽 사람들과는 골격과 분위기가 달랐기에 보자마자 남자가 북쪽 사람이라는 것을 알 수 있었다. 리리엘은 남자의 자세와 움직임을 보고 그가 검을 잡는 사람이라는 것을 알아차렸다. 리리엘의 시선이 무심코 남자에게 향했다. 남자의 검은 머리칼은 가을바람에 약간 살랑거리며 흔들렸고 무심한 검은 눈동자는 앞을 향하고 있었다. 남자는 앞으로 향하고 있었다. 남자가 향하는 곳은 별관 쪽이었다. 남자의 얼굴을 본 순간 리리엘은 자신도 모르게 멈춰버리고 말았다.

리리엘은 충격을 받았다. 살면서 단 한 번도 이토록 수려한 남자를 본 적이 없었다. 리리엘은 미에 대해 둔감한 편이었다. 그 어떤 보석도 리리엘의 영롱한 녹색 눈동자에는 비할 수 없었고, 어떤 치장한 여자도 있는 그대로의 모습을 한 리리엘보다 아름다울 수 없었다. 더군다나 리리엘은 꾸미는 것이나 남자에 대해 큰 관심이 없었다. 꾸미는 것은 귀찮고 거추장스러운 일이었다. 남자에게는 관심조차 가지 않았다. 리리엘에게 있어 남자란 이성이라기보다는 친구에 불과했다. 혹은 검을 잡는 길을 함께 걷는 이라거나. 로벨리아에서 많은 미남들을 보았지만 큰 감흥은 없었다. 거울 속 리리엘의 모습이 그 누구보다도 아름다웠기 때문이다.

남자는 리리엘에게 비견될 만한 외모를 가지고 있었다. 리리엘은 그 점에서 충격을 받았다. 단 한 번도 자신만큼 아름다운 외모를 가진 사람을 본 적이 없었기 때문이다. 시간이 느리게 가는 듯했다. 남자가 리리엘의 코앞까지 다가왔다. 남자의 키는 컸고 셔츠는 남자의 팔꿈치 아래를 드러내고 있었다. 그는 리리엘에게 단 한 번도 시선을 두지 않았다. 그것이 리리엘에게 두 번째 충격으로 다가왔다.

많은 남자들은 리리엘을 자신도 모르게 바라보고는 했다. 리리엘은 언제나 사람들의 주목을 받으며 살아왔다. 그런데 이 남자는 왜 그녀를 보지 않을까? 리리엘이 남자를 다시 한 번 바라보게 된 것은 그런 이유에서였다. 남자는 리리엘에게 관심이 없었다. 그것은 진실이었다. 리리엘을 담지조차 않은 검은 눈을 본 순간 알 수 있었다. 그는 리리엘이 본 사람 중 가장 잘생긴 남자였다. 남쪽의 미남들을 다 가져다 대도 이 남자에 비할 수는 없을 것이다.

남자는 무심하게 리리엘을 지나쳐갔다. 그는 걷는 동안 단 한 번도 리리엘을 바라보지 않았다. 리리엘의 존재조차 신경 쓰지 않는 듯했다. 가을바람에 일찍 붉게 물들어버린 단풍 몇 개가 떨어지고 있었다. 남자의 모습이 완전히 사라졌다.

리리엘은 남자가 사라진 자리를 바라보았다. 리리엘의 뺨이 붉게 물들었다. 리리엘은 손을 올려 심장에 가져다 대었다. 심장이 두근거리며 평소보다 빠르게 뛰고 있었다. 리리엘은 뜨거워지는 두 뺨에 손을 올리고 말았다.

리리엘은 바보가 아니었다. 이 감정이 무엇인지 모를 만큼 어리지도 않았다. 리리엘은 지금까지 칼레스 왕자를 사랑한다고 생각해왔다. 칼레스 왕자는 잘생긴 외모를 가졌으며 리리엘이 하는 모든 일들을 이해해주고는 했다. 리리엘을 사랑해주는 여러 남자들 중 칼레스 왕자를 택한 것은 그 때문이었다. 칼레스 왕자와 함께 있을 때면 미약하게나마 설레기도 했다. 그래서 생각했던 것이다. 칼레스 왕자라면 평생을 함께해도 좋을 것 같다고.

그러나 그것은 사랑이 아니었다. 사랑에 대해 생각해본 적이 있었다. 리리엘은 늘 자유로운 영혼인 자신을 이해해주는 남자를 바라왔다. 그러나 그것과는 별개로 운명의 상대를 처음 보자마자 영혼이 상대에게 이끌릴 것이라고 생각했었다. 그 말은 틀리지 않았다. 리리엘의 심장이 이토록 뛰고 있지 않은가. 온 세상이 분홍빛으로 물든 것 같았다. 저 남자를 찾아야 한다. 찾고 싶었다. 약혼식이 며칠 남지 않았다는 생각은 까맣게 지워진 지 오래였다. 리리엘은 방으로 향했다.

시녀 사라는 생각보다 일찍 온 리리엘을 보며 의아한 얼굴을 했다. 리리엘은 공녀님이라는 호칭을 계급으로 사람을 나누는 것이라고 생각했기에 자신을 아가씨라고 부르라고 했다. 문으로 들어오는 리리엘에게 사라가 말했다.

"어머, 아가씨. 벌써 오신 거예요? 웬일이에요? 평소라면 더 오래 계셨을 분이. 이런, 아가씨. 열이 있는 거예요? 뺨이 붉어요."

"찬바람을 쐐서 그런가 봐, 사라."

"목소리까지 떨리는데요? 아가씨는 어렸을 때 몸이 약해서 주의해야 한다고 했잖아요."

"지금은 치유의 마법이 있잖아. 사라, 한 가지 진지하게 묻고 싶은 게 있어. 이런 이야기를 할 때가 아니야."

리리엘의 얼굴은 진지했다. 아름다운 얼굴이 가라앉자 방 안도 슬픔에 잠기는 듯했다. 리리엘의 뺨은 여전히 붉었다. 사라는 리리엘이 슬퍼하는 것을 원치 않았다. 사라가 리리엘을 나무라는 엘자네스를 싫어했던 것도 그런 이유에서였으니까. 리리엘은 행복해야 했다. 늘 모두를 이끌리게 하는 밝은 웃음을 지어주어야 했다. 설마 엘자네스와 어떤 일이 있던 것일까. 사라의 생각이 무심코 그쪽으로 닿았다. 머릿속으로 되뇌고 나서야 사라는 그것이 가능성 있는 가설이라는 사실을 알게 되었다. 또다시 리리엘이 슬퍼하게 둘 수는 없다. 사라는 홀린 듯 생각했다. 그 상념을 깬 것은 리리엘의 한마디였다.

"혹시 아마릴리스의 사절단 중 검은 머리와 검은 눈을 가진 남자가 있어?"

리리엘의 말은 사라가 예상했던 것과 다른 것이었다. 사라는 퍼뜩 놀라 정신을 차리며 리리엘의 말을 되새겨보았다. 사절단 중 검은 머리와 검은 눈을 가진 남자…. 사라가 중얼거렸다. 사라는 제법 정보에 밝은 편이었고 듣는 말도 많은 편이었다. 사절단으로 온 귀족들의 인적 사항에 대해 떠올리던 사라는 이내 고개를 저었다.

"아니요, 아가씨. 북쪽 사람들의 머리색과 눈동자 색은 모두 옅어요. 대개가 은발이나 옅은 금발을 하고 있는걸요. 기사들 중에서도 검은 머리는 없을 거예요. 윈터나이트의 기사단이 자랑스러운 크로커스의 기사들에게 모욕을 주었던 것을 잊은 건 아니겠죠?"

"그건 신성한 결투였어."

"아이고, 무슨 소리인지요. 야만적인 윈터나이트 기사가 크로커스의 기사를 어떻게 만들었는지 보셨잖아요. 어쨌든, 윈터나이트 기사단 중 검은 머리는 없어요. 아마릴리스 사절단 중 옅은 색을 띠지 않은 이는 없다는 말이 돌고 있어요. 그리고 윈터나이트 기사단 중 가장 진한 머리색을 가진 남자들은 갈색 머리를 가지고 있다고 들었고요. 사교계의 영애들 사이에서 화제가 되었기에 알고 있어요."

"난 잘 이해하지 못하겠어. 그렇게 남자들에 대해 열광하는 것 말이야. 남자들에 대한 이야기를 나누는 게 세상을 바꿀 좋은 일에 대해 이야기하는 것보다 더 가치 있는 걸까?"

"아가씨는 다른 영애분들과 다르니까요. 너무 마음 쓰지 마세요. 그러고 보니 검은 머리를 가진 사람이 한 명 있긴 하네요. 언급하기는 조금 껄끄럽지만요."

리리엘의 눈이 간절해졌다. 그녀의 머릿속을 맴도는 것은 그 남자에 대해 알고 싶다는 생각뿐이었다. 이상하리만치 갈증이 났다. 또한 심장이 계속해서 두근거렸다. 다시 뺨이 붉어지는 듯했다.

"말해줘, 사라. 나를 애타게 하지 말고. 그 사람은 대체 누구야?"

"듣지 않는 편이 나을 거예요. 생각조차 하기 싫은 사람인걸요."

"그런 편견으로 사람을 매도해서는 안 돼. 나는 그 사람에 대해 알고 싶어. 검은 머리와 검은 눈을 가진 그 남자가 대체 누구야?"

"꼭 들으셔야겠어요, 아가씨?"

사라는 한숨을 내쉬었다. 그녀는 리리엘을 이길 수 없었다. 리리엘의 나쁜 기억을 들쑤실 그 남자에 대한 이야기를 하고 싶지 않았다. 사라는 결국 마지못해 말할 수밖에 없었다.

“확실하지는 않지만 아마릴리스에서 검은 머리와 검은 눈을 가진 이는 한 사람뿐이에요. 바로 윈터나이트 대공이요. 아가씨에게 청혼서를 보내고, 지금은 첫째 공녀님과 결혼을 한 분이죠.”

쿵. 충격이 몰려왔다. 리리엘의 세계가 순간 아득해지는 듯했다. 윈터나이트 대공. 뒤죽박죽 얽혀 수면 위로 올라오는 기억들 중 가장 명확하게 떠오르는 것은 1년 전의 기억이었다. 리리엘의 손끝이 떨렸다.

리리엘은 그에 대한 소문을 들었다. 대공이 청혼서를 보내온 날의 일이었다. 그에 대해 조사한 정보 수집가는 윈터나이트 대공을 괴물이라고 말했다. 북쪽 귀족들 중 젊은 층이 윈터나이트 대공을 괴물이라고 부른다고 했다. 그렇게 말하는 이들은 그와 함께 아카데미를 나온 이들이라고 했다. 아마릴리스가 철저히 통제했기에 윈터나이트 대공에 대한 정보가 새어나가는 일은 금지되어 있었다. 그때 리리엘은 생각했다. 아마릴리스 황실이 대공에 대해 감추는 이유를. 그리고 답을 알아냈던 것이다.

아카데미를 함께 나온 이들은 대공을 괴물이라고 말했다. 아마릴리스 황제가 그의 결혼 상대를 굳이 남쪽에서 찾는 것은 어떤 것을 숨기기 위해서일 것이다. 생각한 순간 소름이 끼쳤다. 얼굴도 본 적 없는 남자와 결혼하고 싶지 않았다. 끔찍한 결혼 생활이 그려지는 듯했다.

때마침 리리엘의 친우인 란제크 카멜리아 백작이 엘쟈네스와 파혼을 해 주었고 상대가 누구이든 의무에 따라 정략결혼을 하겠다는 사고방식을 가진 엘쟈네스가 북쪽으로 떠나갔다. 엘쟈네스의 귀족적인 사고방식이 이토록 고마운 적은 없었다. 마음이 편해졌다. 또한 안심이 되었다. 그 남자와는 평생 접점이 없을 것이라는 생각이 들었기 때문이다.

리리엘은 알지 못했다. 괴물이라고 불렸던 그 남자가 이런 사람일 줄은.

그렇게 수려한 사람일 줄. 그리고 리리엘의 운명의 상대일 줄.

리리엘의 얼굴이 창백해졌다. 그 남자는 윈터나이트 대공이 맞았다. 별채에 방문한 사절단들은 모두 답답한 제복을 입고 있었다. 그렇게 비교적 가벼운 차림으로 돌아다닐 이는 별채에 머무는 이밖에 없을 테니. 리리엘은 그 남자를 거절했다. 청혼서를 구기며 괴물인 남자와 결혼할 수 없다고 모두에게 눈물 고인 눈으로 말했다.

1년 전의 리리엘은 알지 못했다. 만일 그 남자가 이런 남자인 줄 알았다면, 사랑에 빠질 줄 알았다면 결코 청혼을 거절하지 않았을 것이다. 대공은 이제 엘쟈네스의 남편이었다. 이미 대공이 결혼한 지도 1년이 지나버렸다.

리리엘의 얼굴은 새하얗게 질려 있었다. 왜 그 남자의 청혼을 받아들이지 않았던 걸까. 왜 북쪽으로 향하지 않았던 걸까. 만일 리리엘이 그 자리에 갔다면 대공은 리리엘을 사랑했을 것이다. 대공의 시선 또한 늘 리리엘을 향했을 것이다. 리리엘은 제멋대로 생각했다. 리리엘을 바라보았어야 할 그 검은 눈이 리리엘의 선택으로 인해 무심하게 변해버렸다는 생각을 하니 고통스러웠다. 리리엘은 어지러움에 비틀거렸다. 창백한 안색의 리리엘을 본 사라가 리리엘을 부축했다.

"아가씨!"

사랑은 리리엘을 완전히 뒤덮어버렸다. 대공을 떠올리는 것만으로도 심장이 뛰고 있었다. 리리엘 크로커스는 후회하고 있었다. 1년 전의 잘못된 선택이 이런 결과를 불러왔다. 사랑을 깨달았는데 그 사랑을 놓쳐버렸다는 사실을 함께 알아버렸다. 리리엘은 눈을 감았다.

갑작스러운 저녁 식사 초대장이 날아왔다. 약혼식을 이틀 남긴 날이었다.

크로커스 공작은 아예 공작가에 발조차 들이지 못했다. 크로커스 공작가를 압박하기 위해 아마릴리스 사절단의 여러 인물들이 별채를 드나들었기 때문이다. 크로커스 공작가가 로벨리아 왕실과 손을 잡았다는 증거물들이 쏟아져 나오고 있었다. 그들이 저택을 수색하지 못한 것은 공작가의 가주인 크로커스 공작이 저택에 없기 때문이었다. 공작은 계속해서 핑계를 대며 며칠째 왕궁에 머물고 있었다.

친우를 만나러 간다던 요하네스 크로커스는 소식이 없었다. 일부 사람들은 크로커스 공작이 아들을 숨겨놓았을지도 모른다는 의혹의 시선을 보냈으나 그것은 사실이 아니었다. 크로커스 공작이나 공작 부인, 리리엘조차도 요하네스가 간 곳을 몰랐다. 엘쟈네스는 거짓말을 잘하지 못하는 공작 부인이 요하네스의 행방을 절박하게 물을 때에야 그것을 확신할 수 있었다. 며칠 동안 왕가와 크로커스 공작, 아마릴리스 사절단의 팽팽한 신경전이 벌어지고 있었다. 엘쟈네스는 테이블에 놓여 있는 저녁 식사 초대장을 들었다. 정식 초대장은 아니었다. 사적인 자리에 초대할 때 받는 이의 의사를 존중하기 위해 보내는 종류의 초대장이었다. 렌이 물었다.

"엘쟈. 크로커스 저택 본채에서 온 것이 맞습니까."

"맞아요. 여기 어머니의 직인이 찍혀 있으니까요. 그런데 렌, 왜 이제 와서 우리를 초대하는 걸까요?"

"별다른 일은 없었던 것으로 알고 있습니다."

"아마릴리스 사절단 측에서도 별다른 일은 없다고 말했고요."

초대장을 보낸 곳은 크로커스 저택의 본채였다. 본래라면 귀빈을 맞이한 후 이틀 안에 그들을 저녁 식사에 초대하는 것이 관례였다. 그러나 초대할 시기는 지났다. 엘쟈네스는 기대하지 않던 상태였다. 세 영애는 크로커스 공작 부인과 약혼식의 당사자인 리리엘 크로커스에 대한 냉소적인 평가를 하고는 했다. 영애들은 크로커스 공작가에 문제가 생겨 아마릴리스에서 온 손님들을 제대로 대접하지 않아도 대강 넘길 수 있게 되었으니 공작 부인 측에서는 다행일 것이라는 말을 했다. 엘쟈네스도 그 말에 어느 정도 동의하는 상태였다. 그 정도로 공작 부인은 세 영애와 엘쟈네스, 렌을 껄끄러워했다.

공작가의 고용인들은 손님들을 잘 모시기는 했으나 엘쟈네스를 피했고 렌의 눈에 띄지 않으려고 애썼다. 리리엘이 해온 말이 있던 것이다. 엘쟈네스는 그들이 고용인으로서의 업무 수행에서 크게 벗어나지 않는 한 그들에 대해 신경 쓰지 않았다. 로벨리아를 떠나면 다시 보지 않을 이들이었다. 이 일은 아마릴리스에 돌아갔을 때 정식 항의서에 쓰여서 보내지게 될 것이다.

엘쟈네스는 렌의 무릎 위에 앉아 있었다. 그는 엘쟈네스의 머리칼을 손끝으로 어루만졌다. 엘쟈네스는 크로커스 저택의 본채에서 그들을 굳이 부를 이유에 대해 생각하다 며칠 내내 묻고 싶었던 것에 대해 물었다.

"렌, 아마릴리스 황실은 왜 에너지석의 소유를 제재하나요?"

"어떤 점에서 그렇게 생각하셨습니까."

"아마릴리스 황실이 에너지석을 필요로 하기는 하지만 그리 절박하지는 않다고 알고 있어요. 에너지석을 이용한 기계들 중 이제는 에너지석의 도움 없이 스스로 움직일 수 있는 것도 많고요. 이번 일을 보다 깨달았어요. 아마릴리스가 에너지석이 나는 땅을 손에 넣는 것은 에너지석을 소유하기 위해서가 아니라 타 국가가 가지는 것을 경계해서라는 것을요."

"맞는 말입니다. 엘쟈. 황제 폐하는 아마릴리스가 아닌 다른 나라가 에너지석을 보유하는 것을 무척 경계합니다."

"왜인가요? 에너지석에 그만한 힘이 있나요?"

"아닙니다. 아마릴리스가 에너지석에 대해 민감하게 반응하는 이유는 그것으로 인해 세계가 멸망한 적이 있기 때문입니다."

남쪽에는 에너지석이 그리 많이 나지 않았다. 또한 난다 해도 큰 관심을 가지지 않는 것이 대부분이었다. 엘자네스는 아카데미 시절 에너지석에 어떤 마법적인 힘이 깃들어 있지 않을까 연구했으나 아무것도 얻을 수 없었다. 그랬기에 궁금했다. 아마릴리스가 다른 나라의 에너지석 소유를 막는 이유에 대해. 렌은 담담하게 이야기를 이어나갔다.

"모두들 마법 전쟁에 대해 배웁니다. 마법이 눈부시게 빛나던 시절 마법 전쟁이 일어났고, 그 후 마법 문명의 모든 것이 거의 사라지게 되었다는 걸 어느 정도의 교육을 받은 사람이라면 다 알고 있을 겁니다. 그러나 마법 전쟁 때 세계가 황폐화된 것은 마법 때문이 아닙니다. 오직 아마릴리스와 아마릴리스의 인척들만이 알고 있는 사실입니다. 세계는 에너지석에 의해 멸망 직전으로 몰리게 되었습니다. 마법 전쟁 때 당시의 마법사들은 에너지석을 이용해 대전쟁을 펼쳤습니다."

"그 당시에는 에너지석에 마법적인 힘이 있었나요?"

"그렇다고 알고 있습니다. 지금도 에너지석에는 어떤 힘이 흐르고 있습니다. 살아남은 이들과 그 후손의 피가 에너지석의 기운에 저항하기 때문에 모르는 것뿐이라고 합니다. 마법 전쟁 이전에는 모든 지배자들이 에너지석을 가지고 있었습니다. 아마릴리스에 전해져 내려오는 에너지석 가공법과 사용법 등의 기술은 그 일부입니다. 로벨리아에는 에너지석을 통제할 수 있는 기술자가 없습니다. 위험한 상황입니다."

이것은 은폐되어 아는 자들의 입으로만 전해져 내려온 정보이리라. 엘자네스는 아마릴리스 황가의 이능이 기억에 관련된 것이라는 사실을 떠올릴 수 있었다. 단순히 에너지석의 소유권과 에너지석 기술에 대한 국가 간의 싸움이 아니었다. 렌의 말처럼 좋지 않은 상황이었다. 엘자네스의 단호한 진갈색 눈이 어떤 기억에 닿았다.

"렌, 이것도 아룬델과 관련 있는 일일까요?"

"그럴지도 모르겠습니다. 아마릴리스의 기술을 훔치는 것은 로벨리아로서는 할 수 없는 일입니다."

"무엇을 노린 걸까요? 왜 로벨리아일까요."

"가설은 많으나 잘 모르겠습니다."

"화이트 기사단이 리리엘에 대한 보고를 올렸어요. 리리엘은 아룬델의 마법을 자유자재로 쓰는 것 같다고. 그리고 요하네스는 사라졌죠."

"우선은 상황을 더 지켜보는 편이 좋겠습니다."

"그 길밖에 없기는 하죠. 일단은 조금 더 기다려보아요."

결국 엘자네스는 저녁 식사 제의를 수락하기로 했다. 엘자네스의 말을 들은 세 영애 역시도 수락의 답을 보냈다. 엘자네스는 저녁 식사에 대한 준비를 했다. 크로커스가의 분위기가 그리 좋지 않았기에 치장을 할 필요는 없었다. 엘자네스는 드레스 중 크게 눈에 띄지 않는 어두운 녹색의 드레스를 입었다. 렌 역시도 크게 눈에 띄지 않는 검은색의 정장을 입었다. 평상복과 비슷한 모양의 옷이었다. 크로커스 공작 부인과 리리엘의 뜻은 참석을 하면 알 수 있으리라.

세 영애는 먼저 저택으로 출발한 후였다. 대공 부부의 시간을 방해하지 않기 위해서였다. 엘자네스는 눈을 찡긋거리던 세실리아를 떠올리며 미소 지었다. 그들을 안내하던 시종은 부부의 모습을 흘끔거렸다. 윈터나이트 대공을 보는 것은 처음이었다. 또한 떠난 첫째 공녀를 보는 것도 1년 만이었다. 시종은 계속해서 엘자네스가 이렇게 아름다웠는지에 대해 생각하고 있었다. 엘자네스는 리리엘과 어느 정도 비슷한 느낌을 내고 있었다. 적갈색의 머리에서 붉은빛이 강렬하게 빛났다. 간혹 보이는 우아한 미소는 예전과 다르게 싱그럽고 아름다웠다. 마침내 시종이 식당 앞에서 멈추었다.

"이곳입니다."

"고마워요."

의례적인 칭찬이었다. 다른 나라에 온 귀빈으로서 한 일에 불과했다. 그러나 시종은 정신을 차릴 수 없었다. 리리엘 크로커스를 볼 때보다도 더 아찔한 느낌이었다. 시종이 정신을 차린 것은 옆에 선 서늘한 남자를 보고였다. 윈터나이트 대공은 그저 서 있을 뿐인데도 위압감이 있었다. 그의 큰 키도 한몫했을 것이다. 대공은 별다른 표정을 짓지 않았으나 시종은 윈터나이트 대공이 두려워 견딜 수 없었다. 이상한 일이었다. 마침내 엘쟈네스와 렌은 식당 안으로 들어갔다. 긴 테이블에는 크로커스 공작 부인과 리리엘, 세 영애가 앉아 있었다. 식사가 나오기 시작한 후였다. 엘쟈네스는 공작 부인에게 인사했다.

"초대해주셔서 감사해요. 크로커스 공작 부인."

"저녁 식사를 이렇게 함께하게 되어 기쁘… 네요. 대공비 각하."

공작 부인은 미소 지었으나 그 미소에는 어쩐지 부자연스러운 구석이 있었다. 공작 부인은 엘쟈네스에게 망신을 당한 이후 엘쟈네스를 피하고 있었다. 공작 부인이 원해서 엘쟈네스를 부른 것은 아니다. 엘쟈네스는 그 미소를 보는 순간 직감할 수 있었다.

오랜만에 본 리리엘은 아름다웠다. 엘쟈네스는 리리엘과 함께 지내며 리리엘의 외모에 대해 많이 무감각해졌었다는 사실을 깨달았다. 조명 아래에서 긴 금발이 빛났다. 리리엘은 평소와 달리 화장을 하고 드레스를 입고 있었다. 답답한 것을 좋아하지 않던 예전과는 달라진 모습이었다. 영롱한 녹색의 눈동자 위로 긴 속눈썹이 움직였다. 리리엘에 대해 냉소적인 입장을 취하는 세 영애마저도 눈부시게 빛나는 리리엘을 바라볼 정도였다. 엘쟈네스는 인사를 건넸다.

"오랜만이구나, 리리엘."

"네, 그러네요. 언니."

리리엘의 태도는 이상했다. 리리엘은 어딘가에 정신이 팔린 사람처럼 대답할 뿐이었다. 엘자네스를 바라보고 있었지만 리리엘이 떠올리는 것은 엘자네스가 아닌 듯했다. 엘자네스는 리리엘을 주시했으나 곧 포기해버렸다. 리리엘은 엘자네스와 너무나도 다른 인물이었다. 대화를 시도하다 마찰이 생기면 손해이리라.

어색한 침묵 속에서 식사가 시작되었다. 요리는 모두 훌륭했으나 식탁에 앉은 사람 중 음식의 맛을 제대로 음미하는 이는 아무도 없었다. 주방장에게 찬사를 건넬 이도 없었다. 식사를 마칠 때까지 식당은 조용했다. 식사가 끝난 후에도 말을 잇는 사람은 없었다. 후식을 먹을 차례였으나 분위기가 가라앉았던 탓에 요리사는 후식을 들이지 못하고 있었다. 문득 공작 부인이 엘자네스를 바라보며 말을 걸었다.

"엘자, 중대하게 물어볼 것이 있단다. 잠시 이야기를 나눌 수 있겠니? 10분 정도면 다시 식당에 돌아올 수 있을 것 같단다."

"대공비 각하와 대화를 나누는 것이라면 저희도 함께 가는 편이 좋겠네요. 무례한 말 같지만, 지금 크로커스가는 에너지석 사태로 의심을 받고 있으니까요."

레이라가 말했다. 그녀는 웃지 않고 있었다. 공작 부인은 세 영애를 눈에 띄게 어려워하고 있었다. 그녀는 이내 어색한 목소리로 허가했고, 세 영애와 엘자네스는 공작 부인을 따라 나갔다. 식당에 남은 이는 렌과 리리엘뿐이었다.

리리엘은 이 순간을 기다려왔다. 대공이 이미 결혼했고 그 상대가 엘자네스라는 사실을 알았지만 그래도 대공을 한 번 더 보고 싶었다.

"모두들 나가버렸네요."

"그렇군요."

"후식을 먹지 못했는데 말이에요."

"저는 괜찮습니다. 제 아내 또한 괜찮다고 생각할 겁니다."

대공은 리리엘에게 정중하고 의무적인 답변을 건넸다. 리리엘이 어떤 일을 해도 대공의 눈은 리리엘에게 제대로 향하지 않았다. 리리엘은 대공의 눈길이 엘쟈네스가 앉아 있던 자리에 닿아 있음을 깨달았다. 리리엘은 자신이 잘못된 행동을 하고 있다는 것을 알고 있었다. 그러나 대공에 대한 마음을 감출 수 없었다. 며칠 내내 대공에 대한 생각만을 해왔다. 리리엘은 애타는 마음으로 다시 말을 걸었지만 대공은 정중하게 선을 그을 뿐이었다. 마침내 리리엘은 견딜 수 없어졌다. 대공은 리리엘의 무엇에도 관심이 없는 듯했다. 그는 왜 그녀를 바라보지 않는 걸까. 리리엘은 애가 타 대공에게 물었다.

"제가 아름답지 않나요? 빛난다고 느껴지지 않나요?"

"제 눈에는 오로지 아내만 빛납니다."

검은 눈이 리리엘에게 닿았다. 대공은 처음으로 리리엘을 바라보며 대답했다. 리리엘은 그 눈을 보며 차라리 대공이 자신을 보지 않았으면 좋겠다고 생각했다. 그 눈동자 안에는 리리엘을 향한 어떤 감정도 담겨 있지 않았다.

사람들은 늘 리리엘을 향해 호감을 표시했다. 리리엘을 싫어하는 이들도 있었지만 리리엘이 최선을 다해 진심을 보여주면 그들 역시 리리엘을 좋아하게 되고는 했다. 그랬기에 대공의 말이 충격적이었다. 리리엘이 존재함에도 불구하고 자신의 눈에 아내만 빛난다고 하는 사람은 처음이었다. 대공은 엘쟈네스가 사라진 자리를 보며 말했다.

"대공비 엘쟈는 제게 가장 아름다운 여자입니다. 그래서 질문들에 긍정적인 답을 해드릴 수 없을 것 같습니다."

"어째서인가요?"

영롱한 녹색 눈동자에는 약간의 억울함이 실려 있었다. 사랑의 감정은 리리엘의 눈마저도 가려버렸다. 리리엘은 대공과 잠시 함께하고 싶었을 뿐이었다. 그 시간을 추억으로 삼아 살아가겠다고 생각했다. 그러나 대공을 눈앞에 두자 잘 되지 않았다. 대공의 행동 하나하나가 크게 와닿았다. 대공의 무심한 검은 눈동자를 보면 정신을 차릴 수가 없었다. 자꾸만 얼굴에 열이 올랐다. 윈터나이트 대공은 리리엘의 모습을 자신과 별개의 일이라고 생각하는 듯했다.

리리엘은 대공의 답변을 이해할 수 없었다. 비이성적인 사랑이 리리엘을 뒤덮었다. 대공의 시선을 끌고 싶었다. 다른 이들처럼 대공 역시도 리리엘에게 다정한 시선을 보내기를 바랐다. 로벨리아의 많은 이들은 리리엘을 가장 아름다운 여자라고 칭했다. 대공이 리리엘을 보고 있음에도 불구하고 엘자네스를 가장 아름다운 여자라고 칭하는 것이 이해되지 않았다. 대공은 대답했다. 처음으로 검은 눈동자의 정중한 선이 옅어진 듯한 느낌이 들었다. 그것은 리리엘을 향한 것이 아니었다. 대공은 처음부터 끝까지 오로지 엘자네스를 좇고 있었다.

"제 아내는 꽃을 좋아합니다. 아름다운 것을 좋아하고 사소한 선물에도 잘 감동받습니다. 웃는 모습이 예쁩니다. 말재주가 없어 어떻게 표현해야 할지 모르겠군요. 제게 아내만큼 아름다운 여자는 없습니다. 세상 모든 이들이 아니라 해도 제게 제 아내는 늘 가장 사랑스러운 여자일 겁니다."

리리엘은 어쩔 줄을 몰랐다. 리리엘은 아카데미에서 늘 우수했고 정치 부분에 있어서도 두각을 보였다. 그러나 그것들도 이 상황에는 도움이 되지 않았다. 충격에 휩싸였으나 왜 이런 기분이 드는지를 알 수 없었다. 리리엘은 혼란스러워하다 결국 깨달았다. 이것이 질투라는 것을. 리리엘은 대공을 보며 말했다. 영롱한 녹색의 눈동자에는 물기가 어려 있었다. 처연하고도 아름다운 모습이었다.

"언니는 사치를 즐겨요. 꽃뿐만 아니라 값이 나가는 드레스와 호화스러운 장신구들을 좋아하고요."

"대공가는 충분한 재력이 있으며, 그녀가 드레스와 장신구를 좋아하는 것은 사치가 아닙니다."

"더군다나 각하께서는 언니에 대해 잘못 생각하고 계세요. 언니는 결혼 전 정략결혼의 상대가 누구이든 신경 쓰지 않는다고 말했던 사람이고요. 각하를 원해서 결혼한 게 아니에요."

"저 역시도 그리 생각했었습니다. 상대가 누구든 관계없었습니다. 또한 그녀가 사치스러운 것들을 좋아하는 것이 좋습니다. 그것들을 걸친 엘자는 아름답습니다. 제게 무슨 말을 하고 싶으신 겁니까."

리리엘조차도 알 수 없었다. 대공의 검은 눈을 보면 심장이 세차게 뛰고 호흡이 가빠졌다. 사랑에 빠져서 그런 걸까. 그래서 이토록 머릿속이 하얗게 변해버리는 것일까. 리리엘은 생각했다.

아룬델의 마법은 겨울의 마법을 만나자 제멋대로 날뛰고 있었다. 그 파장이 순간적으로 렌에게 닿았다. 렌은 리리엘을 바라보았다. 리리엘이 배워온 검술은 도움이 되지 않았다. 검을 들 때처럼 진정할 수가 없었다. 리리엘은 여과되지 않은 날것 그대로의 생각을 말로 내뱉었다. 아무런 생각도 들지 않았다. 횡설수설하는 것을 알면서도 말하지 않고서는 배길 수가 없었다.

"언니가 로벨리아에 있을 적 언니는 단 한 번도 남을 도운 적이 없었어요. 사람들은 언니를 이기적이라고 평가했고요. 정말 아무렇지도 않으신가요?"

"사람들은 저를 괴물이라고 불렀습니다. 리리엘 크로커스 영애가 그랬듯이."

대공의 목소리는 낮고 매혹적이었다. 그 음성에 취해 있었기에 리리엘이 대공의 말을 이해한 것은 몇 초가 지난 후였다. 대공은 일상적인 말을 건네듯 말했지만 리리엘의 얼굴은 하얗게 질려버리고 말았다. 리리엘은 대공이 리리엘의 반응에 대해 알 것이라고 생각하지 않았다. 리리엘이 대공을 괴물이라고 부른 것이 대공의 귀에 들어갈 줄도 몰랐다. 리리엘이 떠올린 것은 엘자네스였다.

"언니인가요?"

"전한 이들은 크로커스의 제 눈과 귀입니다. 영애. 계속해서 제 아내에 대해 언급하는 이유는 무엇입니까."

"가족이니까요…. 대공 각하에게 연민을 느끼기도 하고요."

연민. 그래. 연민이었다. 리리엘은 이유를 애써 찾아냈다. 리리엘은 자신이 무엇을 하고 있는지도 잘 알지 못했다. 20년 가까이 해온 행위였다. 누구라도 리리엘의 수심에 잠긴 모습을 보면 그녀의 고민을 들어주기 위해 애쓸 것이다. 식당 조명 아래에 있는 리리엘은 그만큼 아름다웠다. 그러나 리리엘의 모습은 렌에게 어떤 감흥도 주지 못했다. 렌은 리리엘의 이야기를 충분히 들어주었다. 렌은 말했다.

"리리엘 크로커스 영애."

"네, 각하."

"영애는 지금 제 아내를 모욕하고 있습니다."

리리엘의 붉게 물들었던 뺨에 핏기가 가셨다. 대공이 이름을 불러주자 순간적으로 달콤해졌던 마음이 싸늘하게 추락해버렸다.

렌은 시간을 짐작해보았다. 크로커스 공작 부인과 엘자네스가 대화를 어느 정도 마쳤을 것이다. 렌은 리리엘과 같은 반응을 하는 여자들을 알고 있었다. 리리엘 크로커스가 사랑받는 것에 익숙하듯 렌 역시도 여자들의 눈길에 익숙했다. 렌은 그들의 마음을 짓밟지 않았다. 무시하지도 않았다. 다만 철저하게 선을 그었을 뿐이다. 렌은 리리엘의 감정에 대해 별다른 생각을 가지지 않았다. 그것은 렌과 관계없는 일이었다. 그러나 리리엘이 엘자네스를 언급하는 것은 이야기가 달랐다. 렌은 리리엘에 대해 조사했다. 그녀가 렌을 괴물이라고 했다는 이야기를 들었으며 리리엘과 엘자네스의 상황에 대해 보고받았다. 엘자네스가 악한지 선한지는 관계없었다. 중요한 것은 엘자네스가 그가 사랑하는, 단 하나뿐인 여자라는 사실이었다. 리리엘 크로커스는 엘자네스를 모욕하고 있다. 크로커스가의 모든 이들이 마음에 들지 않았지만 아룬델이 나타나지 않은 상황에서 섣불리 일을 만들 수 없어 침묵하던 차였다. 그러던 중 리리엘이 엘자네스를 건드린 것이다.

리리엘은 변명하기 위해 애썼다. 심장이 세차게 뛰고 겁이 났다. 리리엘은 제대로 된 생각을 하지 못했다. 대공이 이상하게 두려웠다. 애처로운 미인의 모습에도 렌의 검은 눈동자는 냉정했다.

"저는 그저 사실을 말한 것뿐이에요. 각하께서는 엘자 언니의 본모습을 본 적이 없으시잖아요. 언니는 기사들이 훈련을 할 동안 검에 관심조차 두지 않았어요."

"그녀가 굳이 검을 다루어야 할 필요가 없습니다. 제가 그녀를 지킬 테니까요."

"언니는 피부가 타는 것이 싫다는 이유로 연무장에도 나온 적이 없어요. 제가 계속해서 검을 권유했지만 단 한 번도 들어준 적이 없어요. 저는 늘 언니에게 거절당하며 살아왔어요."

"그녀가 싫다는 일을 강요하는 것이 이상합니다."

"언니는 고용인들을 계급에 따라 대해요. 언니의 시녀들은 늘 언니에게 이야기조차 제대로 하지 못했어요."

"본래 시녀들의 입은 무겁습니다. 아마릴리스에서는 당연한 일입니다. 영애. 이런 이야기를 제게 늘어놓는 이유가 무엇입니까."

"저는 그저…!"

"저는 영애에게 관심이 없습니다."

렌의 태도는 냉정했다. 리리엘은 렌의 단호함이 엘자네스의 것과 닮았다는 사실을 깨달았다. 렌의 말에 리리엘은 렌을 바라보았다. 렌은 말했다.

"영애가 어떤 생각을 하는지에 대해 듣고 싶지 않습니다. 아마릴리스로 오게 되었다면 영애는 분명 지탄받았을 겁니다. 이것은 양쪽의 사고방식 차이이기에 비난할 이유가 없습니다. 그러나 영애는 의견의 차이에 대한 이야기를 꺼내놓으며 끊임없이 제 아내를 비난하고 있습니다. 저는 제 앞에서 아내를 모욕하는 것을 듣고도 참을 머저리가 아닙니다. 이 이야기들을 꺼내는 이유가 무엇입니까."

"비난한 것이 아니에요. 각하…."

"영애가 했던 질문에 대해 솔직하게 답해드리겠습니다. 리리엘 크로커스 영애. 영애가 아름답다고 느껴지지조차 않습니다. 영애가 저와 결혼을 하게 되었더라도 마찬가지였을 겁니다. 영애의 그 무엇도 제 아내를 따라오지 못합니다."

"엘자… 언니를요?"

"그렇습니다."

"어떻게 그런 말을 하실 수가 있나요…!"

"약혼식 당사자라는 사실에 대해 감사하십시오. 마음대로 날뛰어도 좋다는 황제 폐하의 허가를 받았습니다. 크로커스가는 아마릴리스를 배신했습니다."

리리엘은 떨고 있었다. 마지막 문장을 제대로 이해할 수 없었다. 가을 무도회에서 황제는 굳이 윈터나이트를 지목해서 로벨리아로 가게 했다. 황제의 인장이 찍힌 서류에는 에너지석에 대한 조사가 끝나면 마음대로 해도 좋다는 허락의 뜻이 담겨 있었다. 로벨리아는 북쪽의 강대국인 아마릴리스에 비해 작은 나라였다. 에너지석을 이용해 동맹을 맺었으나 에너지석을 빼돌리려고 한 것이 발각된 지금은 동맹국에 대한 예의를 갖출 이유가 없는 것이다. 북쪽 사람 중 아마릴리스 황제가 에너지석을 손에 넣으려고 하는 나라는 철저히 짓밟는다는 이야기를 모르는 이는 없었다. 그만큼 민감한 문제였다.

렌이 크로커스 공작가에 대해서 아직 참고 있는 이유는 에너지석에 대한 조사가 아직 끝나지 않았기 때문이다. 그리고 아룬델이 아직 모습을 드러내지 않았기 때문이었다. 렌은 물잔을 들어 올렸다. 한 번도 손을 대지 않았기에 물이 가득 채워져 있었다. 거리가 가까웠기에 일어설 필요는 없었다. 우아한 잔에 담겨 있던 물은 정확히 리리엘의 머리 위로 천천히 쏟아졌다. 순식간에 물이 바닥까지 뚝뚝 떨어졌다. 리리엘의 머리칼이 젖어 화장기가 있는 얼굴에 달라붙었다. 드레스는 볼썽사납게 젖었다. 꼴사나운 모습이었다. 리리엘은 생각지도 못한 대공의 행동에 떨고 있었다.

"각하…."

"만일 저 사실들이 아니었다면 영애는 지금쯤 제게 결투 신청을 받았을 겁니다."

"저는… 레이디예요."

"성별은 중요하지 않습니다. 제게 있어서 영애는 제 아내를 모욕한 사람에 불과합니다. 제 아내와 피가 섞였다는 사실에 감사하십시오."

리리엘은 이를 딱딱 부딪치며 떨었다. 물은 차가웠고 실내의 공기는 다소 서늘했다. 렌은 그것을 바라보고 있었다. 누군가는 렌의 행동에 대해 졸렬하다는 평가를 내릴 것이다. 그런 세간의 시선은 중요하지 않았다. 리리엘 크로커스가 엘자네스 윈터나이트에게 해를 끼쳤다. 이것 하나만이 중요했다. 렌은 자리에서 일어났다. 리리엘은 절박하게 말했다. 온통 젖어 추한 몰골을 한 채였다.

"저는 각하를 사랑해요…!"

"제 눈앞에 나타나지 않는 편이 좋을 겁니다."

두 사람의 말은 상반되었다. 리리엘은 그제야 대공이 무서운 사람이라는 것을 알게 되었다. 대공의 표정에는 변화가 없었고 그는 수려했다. 그러나 위압감은 계속해서 리리엘을 짓눌렀다. 이상하게도 대공이 두려워 견딜 수가 없었다. 결투 신청을 했을 것이라는 대공의 말은 진심이었을 것이다.

리리엘은 대공이 아무 짓도 하지 않았음에도 불구하고 공포로 소름이 끼쳐오는 것을 느낄 수 있었다. 엘자네스를 몰아세운 것은 엘자네스의 가족들이었다. 렌은 결혼한 후 엘자네스가 사소한 것 하나하나에 감사함을 표시하던 것을 떠올렸다. 엘자네스는 그 사소한 친절마저도 누린 적이 없었던 것이다. 렌은 식당의 문을 열고 밖으로 나갔다. 그가 나가는데도 불구하고 리리엘은 충격에 제대로 몸을 가누지도 못하고 있었다.

※

크로커스 공작 부인은 엘자네스를 불러놓고도 별다른 말을 하지 않았다. 그녀는 어색한 얼굴로 일상적인 말을 할 뿐이었다. 공작 부인은 심약하고 소극적인 성격이었다. 많은 사교계 경험을 하며 나아졌지만 그녀의 의존성은 변하지 않았다. 세 영애는 공작 부인의 말 한마디도 놓치지 않았다. 엘자네스가 공작 부인과 대화하는 동안, 세실리아는 공작 부인의 반응을 살폈고 레이라는 방 안의 풍경을 훑어보았다. 루이자는 대화의 내용에 집중했다. 세 영애는 공작 부인의 사교술에 대해 눈치채지 못했지만 귀부인들과의 대화 경험이 많은 엘자네스는 공작 부인이 어떤 할 말도 없다는 사실을 알아차릴 수 있었다. 엘자네스가 공작 부인을 불렀다.

"공작 부인, 리리엘인가요?"

진갈색의 눈동자는 단호했다. 엘자네스의 말은 우아하게 건네졌다. 공작 부인은 유독 리리엘에게 약했다. 그녀는 자신의 어린 시절을 떠올리게 하는 소극적인 엘자네스보다는 밝고 명랑한 리리엘을 사랑했다. 리리엘이 많이 아팠을 때 자식을 잃을 수 없다며 느꼈던 간절한 마음이 10년이 넘도록 이어졌다. 세월이 흐르며 공작 부인의 과도한 애정은 점점 더 커져만 갔다. 공작 부인은 사교에도 능숙했고 머리도 좋았으나 의존할 대상을 찾는 습관이 있었다.

공작 부인이 이렇게 별 영양가 없는 말을 늘어놓는 것은, 한 가지 사실을 뜻했다. 공작 부인이 엘쟈네스를 불러낸 것은 리리엘의 뜻이다. 엘쟈네스를 따로 불러내 시간을 끌라는 말이라도 들은 것일까. 공작 부인은 애써 대답했으나 엘쟈네스는 찰나에 지나간 흔들리는 눈빛을 놓치지 않았다.

"요즘 에너지석으로 인해 많은 일이 있지 않나요…."

"리리엘은 제 남편과 협상을 하고 싶어 하는 건가요?"

"아니야! 그럴 리가. 그건 왕가에서…."

약혼식 당사자가 에너지석에 관련된 일처럼 정치적 의도를 가지고 대공을 만나는 것은 좋지 않은 일이었다. 까딱 잘못하다가는 약혼식 자체도 아마릴리스에게 술수를 부리기 위해 열었다는 해석이 돌 수 있는 것이다. 놀라 펄쩍 뛰며 대답하던 공작 부인은 입을 막았다. 왕가, 로벨리아 왕가의 이름이 나왔다. 공작 부인은 이내 혼란스러워하는 얼굴을 하더니 입을 다물어버렸다. 그녀가 한참 후 한 말은 이것이었다.

"아, 이게 아니라. 자세한 것은 정말로 모릅니다."

"어머니는 로벨리아 왕가에 대해 언급하셨어요."

공작 부인은 엘쟈네스를 신뢰했다. 크로커스 공작 부인에게 있어서 엘쟈네스는 공작 부인의 젊은 시절을 닮아 정이 가지 않는 딸이었으나 의지할 수 있는 버팀목이었다. 공작 부인은 무슨 일이 있으면 늘 엘쟈네스에게 상의하고는 했다. 공작 부인은 세 영애가 있다는 것마저도 잊어버렸다. 공작 부인이 엘쟈네스의 소매를 잡았다.

"전하는 에너지석에 갑작스럽게 집착하기 시작하셨어. 네 아버지는 그저 그것을 도와주고 싶었을 뿐이야. 나는 아무것도 몰라. 우리조차도 아는 것이 없어. 하지만 요하네스가 사라진 것은 에너지석과 관련 있을지도 몰라. 오, 엘쟈. 아가. 내가 어떻게 하면 좋겠니?"

그녀는 갑자기 횡설수설하다 입을 딱 다물어버렸다. 엘쟈네스는 단호하게 공작 부인을 불렀다.

"공작 부인. 사실대로 말해주세요. 에너지석 사태에 크로커스가가 관련되어 있나요?"

"그건…! 그건…!"

크로커스 공작 부인은 결국 눈을 질끈 감아버렸다. 그녀의 잘못이 아니다. 마음대로 일을 추진해버린 남편의 잘못이었다. 공작 부인은 결국 순순히 입을 열었다.

"네… 맞습니다."

리리엘은 엘쟈네스를 데리고 나가 시간을 끌어달라고 했다.

공작 부인이 세 영애와 엘쟈네스에게 정치적 이야기를 털어놓을 것이라고는 생각조차 하지 않은 모양이었다. 뜻밖의 수확이다. 루이자와 세실리아가 눈짓을 주고받았다. 레이라 역시 공작 부인과 엘쟈네스의 이야기에 귀를 기울이고 있었다. 엘쟈네스는 차분하게 물었다.

"크로커스 공작과 국왕 전하가 관련되어 있나요?"

"그이가… 일을 추진했습니다. 국왕 전하가 이상해지기 시작했어요."

"국왕 전하가 이상해진 것은 언제부터였나요, 어머니?"

"봄… 그래. 봄과 초여름의 사이부터… 얼마 되지 않았습니다."

"그렇군요."

엘쟈네스는 의도적으로 웃었다. 엘쟈네스에게 흐르는 아룬델의 마력이 공작 부인을 지배했다. 크로커스 공작 부인은 엘쟈네스를 보고 넋을 잃었다. 리리엘에게서 느껴지던 것과 같은 어떤 초월적인 아름다움이 엘쟈네스에게 깃들어 있었다. 공작 부인은 홀린 듯 엘쟈네스를 바라보았다.

"특이한 상황은 없었나요?"

"그때 국왕 전하가…. 에너지석 가공 장치를 절대로 들키면 안 된다고 했는데…. 그래서 남편이 화를 냈습니다. 약혼식을 앞당겼다고요. 국왕 전하는 날마다 바뀌셨습니다."

"날마다요?"

"국력을 키우고 싶다고 하시다… 또 어떤 때에는 그분이라는 존재를 숭배…."

공작 부인의 눈이 흐려졌다. 아마릴리스의 세 영애는 공작 부인의 말을 알아듣지 못했으나 엘자네스는 단번에 알아들을 수 있었다. 로벨리아의 국왕은 국가의 세력이 약하다는 데 대한 콤플렉스가 강했다. 타인의 마음속 가장 약한 부분을 파고들어 정신을 지배하는 것은 아룬델의 수법이었다. 그분이라는 존재는 어쩌면…. 공작 부인은 이후 무언가를 더 말했으나 건질 만한 것은 없었다. 엘자네스가 방을 나온 것은 렌이 방의 문을 열면서였다. 렌은 들어오자마자 말했다.

"엘자. 데리러 왔습니다."

"식사는요?"

"굳이 계속하지 않아도 될 것 같습니다."

렌은 말하며 아내의 손을 잡고 정중하게 이끌었다. 세 영애는 크로커스 공작 부인에게 인사를 건네고 뒤따라 나섰다. 공작 부인이 엘자네스에게 했던 행동에 비하면 이것은 무례의 축에도 속하지 않을 것이다. 문득 방을 나가던 대공의 검은 눈과 공작 부인의 눈이 마주쳤다. 공작 부인은 위압감에 눌려 움찔거렸다.

대공은 오로지 엘자네스의 앞에서만 다정한 태도를 취하고 있었다. 공작 부인은 대공과 리리엘의 만남이 무언가 잘못되었다는 사실을 깨달아버렸다. 대공은 리리엘이 공작 부인에게 요구했다는 것을 알고 있었다. 리리엘은 대공과 단 한 번 단둘이 있고 싶다고 했다. 엘자네스의 남편으로 적절한지에 대해 알고 싶다는 것이 그 이유였다. 이유는 중요하지 않았다. 공작 부인은 리리엘의 요구를 들어주었다. 언제나 그랬듯이. 그러나 무언가 실수했다는 불안한 느낌이 그녀를 떠나지 않았다. 공작 부인은 몸을 떨었다.

방에 도착하자마자 렌은 엘자네스를 끌어안았다.

"렌, 숨 막혀요."

"엘자. 사랑합니다."

렌은 엘자네스에게 말했다. 렌은 리리엘 크로커스와 크로커스 공작 부인, 많은 고용인들을 보며 엘자네스에게 감사함을 느꼈다. 엘자네스가 포기하지 않고 자신만의 삶을 살아주어서 고마웠다. 렌은 엘자네스를 사랑했다. 그 누구보다도. 엘자네스는 렌에게 안긴 채 웃었다. 함께이기에 부부는 행복할 수 있었다.

"렌, 사랑해요."

렌은 리리엘에 관한 이야기를 해주었다. 엘자네스는 리리엘이 갑작스럽게 렌에게 사랑을 고백했다는 말을 들었다. 렌은 리리엘을 정원에서 만났던 일에 대해 이야기했다. 황제의 전령을 만나고 돌아가는 길에 렌이 마주친 상대가 리리엘이었던 것이다. 그 짧은 만남으로 리리엘은 렌에게 호감을 가진 상태인 듯했다. 엘자네스가 아카데미에 다닐 적 흔히 있던 일이었다. 리리엘의 주변에는 그런 식으로 리리엘을 사랑하게 된 남자들이 많았다. 다른 점이 있다면, 리리엘이 이번에는 호감을 표시한 게 아니라 사랑을 고백했다는 점이다. 엘자네스는 놀라지 않았다. 그러나 리리엘이 렌에게 사랑을 고백했다는 사실에 대해서는 화가 났다. 엘자네스는 렌의 무릎에 앉은 채로 렌을 안았다.

"어쩐지 싫어요. 이게 질투라는 감정인가 봐요."

"저는 그 기분을 상당히 자주 느낍니다."

북쪽에는 엘자네스를 좋아하는 이들이 너무 많았다. 사절단에 함께 온 유진 바이올렛도 엘자네스에게서 시선을 떼지 못했다. 그의 아내는 결코 그의 감정을 알지 못할 것이다. 엘자네스는 렌의 얼굴을 바라보다 렌이 지금 이

상황을 즐기고 있다는 것을 눈치챘다. 이 남자는 엘자네스가 질투한다는 사실 자체에 만족스러움을 느끼는 것이다. 엘자네스는 렌의 뺨에 입을 맞추었다. 둘은 렌이 어린 시절에 대해 이야기해주었던 것처럼 엘자네스의 어린 시절 이야기를 나누었다. 엘자네스는 할머니에 대한 이야기를 해주었다.

"할머니는 늘 우아한 분이었어요. 제가 잠시 자란 버베나는 북쪽에 가까운 곳이었고요. 로벨리아는 북쪽에 비해 많은 면에서 자유로워요. 렌도 이곳에 머물며 알아차렸을 거예요. 델피늄의 영향을 많이 받았기 때문이에요. 리리엘이 델피늄의 사상에 심취해 있던 것도 한몫했죠. 버베나는 델피늄의 영향을 거의 받지 않았어요. 국민들 전체가 차분하고 우아하거든요. 버베나의 사람은 모두 신사숙녀라는 농담이 있을 정도로요."

"엘자는 그곳에서 즐거웠던 것 같습니다."

"물론이에요. 렌을 만난 이후 다음으로 즐거웠던 시기인걸요. 할머니의 저택에는 아름다운 가구들이 있었어요. 가장 좋아했던 건 할머니의 보석함이에요. 렌도 아는 그 물건이요. 그중 반지가 하나 있었어요."

"찾지 못한 반지 말입니까."

"이제는 많이 미련이 없지만요. 렌이 있으니까요. 어릴 적 꿈이 있었거든요. 그 반지는 전대 크로커스 공작인 제 할아버지께서 만드신 것이었어요. 무뚝뚝했던 할아버지가 가장 다정한 순간이었다고 해요. 할머니께 드리기 위해 틈틈이 보석을 직접 깎고 세공했다고 해요. 할머니는 그 반지를 보여주면서 언젠가 제게 보석함을 물려주겠다고 하셨어요."

"그것을 물려받는 것이 꿈이었습니까."

"아니에요. 어릴 적 저는 소극적이고 얌전한 아이였거든요. 대신 상상력이 풍부했어요. 만일 누군가와 결혼하게 된다면, 그 사람에게 청혼을 받고 싶다고 생각했죠. 제 아버지와 어머니는 정략결혼을 했거든요. 하지만 어른이 되어보니 달랐어요. 렌을 만난 것은 제 가장 큰 기쁨이에요. 반지는 이제

찾지 못해도 상관없어요."

"엘자는 저를 구원했습니다. 엘자를 만난 것이 제 인생 중 가장 행복한 일입니다."

렌은 엘자네스에게 말했다. 그의 매혹적인 목소리는 낮고 부드러워 듣기가 좋았다. 약혼식 때 아룬델이 나타난다면 부부는 다시 윈터나이트로 돌아가게 될 것이다. 다시 겨울이 오고 겨울을 베어내면 윈터데이가 피어나는 계절이 올 것이리라. 아룬델은 국왕의 곁에 있었다. 사라진 요하네스의 행방은 알 수 없었다. 그러나 엘자네스와 렌은 희망이 실린 이야기를 했다. 암울한 상황이 이어지고 있으나 함께 있는 순간만큼은 평온할 수 있었다.

※

은으로 된 반지는 오래되었지만 새것처럼 빛나고 있었다. 약간의 흠집은 최근에 난 것들이었다. 반지에 달린 다이아몬드는 나름대로 세밀한 세공이 되어 있었다. 장인들에 비해 부족한 솜씨지만 그것이 티 나지 않는 것은 반지에 달린 다이아몬드가 눈부시게 빛나는 값진 것이기 때문이었다. 붉은 머리의 소년, 헬은 반지를 들어 올렸다. 불빛에 비친 반지는 제법 그럴싸해 보였다. 그러나 이것은 헬에게 중요한 것이 아니었다. 헬의 진회색 눈동자에 푸른빛이 돌았다. 순식간에 반지에 금이 갔다 복구되었다. 쉽사리 부술 수는 없다. 헬은 부드럽게 친우인 요하네스 크로커스를 불렀다.

"요한, 내 인형. 이건 네 둘째 누님의 것이 아니잖아."

"아니야…?"

요하네스는 멍하게 헬의 말을 따라 되뇌었다. 요하네스는 이곳에 있었다. 시간이 얼마나 지났는지는 알 수 없었다. 의식조차도 몽롱해졌다. 요하네스가 유일하게 생각할 수 있는 것은 헬을 실망시키고 싶지 않다는 것뿐이었다. 이내 요하네스는 헬을 보며 고개를 저었다.

"둘째 누님의 것이 맞아."

"이 반지가?"

"그래. 누님의 방에서 직접 가져왔으니까…."

요하네스가 멍하니 중얼거렸다. 헬은 정말 매혹적이었다. 요하네스는 헬의 어떤 요구도 거절할 수 없을 것 같았다. 지금 하고 있는 생각이 자신의 것이 맞는가에 대한 의문은 사그라졌다. 요하네스는 소파에 앉은 채 헬을 바라보려고 애썼다. 사람을 강렬하게 끌어당기는 매력이 헬에게는 있었다. 헬을 실망시켰다. 요하네스는 헬에게 준 반지가 리리엘 것이 맞다고 말하려고 했으나 더 생각할 수가 없었다.

헬의 손가락이 요하네스의 이마 부근에 닿았다. 몽롱해지는 시야 사이로 들어온 것은 숨이 막힐 만큼 선명한 붉은 머리칼이었다. 요하네스의 눈에 돌던 빛이 꺼졌다. 요하네스는 인형처럼 눈을 뜬 채 가만히 앉아 있었다. 헬은 그 모습을 감상하고 있었다.

"너도 크로커스구나. 의식을 되찾는 건 귀찮은데."

요하네스의 생각과는 달리 헬의 말에는 억양이 없었다. 요하네스는 그 목소리마저도 부드럽다고 생각했다. 모든 아룬델의 피에는 겨울과 윈터나이트 대공에 대한 정보가 새겨져 흐른다. 아룬델들에게 있어 가장 중요한 것은 겨울이었다. 겨울이 풀려나 세계가 얼어붙어 고요하게 죽어간다면 그 모습은 얼마나 아름다울까. 상상만 해도 오싹한 쾌감과 함께 황홀한 감정이 밀려왔다. 그 누구도 같은 아룬델이 아닌 이상 아룬델의 이 본능적인 열망을 이해할 수 없을 것이다. 아룬델은 자기 자신들마저도 파괴하고 싶어 했다. 모든 것이 얼어붙어가는 것을 보며 함께 얼어붙어 죽는다면 그 참혹한 죽음은 극도로 정교하고 찬란할 것이다. 윈터나이트가 방해하지만 않는다면 말이지. 헬은 생각했다.

"요한. 나에게는 부모가 없어. 나는 만들어졌지."

헬은 요하네스에게 가까이 가서 말했다. 요하네스는 헬이 어떤 말을 하고 있는지도 모른 채 멍하니 고개를 끄덕일 뿐이었다. 전대 윈터나이트 대공 부부는 아룬델을 집요하게 추적했다. 그들의 자녀에게 아룬델과의 전쟁을 알게 하고 싶어 하지 않았기 때문이리라. 겨울을 추구하는 무리들은 전대 윈터나이트 대공 부부를 악귀라고 불렀다. 순혈의 젊은 아룬델들은 악귀들의 손에 모조리 죽었다. 남은 것은 반쪽짜리 아룬델인 베스 아룬델과 몇몇 손쓸 수도 없을 만큼 늙은 아룬델뿐이었다. 겨울을 추구하는 무리는 대대로 있어 왔다. 윈터나이트에 화이트 기사단이 모이듯 그들 역시도 아룬델 마법에 의해 본능적으로 아룬델로 몰려들었다. 아룬델은 그들을 데드윈터라고 불렀다. 아룬델만이 아는 호칭이었다.

어느 비가 내리던 밤이었다. 순혈의 아룬델을 되살리기 위해 베스 아룬델은 늙은 아룬델들을 죽였다. 그들은 헬의 양분이 되었다. 헬은 그들을 기반으로 해 만들어졌다. 베스 아룬델은 유리관 안에서 배양되던 헬을 자신의 태내에 품었다. 추적을 피하기 위해서였다. 갓난아기였던 헬은 아룬델 마법을 조절하지 못했다. 다른 데드윈터들은 전대 윈터나이트 대공 부부의 눈을 가리기 위해 발악하듯 대륙 곳곳에 나타났다. 헬은 태어나자마자 눈을 떴다. 데드윈터들과 베스 아룬델은 그 광경을 보며 무릎을 꿇었다. 순혈 아룬델의 탄생이었다.

"20년이 넘도록 숨을 죽이고 살아왔거든."

헬은 아룬델의 가주가 되었다. 그러나 많은 것이 부족했다. 헬은 예전의 아룬델에 비해 힘이 없었다. 마법은 불안정했다. 그가 만들어진 아룬델이었기 때문이다. 아룬델은 오로지 다른 아룬델을 먹어 치워야 힘을 계승받을 수 있었다. 너무 오랫동안 기다렸다. 그는 어떻게든 겨울의 땅에 도달해야 했다. 그것이 작년 겨울에 이루어졌다. 엘쟈네스 크로커스. 아룬델의 마법을 가져간 크로커스의 후손. 헬이 원하는 것은 오직 크로커스가의 핏줄에 흐르는 마법을 다시 회수하는 것뿐이었다. 그러려면 힘이 필요했다. 헬은 겨울의 땅에서, 아룬델의 저택으로 들어갔다. 굳게 잠긴 채 누구의 출입도 반기지 않던 아룬델 저택의 문은 헬이 오자 스르르 열렸다.

"상상해봐. 이미 죽어 무언가를 할 수도 없는 것들이 마구 발버둥치는 거야. 발악하는 소리가 들려오는 거지."

"발악?"

"너는 알 수 없을 거야."

아룬델의 권세가 강성하던 당시, 옛 아마릴리스의 땅에 있던 아룬델들은 각 가주들의 육체를 배양액에 담가 보관했다. 아룬델의 수명은 일정하지 않았다. 그들은 보관되어 눈을 뜰 날을 기다렸으나 그런 날은 오지 않았다. 아룬델에는 그들을 깨울 만한 기술이 없었다. 그들은 의식을 유지한 채 끝없이 발악하고 절규하고 있었다.

[윈터나이트가 강성하다.]

[나를 풀어다오!]

헬을 보자 배양관에 들어 있던 수많은 아룬델들이 날뛰기 시작했다. 수십 수백 가지의 목소리를 헬은 들을 수 있었다. 아룬델의 마법 때문이었다. 그들은 아우성쳤다. 무수한 목소리가 들려왔다. 헬은 그것들을 보며 웃었다. 새하얀 이가 드러났다. 헬은 마침내 그들을 먹어 치우고 다시 태어났다. 순혈의 아룬델들이 헬의 피와 살을 구성했고 그들의 마법이 헬에게 깃들었다. 아룬델은 본래 이렇게 태어난 존재들이었다. 헬은 그날 완전무결한 아룬델이 되었다. 이후는 쉬웠다. 헬은 엘자네스 윈터나이트가 본래 살던 로벨리아로 왔다. 국왕을 지배하는 과정은 생각보다 어렵지 않았다. 헬은 요하네스에게 빙긋 웃었다. 진회색의 눈동자는 유리알처럼 반들거렸다.

"네게 아룬델의 마법이 없다는 사실에 감사해. 요한."

"마법? 나는 마법을 하지 못하는데…."

"그래서 널 살려두었지."

요하네스가 앉아 있는 곳은 로벨리아 왕궁의 의자였다. 화려하게 세공된 손님용 의자에 앉은 채 요하네스는 헬을 따라 웃었다. 요하네스는 아룬델의 마법도, 크로커스의 마법도 전부 가지고 태어나지 않았다. 그 점이 요하네스에게 가장 큰 축복이었다.

"나는 로벨리아에 오면 일이 쉬워질 거라고 생각했거든. 하지만 이미 다른 아룬델의 영향력이 나라 전체를 뒤덮은 후였지. 아룬델은 없어. 이 나라에 있는 것은 크로커스뿐이니까."

"크로커스는 왜…?"

"요한. 나는 도둑이 싫어."

"도둑은… 옳지 못해."

"이래서 나는 너를 좋아해. 요한. 이렇게 얌전한 친우로 남아준다면 말이야."

헬의 눈동자에 깃든 푸른 아룬델의 마법은 섬뜩한 것이었으나 요하네스는 알지 못했다. 요하네스는 헬이 웃는 것을 보며 함께 기쁘게 웃고 있을 뿐이었다. 이 나라 전체에 아룬델의 마법이 퍼져 있었다. 아룬델은 사람을 현혹한다. 현혹된 사람의 믿음은 아룬델 마법의 기반 중 하나였다. 만일 이곳에 그만한 영향력을 행사할 수 있는 아룬델이 있었다면 마법이 그리 엉성하지 않았을 것이다. 이것은 마구잡이로 발현한 마법이었다.

헬은 그것들을 잘라냈다. 리리엘 크로커스에게 현혹되었던 사람들 중 다수가 정신을 차렸다. 그러나 나라 수준으로 퍼진 마법은 너무나도 강력해 모든 것을 완전히 잘라낼 수 없었다. 그랬기에 리리엘 크로커스의 영향력은 사그라지지 않았다. 헬은 크로커스를 좋아하지 않는다. 약혼식이 내일이다.

그 자리에는 리리엘 크로커스와 엘자네스 윈터나이트, 윈터나이트 대공이 올 것이다. 헬은 도둑 또한 좋아하지 않는다. 크로커스는 훔친 마법을 너무 오래도록 사용했다. 그것들을 다시 돌려받아야 할 때였다. 헬의 붉은 머리칼이 불길하게 빛났다.

⁂

전대 윈터나이트 대공 부부, 르윈스키와 멜리사는 집사를 재촉했다. 윈터나이트의 집사들은 아룬델과 윈터나이트에 대해 어느 누구보다도 잘 알고 있었다. 그들은 겨울의 땅으로 가는 입구에 서 있었다. 나이 든 집사는 겨울의 땅으로 들어가는 입구를 억지로 여는 방법을 알려주고 있었다.

"다섯 시간입니다. 그 이상 있으시면 공간의 마법에 잡아먹혀 비틀릴지도 모릅니다."

"괜찮아요. 어서 방법을 말해줘요. 한시가 급한 상황이에요."

멜리사의 재촉에 그 뒤에 있던 르윈스키가 고개를 끄덕였다. 늙은 집사는 한숨을 쉬었다. 극단적인 상황이었다. 평화로운 나날이 오래 지속되었고 많은 것이 바뀌고 있었다. 순혈의 아룬델을 본 지도 오래되었다. 아룬델의 마법과 윈터나이트의 마법, 겨울의 땅에 대해 공부하면서도 이것이 실질적인 효과가 있는지 알지 못했다. 집사는 가져온 작은 구슬을 겨울의 땅의 입구가 있는 곳에 던졌다. 지금은 닫힌 곳이었다. 문이 억지로 열려졌다.

"들어가시면 됩니다. 꼭 조심히 다녀오십시오."

"무사히 돌아오지."

르윈스키는 결코 빈말을 하는 법이 없었다. 무뚝뚝한 그의 말에 집사의 표정이 조금이나마 밝아졌다. 시간이 없었다. 전대 대공 부부는 겨울의 땅으로 향했다. 커다란 하얀 늑대는 전에 함께했던 동반자를 알아보고 다가왔다. 르윈스키가 늑대 위에 올라탔다. 멜리사는 늑대 등에 올라 르윈스키의 허리를 안고 있었다. 말은 필요하지 않았다. 늑대가 아룬델의 땅을 향해 달렸다. 시간이 멈춰버린 새하얀 숲들이 펼쳐졌다. 늑대는 더욱 빠르게 달렸다. 모든 광경들이 순식간에 지나갔다. 아름다운 풍경이었으나 눈에 들어오지 않았다. 늑대가 옛 아마릴리스의 땅에 도착해 순식간에 허공을 도약했다. 커다란 늑대는 건물들을 가로질러 곧바로 옛 아룬델 가문으로 향했다. 익숙한 풍경이었다. 아룬델의 저택이 있었다. 르윈스키는 이곳에 들어간 적이 없었다. 저택의 문이 늘 굳게 닫혀 있었기 때문이다. 검으로 베어도 베이지 않는 곳이었다. 그 저택의 문이 열려 있었다. 렌의 보고를 받았을 때는 엘자네스가 아룬델의 마법을 가져서 그렇다고만 생각했다. 만약 이곳에 아룬델이 왔다면. 르윈스키는 들어가자마자 렌에게 전해 들었던 유리관 안에 담긴 아룬델들을 찾았다. 복도를 지나자 렌이 보고했던 공간이 나왔다. 그러나 유리관은 모조리 깨진 상태였다. 바닥에 흩어진 배양액들이 보였다. 살점과 머리카락들이 떨어져 있었다. 이것은.

"르윈스키, 모든 아룬델들을 먹었어요."

멜리사가 믿기지 않는 풍경을 바라보며 새파랗게 질렸다. 끔찍한 광경이었다. 아룬델들의 잔해가 몇 개 있었다. 입으로 내뱉은 소리가 잔혹하게 돌아왔다. 전대 대공 부부는 곧 정신을 차렸다. 이들을 모두 먹어 치워 새로 태어난 아룬델이 갈 곳은 단 한 곳뿐이다. 로벨리아. 온몸의 피가 얼어붙는 것 같았다. 부부는 곧바로 늑대에 올라탔다. 로벨리아로 가야 했다. 렌과 엘자네스가 위험하다. 전대 윈터나이트 대공 부부가 로벨리아를 향해 출발하는 순간이었다.

11

약혼식

리리엘과 칼레스 왕자의 약혼식이 있는 날이었다. 약혼식을 치르는 것은 평생을 상대와 함께하겠다는 뜻이었다. 많은 이들 앞에서 결혼 전 두 사람의 인연을 알리기에 약혼식은 결혼보다도 신성하게 여겨졌다. 그래서 크로커스가는 이른 새벽부터 들뜬 상태였다. 가문의 모든 고용인들과 시종, 시녀들은 칼레스 왕자가 보내온 수많은 꽃들을 보며 왕자와 리리엘의 영원한 사랑과 낭만에 대해 이야기했다. 어릴 적부터 많은 사랑을 받으며 자라온 리리엘이 아가씨가 되어 한 남자의 아내가 된다.

크로커스의 집사는 남몰래 눈물을 조금 훔쳤으나 그것을 모르는 사람은 없었다. 윈터나이트 기사단에게 패배한 뒤로 한동안 풀이 죽어 있던 크로커스 기사단마저 오늘은 들떠 있었다.

조용한 곳은 별채뿐이었다. 물론 별채에도 꽃이 한가득 꽂혀 있었다. 약혼식을 맞은 신부의 앞날을 축하하는 의미였다. 바깥의 날씨는 가을이었으나 크로커스의 건물 안에는 봄이 찾아온 듯했다.

엘자네스는 방 안 가득 장식되어 있는 꽃을 바라보았다. 꽃이 아름다워서가 아니었다. 꽃을 좋아했으나 방 안 가득 꽂힌 꽃들은 그녀의 취향이 아니었다. 꽃들 대개가 리리엘이 좋아하는 것들이었다. 엘자네스는 다른 생각을 하고 있었다. 거울 앞에서 단추를 채우던 렌이 물었다.

"무슨 생각을 합니까."

"그 애가 충격을 많이 받았구나 생각하고 있어요."

"리리엘 크로커스 영애 말입니까."

"네. 보통 때였다면 리리엘은 꽃을 거절하고 대신 그 돈으로 다른 선행을 베풀기 위해 애썼을 테니까요. 이렇게 조용한 게 오히려 이상하네요. 1년 사이 그 애가 바뀐 것일 수도 있겠지만요. 물론 조용한 게 좋긴 해요."

엘자네스는 웃었다. 사랑스러운 미소였다. 렌은 그렇게 생각했다. 다른 사람들은 치장을 하고 있었으나 엘자네스와 렌, 화이트 기사단은 제복과 정장, 드레스 안에 무기를 감추는 중이었다. 알렉은 화이트 기사단원 몇 명에게 핀잔을 주었다.

"대체 표창은 왜 집어넣는 거야? 멍청이들아."

"당연히 멋있으니까지."

"표창 쓸 줄도 모르잖아. 쓸 곳도 없고. 암살이라도 할 거냐?"

"알렉, 너는 아직 사나이의 로망을 몰라."

"아직 어린 거지."

"됐다 됐어. 바보와 말을 해봤자 나까지 바보가 될 뿐이지."

"어이! 그게 무슨 말이야! 알렉!"

"아무것도 아니야."

알렉은 바보들과 말 섞는 것을 포기하기로 했다. 아직도 에너지석에 대해서는 뚜렷한 결론이 나지 않았다. 그렇기에 검의 소지 또한 제한되었다. 왕족에 대한 위협을 없애자는 요지도 있었지만 아마릴리스 사절단에 포함된 기사단이 검을 들고 가는 것은 정치적인 위협을 암시하는 것이기도 했기 때문이다. 결국 모든 화이트 기사단은 옷 속에 단검을 교묘히 감출 수밖에 없었다. 화이트 부기사단장인 원은 최근 계속 바빴다. 리리엘 크로커스에 관해 조사하고 그녀를 감시했기 때문이다. 그는 대공과 대공비에게 보고했다.

“리리엘 크로커스는 마법을 거의 의도적으로 사용하는 것 같습니다. 그녀가 원할 때면 마법이 강해져 사람을 짓누르고 세뇌합니다. 마력의 순도는 높지 않으나 그 양이 어마어마합니다. 하루 이틀에 걸쳐 만들어진 마법이 아닐 것으로 생각됩니다. 그러나 또 다른 아룬델의 마법은 리리엘 크로커스의 마법을 문제없이 제압하고 있습니다.”

원은 마법사를 죽인 적도 많았다. 그랬기에 그는 리리엘 크로커스에 대해 정확하게 파악할 수 있었다.

“확실히, 기운이 더 짙어지고 있어요.”

엘자네스는 손을 뻗어 공기를 만졌으나 감각이 잘 잡히지 않았다. 아주 미세해서 잘 느껴지지 않는 기운이었기 때문이다. 희박한 그것의 존재를 알아차린 것은 로벨리아 전역에 깔린 기운이 점점 불안정한 폭으로 흔들리기 시작해서였다. 안개처럼 로벨리아 전역에 스며들어 있던 아룬델의 마법은 점점 더 강해지고 있었다. 그러나 이것은 리리엘의 기운이라기에는 지나치게 음습하고 소름 끼치는 구석이 있었다.

리리엘의 마법과 새로운 기운이 충돌하자 사람들은 혼란스러워하는 눈치였다. 몇몇 사람들은 정신을 차리고 리리엘에게서 멀어지거나 엉뚱하게 엘자네스에게 끌리고는 했다. 왕궁에 있을 아룬델. 리리엘. 엘자네스. 제각각의 소유주들에게서 아룬델의 마법이 발현되고 있었다.

로벨리아 사람들은 기운에 대해 인지하지 못했다. 아마릴리스 사절단이 가끔씩 숨쉬기 답답하지 않느냐고 묻는 것이 다였다. 기운은 윈터나이트 일원들이 가진 겨울의 마법에 닿는 순간 너무나도 쉽게 소멸했다. 아직 풀리지 않은 의문들이 많았다. 자세한 것은 약혼식에 참석하면 알게 될 것이다.

엘자네스는 렌에게 다가갔다. 엘자네스가 입은 드레스는 화사한 크림색으로 어깨를 드러내는 것이었다. 렌은 거울 앞의 탁자에 놓여 있던 목걸이를 뒤에서 걸어주었다. 엘자네스의 목에 서늘한 감촉이 닿았다. 렌은 그 드러난 어깨에 입을 맞추었다. 엘자네스의 손을 들어 손가락 마디마디마다 입을 맞추었다. 낮은 목소리가 울렸다.

"아름답습니다."

"렌, 사실 크림색 드레스와 다이아몬드 장신구가 취향인 거죠? 결혼식 때와 비슷한 옷이잖아요."

"그럴지도 모릅니다. 그러나, 사실 엘자는 어떤 모습이든 늘 사랑스럽습니다."

렌은 말하며 엘자네스의 목걸이 줄을 약간 당겨 모양을 고쳐주었다. 엘자네스는 렌의 정장의 매무새를 다듬다 웃어버렸다. 렌이 속삭인 농담 때문이었다. 가을이었기에 장갑은 낄 필요가 없었다. 장갑을 끼는 것은 약혼식 주인공인 여성 혼자여야 했다. 이내 두 사람은 모든 준비를 마쳤다.

약혼식은 정오에 있었다. 출발할 시간이었다. 저택의 고용인들은 들뜬 음성으로 시끄러운 소리를 내더니 이내 조용해졌다. 고용인들도 공작 부인의 시중을 들기 위해 왕궁으로 향했기 때문이다. 고용인들은 아마릴리스 사절단이 아무리 지금 크로커스와 사이가 좋지 않더라도 엄연히 친목을 목적으로 온 사절단이기 때문에 겉으로나마 친절하게 굴었다. 나중에 어떤 문제가 생기든 책을 잡히지 않기 위해서는 화기애애한 낯을 해야 했다.

세 영애는 먼저 왕궁으로 출발해 사절단과 합류한다고 했다. 엘자네스와 렌은 천천히 마차에 올랐다. 주변에는 화이트 기사단이 있었다. 그들은 윈터나이트 기사단의 제복을 입고 있었다. 블랙 기사단이 대외적인 자리에서 입는 것과 같은 것이었다.

"이거 무리하게 움직이면 찢어지는 거 아니냐?"

"그렇겠지. 천 재질을 좀 봐. 약혼식에 가면 얌전히 있어라. 좀."

생각지도 못한 정식 제복에 당황한 화이트 기사단은 옷이 구겨질까 조심스럽게 행동하고 있었다. 화이트 기사단원들은 제복 속에 넣어둔 단검 때문에 옷이 찢어질지도 모른다며 심각한 토론을 나누고 있었다.

엘자네스는 마차의 창을 통해 그 광경을 보며 잔잔한 미소를 지었다. 한편, 귀족들은 리리엘 크로커스가 나오기 한 시간 전부터 커다란 왕궁의 홀에 모여 있었다. 화려한 넓은 공간은 백합과 하얀 로벨리아로 장식되어 있었다. 순결과 영원을 의미하는 꽃들이었다. 화려한 문양과 금실로 수놓아진 레이스 길은 아름다웠다. 귀족들은 두 사람의 결혼에 대해서까지 이야기를 나누고 있었다. 화제가 아마릴리스 사절단으로 전환되었다 엘자네스 윈터나이트에게로 넘어간 것은 순식간이었다. 엘자네스에 대한 악감정은 희미하게 지워졌다. 눈앞에서 사라지자 더 이상 전처럼 큰 관심이 가지 않았기 때문이다. 요하네스 크로커스보다 나이가 어리고 호기심 많은 영애들은 이야기를 주고받았다.

"영애들. 아마릴리스의 사절단이 왔을 때의 모습을 보셨나요?"

"정말로 아름다웠죠. 결혼이 그녀를 꽃피게 한 걸까요?"

"사랑에 빠진 여자는 아름다워진다고 하잖아요. 하지만 전 생각이 달라요."

"뭔데요, 영애?"

"리리엘 크로커스 영애와 엘자네스 윈터나이트 대공비 각하는 자매잖아요!"

"아… 그렇긴 하죠. 두 사람이 너무나도 다르지만요."

"바로 이것 때문이에요! 저는 두 사람이 같은 피가 흐르는 자매이니 둘 다 아름다운 거라고 생각해요. 이번에 본 엘자네스 윈터나이트 대공비 각하는 리리엘 크로커스 영애에게 견주어도 전혀 뒤떨어지지 않았는걸요."

"그런 걸까요?"

"당연하죠! 본래도 아름다웠지만 대공비 각하는 나이가 들며 그 아름다움이 발하는 분이었던 거예요."

공상을 많이 하는 영애가 밝은 어조로 말했다. 영애들은 떨떠름한 얼굴로 고개를 끄덕였다. 그러나 어느 정도 납득한 것은 사실이었다. 그 리리엘 크로커스의 자매라 생각하자 매혹적으로 빛나던 모습을 납득할 수 있었다. 단지 먼발치에서 구경만 했을 뿐이지만 엘자네스 윈터나이트가 나타났을 때 그 압도적인 분위기와 시선을 끄는 아름다움에 많은 이들이 입을 다물지 못했다. 리리엘 크로커스를 처음 보았을 때처럼 충격적인 느낌이었다.

어린 영애들이 다소 시끄럽게 이야기를 할 때 리리엘 크로커스의 추종자들은 우울한 분위기를 풍기고 있었다. 많은 이들은 그들이 리리엘 크로커스의 결혼에 충격을 받아서라고 생각했다. 그 사실은 반은 맞고 반은 틀렸다. 한구석에 모여 있던 리리엘 크로커스의 추종자들은 피로에 지친 얼굴을 하고 있었다. 마침내 한 영식이 입을 열었다.

"결혼을 해서도 우리의 상황은 달라지는 게 없겠죠."

"듣는 귀가 많습니다."

"지금은 듣지 않을 겁니다. 거기에 틀린 말도 아니지요. 타인에게만 말하지 않는다면 칼레스 전하께서도 눈감아주실 겁니다."

그들은 1년간 리리엘 크로커스에게 시달려왔다. 리리엘 크로커스가 요구하는 일을 했고, 리리엘 크로커스가 저지른 일을 수습했다. 그것이 이상하다는 것을 인지한 시기는 봄쯤이었다. 그때부터 왕이 약간 이상해지기 시작했다. 왕은 그토록 반대했던 리리엘 크로커스와 칼레스 왕자와의 결혼을 쉽게 허가했다. 본래였다면 왕은 리리엘을 비로 들이는 대신 크로커스 공작에게서 많은 지참금을 받았을 것이다. 그러나 왕은 그렇게 하지 않았다. 그것도 추종자들과는 상관없는 일이었다. 그들은 이제 리리엘 크로커스의 금발만 봐도 진저리가 날 지경이었다. 요하네스 크로커스는 자연스럽게 그들에게서 배척당하게 되었다. 크로커스라는 가문 자체가 끔찍했다. 영식들 중 한 사람이 말했다.

"솔직히 저는 엘자네스 크로커스, 아니 이제는 엘자네스 윈터나이트라고 해야겠군요. 그녀가 왜 리리엘 크로커스와 친하지 않았는지에 대해 늦게야 알게 되었습니다."

"아."

영식 중 몇이 자신도 모르게 입을 다물고 힐끔 눈치를 보았다. 지금 모인 영식 중 엘자네스 크로커스가 떠난 지 1년이 거의 다 되어서야 엘자네스 크로커스를 흠모했다는 사실을 깨달은 영식도 있었다. 사실은 엘자네스 크로커스에게 끌렸다는 이야기를 하며 뒤늦은 사랑을 고백하는 영식도 있었다. 이들은 쉽게 누군가를 우상시하려는 면모가 있었다. 그들은 엘자네스 크로커스를 배척하며 그들이 저지른 나쁜 행동 대부분을 잊어버리고 엘자네스 크로커스를 그리워하고 있었다.

입을 열려던 이들은 한구석에 서 있는 란제크 카멜리아 백작을 보며 입을 다물었다. 란제크 카멜리아 백작은 오만하고 완벽한 남자였다. 또한 권세 높은 가문의 가주였다. 사람들은 그가 리리엘 크로커스의 약혼식 소식에 충격을 받았다고 생각했지만 어느 순간부터 추종자 영식들 사이에서는 엘자네스 크로커스의 이름을 꺼내는 것이 금기시되어 있었다. 란제크 카멜리아가 엘자네스 크로커스를 함부로 부른 이들에게 반드시 난동을 부렸기 때문이다. 영식들은 입을 다문 채 다시 일상적인 이야기를 했다.

홀 안에는 많은 귀족들이 모여 있었다. 저 멀리 크로커스 공작 부인과 공작이 보였다. 수많은 고위 귀족들은 삼삼오오 모여 이야기를 나누고 있었다. 막 도착한 엘자네스 윈터나이트가 들어왔다. 리리엘 크로커스를 사랑하던 영식들은 그 순간 후회했다. 자신들이 사람을 잘못 보았다는 사실을 깨달은 것이다.

악녀 하나가 있었다. 그녀가 진짜 악녀인지 아닌지는 중요하지 않았다. 사실은 그랬다. 그녀가 사실은 선한 인물이든, 아무런 죄도 짓지 않은 인간이든. 그것이 뭐가 중요하단 말인가. 중요한 것은 많은 사람들이 찍은 낙인이었다. 엘자네스 크로커스는 로벨리아 대다수의 젊은 귀족층을 따라가지 않았다. 그들의 분위기에 억지로 자신을 끼워 맞추고 그들과 어울리려고 하지 않았다. 첫 시작은 아마 거슬림 때문이었을 것이다. 한두 사람이었다면 크로커스의 공녀에게 감히 덤벼들지 못했을 것이나, 대중이 동조하고 있었다. 환경은 그녀를 악녀로 몰아갔다. 리리엘의 추종자 중 상당수는 엘자네스 크로커스가 그렇게 나쁜 여자가 아니라는 사실을 알고 있었다. 그러나 상관없었다. 그녀를 헐뜯는 순간 사람들은 서로 공감대를 생성했으니까. 퉁퉁한 몸을 가진 코리우스 영식은 유명한 기회주의자였다. 동시에 모든 상황을 가장 객관적으로 보는 인물이기도 했다.

"코리우스 영식. 영식은 후회하지 않습니까?"

추종자 무리의 분위기는 어두웠다. 추종자들이 리리엘을 섬긴 데에는 별다른 이유가 없었다. 그저 타인이 그녀를 가치 있다고 평가했기에 그렇겠거니 생각한 것이리라. 코리우스 영식은 그렇게 생각했다. 물론 리리엘 크로커스는 특별했다. 그녀는 많은 여자들과 다른 행보를 보이며 강렬한 이미지를 대중에게 각인시키지 않았던가. 사람들이 보고 싶어 한 것은 리리엘 크로커스나 엘자네스 크로커스의 본질이 아니었다. 그들은 그저 자신들이 만들어낸 이미지에 두 사람을 끼워 넣고 싶어 했다. 코리우스 영식은 짐짓 무겁게 고개만을 끄덕였다. 그것만으로도 추종자는 코리우스 영식에게서 공감대를 이끌어낸 것처럼 굴고 있었다. 그는 동질감을 느끼는 모양이었다.

"저는 리리엘 크로커스 영애를 동경했습니다. 그분은 가장 자유롭고 선량하며 멋졌으니까요. 그러나 이제는 제가 잘못 판단했다는 생각을 지울 수가 없습니다."

추종자들 중 다수는 세간의 소문에 쉽게 흔들렸다. 혹은 리리엘 크로커스의 뻔한 수작에도 넘어갔다. 물론 그것은 리리엘 크로커스가 세기의 미녀였기에 가능한 일이었다. 그림으로도 표현할 수 없을 미인이 '난 당신에게 호의가 있어요'라고 말하는데 떨쳐버릴 수 있는 사람이 어디에 있겠는가. 리리엘을 사모하는 영애들도 많았다. 코리우스 영식은 간단하게 대답했다.

"그렇지요."

"영식도 역시! 저는 늘 엘쟈네스 크로커스 영애의 뒤를 좇았던 것 같습니다. 리리엘 크로커스 영애를 뒤따르면서도 그녀가 무얼 하는지 보고 있었으니까요. 그녀의 빈자리가 크리라고는 전혀 생각하지 않았습니다. 사교계의 빈자리를 볼 때, 리리엘 영애가 일을 만들어낼 때 그녀 생각을 자주 합니다. 가끔은 생각합니다. 제가 엘쟈네스 크로커스 영애에게 품은 감정 역시도 어쩌면. 사랑에 가까웠을지도 모른다고."

많은 사람들은 동경할 대상을 찾았다. 또한 깎아내릴 대상을 찾았다. 코리우스 영식에게 호소하는 젊은 영식은 엘쟈네스 크로커스에게 가장 적대적인 태도를 보였던 이였다. 사람의 자기 합리화는 빠르다. 망각은 그들에게 스스로를 합리화할 여지를 가져다주었다. 이제 나쁜 것은 어찌 되었든 리리엘 크로커스였다. 코리우스 영식은 물었다.

"그래서 영식은 어떻게 하고 싶습니까?"

"당연한 게 아닙니까. 리리엘 크로커스 영애야말로 악녀입니다. 그녀가 우리의 눈을 가렸습니다."

"하?"

"제가 생각해도 기가 막힙니다. 우리는 오늘 이 자리에서, 엘쟈네스 윈터나이트 비 각하께 사과할 겁니다. 그리고 오해를 풀고 말 겁니다."

잘 되지 않을 텐데. 코리우스 영식은 속으로 중얼거렸으나 겉으로는 후덕한 인상으로 웃으며 고개를 끄덕여주었다. 그렇게 되리라고 대답한 적은 없다. 상대가 알아서 착각했을 뿐. 코리우스 영식이 리리엘 크로커스를 좇게 된 것은 수많은 인맥을 쌓을 수 있어서가 아니었던가.

엘리나는 엘자네스의 바로 뒤에서 엘자네스를 바라보는 귀족들을 주시하고 있었다. 신비로운 파란 눈동자에 로벨리아의 많은 귀족들이 담겼다. 사람들은 홀린 사람처럼 엘자네스에게서 눈을 떼지 못했다. 아룬델 마법의 효과였다. 정신력이 강할수록 아룬델의 마법에 저항하기 쉬웠다. 저들의 정신력이 약하거나, 아룬델 마법이 파고들 틈새가 있기에 쉽게 마법에 걸린 것이리라. 귀족들은 모두 고등 교육을 받았다. 엘자네스를 향한 자신의 태도가 옳지 않았다는 것을 무의식적으로 인지하고 있는 젊은 귀족들은 엘자네스에게 있는 아룬델의 마법에 완전히 지배되어버리고 말았다.

"물론 마법이 아니더라도 비 각하는 완벽하시지만."

"또 시작이냐."

알렉이 고개를 저었다. 엘자네스는 렌에게 물었다.

"렌, 어떻게 할까요?"

"이곳에 아룬델이라고 부를 만한 사람은 아직 없습니다."

"그렇다면 제가 혼자 있는 편이 좋겠네요."

"위험합니다."

"제게는 파괴의 마력이 있는걸요. 아마릴리스 사절단 분들과 대화를 나누고 있어요. 칵테일을 가지러 갈게요."

"괜찮겠습니까."

"괜찮아요."

렌은 엘자네스의 대답에 무겁게 고개를 끄덕였다. 엘자네스는 칵테일이 놓인 긴 테이블로 다가갔다. 엘리나가 엘자네스의 뒤를 따랐다. 하얀 제복을 입은 여기사에게 눈길을 주는 이들도 있었으나 대개는 기척을 감춘 엘리나를 눈치채지 못했다. 엘자네스는 칵테일 중 포도 알맹이와 꽃을 섞어 만든 것을 찾아냈다. 과하게 달지 않으면서도 훌륭한 풍미를 내는 종류였다. 엘쟈네스가 그것을 집어 들려는 순간 엘쟈네스에게 급하게 다가오는 영식이 있었다. 엘리나는 한시도 경계를 늦추지 않았다. 로벨리아의 귀족들이 모인 이 화려한 홀은 어딘가 비틀리고 이상한 구석이 있었다. 엘리나가 엘쟈네스에게 다가오는 영식을 제지하지 않은 것은 그의 몸에 무기가 없으며 그가 엘쟈네스에게 손을 뻗으려는 시도를 할 시 단번에 그를 제압할 수 있기 때문이었다. 영식은 엘쟈네스의 옆에 급하게 서 인사를 건넸다.

"오랜만입니다. 엘쟈네스 윈터나이트 대공비 각하."

영식은 리리엘 크로커스의 추종자였다. 엘쟈네스는 그가 누구인지 떠올리려고 했으나 그럴 수가 없었다. 기억에조차 남지 않은 이였다. 엘쟈네스는 대답해주었다.

"오랜만이군요."

영식은 리리엘 크로커스를 처음 본 순간 리리엘 크로커스의 찬란한 빛에 사로잡혔다. 그러나 리리엘 크로커스는 아무것도 아니었다. 그는 오늘 엘쟈네스 윈터나이트를 본 순간 진정한 보석은 엘쟈네스 윈터나이트라는 사실을 뒤늦게 깨달아버렸다. 엘쟈네스 윈터나이트는 리리엘 크로커스보다도 찬란했다. 그녀에게는 진정한 빛이 있었다. 엘쟈네스 윈터나이트가 마침 아마릴리스 사절단에게서 떨어진 사이 달려온 터였다.

영식이 엘쟈네스 윈터나이트와 대화하는 것을 발견한 리리엘 크로커스의 다른 추종자들이 하나둘씩 합류하기 시작했다. 사람이 많아질수록 맨 처음 말을 걸었던 영식은 힘을 얻는 것 같았다. 그는 용기를 내어 말했다.

"1년 전 이후로 이렇게 다시 만나 뵙게 되어서 반갑습니다. 각하."

"각하. 저는 밀란입니다!"

"저는 무스카리입니다. 비 각하!"

영식들은 앞다투어 인사를 건네기 시작했다. 엘쟈네스가 1년 전 보던 풍경과 비슷한 것이었다. 이것은 많은 이들이 리리엘에게 보이던 태도였다. 이들이 무엇을 원하는지 알 수 없었다. 1년 만에 온 로벨리아는 생각보다도 많이 바뀐 듯했다.

"그동안 더욱 아름다워지셨군요."

"각하의 현명함이 새삼 돋보입니다!"

엘자네스에게 돌을 던지던 영식들은 엘자네스를 향해 애타는 눈길을 보냈다. 엘자네스에게 폭언을 퍼붓던 입들은 엘자네스를 칭송하고 있었다. 엘자네스 주위에 모인 인원들 모두가 엘자네스보다 신분이 낮았다. 그렇기에 그들은 엘자네스에게 일정 거리 이상 다가가지 못했다.

"그동안 각하를 그리워했습니다."

"그렇군요."

"1년간 많은 일이 있었습니다."

"그런가요."

엘자네스의 대답은 우아했으나 무미건조했다. 엘자네스는 리리엘을 좇던 많은 무리들이 왜 이런 반응을 보이는지에 대해 점쳐보았으나 정치적 가능성은 없었다. 남쪽에서 아마릴리스의 윈터나이트가처럼 대공비가 대공과 동등한 지위와 권력을 가지는 곳은 거의 없다. 로벨리아의 이들은 대공비가 대공의 아래라고 무의식적으로 생각하고는 했다. 각하라는 호칭에조차도 의문을 품는 이들이 많았다. 이들이 에너지석에 대해 알기 위해 엘자네스에게 이런 반응을 보일 리는 없었다.

점차 남성 귀족들이 조급해하기 시작했다. 엘자네스는 담담했다.

"각하가 떠난 후… 저희는 후회하고 말았습니다."

"네."

"저희 모두가 아카데미 시절의 일을 후회하고 있습니다."

조급한 영식 하나가 결국 말하고 말았다. 순식간에 정적이 찾아왔다. 아카데미를 졸업하기 전까지는 모든 일들이 젊은이들의 혈기나 소소한 다툼으로 치부된다. 한순간의 방황으로 생각하며 애써 덮어두기에 아카데미 시절의 나쁜 일에 대해 직접적으로 언급하는 이들은 많지 않았다. 드디어 엘자네스의 진갈색 눈동자가 그들에게로 향했다.

아카데미 시절 리리엘 크로커스를 보았을 때의 충격을 다들 잊지 못할 것이다. 그들은 여자가 검을 잡는다는 사실에 대해 회의적인 반응을 보였다. 마법 전쟁 이후 여자와 남자의 신체 능력이 현저히 달라졌다는 사실에 대해 모르는 이는 아무도 없다. 그러나 리리엘 크로커스는 달랐다. 그녀는 아름다웠으나 쾌활하고 명랑했고, 검을 잡는 순간에는 남자 못지않은 검술 실력을 보여주었다. 또한 타인을 돕는 따스한 마음마저도 가지고 있었다. 그런 리리엘 크로커스에게 어떻게 매료되지 않을 수가 있을까. 하지만 리리엘 크로커스는 가짜였다. 그들은 지금 엘자네스 윈터나이트를 바라보는 순간에서야 깨달을 수 있었다.

엘자네스 윈터나이트는 말한 영식을 바라보았다. 그녀의 우아함과 기품은 그들을 압도했다. 머리칼에 도는 아름다운 붉은빛을 홀린 듯 바라보는 이들도 많았다. 리리엘 크로커스와 엘자네스 윈터나이트는 자매였지만 너무나도 달랐다. 리리엘과 달랐기에 거부감을 느꼈던 요소들이 지금은 전부 매력으로 다가왔다. 엘자네스 윈터나이트의 눈이 닿자 그들은 신에게 매혹된 신자들처럼 고개를 숙이고 말았다. 영식들 사이에서 한 마디 두 마디씩 말이 터져나오기 시작했다.

"저희가 어리석었습니다."

"그 여자야말로 진정한 악녀입니다."

"제 무지를 그동안 반성해왔습니다."

엘리나는 그들을 바라보았다. 엘리나는 많은 경험으로 인해 엘자네스가 지금 그들을 별다른 감정 없이 관찰하고 있다는 사실을 알 수 있었다. 그들은 리리엘 크로커스에 대한 험담을 늘어놓고 있었다. 엘리나는 그들이 엘자네스에게 사과하는 것이 리리엘 크로커스에 대한 악감정을 공유할 사람을 찾기 위해서라고도 느꼈다. 그들은 엘자네스를 애타는 눈으로 바라보며 사과했으나 자기 자신의 행위에 대해 반성하지 않았다. 엘자네스가 그것을 모를 리 없었다. 영식들은 엘자네스 윈터나이트의 긍정적인 반응을 이끌어내려고 했으나 실패했다. 몇몇 영식이 중얼거렸다.

"저분이야말로…."

"진정한…."

그들은 그 순간 엘자네스 크로커스가 진짜 보석이었다는 사실을 깨달았다. 그들이 그토록 싫어하던 모든 것들은 장점이었다. 리리엘 크로커스는 얼핏 빛나는 것처럼 보이는 모난 돌에 불과했다. 돌처럼 보였으나 편견을 깎아내자 마침내 빛나는 보석이 된 것은 엘자네스 윈터나이트였다. 진짜는 엘자네스 크로커스였다. 그들은 보석을 내버려두고 돌을 잘못 선택한 것이다. 리리엘 크로커스가 엘자네스 윈터나이트 대신 과도한 애정을 받았기에 그들이 눈치채지 못했을 뿐이다. 그들은 리리엘 크로커스를 원망했다. 엘자네스 윈터나이트와 같은 이를 놓치게 만든 리리엘 크로커스를 저주했다. 마침내 엘자네스의 입이 열렸다.

"그것들이 저와 무슨 상관이 있는지 모르겠군요."

예전의 엘자네스 크로커스라면 무슨 대답을 할까 생각해보던 남성 귀족들은 그제야 깨달았다. 그들은 엘자네스 크로커스와 제대로 말을 나눈 적조차 없었다. 그녀가 어떤 성격인지, 어떤 사람인지 알지 못했다. 엘자네스는 우아하게 덧붙였다.

"가지에서 떼어낸 열매를 다시 붙인다 한들 예전과는 같지 않은 법이죠."

이미 저지른 일은 다시 수습할 수 없다는 로벨리아의 격언이었다. 엘자네스는 이들의 사과를 받아줄 의무가 없었다. 그들은 이미 실수를 저질렀다.

사과를 받는다 한들 그 일이 있기 전으로 돌아갈 수는 없는 법이다.

문득 그들은 리리엘 크로커스와 가까웠던 시절의 엘자네스 크로커스를 떠올렸다. 그녀는 다소 소극적이었고 얌전했다. 내성적이었으며 조용했다. 그녀는 변화했다. 변한 엘자네스 윈터나이트는 그들에게서 등을 돌렸다. 그녀에게 길을 내주지 않는 이는 아무도 없었다. 그녀는 여왕과도 같았다. 이제는 엘자네스에게 어떤 말조차 할 수 없었다. 그녀는 결코 그들의 손이 닿지 않는 저 높은 곳에 있을 테니까. 엘자네스가 어느 정도 걸었을 때였다.

"엘자네스."

갑작스러운 반응을 보이는 리리엘의 추종자들에게서 멀어진 엘자네스의 손목을 누군가가 잡았다. 엘자네스는 손목을 잡은 이를 올려다보았다. 1년 간 로벨리아에 어떤 일이 일어난 것인가 궁금할 정도였다. 진갈색의 눈동자가 차분하게 그에게 닿았다. 금발과 조각 같은 얼굴. 파란 눈. 엘자네스에게 파혼을 요구했던 오만한 카멜리아 백작이 다소 초췌해진 얼굴로 엘자네스를 내려다보고 있었다.

"백작."

그녀가 대답했다. 그를 차분하게 바라보는 눈동자도, 그 머리칼도, 하얀 피부도. 달라진 것이 없었다. 그렇기에 란제크 카멜리아는 그가 꿈을 꾸고 있는 게 아닌지 순간 생각했으나 그의 손 안에는 가늘고 부드러운 손목이 잡혀 있었다. 그 감촉이 그를 현실로 돌아오게 했다. 그의 눈동자가 형형히 빛났다.

란제크 카멜리아가 카멜리아 백작위를 물려받은 순간까지 단 한 번의 실수도 저지르지 않아 무결점의 백작으로 불리는 것은 유명한 일이었다.

"그 거만이 너를 갉아먹을 것이다."

세간의 사람들 중 누군가는 손가락질을 했다. 한 번도 실수를 하지 않았기에 그는 거만하다고. 란제크 카멜리아는 그 말을 가볍게 무시했다. 열등감과 질투에 찌든 사람들의 말이었다. 그 말이 맞을 일은 없으리라고 믿었다. 그리고 오늘이 되어서야 란제크 카멜리아는 오만이 자신을 갉아먹으리라는 그들의 말이 옳았다는 것을 깨달았다.

약혼식이 열리는 홀로 들어오는 엘자네스를 본 순간 그는 눈을 떼지 못했다. 아마릴리스 사절단이 로벨리아 왕궁에 도착한 날에는 엘자네스를 먼발치에서 바라보았을 뿐이다. 엘자네스는 웃고 있었다. 란제크는 엘자네스가 그렇게 웃을 수 있는 사람이라고 생각하지 않았다. 생각하지 못했다. 단호히 선을 긋던 진갈색의 눈동자가 타인을 부드럽게 담는 것은, 옆에 선 대공에게 다정하게 속삭이는 것은 충격이었다. 란제크 카멜리아가 생각했던 것과는 너무나도 다른 광경이었다. 그 생각을 깨닫고서야 란제크는 엘자네스가 행복하지 않기를 바랐다는 사실을 알게 되었다. 정략결혼이다. 란제크 앞에서 딱딱했던 여자인 만큼 타인에게도 그러기를 바랐다. 대공에게 외면당하고 불행하기를 바라왔다. 그렇다면 란제크가….

그는 그날 속으로 말을 잇지 못하고 입을 가렸다. 추악했다. 너무나도 추악해서 내뱉을 수가 없었다. 란제크 자신이 이토록 치졸한 사람이었던가. 그는 졸렬한 사람이었다. 그것을 몰랐던 것은 그에게 어떤 별다른 사건도 일어나지 않았기 때문이었다. 이제 윈터나이트가 된 엘자네스가 대공과 다정하게 빛나는 동안 그는 연회장의 구석에서 초라하게 그들을 바라보고 있었다. 그 거리 차는 극명했다. 그는 죽은 사람처럼 창백한 얼굴로 서서 조용히 엘자네스를 바라볼 뿐이었다.

리리엘 크로커스의 남은 추종자들은 불안한 눈으로 그를 힐끔힐끔 쳐다보았다. 그동안의 행보가 있었으니 불안할 만도 했다. 카멜리아 백작은 연회에 참석하면 독한 술을 퍼마셨고 엘자네스를 함부로 언급하는 추종자들을 가만두지 않았다. 이유는 한 가지였다. 란제크 카멜리아는 엘자네스 윈터나이트를 사랑했다.

머리로는 미친 짓이라는 것을 알면서도 멈출 수가 없었다. 엘쟈네스가 오늘 리리엘의 많은 추종자들에게 둘러싸여 있는 것을 본 순간 아무 생각도 들지 않았다. 그의 눈에는 오로지 엘쟈네스만이 보일 뿐이었다. 그녀는 크림색 드레스를 입고 있었다. 엘쟈네스에게 가장 어울리는 색이기도 했다. 크림색이 잘 어울린다고 말해준 적이 있었나. 엘쟈네스가 크림색 드레스를 입을 때 가장 아름답다고 생각은 했으나 칭찬한 적은 없었다. 문득 그런 사실들이 생각났다.

카멜리아 백작은 엘쟈네스를 붙잡으면서도 자신이 무얼 하는 것인지 몰랐다. 그리워했던 얼굴이었다. 카멜리아 백작은 말을 잃었다. 차오르는 감정에 어떤 말도 할 수 없었다. 그런 그를 차갑게 일깨운 것은 엘쟈네스의 한마디였다.

"놓으세요, 백작."

우아한 한마디였다. 그는 그제야 엘쟈네스가 이제는 윈터나이트 대공비라는 사실을 기억해냈다. 윈터나이트 대공비는 특이하게도 대공과 같은 지위와 권한을 가진다고 들었다. 대공의 손목을 잡은 것이나 다름없는 무례한 짓이었다. 카멜리아 백작이 고개를 약간 숙였다.

"무례를 사과드립니다. 윈터나이트 대공비 각하."

그의 목소리는 잠겨 거칠었다. 엘쟈네스의 말투는 그가 기억하는 것과 같으면서도 달랐다. 여전히 기품이 서려 있었으나 그 어떤 감정도 담겨 있지 않았다. 엘쟈네스는 자신을 답답하게 여기는 란제크 카멜리아를 별로 좋아하지 않았다. 그런 감정마저도 이제는 남아 있지 않았다. 란제크 카멜리아의 동공이 약간 흔들렸다. 그의 1년간의 시간은 엘쟈네스에게 닿지 않았다. 엘쟈네스는 카멜리아 백작이 자신에게 미련을 갖고 있다는 것을 알았으나 자세히 알 생각은 없었다. 알게 되더라도 크게 신경 쓸 일은 없을 것이다. 엘자네스의 차분한 생각은 렌과도 닮아 있었다. 겨울의 마법 때문일까. 아니면 로벨리아의 이들이 더 이상 아무것도 아니기 때문일까. 카멜리아 백작은 여전히 엘자네스의 손목을 놓지 않고 있었다. 이 감정을 어쩔 수 없었다. 란제크 카멜리아는 엘자네스를 사랑했다. 감정은 들끓어 올랐다. 그는 엘자네스에게 어떤 말이라도 해야 했다.

"오랜만입니다."

"1년 만이죠."

"이번 에너지석 사태를 유감으로 생각합니다."

엘자네스는 그 말을 듣자 관심을 보였다. 카멜리아 백작은 여자에게 어떤 말을 해야 하는지 몰랐다. 여자들은 그가 어떤 노력도 하지 않아도 그에게 다가갔다. 결국 카멜리아 백작이 한 말은 에너지석 사태에 관한 것이었다.

"원만히 해결되기를 바랄 뿐이죠."

"카멜리아가마저도 알 수 있는 것이 없습니다. 국왕 전하께서 아무런 말도 하지 않았습니다. 최근 국왕 전하가 이상하다고도 하더군요."

그는 엘자네스가 좋아할 만한 것을 찾았지만 알지 못했다. 그녀에 대해 아무것도 아는 것이 없었던 탓이다. 무슨 음식을 좋아하는지, 관심사는 무엇인지도 몰랐다. 엘자네스는 한 번의 대화로 란제크 카멜리아에게 더 무언가를 물어볼 필요가 없다는 것을 깨달았다. 엘자네스의 시선이 차분하게 손목에 닿았다. 카멜리아 백작이 엘자네스의 손목을 아직도 잡고 있었다. 카멜리아 백작 역시도 그 시선을 알아차렸다. 엘자네스가 무어라 말하기 전이었다. 그는 엘자네스와 너무나도 멀어졌다는 사실을 깨달았다. 엘자네스는 행복해 보였다. 굳이 행복하냐는 말을 물을 필요도 없었다. 카멜리아 백작은 끝까지 오만했다. 그는 엘자네스에게 진심을 고백할 수 없었다. 그의 자존심이 너무나도 강했기 때문이다.

엘자네스는 카멜리아 백작이 더 이상 어떤 말도 하지 않자 그의 손을 떼어냈다. 백작은 순순히 엘자네스의 손목을 놓아주었다. 대공을 볼 때와는 다른 무심한 눈동자에 패배감만이 밀려왔다.

"엘자네스."

"무례하시군요."

"행복합니까?"

란제크 카멜리아는 물었다. 자학과도 같은 질문이었다. 엘자네스는 그 말에 그를 바라보았다. 로벨리아에서 가장 달라진 것은 이 남자이리라. 카멜리아 백작은 약혼자였으나 엘자네스를 그다지 좋아하지 않았다. 백작에게 호감이 아주 없던 것은 아니었다. 그는 아카데미 시절 엘자네스와 나름대로 가까웠으니까. 백작 스스로는 몰랐으나 백작은 엘자네스가 말한 사소한 것들을 단 한 번도 잊은 적이 없었다. 그는 리리엘에게도 그렇게 해주진 않았다.

사이가 악화된 후 한 약혼에서 엘자네스는 일말의 호감마저도 지워버렸다. 백작은 리리엘과 하나부터 열까지 다른 엘자네스에게 냉소적인 태도를 취했다. 그 모든 것들은 백작을 향한 칼날로 변했다. 그것들은 란제크 카멜리아의 심장을 파고들었다.

엘자네스는 카멜리아 백작의 얼굴에 담긴 미련이 겨울의 마법에 매혹되어서가 아니라는 사실을 알았다. 백작은 사랑에 빠진 사람처럼 엘자네스를 바라보고 있었다. 열렬한 감정이 그의 눈동자에 깃들어 있었다. 그는 난생처음 빠진 사랑을 제어할 수 없었다. 그는 말을 내뱉다 이를 악물었다.

"대공 각하가 비 각하께… 제길."

"그는 좋은 사람이에요. 그를 사랑하고요. 아마릴리스로 가게 된 것에 백작에게는 감사하고 있답니다."

엘자네스는 백작의 남은 미련마저도 우아하게 끊어버렸다. 란제크 카멜리아는 처음으로 엘자네스의 웃는 얼굴을 볼 수 있었다. 대공을 그리는 눈은 상냥했고 미소 짓는 얼굴은 아름다웠다. 다른 남자 때문에 웃고 있다는 사실을 결코 인정하고 싶지 않았다.

이런 웃는 얼굴을 보고 싶었던 것이 아니었다. 엘자네스가 간과한 것은 백작이 손에 넣고 싶은 것을 쥐지 못한 적이 한 번도 없다는 사실이었다. 또한 엘자네스는 몰랐다. 그가 생각보다도 질투심이 많은 인간이라는 것을.

미칠 것 같았다. 엘자네스와 파혼한 후 사소하게 여겼던 일들이 그에게 절절한 후회로 다가왔다. 백작은 참지 못하고 엘자네스를 잡았다. 카멜리아 백작과 엘자네스 윈터나이트의 만남이다. 생각보다 많은 사람들이 이미 두 사람을 주목하고 있었다. 사람들은 엘자네스 윈터나이트에게 다가간 카멜리아 백작을 보며 수군거리고 있었다. 사람들이 끼어들지 못한 것은 두 사람의 신분이 높기 때문이었다.

"역시 미련이 있던 것일까요?"

"파혼한 사이잖아요. 리리엘 크로커스 영애와 관련된 일일지도 모르죠."

"그런 걸까요? 어머."

이야기하던 영애들은 숨을 죽였다. 카멜리아 백작은 엘자네스 윈터나이트를 거칠게 붙잡고 있었다. 무뢰한과 같은 행동이라는 생각은 이미 날아가버렸다. 그는 엘자네스의 대답에 반쯤 돌아버린 상태였다.

"당신과 나는 가까웠습니다. 그걸. 당신은…."

"백작."

엘자네스는 란제크 카멜리아를 불렀으나 그는 엘자네스의 대답을 듣지 못한 것 같았다. 사람들은 흥미진진하게 이 광경을 바라보고 있었다. 여러 추측이 떠돌고 있었다.

"리리엘 크로커스 영애의 결혼을 막지 못한 것에 대해 화풀이를 하는 걸지도 모르죠."

"그렇다고 해도 정도가 지나친걸요."

"남녀 사이에 이성적 감정이 들어가면 그때부터 갑과 을이 나뉘게 된답니다."

"어머나. 설득력이 있네요. 그렇다면 윈터나이트 대공비 각하는 백작님을…."

추문은 더 부풀어 오르지 못했다. 란제크는 자신의 감정에 취해 있었다. 그랬기에 그가 사람들의 소리를 듣지 못한 것은 당연한 일이었다. 그는 누가 온 것인지조차 알지 못했다. 주위가 조용해지고 나서야 엘자네스는 사람들이 바라보는 사람을 볼 수 있었다. 아룬델을 쫓는 순간에서도 렌의 검은 눈동자에서는 새파란 빛이 돌지 않았다. 엘자네스는 렌이 분노했다는 사실을 깨달았다.

렌의 눈은 엘자네스를 건드리는 카멜리아 백작에 닿아 있었다. 대공에게서 느껴지는 무서운 기운에 사람들은 멀찍이 떨어지고 있었다. 이 상황을 눈치채지 못한 것은 감정에 잔뜩 취한 란제크 카멜리아뿐이었다.

렌이 두 사람 앞에 섰다. 사람들은 더 이상 두 사람에 대한 추측을 입에 담지 못했다. 대공이 그만큼 서슬 퍼렇게 보였기 때문이다. 렌은 처음으로 으르렁거리며 말했다. 그 목소리는 낮았다.

"내 아내에게 무슨 볼일입니까. 카멜리아 백작."

대공의 목소리를 들은 사람 중 본능적으로 위협을 느끼지 않은 사람은 없었다. 사람들 중 몇은 자신도 모르게 물러나고 말았다. 란제크 카멜리아는 그제야 목소리가 들린 방향을 볼 수 있었다. 잠시나마 흐릿했던 초점이 또렷해지는 느낌이었다. 엘자네스를 보는 동안 아무것도 볼 수 없었던 것이다. 란제크는 낮은 목소리의 주인공을 자신도 모르게 바라보았다.

검은 머리칼과 아마릴리스 황실의 예복. 대공이 그의 앞에 서 있었다. 주위의 수많은 사람들은 그와 엘자네스를 주목하고 있었다. 란제크답지 않은 짓이었다. 사람들의 눈과 입은 작은 일도 부풀려 큰 실수처럼 퍼뜨리고는 했다. 란제크가 가장 경계하는 것이었다. 그런 그들의 주목마저도 모른 채 엘쟈네스를 붙잡고 있었다니. 늦게야 깨달은 사랑은 오만한 백작을 침식시켰다. 손해를 보고 있음에도 불구하고 눈에 들어오는 것은 엘쟈네스뿐이었다.

그러나. 카멜리아 백작은 엘쟈네스에게서 한 걸음 물러섰다. 그는 귀족이었다. 그것이 패인이었다. 란제크 카멜리아는 윈터나이트 대공과의 신분 차이마저 망각할 정도로 어리석지 못했다.

사람들은 대공이 카멜리아 백작에게 화를 낼 것이라고 생각했다. 과연 대공이 어떻게 행동할 것인가. 몇몇 귀족들은 소문을 속삭이는 것도 잊은 채 숨을 죽이고 대공을 바라보고 있었다. 대공이 가장 먼저 한 일은 화를 내는 것이 아니었다. 대공은 가장 먼저 대공비에게 물었다. 검은 눈은 고요했다.

"괜찮습니까."

"아프지 않아요, 렌."

란제크 카멜리아를 향할 때와는 현저히 다른 태도였다. 대공은 대공비를 위해 차분하게 행동하고 있었다. 그의 행동은 다정한 곳이 있었다. 엘쟈네스는 렌의 손 위에 부드럽게 손을 올렸다. 진갈색 눈동자에는 신뢰와 애정이 깃들어 있었다. 자리에 있던 모든 사람들이 그것을 읽었다. 이 광경을 지켜보고 있는 이들은 카멜리아 백작과 엘쟈네스 윈터나이트의 추문에 관심이 많았다. 란제크 카멜리아 백작이 이상해질 때부터 소문에 민감한 무리는 저열한 호기심을 해결하기 위해 애썼던 것이다. 그것이 기정사실화되려는 순간이었다.

몇몇 이들은 대공이 주먹을 날리는 식의 천박한 대처를 할 것이라고 생각했다. 각양각색의 이들이 모이는 남쪽 사교계의 특성상 치정으로 인해 몸싸움이 벌어지는 것은 흔한 일이었다. 고위 귀족의 아내에게 수작을 거는 일만큼 고위 귀족의 권위에 도전하는 일은 없었던 것이다. 동시에 이보다 흥미진진한 일은 없기도 했다.

몇몇 사람들은 재미없는 반응이라고 했으나 윈터나이트 대공 부부에게서 눈을 떼지 못했다. 이미 결혼한 부인들은 대공비만을 바라보는 대공의 모습에 은근한 부러움의 한숨을 내쉬었다. 북쪽의 남자는 다 저러냐는 들뜬 질문을 하는 영애들도 많았다.

델피늄으로 인해 정세가 혼란스러워지며 여성의 인권은 상대적으로 낮아지게 되었다. 전쟁이나 내란이 자주 일어나며 남성의 무력이 중요시되었기 때문이다. 이능을 받은 여성은 대우받았으나 그 수는 많지 않았다. 델피늄의 불완전한 혁명으로 인해 도리어 찾아오게 된 수많은 부작용 중 하나였다.

대공은 대공비를 자신과 동등한 상대로 대우하며 철저히 존중했다. 또한 대공비를 위했다. 대공이 카멜리아 백작에게 다가간 것은 엘쟈네스 윈터나이트에게 이상이 없다는 것을 확인한 후였다. 사람들은 대공이 화나지 않았다고 생각했다. 북쪽의 사람이기에 반려자에게 접근하는 남성 귀족에 대해 둔감한 것이 아니냐는 말을 하는 이들도 있었다. 그들이 대공이 인내하고 있었다는 것을 깨달은 것은 대공이 란제크 카멜리아를 불렀을 때였다.

"란제크 카멜리아 백작. 고하십시오."

"무엇을… 말입니까."

순간적으로 말문이 막혔던 란제크 카멜리아는 식은땀을 흘리며 대답했다. 대공은 고요했다. 그러나 란제크는 대공의 위압감에 눌려 숨조차 쉬지 못하고 있었다. 대공의 기운이 그를 짓누르고 있었다. 사람들도 그 사실을 깨닫는 중이었다.

렌은 눈앞의 남자를 보았다. 렌은 란제크 카멜리아를 알고 있었다. 엘쟈네스에 대해 렌이 모르는 것은 거의 없었다. 그는 엘쟈네스의 전 약혼자였으며 동시에 엘쟈네스의 주변에 가장 오래 머문 남자였다. 그러나 렌이 그를 명확히 인지한 것은 로벨리아 왕궁에 도착한 후 그의 눈빛을 보면서였다. 카멜리아 백작은 엘쟈네스를 강렬한 눈빛으로 보고 있었다. 란제크 카멜리아는 엘쟈네스를 미련과 집착이 가득한 눈으로 보면서도 그것을 몰랐다. 엘쟈네스는 사랑스럽게 웃었으나 렌은 그 순간 란제크 카멜리아를 바라보고 있었다.

렌은 긴 설명을 하지 않았다. 렌이 묻는 것에 대해서는 란제크 카멜리아 본인이 더 잘 알고 있으리라. 고하라는 하대의 표현에 반박하지 못한 것이 그 증거였다. 심리전의 패자는 정해져 있었다.

란제크 카멜리아는 최대한 손해를 보지 않을 답을 생각했지만 떠올릴 수 없었다. 머리가 텅 비어버린 것 같았다. 대공을 올려다보며 상냥한 얼굴을 하던 엘쟈네스를 본 순간부터 아무 생각도 할 수 없었다. 그는 이도 저도 아니었다. 정치적 사회적 시선에 맞춰 행동했으나 충동대로 행동하고 말았고, 엘쟈네스에게 다가갔으나 대중의 시선을 완전히 신경 쓰지 않고 행동하지도 못했다. 란제크 카멜리아는 결국 입을 열고 말았다. 그 자신이 듣기에도 머저리 같기가 그지없었다.

"잠시 옛 인연에 이야기를 나누었을… 뿐입니다."

모든 것이 란제크 카멜리아를 굴욕스럽게 만들고 있었다. 그를 고고한 백작으로 보던 사교계의 많은 이들은 그를 흥밋거리로 보고 있었다. 신분의 차가 났기에 엘쟈네스를 데려간 대공에게 무엇도 할 수 없었다. 가장 처참한 사실은 엘쟈네스 앞에서 이런 꼴을 보였다는 것이 아닌, 엘쟈네스가 대공을 사랑한다는 사실이었다. 부정할 수 없었다. 두 사람의 눈에는 서로를 향한 신뢰만이 가득했다. 엘쟈네스는 행복해 보였다. 그는 그 앞에서 무엇도 할 수 없었다.

대공과 엘쟈네스는 숨을 쉬듯 자연스럽게 잘 어울렸다. 그가 개입할 틈은 없었다. 눈빛을 교환하는 두 사람의 모습을 본 순간부터 머릿속이 어지러웠다. 그러나 사실은 알고 있었다. 란제크였다면 동일한 상황이 일어났을 때 당장 엘쟈네스에게 접근한 이에게 곧바로 보복했을 것이라는 걸. 대공은 엘쟈네스의 안전을 우선으로 살폈다. 그것이 그와 대공의 차이였다. 란제크는 절대 대공과 같은 태도를 취할 수 없었다. 대공은 별다른 말을 하지 못하는 그에게 말했다.

"비에게 별 이상이 없던 것에 감사하십시오."

카멜리아 백작은 정말로 운이 좋았다. 이 순간 그것을 가장 강하게 느낀 이는 란제크 카멜리아 본인이었다. 대공의 검은 눈에 비치던 새파란 빛을 기억했다. 대공은 타인처럼 소리를 지르고 화를 내지 않았으나 란제크 카멜리아를 몰락시켰을 것이다. 여자 하나 때문에 그런 판단을 했다는 세간의 비난은 대공에게 고려할 가치조차 되지 않는 것이었다. 서늘해 인간미가 없던 대공이 유일하게 인간다워지는 것이 엘쟈네스 앞에 설 때였다. 란제크 카멜리아는 압박감을 느꼈다. 그 본인조차도 알지 못하는 무의식적 본능이 원초적 경고를 보내고 있었다.

자리에 있던 리리엘 크로커스의 다른 추종자들은 슬그머니 자리를 피했다. 대공은 지나치게 위험한 남자였다. 란제크 카멜리아는 고개를 숙였다. 신분의 차에 의해 어쩔 수 없이 숙이는 것이 아니면 내려가지 않던 고개가 자의로 미약하게 떨리며 내려갔다.

"감사합니다. 각하."

에너지석에 대한 문제가 완전히 해결되지 않은 시점이다. 더 이상 실수를 저지를 수는 없었다. 란제크 카멜리아는 패배감을 그렇게 포장했다. 쓰디쓴 것은 어쩔 수 없었다. 렌은 카멜리아 백작이 고개를 드는 동안 엘쟈네스와 함께 그 자리를 떠났다.

"엘쟈."

엘쟈네스는 렌의 손을 잡았다. 부부의 모습은 궁정 화가가 그린 그림처럼 아름다웠다. 렌에게 깃든 겨울의 마법은 로벨리아의 많은 이들에게 무의식적인 두려움을 심었다. 로벨리아의 귀족들 중 엘쟈네스를 함부로 흘끔거리는 이들은 이제 없었다. 렌은 그 사실이 만족스러웠다. 그 자신조차 알지 못했던 소유욕이 그에게 속삭이고 있었다. 엘자네스는 렌의 유일한 반려였다. 그 누구도 엘자네스를 감히 탐낼 수 없다. 렌의 눈을 본 로벨리아의 많은 남자들은 고개를 돌렸다. 렌은 말했다.

"정말 아주 가끔은, 엘자를 가둬두고 싶다는 생각을 합니다. 그저 생각입니다."

"어째서요?"

"엘자를 독점하고 싶다는 생각이 듭니다."

"이미 제게는 렌뿐인걸요."

"엘자는 아무것도 모릅니다."

그렇기에 유진 바이올렛의 눈빛조차 눈치채지 못한 것이겠지. 유진 바이올렛은 엘자네스에게 많이 무심해진 편이었으나 란제크 카멜리아를 향해 금방이라도 뛰쳐나갈 것 같은 눈빛을 보냈었다. 엘자네스는 렌의 말에 웃음을 터뜨렸다.

"맙소사. 렌, 렌이야말로 라시아 블렌시아에, 리리엘에. 렌에게 빠져버리는 사람이 너무 많은걸요. 저를 좋아하는 사람은 그렇게 많지 않아요."

렌은 대답하지 않고 괜히 엘자네스의 머리칼을 손으로 어루만졌다. 엘자네스는 그의 것이다. 그가 엘자네스의 것이듯. 렌은 엘자네스에게 말했다.

"누군가 엘자를 건드린다면 말하십시오."

"말하면 어떻게 되나요, 렌?"

"큰일이 납니다."

마지막 속삭이는 말에 엘자네스가 렌을 올려다보며 웃었다. 렌의 말은 반쯤 진담이었다. 엘자네스는 렌을 올려다보았다. 1년 사이 로벨리아의 사람들이 변했듯 엘자네스도 변했다. 엘자네스는 이제 의미 없는 사람들에게 신경조차 쓰지 않는다. 중요한 것은 주변의 사람들이었다. 그 변화의 시작에는 렌이 있었다. 렌이 변했고 엘자네스가 변했다. 엘자네스는 말했다.

"고마워요. 그리고 사랑해요, 렌."

엘자네스는 렌이 만족스러워하는 중이라는 사실을 알았다. 대공 부부의 모습을 바라보던 엘리나는 갑작스럽게 주위를 둘러보았다. 거대한 마력이 이쪽을 향하고 있었다. 아룬델의 것이었다. 곧 왕궁의 시종이 들어와 큰 소리로 외쳤다.

"식의 주인공들이 입장합니다!"

신성하게 여겨지는 약혼식이었기에 로벨리아 왕가 일원들에 대해 따로 알리지는 않았다. 엘자네스의 눈에 익숙한 이들이 보였다. 이미 시집을 간 셋째 공주, 아리타가 앞의 의자에 앉아 있었다. 크로커스 공작 부인 역시 다소 피로에 지친 얼굴로 앉아 있었다. 상석에 놓인 화려한 의자에는 왕비가 앉아 있었다. 옆의 자리는 비어 있었다. 왕은 축복을 위해 가장 마지막에 등장할 것이다. 어느새 홀의 앞쪽에서 음악 소리가 들리기 시작했다. 모든 사람들의 시선이 홀의 앞쪽으로 쏠렸다. 시녀들에 의해 순백의 카펫이 놓였다. 단 한 번도 밟지 않은 순결을 뜻하는 하얀 비단으로 만들어진 것이었다. 곳곳에 꽂힌 백합들에서는 은은한 향기가 나고 있었다. 서로에 대한 정절을 뜻하는 백합이 피어나 만개했다. 마법을 가진 이들의 산물이었다.

이내 관례에 따라 칼레스 왕자가 먼저 등장했다. 리리엘이 나타난 것은 칼레스 왕자가 나타난 직후였다. 리리엘은 새하얀 드레스에 하얀 베일을 쓰고 있었다. 사람들은 순결한 약혼식의 주인공을 보며 감탄을 금치 못했다. 아룬델의 마법이 홀 안에 거대하게 펼쳐졌다. 엘자네스와 렌은 리리엘을 보았다. 사람들이 리리엘을 향해 환호하면 환호할수록 마법의 장악력이 짙어지고 있었다. 그리고. 그 사이를 '진짜' 아룬델의 마법이 파고들고 있었다. 아룬델. 얼어붙는 듯한 한기가 느껴지는 것 같았다.

12

아룬델

시종들은 축복을 의미하는 금빛 종을 흔들었다. 맑은 종소리가 울려 퍼졌다. 사람들은 모두 앞을 바라보고 있었다. 사방에서는 백합 향이 풍겨오고 있었다. 겉보기에는 화려하고 성스러운 약혼식과 같았다. 모든 이들이 이 순간만큼은 한마음이 되어 성스러운 약혼을 올리는 두 주인공을 축하하고 있었다. 그러나 그 안은 아수라장과도 같았다. 사람들은 두 주인공에게서 과할 정도로 시선을 떼지 못하고 있었다. 그것밖에 보이지 않는 것처럼. 화이트 기사단이 하나둘씩 대공 부부를 호위하기 시작했으나 눈치챈 이는 없었다. 사람들의 시선은 이미 홀 앞쪽의 두 주인공에게 실려 있었다. 그들은 홀려버렸다. 엘리나가 엘쟈네스와 렌에게 가 고개를 숙였다.

"의도적인 마력의 사용으로 짐작됩니다."

"리리엘과 내 마법이 아닌, 다른 아룬델의 마법이 느껴지고 있단다. 짐작 가는 곳이 있니?"

"그것까지는…. 저도 잘 모르겠습니다, 마님."

엘쟈네스는 손을 들어 올렸다. 실체화되지 않은 마법들은 엘쟈네스의 손을 쉽게 빠져나갔다. 그러나 마력은 분명하게 만져졌다. 뿐만 아니라 점점 짙어지고 있었다. 무서운 수준이었다. 마력의 순도는 높지 않았으나 사람들에 의해 마력의 양이 무서울 정도로 늘어나고 있었다.

엘리나는 안절부절못하고 있었다. 신경이 쓰였지만 겨울의 마법은 잠잠했다. 리리엘 크로커스는 아룬델이 아니었다. 그랬기에 겨울의 마법은 침묵한 채 잠든 상태다. 하지만 엘쟈네스를 지켜야 한다. 엘리나는 어딘가에 적이 있는 것처럼 새하얀 홀을 바라보았다. 약혼식보다는 마치 거대한 종교집회를 보는 것 같았다.

리리엘의 새하얀 드레스는 어딘가 인위적인 성스러움을 띠고 있었다. 많은 이들이 하나가 되었다. 리리엘의 금빛 머리칼은 황금을 녹여 만든 듯 찬란했다. 영롱한 녹색 눈동자는 그 어떤 보석에도 비견할 수 없었다. 사람들은 리리엘 크로커스의 동작 하나하나에 열광했다. 그녀를 경배하고 찬양했다. 많은 이들이 두 사람의 약혼식을 축복하는 듯 보였으나 군중의 분위기는 어딘가 뒤틀린 데가 있었다.

사람들은 리리엘 크로커스를 여신처럼 섬기고 감동하고 들떴다. 로벨리아의 많은 귀족들이 이 분위기에 동조했다. 그들이 신도처럼 리리엘을 숭배하는데도 아마릴리스의 사절단은 아무런 이상함을 느끼지 못하며 그 광경을 바라보고 있었다. 많은 사람들이 동조하면 동조할수록 마력이 짙어졌다. 그 마력을 들이마신 아마릴리스 사절단마저도 이제는 넋을 잃고 리리엘을 바라보고 있었다. 순간 허공에서 날카로운 목소리가 울려 퍼졌다.

[오랜 세월을 기다렸다!]

누군가의 목소리를 들은 엘쟈네스는 놀라 주위를 둘러보았다. 들려온 목소리는 남자의 것이 아니었으나 여자의 것도 아니었다. 사악했으나 어딘가 애타듯 간절했다. 주위를 둘러보는 이는 엘쟈네스뿐이었다. 렌과 화이트 기사단은 이 목소리를 듣지 못한 듯했다.

[죽음조차 맞지 않은 채 모든 것이 얼어붙을 날을 기다렸다.]
[인간의 믿음이 우리의 힘이 되리라.]
[그들이 모여 외칠수록 우리의 힘은 커지리라.]
[사랑은 복종을, 복종은 죽음을 불러올 것이다.]

무수한 목소리들이 일제히 외쳤다. 동시에 홀 안의 분위기가 묘하게 고조되기 시작했다. 사람들은 리리엘에게서 시선을 떼지 못했다. 엘자네스가 로벨리아에서 늘 봐왔던 광경이었다. 어디에선가 들려오던 목소리는 이제 들려오지 않았다. 리리엘에게서 들려온 목소리는 아니었다. 엘자네스는 그 목소리를 어디에선가 들었다고 생각했다. 어디에선가 본 것 같은. 그녀는 순간 멈칫했다.

"렌. 겨울의 땅을 기억해요? 아룬델의 저택은 굳게 닫히고 잠겨 있었죠."

"기억합니다."

"나는 꿈을 꾸었어요."

배양액 안에 담겨 있던 수많은 사람들. 그들의 붉은 머리카락. 그리고 그들을 바라보고 있던 몸의 주인. 목소리는 처음 듣는 것이었으나 유리 수조 안에 잠겨 있던 무수한 인간들을 떠올릴 수밖에 없었다. 아니, 본능이 말했다.

"지금 내게 겨울의 땅에 있어야 할 죽은 아룬델들의 사념이 들려와요."

유리 수조를 바라보던 아룬델은 배양액 안에 담긴 사람들을 어떻게 했을까. 한 가지는 확실했다. 아룬델이 바로 가까운 곳에 있다.

"아룬델이 가까워졌다는 말입니까."

"네, 그렇다고 생각해요. 어쩌면 이 홀 안에 있을지도 몰라요."

리리엘에게 깃든 아룬델의 마력이 사람들을 억지로 지배했다. 강제적인 힘에 겨울의 마력이 조금씩 반응했다. 그 순간이었다. 엘자네스에게 깃든 아룬델의 마법이 발현된 것은 겨울을 맞이하는 축제 중이었다. 그러나 어쩌면 그 전부터 아룬델의 마력이 움직였을지도 모른다. 엘자네스는 결혼식 무렵을 떠올릴 수 있었다. 아마릴리스 사람들은 엘자네스를 홀린 듯 바라보았다. 엘자네스의 아름다움에 대한 찬사를 던졌으며 엘자네스에게 다가왔다. 많은 이들과 쉽게 가까워진 것은 그 덕분이었다.

리리엘의 마력에 엘자네스의 마력이 강하게 반발하고 있었다. 리리엘의 표정이 약간 찡그려졌다 원래대로 돌아왔다. 엘자네스에게 깃든 아룬델의 마력이 리리엘이 사용하는 아룬델의 마력을 짓눌렀다. 리리엘은 그것을 알아차리지 못한 눈치였다. 리리엘은 마법에 소질이 없었다. 재능도 없었다. 그런 리리엘이 어떻게 이렇게까지 마력을 끌어낼 수 있었을까. 엘자네스의 아룬델 마력이 퍼졌다. 많은 이들은 이제 리리엘을 보던 것처럼 엘자네스를 바라보았다.

"아아… 비 각하…."

"저분은…."

아마릴리스의 많은 이들이, 로벨리아의 많은 이들이 엘자네스를 홀린 사람처럼 바라보았다. 리리엘에게 깃든 아룬델의 마법에 매료되었던 로벨리아 귀족들은 엘자네스를 보자 태양을 처음 본 사람처럼 시선을 떼지 못했다. 그들은 자신들이 왜 엘자네스를 바라보는지조차 모르고 있었다. 깨달음은 순식간이었다.

엘자네스는 리리엘이 사용하는 것과 같은 마법이 전신에 휘감겨 있음을 알 수 있었다. 사용하면서도 알지 못했던 아룬델의 또 다른 마법이었다. 이것이 마법이라면. 엘자네스는 손을 움직였다. 아룬델의 마력은 엘자네스의 통제에 따라 움직이지 않겠다는 듯 정체되어 있었다. 엘자네스의 심장에 깃든 겨울의 마법 때문이었다. 그러나 마력은 엘자네스를 이길 수 없었다. 엘쟈네스는 파괴의 마력을 끌어올려 아룬델의 마력을 장악했다. 승자는 엘쟈네스였다. 엘쟈네스의 손짓에 고집 센 마력은 눌린 채 수그러들었다. 리리엘의 것과 같은 종류. 그러나 아니었다.

엘쟈네스는 앞을 바라보았다. 리리엘의 마법은 통제할 수 없는 것이었다. 리리엘의 마법은 날뛰고 있었다. 리리엘은 엘쟈네스보다 마법에 있어서 뒤떨어졌다. 리리엘이 쓰는 것은 스스로도 통제하지 못하는 위험한 힘이었다. 사람들은 그런 통제 불능의 힘에 이끌려 리리엘에게 매여 있었다. 그 옛날, 겨울을 숭배하는 무리들이 아룬델을 찬양했듯이. 렌은 말했다.

"리리엘 크로커스 영애가 어릴 적 별다른 일은 없었습니까."

"리리엘은 몸이 약했어요. 그러다 어느 날부터 나아지기 시작했고요."

그렇다면 리리엘은 아룬델과 관련이 있는가? 쉽사리 결론을 내놓지 못했다. 아룬델과의 접촉이 있었다기에 리리엘의 마력은 순도가 떨어졌다. 그것도 심하게.

엘쟈네스는 마력을 퍼뜨려보았다. 로벨리아의 수도. 로벨리아의 지방. 어쩌면. 엘쟈네스는 말했다.

"리리엘이 로벨리아 전체를 장악하고 있을지도 몰라요."

마력은 두텁게 로벨리아 전체를 뒤덮고 있었다. 보통의 마법사였다면 결코 알지 못했을 것이다. 이것을 느낀 것은 엘쟈네스와 렌, 화이트 기사단뿐이었다. 로벨리아의 국민들이 리리엘을 사랑한 것이 먼저인지, 리리엘의 마력이 그들을 잠식한 것이 먼저인지는 알 수 없었다. 모든 사람들이 리리엘을 사랑했다. 이 사랑스러운 아가씨에 대한 이야기를 끊임없이 하고 관심을 가졌다. 비정상적인 수준이었다. 리리엘은 로벨리아의 신과도 같았다. 많은 이들의 믿음이 리리엘의 마력을 점차 더 키우고 있었다. 리리엘은 천천히 걸어 칼레스 로벨리아 왕자의 옆자리로 향했다. 사람들은 순결한 약혼식의 주인공에게 박수를 보냈다. 그러나 리리엘이 생각하고 있는 것은 단 하나였다. 옆에 서 있던 칼레스 왕자가 물었다.

"리리엘. 긴장이 되는 거야?"

"아니에요, 칼."

리리엘은 보기 드물게 진지한 얼굴을 하고 있었다. 보석처럼 영롱한 녹색 눈동자는 진중했고 고운 분홍빛의 입술은 다물려 있었다. 리리엘은 이날이 오기까지 고민하고 또 고민했다. 리리엘은 스스로를 새처럼 자유로운 영혼이라고 생각했다. 리리엘이 입을 열면 많은 이들이 리리엘을 손가락질할 것이다. 사람들은 리리엘을 비난할 것이다. 그러나 어쩔 수 없다. 평생 거짓말을 하며 칼레스 왕자를 속이는 것보다는 이편이 나을 것이다.

사람들은 리리엘의 아름다움에 탄성을 내뱉고 있었다. 익숙한 광경이었다. 곧 왕이 나타날 시간이었다. 로벨리아 국왕이 둘의 약혼에 대해 읊으면 두 사람이 무릎을 꿇고 기도를 드릴 것이다. 리리엘이 눈을 감았다 뜨자 긴 금빛 속눈썹이 팔랑였다. 칼레스 왕자는 리리엘의 손을 잡기 위해 손을 뻗었다. 그러나 왕자의 손은 리리엘의 손을 잡지 못했다.

"리리엘?"

"미안해요."

리리엘의 행운은 모든 것을 받아들여주는 이들에 둘러싸여 살아왔던 것이었고, 리리엘의 불행은 모든 것을 받아들여주는 이들에 둘러싸여 살아왔기에 의무나 책임과 거리가 멀었다는 점이었다. 그녀는 약혼식을 하기로 했음에도 불구하고 약혼식의 진정한 의미를 알지 못했다. 리리엘은 모든 것을 지나치게 쉽게 생각했다. 약혼식은 신성하고 중요한 것이니 리리엘이 그 대가를 치르면 될 것이다. 그렇게 생각한 리리엘은 더 이상 왕자에게 얽매이지 않기로 했다. 본능적으로 불길한 예감을 느낀 칼레스 로벨리아가 물었다.

"무슨 일이야, 리리엘. 내게 문제점이 있다면 말해줘."

"칼의 문제가 아닌걸요."

아시잖아요. 리리엘의 눈동자가 그렇게 말하고 있었다. 칼레스 왕자의 부모, 국왕 부부는 리리엘과의 결혼을 반대했다. 왕은 리리엘이 터무니없는 공상가라고 했으며, 왕비는 리리엘과 결혼할 시 칼레스가 고생할 것이라며 반대했다. 끝없는 반대를 꺾고 간신히 승낙받는 데 성공했다. 약혼식을 올리고 이제 행복할 일만 남아 있는데. 이제 그를 방해하는 것은 그의 약혼녀인 것 같았다. 그는 결코 리리엘과 행복할 수 없을 거라는 불길한 예감이 다가왔다. 칼레스 왕자의 손은 리리엘의 손에 닿지 못하고 허공에 멈추어 있었다.

"리리엘."

"정말로 미안해요."

리리엘은 칼레스 왕자를 똑바로 바라보며 또렷한 목소리로 말했다. 불길한 예감이 현실이 되어 나타나는 순간이었다.

"저는 이 약혼식을 할 수 없어요."

칼레스 왕자는 겉으로 보이는 것과는 달리 고지식한 남자였다. 왕자는 머리가 좋았고 정치적인 감각도 있었으나 기존의 상식에서 벗어난 것을 용납하지 못하는 면이 있었다. 수많은 변화가 이루어지는 남쪽에서는 독이 될 태도였다. 현 로벨리아 국왕은 왕자의 그런 점을 알고 있었기에 엄격히 가르쳤다. 그는 왕자에게만 유독 까다로운 잣대를 들이대고 높은 기준을 요구했다. 왕자는 많은 가르침 끝에 인내심을 얻게 되었다.

칼레스 왕자가 리리엘을 사랑하게 된 것은 그런 이유에서였다. 그는 국왕의 억압을 받는 자신과는 달리 자유로운 모습을 보이던 리리엘 크로커스를 동경했다. 그러나 한편으로 그는 리리엘을 이해하지 못하기도 했다. 그와 리리엘은 너무나도 다른 사람이었다. 약혼식을 할 수 없다는 말을 곱씹어보던 칼레스는 곧 눈살을 찌푸렸다. 리리엘의 말을 잘못 들었다고 생각했기 때문이다. 그는 약혼녀가 약혼식 당일에 약혼식을 할 수 없다는 말을 할 가능성은 아예 열어두지 않았다. 칼레스 왕자는 물었다.

"뭐라고?"

"들은 그대로예요, 칼. 이 약혼식을 할 수 없다고 말하는 거예요."

로벨리아의 국왕은 칼레스 왕자에게 다시 생각하라는 말을 여러 번 했다. 둘의 앞날에는 가시밭길만이 있을 것이라고 생각했기 때문이다. 왕자가 가장 먼저 떠올린 것은 왕의 한마디였다. 왕자의 눈이 믿을 수 없다는 듯 리리엘에게 향했다. 약혼식은 신성한 일이었다. 귀족이라면 결혼에 대해 배울 때 약혼식에 대해서도 학습하게 된다. 약혼식이 파기된 사례는 없었다. 알고 있었으나 할 수 없다. 리리엘은 그렇게 생각하며 진지한 눈을 했다.

"리리엘. 약혼식에 무슨 문제가 있는 건가?"

"아니에요, 칼."

"말하지 않으면 알 수 없어. 약혼식이 끝난 후 이야기해도 늦지 않을 것 같군."

왕자는 피곤함을 느끼며 말했다. 칼레스 왕자에게 있어서 리리엘의 변덕은 익숙한 일이었다. 그는 리리엘에 대해 거의 정확하게 이해하고 있었다. 그의 약혼녀는 남의 시선이나 잣대에 쉽게 흔들렸고 고집은 셌다. 크로커스 공작 부부는 둘째인 리리엘 크로커스를 편애하다시피 사랑했다. 공작 부부의 리리엘에 대한 사랑을 모르는 이가 귀족들 중에서는 없을 정도였다. 그 덕에 리리엘은 자기중심적이었다. 처음에 심각한 얼굴을 하던 칼레스 왕자는 다시 리리엘의 손을 잡기 위해 손을 내밀었다. 그는 언제나처럼 어떤 문제가 있기에 리리엘이 고집을 부리는 것이라고 생각했다. 그러나 리리엘은 그의 손을 잡지 않았다. 무언가 문제가 생겼다는 사실을 가장 먼저 감지한 것은 홀의 앞쪽 의자에 앉아 있던 크로커스 공작 부인이었다. 리리엘의 영롱한 녹색 눈에 눈물이 약간 고였던 것이다.

"칼레스, 전 진심이에요."

"리리엘. 이럴 시간이 없어."

"이번에는 뜻을 꺾을 생각이 없어요. 약혼식을 올리지 않을 거니까요. 지난 며칠간 계속해서 생각했어요. 우리의 약혼식은 너무나도 섣부른 결정이었어요, 칼레스."

"1년이 소요되었지."

엘자네스 크로커스가 윈터나이트로 떠난 후 그는 곧바로 리리엘에게 청혼했다. 란제크 카멜리아가 리리엘을 먼저 차지할까 두려웠던 탓이다. 리리엘은 결혼을 일찍 할 생각이 없다는 답을 남겼고, 1년이 지난 후 그들은 약혼식을 올리게 되었다. 비를 들이라는 압박이 여기저기에서 들어오는 중에도 칼레스 왕자가 보인 배려였다. 리리엘은 고개를 저었다. 그 애처로운 모습은 왕자의 가슴 한구석을 울리게 하는 구석이 있었다. 잠시 칼레스 왕자의 얼굴이 누그러진 틈을 타 리리엘은 말했다.

"칼. 당신을 사랑한다고 생각했어요. 우리는 오랜 시간을 함께했고 칼만이 저를 알아주었으니까요. 칼처럼 저를 이해하는 사람은 어디에도 없었어요. 그래서 약혼식을 결심할 수 있었어요. 이 마음이 영원히 오래갈 거라고 생각했으니까요."

"지금, 마음이 바뀌었다는 말을 하는 건가?"

리리엘의 감정은 왕자에게 닿지 않았다. 평소처럼 리리엘의 사적인 말을 받아주기에는 너무나도 공적인 자리였다. 칼레스 왕자의 말에는 헛웃음이 섞여 있었다. 아마릴리스의 사절단과 수많은 귀족들이 그들을 바라보고 있었다. 이곳에서 리리엘은 갑작스럽게 약혼식을 하지 못하겠다고 말하고 있는 것이었다. 약혼식을 축복하기 위해 온 수많은 하객들은 하나둘씩 두 사람의 분위기가 심상찮다는 것을 눈치채고 있었다.

왕이 등장하기 전까지 행복한 얼굴을 하고 있어야 할 칼레스 왕자와 리리엘 크로커스의 표정이 좋지 않았다. 리리엘 크로커스의 눈에는 눈물이 고여 있었고 칼레스 왕자의 얼굴은 무섭도록 굳은 상태였다. 넋을 놓은 채 두 사람을 바라보던 사람들은 이내 두 사람의 냉랭한 분위기를 주목하고 있었다. 리리엘 크로커스가 무어라 입을 열고 있었다.

"칼이 어떤 마음으로 제게 청혼했는지 알아요. 저만 평생 조용히 입을 다물면 모두가 행복해진다는 사실도 알아요. 하지만 칼. 제 마음이 시키지 않아요. 제 마음은 제게 끊임없이 말하고 있어요. 저는 성급했어요. 칼을 사랑한다고 믿었기 때문이에요. 약혼식이 시작된 순간부터는 무를 수 없겠죠. 그러니 칼, 이 약혼식을 그만두어주세요."

"리리엘. 지금 무슨 말을 하고 있는 건지는 알고 있나?"

"칼과 로벨리아가 곤란해지고 웃음거리가 될 일이라는 건 알고 있어요."

곤란해지고 웃음거리가 될 일. 에너지석으로 인한 국가와 국가 간의 분쟁이 섞여 더욱더 심각하게 해석될 수 있는 일이었다. 로벨리아 왕실은 후대에 두고두고 비웃음거리가 될 것이다. 크로커스와 로벨리아는 혈연으로 연결된 긴밀한 사이였다. 그것을 아는 리리엘이 왕실에 이런 태도를 보일 수는 없었다. 리리엘을 사랑했다. 그렇기에 모든 것을 인내했다.

칼레스 왕자는 리리엘이 검을 다룬다는 사실을 좋아하지 않았다. 그녀가 많은 남자들에게 친절을 베푸는 것도 싫었다. 사람을 돕기 위해 일을 벌여놓고 수습을 전혀 하지 않는 것에 대해서는 피로를 느꼈다. 하지만 그는 리리엘 크로커스에게 이끌렸다. 그런 면모들을 가진 자유분방한 여자이기에 그 변덕마저도 인내하고 사랑했다.

리리엘이 왕자를 선택한 이유는 그가 자신을 가장 잘 받아주었기 때문이다. 왕자는 단 한 번도 리리엘의 말에 반대하지 않았으니까. 사실은 왕자가 단 한 번도 리리엘을 이해한 적이 없다는 사실을 리리엘은 몰랐다. 현 로벨리아 왕비는 칼레스 왕자에게 조용히 이야기를 건넨 적이 있었다. 로벨리아 왕비는 로벨리아 왕과 너무나도 달랐다. 그녀는 리리엘 크로커스는 변하지 않을 사람임을 강조하며 칼레스 왕자에게 말했다. 전혀 다른 사람과 타협 없이 살아가는 것은 고통스러울 것이라고. 리리엘은 칼레스 왕자가 처음으로 스스로 한 선택이었다. 로벨리아 국왕 내외에 대한 반감에서 시작된 일이기도 했다.

리리엘이 의도적으로 목소리를 높여 말했기에 홀의 앞쪽에 있던 귀족들은 리리엘의 말을 빠짐없이 다 들은 상태였다. 곧 사람들이 리리엘의 말을 옮기기 시작했다. 칼레스 왕자는 부모가 옳았다는 사실을 느끼고 있었다.

"리리엘. 약혼식의 파기가 무엇인지는 알고 있나?"

"알아요. 하지만 제가 책임질 거예요."

눈앞의 리리엘은 낯선 여자 같았다. 왕자는 그가 생각했던 것과 실제 리리엘 크로커스는 너무나도 다르다는 것을 깨닫고 말았다. 책임진다니. 정신이 나간 것인가. 리리엘은 한 점의 수치스러움도 없는 듯한 결연한 표정을 짓고 있었다. 왕자는 헛웃음을 터뜨렸다. 웃음은 나오지 않았다. 그는 이런 일이 있을 것이라고는 추호도 상상하지 못했다. 리리엘은 말을 잇고 있었다.

"책임을 질 준비는 되어 있어요. 약혼식에 무거운 책임이 따른다는 사실을 알지만, 제 마음의 소리를 도저히 외면할 수 없었어요. 제 마음은 한곳을 향하고 있으니까요."

"다른 남자가 생긴 거군."

그는 벼락을 맞은 듯 깨닫고 말았다. 리리엘 주변에 남자는 많았다. 리리엘을 사랑할 남자 역시도 많았다. 그가 가장 우려하던 일이 최악의 형태로 나타난 순간이었다. 두 사람이 대화하는 것을 보며 사람들은 술렁거리고 있었다. 리리엘은 자신의 감정에 도취되어 칼레스 왕자를 거의 신경 쓰지 않고 있었다. 잠시 리리엘의 눈이 꿈을 꾸듯 허공을 향했다.

"그는 저를 사랑하지 않아요. 저를 증오한다고 말했죠. 하지만 그에게 운명을 느꼈어요."

"완전히 정신이 나갔군. 운명? 하."

칼레스 왕자는 리리엘의 팔을 거칠게 붙잡았다. 사람들은 약혼식의 두 주인공 사이에서 보이는 불화에 대해 다소 당황하고 있는 상태였다. 리리엘을 홀린 듯 보고 있던 아마릴리스 사절단들은 찬물을 맞은 듯 퍼뜩 놀라 정신을 차렸다. 사람들 전체에 그물처럼 퍼져 있던 매혹은 한순간의 충격에 깨져나갔다.

엘자네스와 렌은 앞을 바라보고 있었다. 이내 화이트 기사단원 하나가 리리엘이 칼레스 왕자에게 약혼식을 하지 않겠다는 선언을 했다는 말을 전달했다. 약혼식을 중지하는 사례는 어디에도 없었다. 사람들의 충격이 커질수록 리리엘을 향하던 경외심은 줄어들었다. 화이트 기사단원들은 그제야 조금 편안해진 얼굴을 했다. 로벨리아의 귀족들마저도 리리엘을 경악의 눈으로 바라보고 있었다.

"그래서. 그자가 누구길래."

황당한 상황에 화가 나자 다른 어떤 말도 할 수 없었다. 칼레스 왕자가 할 수 있던 것은 리리엘에게 그 남자가 누구인지 묻는 것뿐이었다. 란제크 카멜리아인가. 아니면. 왕자의 머릿속에서 리리엘 주변의 수많은 인물들이 스쳐 지나갔다. 그를 떠올리는 리리엘의 눈동자는 애정이 가득했다. 무려 약혼식을 중지하겠다는 선언을 내리게 한 대상이 아닌가. 리리엘을 증오한다고 말했던 남자가 누구인지 궁금할 정도였다. 리리엘은 이내 꿈을 꾸는 사람처럼 칼레스 왕자만이 들을 만한 소리로 작게 속삭였다.

"저는 대공을 사랑해요."

윈터나이트 대공. 칼레스 왕자의 눈이 대공을 향했다. 뭐라고 말을 해야 좋을지 알 수 없었다. 리리엘의 보통 사람의 상식을 뛰어넘는 말과 행동에 대처할 방법을 알 수 없었다. 모든 것이 아수라장이었다. 칼레스 왕자는 결국 잠시 눈을 감고 말았다. 모든 것이 차라리 꿈이기를 바라면서. 그러나 꿈이 아니라는 사실은 그가 누구보다도 잘 알고 있었다.

그 순간 홀의 앞에 있던 문이 열렸다. 사람들은 이제 아연한 얼굴로 앞을 보고 있었다. 로벨리아의 국왕이 천천히 들어오고 있었다. 그의 뒤에는 사라졌다고 알려졌던 요하네스 크로커스가 서 있었다. 모든 것이 아수라장이 되는 순간이었다.

"국왕 전하가 들어오십니다!"

홀의 귀족들과 마찬가지로 넋을 놓고 있던 시종이 황급히 국왕의 등장을 알렸다. 늦은 외침이었지만 그에 대해 지적할 이는 없었다. 그전까지는 가십을 생각 없이 즐겁게 보았다면, 이제는 일의 규모가 다르다고 봐도 좋았다. 로벨리아 국왕의 리리엘 크로커스를 향한 입장을 모르는 사람이 어디에 있던가. 국왕은 무표정했다. 그는 물었다.

"나는 아무런 소란도 듣지 못해서 말이오. 방금 무슨 일이 있었던 거지?"

사람들은 국왕의 말이 리리엘 크로커스의 실수를 덮어주겠다는 뜻인지, 아니면 약혼식 자체를 없던 일로 하겠다는 뜻인지 추측하고 있었다. 아마릴리스의 사절단은 국왕을 보자 경계하는 얼굴을 했다. 아마릴리스의 에너지석 가공 장치를 왕궁에 설치했다는 것을 들킨 이후 국왕은 자신의 방에서 나오지 않았다. 신분의 차가 있었기에 함부로 들어갈 수 없었다. 왕은 손을 들어 올렸다.

"5분. 서로 대화를 나눌 기회를 주지."

왕이 자주 사용하는 방식이었다. 이 시간 안에 그를 만족시킬 만한 답을 떠올리라는 말이었다. 그러나 사람들은 그에 대한 이야기를 나누지 못했다. 약혼식의 주인공들에 대해 여러 가지 추측이 삽시간에 쏟아졌기 때문이다. 소문에 민감하고 자극적인 소식을 좇는 로벨리아의 특성상 웅성거리는 분위기는 도드라졌다. 두 사람이 영원한 사랑을 맹세하는 약혼식에서 이렇게 불운한 분위기를 풍기는 경우는 없었다. 사람들은 약혼식의 주인공들이 한 말에 대해 추측하기에 바빴다.

“리리엘, 그 여자의 문제일 겁니다.”

“영식. 미쳤습니까. 목소리를 낮추세요.”

“하지만 저는 봤습니다. 영식들도 보지 않았습니까. 그 여자가 왕자님의 손을 먼저 놓았습니다.”

리리엘의 추종자들은 상식에 어긋난 모습을 보이는 리리엘에게 의구심을 가지고 있는 상태였다. 그들은 처음부터 끝까지 리리엘만을 보았다. 리리엘이 칼레스 왕자에게 무어라 말하고 칼레스 왕자의 손을 거부한 것을 목격했다. 리리엘과 칼레스 왕자의 불화는 리리엘에게 매혹된 사람들에게 동요를 가져다주었다. 로벨리아의 귀족들은 무수한 의문을 지닌 채 수군거리며 대화를 나누고 있었다.

“이게 무슨 일일까요?”

“모르겠군요. 에너지석과 관련된 것이 아닐까 추측해봅니다.”

“어머나, 벤스 영식. 그렇다기에는 너무 갑작스러운데요. 리리엘 크로커스 영애에게 호감이 있었다는 사실은 알고 있지만 아닌 건 아닌 거죠. 정치적으로 의도해 나타낸 모습이라기에는 두 분에게 오는 이득이 없는걸요.”

“우리끼리 언쟁을 해봐야 좋을 것이 없어요.”

“그렇다면 어떻게 해야 할까요? 벤스 영식이 이상한 소리를 하잖아요.”

“발레르 부인께 물어보죠.”

“발레르 부인이요?”

“네. 그분은 독순술에 뛰어나니까요.”

발레르 남작 부인은 말을 하지 못하는 사람들을 대상으로 수화와 독순술을 가르치는 여자였다. 사람들은 그제야 고아들에게 봉사를 한다던 초라한 남작 부인을 떠올리며 고개를 끄덕였다. 로벨리아의 귀족들은 발레르 부인을 찾았다.

발레르 부인은 믿기지 않는 사실에 멍하니 서 있는 중이었다. 발레르 부인은 빈민들에게 봉사하는 장소에서 리리엘 크로커스를 만나 가까워진 경우였다. 서툴고 일을 만들지만 나쁜 심성을 가진 영애는 아니라고 생각했다. 발레르 부인은 그래서 더더욱 본 것을 믿을 수 없었다. 독순술에 뛰어나다고 해도 두 사람의 대화를 빠짐없이 다 알아들을 수는 없다. 그러나 한 가지만은 확실했다. 발레르 부인은 리리엘 크로커스가 마지막에 입을 움직이는 것을 보았다. 그 모양은.

발레르 부인의 안색이 파리해졌다. 처음에는 아니라고 부정했으나 더 이상 부정할 수가 없었다. 왜냐하면 칼레스 왕자의 시선이 대공에게 닿았으니까. 남쪽의 발음 구조상 '사랑'과 비슷한 입 모양을 사용하면서 대체할 수 있는 뜻을 가진 단어는 없었다. 발레르 부인은 믿기지 않는 말에 손을 바들바들 떨며 중얼거렸다.

"맙소사… 저는… 대공을… 사랑해요, 라니…."

주위에서 귀를 기울이고 있던 귀족들 사이로 그 말이 충격처럼 퍼져 나갔다. 사람의 입은 바람보다 빨랐고 말은 깃털보다 가벼웠다. 엘자네스 크로커스를 악녀라 칭하는 소문이 삽시간에 퍼져 나간 것처럼 말이 퍼져 나가기 시작했다. 그 말이 윈터나이트 부부에게 전달되기까지도 얼마 걸리지 않았다. 리리엘의 가장 강력한 기반이 리리엘을 지지하는 귀족들이었다. 그들이 흔들리자 불안정하던 아룬델의 마법이 위태롭게 일렁거리기 시작했다.

"대공을 사랑한다는 말을 하다니 정신이 나갔죠."

"누군가가 꾸며낸 이야기일지도 모르는걸요."

"하지만 발레르 부인이잖아요."

"그건 그렇지만…."

"그 정도 말이니 칼레스 왕자님도 저러시는 거겠죠."

칼레스 로벨리아 왕자는 국왕 내외의 말조차 듣지 않을 정도로 리리엘 크로커스를 사랑했다. 칼레스 왕자가 리리엘 크로커스에게 관대한 태도를 베풀고 단 한 번도 화를 낸 적이 없다는 사실은 유명한 것이었다. 그런 칼레스 왕자가 리리엘 크로커스를 외면한 채 눈을 감고 있었다.

"그저 질린 것이 아닐까요? 약혼식이잖아요. 평생 저런 여자와 사는 것이 답답하다고 느낀 걸지도 모르죠."

몇몇 사람들은 칼레스 왕자가 리리엘 크로커스에게 질렸다는 추측을 내놓았다. 보수적인 면이 강한 칼레스 왕자와 진보적인 성향을 띤 리리엘 크로커스가 너무나도 달라 두 사람 사이를 비꼬는 사람들이 많았던 것이다.

"오히려 그건 리리엘 영애 쪽일지도 몰라요."

"아, 왕궁은 리리엘 영애와 너무나도 다른 곳이죠. 인정해요."

칼레스 왕자에게서 약간 떨어진 리리엘 크로커스는 지금까지 본 적 없는 결연한 얼굴을 하고 있었다. 가련한 빛이 깃든 녹색 눈동자에는 물기가 어려 있었다. 약혼식의 주인공답지 않은 모습이었다.

"어찌 되었든지 간에, 약혼식에서 파혼을 선언한 자가 있다면 비난받아 마땅하겠죠."

"저도 그렇게 생각해요. 로벨리아에 귀족 사형 제도가 없는데도 약혼식을 할 마음은 들지 않았거든요. 무거운 맹세인걸요."

약혼식을 파기하거나 약혼식을 올린 당사자들이 후에 불화로 헤어지는 일은 없어야만 했다. 그것은 의무였다. 이 자리에 모인 이들은 모두 귀족이었다. 만일 리리엘 크로커스가 생각 없이 약혼식의 파혼을 언급한 것이라면, 그녀는 지탄받아야 하리라. 아마릴리스의 사절단도 이야기를 나누고 있었다.

"크로커스가 측에서 로벨리아 왕실과 손을 잡았다는 것을 시인했는데도 왕은 아무런 답변도 주지 않고 있습니다."

"아마릴리스의 기술을 어디에서 알아냈는지 의문이에요. 로벨리아 이외의 국가가 개입했을 가능성을 생각해보았지만 그럴 일은 없어요."

"마치 우리를 충격에 빠지게라도 하려는 것 같습니다. 이 상황에서 어울리지 않는 농담이지만요."

유진 바이올렛이 냉랭한 어조로 말했다. 그의 말은 본질을 꿰뚫은 것이었으나 누구도 알지 못했다. 리리엘 크로커스에 대한 불신이 깊어질수록, 리리엘에게서 시선을 뗄 만한 경악스러운 일이 일어날수록 아룬델의 마력은 영향을 미치지 못하고 있었다. 리리엘이 제멋대로 흩뿌리는 아룬델의 마법이 조금씩 힘을 잃어갔다. 홀에는 리리엘 크로커스가 먼저 파혼 선언을 했으며, 윈터나이트 대공 때문이라는 설이 퍼져 나가고 있었다. 사람들은 혐오를 감추지 못했다. 엘자네스는 새하얀 베일을 쓴 리리엘을 바라보았다. 리리엘은 드물게도 굳은 얼굴을 하고 있었다. 렌은 주변을 둘러보았다.

"마법이 옅어졌습니다."

"종교의 신이나 다름없는 리리엘에 대한 의문이 생겨나서가 아닐까요, 렌?"

"그럴지도 모르겠습니다."

리리엘이 아룬델이었다면 이런 식으로 마법을 약화시키지는 않았을 것이다. 겨울의 마법은 여전히 잠잠했다. 화이트 기사단원 몇은 홀을 돌아다니며 무언가 특별한 장치가 있는지 탐색을 거듭했다. 성과는 없었다. 로벨리아의 왕이 내준 5분 사이 많은 것들이 홀 안에 퍼져 나갔다.

크로커스 공작 부인의 얼굴이 창백해졌다. 그녀는 엘자네스처럼 리리엘도 이런 식으로 사람들의 입방아에 오르내릴 것이라고 생각하지 못했다. 리리엘의 몰락에 신이 나 잔뜩 떠드는 사람이 눈에 들어왔다. 공작 부인은 옆에 앉은 공작을 붙잡고 정신이 나간 사람처럼 중얼거렸다.

"여보, 들었어요? 그 애가…?"

리리엘은 언제나 공작 부인을 실망시킨 적이 없었다. 사랑스러운 딸이 그런 말을 했을 리 없다고 생각했다. 그것이 공작 부인의 실수였다. 크로커스 공작 부부는 리리엘을 지나치게 사랑했다. 그렇기에 모든 것을 관대하게 허용했으며 단 한 번도 혼내지 않았다. 리리엘은 모든 것을 허용받으며 자라왔다. 그렇기에 모두가 자신을 받아줄 것이라고 믿었다. 공작 부부의 지나친 애정이 독이었다. 그럼에도 불구하고 크로커스 공작 부부는 사실을 깨닫지 못했다. 그들은 단지 충격을 받았을 뿐이었다.

공작 부인이 비틀거리며 이마를 짚었다. 공작은 애써 부인을 부축했으나 그조차도 충격을 감출 수가 없었다. 믿기지 않았다. 그렇기에 반응조차 하지 못했다. 홀 안의 사람들 중 리리엘에게 직접 다가가 소문의 진상을 물으려는 사람은 없었다. 사라졌던 요하네스가 왜 로벨리아의 왕과 함께 있는지도 의문이었다.

"대체 이런 때에 요하네스는 왜…."

로벨리아가 아마릴리스에 첩자를 보내 에너지석 가공 기술을 훔치려 했고 그로 인해 크로커스 공작가와 로벨리아 왕실이 아마릴리스 사절단과 마찰을 빚고 있다는 사실은 누구나 알고 있었다. 사라진 요하네스 크로커스에 대해서는 여러 의견과 추측이 분분한 상태였다. 어떤 이는 에너지석을 욕심낸 로벨리아 왕실과 크로커스 공작가가 손을 잡고 그를 숨겼다고 생각했고, 어떤 이들은 요하네스 크로커스가 아마릴리스에 있다는 추측을 내놓았다. 5분이 지났다. 왕은 무뚝뚝하게 말했다.

"자, 그러면 그대들에게 묻겠소. 그대들은 어떤 일이 있었다고 생각하지? 내가 어떻게 해야 한다고 생각하시오?"

왕의 눈에서 초점이 사라져가기 시작했지만 사람들은 눈치채지 못했다. 아주 미세한 변화였기 때문이다. 리리엘의 친우로 유명했던, 프리케 아르메리아 영애가 손을 들었다.

"저는. 혹시라도 약혼식을 파기하려는 안일한 마음을 가진 사람이 있다면 그 사람을 처벌해야 한다고 생각합니다. 그저 제 의견일 뿐입니다."

그녀가 리리엘 크로커스와 절교한 것은 유명했으나 이런 식으로 나올 것이라고는 그 누구도 상상하지 못했다. 리리엘은 이해하지 못하겠다는 듯 눈을 크게 뜰 뿐이었다. 그러나 프리케의 말은 이치에 어긋난 부분이 없었다. 유진 바이올렛은 손을 들었다. 그의 보랏빛 눈동자가 왕을 향했다.

"저는 아마릴리스 사절단에서 대공 각하와 비 각하를 제외하고 가장 높은 신분을 가지고 있습니다. 저는 바이올렛 차기 공작입니다. 에너지석 장치에 대해 제대로 된 해명을 할 것을 요청합니다."

"좋소."

로벨리아의 사람들마저도 왕의 예상하지 못한 대답에 놀라고 말았다. 왕은 아주 대수롭지 않다는 듯 대답한 것이다. 그리고 왕은 물었다.

"리리엘 크로커스 영애와의 이야기가 끝나면 그리하지. 칼레스, 네가 약혼식의 파혼을 원하느냐? 아니면 영애, 영애가 원하는 것이오?"

조용한 홀에 왕의 목소리가 울려 퍼졌다. 칼레스 왕자와 리리엘 크로커스 둘 다 쉽게 대답을 하지 못하는 가운데, 왕은 요하네스 크로커스에게서 책을 받아 들었다. 약혼식에 쓰이는 축복의 서와는 다른 물건이었다. 책은 왕의 손에서 검은빛을 발하고 있었다. 왕이 잘 보이는 위치에 서 있던 중년의 남성 귀족은 자신도 모르게 눈을 비볐다. 그의 아내가 작은 목소리로 물었다.

"왜 그래요, 여보?"

"방금 저게 움직인 것 같아서."

"그럴 리가 있겠어요."

핀잔을 주는 귀부인 역시도 내심 흠칫한 상태였다. 표지의 검은빛은 자세히 보니 검붉은 무언가가 말라붙어 이루어진 것이었다. 가문의 살림을 맡으며 안목이 늘었기에 모를 수가 없었다. 오래된 물건이었다. 마법 전쟁 이후 문명이 쇠퇴한 덕에 인쇄술의 발전이 비교적 더디다지만 굳이 저런 물감을 덧칠한 듯한 표지를 선택하는 경우는 없었다. 염료가 잘 발달해 저런 불길한 색을 고르는 경우 역시도 없었다. 어쩐지 피처럼 보이지 않은가. 약혼식에는 어울리지 않는 물건이었다. 로벨리아 왕실의 축복의 서는 늘 새하얀 색이었다. 고요함이 가시기 전에, 영롱한 목소리가 홀을 가득 메웠다.

"이 약혼식은 이행될 수 없습니다."

기묘한 분위기에 압도당했던 이들은 잠시 숨을 돌렸다. 그러나 숨을 고르는 것은 오래가지 않았다. 사람들의 시선이 모인 곳은 한군데였다. 그녀가 입을 여는 순간 공작 부인은 자신도 모르게 외마디 소리를 질렀고 아마릴리스의 귀족들은 자신도 모르게 탄식을 내뱉었다. 리리엘 크로커스는 말했다.

"제 마음속에는 칼레스 전하가 없습니다. 또한 저는, 사랑하는 사람이 있습니다."

진지한 리리엘 크로커스는 홀의 모든 사람이 믿을 수 없는 자신의 선택에 대해 떠들고 있었다는 사실을 몰랐다. 리리엘에게 있어 중요한 것은 이상하리만치 불안하게 뛰고 있는 심장이었다. 무언가가 리리엘을 위협하고 있는 것 같았다.

리리엘은 늘 자신이 특별하다는 것을 알았다. 새하얀 빛과 특별한 힘이 자리 잡은 그날부터 사람들은 리리엘을 바라보고는 했다. 윈터나이트 대공을 처음 만날 때, 특별한 힘이 움직였다. 동시에 심장이 뛰었다. 두렵지는 않았다. 그래서 리리엘은 생각했다. 이것이 사랑이 아닐까. 로벨리아의 국왕이 나오면서부터 두근거림은 거세지기 시작했다. 점차 숨을 쉬기 힘들어졌다. 사라졌던 요하네스가 나타났다는 것을 알았지만 신경 쓰이지 않았다. 중요한 것은 리리엘의 마음이었다. 결혼식이 다가오자 대공에 대한 마음이 더 깊어진 것이다. 리리엘은 그렇게 생각했다.

왕은 고개를 천천히 옆으로 갸우뚱 기울였다. 다분히 부자연스러운 동작이었다. 사람들은 긴장을 한 탓에 상황에 대해 파악하지 못했다.

"그게 무슨 말이지?"

"엘쟈 언니, 대답해주세요."

리리엘은 대답하는 대신 엘쟈네스를 불렀다. 저 멀리에 있어도 그녀의 혈육은 눈에 띄었다. 윈터나이트 대공은 엘쟈네스의 옆에 서 있었다. 엘쟈네스는 로벨리아에 있을 때와 무언가가 달랐다. 그것이 리리엘을 더 불안하게 만들었다. 사람들 다수가 넋을 잃은 채 엘쟈네스를 바라보고 있었다. 사람들이 리리엘을 바라볼 때의 눈이었다. 대공 역시도.

리리엘은 엘쟈네스의 옆에 서 있는 대공을 본 순간 대공이 얼마나 리리엘을 냉랭하게 거절했는지 깨닫게 되었다. 대공이 부었던 차가운 물의 감촉이 느껴지는 듯했다. 리리엘은 입술을 깨물었다 결연한 얼굴을 했다. 대공에게 거절당했지만 승산은 있었다. 왜냐하면.

"언니는 대공 각하를 사랑하지 않으시잖아요."

사람들은 늘 리리엘의 손을 들어주었으니까. 엘쟈네스와의 마찰이 있을 때 결국 승리하는 것은 리리엘이었다. 엘쟈네스는 리리엘의 말을 무조건적으로 거절했으나 결국 어쩔 수 없다는 얼굴로 리리엘의 일을 마무리 지어주거나 대신 나서서 해주고는 했다. 사람들은 경악의 눈으로 엘쟈네스를 보고 있었다. 리리엘은 그것이 악녀 엘쟈네스에 대한 반응이라고 생각했다. 리리엘은 이어서 말했다.

"언니는 감정이 들어가지 않은 정략결혼을 했어요. 그리고 제게 상대가 누구든 상관하지 않는다고 했고요. 이런 사실을 대공 각하는 모르시리라고 생각해요. 또한…. 언니는 대공가의 비가 되기에는 지나친 사치를 해요. 언니가 과연 대공비에 적합하다고 생각하세요?"

"그만."

엘쟈네스는 손을 들어 올렸다. 리리엘의 말은 로벨리아에서 학습되고 스스로를 세뇌시키며 알게 된 상투적인 것이었다. 로벨리아의 젊은 귀족 중 엘자네스가 지나치게 딱딱한 냉혈한이라는 것과 사치를 저지른다는 것을 모르는 이들이 없었다. 1년 전과 같은 패턴이었다. 그러나 다른 점은, 엘자네스가 많은 이들 앞에서 리리엘의 말을 끊어버렸다는 사실이었다.

리리엘은 엘자네스의 우아한 음성을 듣는 순간 그것이 소름 끼치도록 달콤하다는 사실을 알았다. 리리엘의 것과는 비교도 되지 않는 어떤 매혹이 엘자네스의 음성에 실려 있었다. 엘자네스는 천천히 앞을 향해 걸었다. 엘자네스의 드레스 자락이 스칠 때마다 많은 이들은 경탄을 금치 못했다. 1년 전이었다면 사람들은 휩쓸린 듯 엘자네스를 매도했을 것이다. 그러나 지금 엘자네스 곁에는 윈터나이트 대공이 있었다. 엘자네스의 뒤에는 화이트 기사단이, 그리고 홀의 곳곳에는 아마릴리스 사절단이 있었다. 엘자네스를 신뢰하는 많은 이들이 이곳에 있었다. 엘자네스는 홀 앞의 리리엘이 잘 보이는 위치에 섰다. 높이 탓에 리리엘이 엘자네스를 내려다보는 형태였다.

"리리엘 크로커스. 그게 네가 하고 싶은 말의 전부가 아니었으면 좋겠구나."

엘자네스는 리리엘을 올려다보고 있었다. 진갈색의 눈동자에는 기품과 위엄이 실려 있었다. 리리엘은 엘자네스를 내려다보고 있음에도 불구하고 엘자네스를 올려다보는 것과 같은 이상한 기분을 느껴야 했다. 사람들은 달라진 엘자네스의 분위기 탓인지 어떤 말도 하지 않고 있었다. 엘자네스는 말했다.

"말하렴. 약혼식을 올릴 수 없는 이유에 대해 내게 할 말이 무엇인지."

"언니는…. 지나치게 이기적이에요. 저는 사람이 한순간에 바뀔 거라고 생각하지 않아요. 로벨리아에서의 언니는 차가운 분이었어요. 저는 늘 언니와 잘 지내고 싶어 노력했지만 결과는 늘 좋지 않았어요. 언니는 늘 화려한 보석과 드레스에 휘감긴 채 사교계를 전전했어요. 단 한 번도 남을 돕는 데 관심을 둔 적이 없었죠."

"그래. 늘 묻고 싶었지. 리리엘. 내가 보석과 드레스를 좋아하는 게, 그리고 사교계를 다니는 게 흉이 되니?"

"더 좋은 일을 할 수도 있다고 생각해요. 언니는 늘 그랬어요!"

"네가 서 있는 이곳은 왕궁이고 자리의 모든 사람들은 보석과 드레스, 정장을 입고 있지. 네 몸에 걸쳐진 것들마저도 값비싼 천과 보석들이구나. 네가 아는 모든 이들과 네 약혼자는 사교계를 다니는 사람이지. 어떻게 생각하지?"

엘자네스는 리리엘에게 지적하지 않았던 것을 지적했다. 1년 전이었다면 리리엘을 사랑하는 이들이 엘자네스를 비난했을 것이다. 그러나 나서는 이는 없었다. 추종자들의 얼굴마저도 싸늘했다. 리리엘은 순간 대답하지 못했다. 리리엘에게 있어서 엘자네스의 말은 늘 리리엘을 향한 공격에 불과했다. 그러나 로벨리아의 많은 이들이 리리엘을 다시 바라보고 있었다. 그들은 리리엘의 옷과 장신구를 요모조모 뜯어보고 있었다. 왕과 가까이 있자 느껴지는 불안감이 리리엘을 채찍질했다.

리리엘을 가장 불안하게 하는 것은 엘자네스였다. 리리엘은 사랑받기 위해 태어났다. 많은 이들은 리리엘만을 바라보고 사랑해주었다. 그러나 지금 이 순간 사람들의 시선은 엘자네스를 향하고 있었다. 리리엘을 향하는 군중의 시선은 호의적이지 않았다. 리리엘의 세계가 흔들리는 순간이었다.

"언니는 대공 각하가 아닌 그 누구더라도 상관없을 거라고 말했어요. 다시 한 번 물을게요. 대공 각하는 이 사실을 아시나요?"

"대공 각하는 이 사실을 알고 계신단다. 우리 둘 다 그런 생각을 하고 서로를 만났지. 각하가 아니었다면 안타깝겠지만, 어쨌든 그 누구였더라도 배우자에 대해 충실한 태도를 가졌을 거란다."

"그건 사랑이 아니잖아요!"

"사랑에 앞서 서로 가져야 할 예의지. 나야말로 물어보아야겠구나, 리리엘. 내 결혼은 1년 전 네 거절로 인해 시작되었지. 청혼서가 온 날, 괴물 대공에게 시집가지 않겠다고 네가 말했지. 똑똑히 기억한단다. 끔찍한 괴물 대공이라는 표현을 한 것을. 이제 와서 대공 각하를 사랑하게 된 이유가 무엇이니?"

"그것은… 그것은…."

엘자네스는 더 이상 리리엘을 감싸주지 않았다. 리리엘의 행동을 하나하나 있는 그대로 말하자, 이번에 거세게 웅성거리는 쪽은 아마릴리스 사절단들이었다. 북쪽의 아카데미에서 대공을 괴물이라고 부르며 배척한 사실이 있었다. 그리고 그것은 명백한 잘못이었다. 물론 아직까지도 대공에게 반감을 가지는 이들이 있었으나 그런 이들 역시도 대공을 인정했다. 반감과는 상관없이 대공은 윈터나이트의 단 하나뿐인 주인이었다. 북쪽에서 윈터나이트에 대해 모르는 이는 없을 것이다. 그렇기에 감히 교류조차 없는 남쪽의 일원이, 그것도 일개 왕국의 공녀가 북쪽의 악명을 부를 것이 아니었다. 이것은 남쪽과 북쪽 간의 문제였다. 아마릴리스 사절단 중 분노한 이들이 생겨났다.

리리엘의 얼굴은 새하얗게 질렸다. 약간의 눈물이 고여 있었으나 사람들은 그 모습을 신경 쓰지 않았다. 지금까지처럼 리리엘을 옹호하거나 엘자네스를 비난하는 이는 어디에도 없었다. 아마릴리스 사절단의 반응을 보며 리리엘의 발언이 국가를 넘어 남쪽과 북쪽의 문제로 번질 수 있다는 것을 깨달은 로벨리아의 귀족들은 증인이 되겠다며 나섰다. 쉽사리 가졌던 사랑은 쉽게 사라졌다. 젊은 귀족들은 리리엘 크로커스 혼자만의 문제라고 수군거렸다. 그러면서도 그들은 엘자네스가 입을 열 때마다 귀를 기울였다. 리리엘은 충격으로 미약하게 떨고 있었다.

"많은 이들 앞에서 나를 깎아내린 이유는 무엇이니?"

"저, 저는 그런 적이 없어요."

"내가 사치를 즐기든, 사교계에 나가든, 너를 돕지 않든 그것은 내 문제지. 그것을 네가 정할 권리는 없는 것 같구나."

"제가 말한 것은 다 사실이에요! 어째서 제가 잘못되었다고 말하시는 거죠?"

"사실일지언정 그것을 네게 비난받을 이유는 없지. 리리엘. 리리엘 크로커스. 현재 나는 아마릴리스의 일원이란다. 또한 윈터나이트 대공비지. 윈터나이트 대공비가 대공과 같은 권한을 가진다는 사실을 잊어버렸다면, 상기시켜주어야겠구나. 또한 윈터나이트는 대대로 황위 계승권을 갖지. 이 일은 내 선이 아닌, 아마릴리스 황실 측이 해결할 것 같구나. 네가 한 일은 언니인 내게 외친 것이 아닌, 한 나라의 대공비를 폄하하고 공식적으로 비난한 것이지. 나는 말했단다. 내가 떠난다면 네 일에 대해 책임을 져야 할 것은 너라고."

"어째서… 다들 내게…."

아마릴리스의 사절단은 분노하며 리리엘을 바라보고 있었다. 로벨리아의 귀족들은 리리엘을 비난하고 있었다. 그 가운데에는 엘자네스가 서 있었다. 리리엘은 문득, 엘자네스와 자신의 위치가 달라졌다는 것을 깨달았다. 이제 사람들은 리리엘을 비난하고 있었다. 사람들은 소문에 민감했다. 휩쓸리기 좋아하는 사람들은 리리엘을 비난했다. 리리엘의 말을 듣고 엘자네스를 비난했듯이. 리리엘이 했던 것들이 독처럼 다가오고 있었다.

엘자네스의 표정은 차분했다. 엘자네스는 후회하지 않았다. 리리엘은 엘자네스를 비난했다. 또한 리리엘에게 지금까지처럼 넘어갈 필요를 느끼지 못했다. 리리엘은 선을 넘어버렸으니까. 리리엘의 눈에 눈물이 고였으나 아무도 달래주지 않았다. 반면 엘자네스의 옆에는 이제 많은 이들이 서 있었다.

"리리엘 크로커스. 네 선택의 결과를 받아들이렴."

무언가가 무겁게 리리엘을 짓누르는 듯했다. 마지막 말은 선고처럼 내려앉았다. 리리엘은 주위를 둘러보았다. 아마릴리스 사절단의 귀족들은 로벨리아 왕실에서 열린 약혼식임에도 불구하고 대공비가 모욕당했다는 것을 참지 못하고 있었다. 북쪽 특유의 냉담한 얼굴은 일그러진 채였다. 그들이 당장 나서지 못한 것은 리리엘 크로커스가 약혼식의 당사자였기 때문이다. 리리엘을 가장 사랑한다 말하던 이들은 없었다. 리리엘의 아름다움을 찬탄하던 남자들은 몸을 사리거나 리리엘이 이상하다는 듯 인상을 구기고 있었다.

"이럴 리가 없어…."

리리엘은 중얼거렸다. 고운 분홍빛 입술에서 새어 나오는 목소리는 맑았으나 사람들은 인상을 찌푸렸다. 리리엘은 애처롭게 눈을 내리깔려고 애썼다. 많은 사람들이 리리엘을 가엾게 여기도록 만드는 얼굴이었다. 크로커스 공작 부부는 리리엘의 이런 얼굴에 무엇이든 허용해주고는 했다. 아카데미 사람들은 리리엘을 안타깝게 보며 엘자네스를 비난했다. 그러나 현재 그 얼굴에 쏟아지는 건 아마릴리스 측의 비난뿐이었다. 몇몇 아마릴리스 사절단들은 로벨리아의 외교를 담당하는 귀족들에게 따지고 있었다. 그들은 드물게도 흥분한 상태였다.

"로벨리아 측은 정신이 있는 겁니까?"

"대체 무슨 의도로 이런 망신을 주는 것인지, 이유를 설명하십시오."

"한 나라의 공작 영애가, 더군다나 약혼식 자리에서 대공비 각하를 모욕했습니다."

리리엘은 여전히 아름다웠고 하얀 드레스와 금빛 머리칼 위에 올려진 투명한 베일은 순결하게 빛났다. 사람들은 감탄하는 대신 리리엘을 오물처럼 바라보고 있었다. 리리엘은 자리를 둘러싼 이들 중 몇이 리리엘을 사랑한다 속삭였던 남자들이라는 사실을 깨달았다. 리리엘은 한 사람을 지목해 애타게 말했다.

"한스. 말해줘요. 제가 잘못한 건가요?"

"제가 할 말은 없습니다."

리리엘을 사랑한다고 말했던 가난한 자작 영식은 고개를 돌렸다. 그의 머릿속 저울은 이미 한쪽으로 기울어진 후였다. 리리엘 크로커스는 침몰하는 배였다. 그는 눈치가 빨랐다. 윈터나이트 대공비가 남쪽 사람들이 상상하는 것 이상으로 중요한 존재라는 사실을 깨달은 후였다. 아마릴리스의 황제는 에너지석에 이어 지금 일어난 문제를 결코 가볍게 봐 넘어가지 않을 것이다. 어쩌면 로벨리아 전체가 본보기가 될지도 몰랐다. 그는 뒷걸음질 쳐 리리엘에게서 최대한 멀찍이 떨어졌다.

홀의 앞쪽으로 귀족들이 하나둘씩 모이고 있었다. 냉랭한 얼굴을 했던 아마릴리스 사절단의 영애들마저도 분노로 얼굴을 온통 붉힌 채였다. 늘 여유로운 얼굴을 가지고 있던 세실리아 에델바이스가 화를 내고 있었다.

"리리엘 크로커스 영애는 제정신이 아닌 게 분명해요."

"다른 어떤 표현도 쓸 수 없겠네요. 약혼식에서 다른 남자를 사랑한다고 밝히는 것도 모자라 그 남자의 아내를 모욕한 상황이에요. 그분은 대공비 각하고요."

"기가 차서 말조차 나오지 않아요."

"이게 로벨리아의 귀족인가요?"

말을 순화시킬 수조차 없었다. 어이가 없는 상황에 몇몇 영애들은 실소를 터뜨렸다. 남쪽과 아무리 교류가 없다 한들 아마릴리스는 엄연한 제국인데. 아마릴리스 제국이 얼마나 우습게 보였으면 남쪽 왕국의 영애가 이런 짓을 할까. 심지어 리리엘 크로커스는 대공을 괴물이라고 불렀다는 사실조차 부정하지 않았다. 그런 중에서도 다른 남자를 부르며 자신의 잘못에 대해 묻는 저 행동은 얼마나 뻔뻔한가. 루이자 바이올렛은 리리엘 크로커스에게 냉랭하게 질문했다.

"리리엘 크로커스 영애께, 정식으로 묻겠습니다. 저는 루이자 바이올렛이며, 바이올렛 공작가의 공녀입니다. 대공 각하를 괴물이라고 부른 것이 사실인가요?"

"사실이지만 그건 옛날의 일이에요…! 각하를 몰랐을 때 저지른 일에 불과한…."

"영애는 윈터나이트 대공 각하를 만나 뵌 적이 있었나요?"

"그저 전해 들은 거였어요! 제게 전한 사람이 대공 각하를 끔찍한 괴물이라고 호소했어요."

"전해 들은 말이었다는 거군요. 누군가에게."

"그분은 아카데미 시절 대공 각하가 많은 사람들로부터 괴물로 불렸다고 말했어요. 대공 각하가 전대 대공에 비해 떨어진다고 말했어요. 전 그분이 윈터나이트 대공 각하를 그렇게 증오하는 줄 몰랐어요!"

"논점을 흐리지 말아주세요. 영애는 지금 누군가의 말을 전해 듣고 한 나라의 대공을 평가했습니다. 평가까지는 상관이 없죠. 중요한 건 영애가 그 평가를 입에 담은 것이고요. 또한 영애는 방금 전 공식 석상에서 제 친우이기도 한 대공비 각하를 모욕했죠. 로벨리아는 귀족의 품위나 교양에 대해 가르치지 않나요?"

루이자 바이올렛은 부채를 우아하게 폈다. 로벨리아의 많은 이들이 좋게 말하자면 감정에 솔직했고, 나쁘게 말하자면 상당히 감정적이었다. 혼란스러운 남쪽의 정서 탓에 여성보다 육체적으로 강한 힘을 가진 남성이 대우받는 분위기도 컸다. 그러나 그중에서도 리리엘의 화법은 지나치게 자유로운 편이었다. 루이자 바이올렛은 리리엘이 누군가의 제지도 받지 않고 자라났을 것이라는 직감을 받았다. 그리고 그것은 정확했다. 고개를 숙인 리리엘은 대답하지 못하고 있었다. 리리엘은 루이자 바이올렛의 말에 충격을 받은 상태였다.

"엘자… 언니의 친우라고요?"

"친우죠. 무슨 문제라도 있나요?"

루이자의 말은 냉랭했다. 로벨리아에서 자신이 엘자네스의 친구라고 말하는 사람은 어디에도 없었다. 누군가가 리리엘에게 매료되지 않은 채 엘자네스의 편을 드는 것이 충격적이었다. 신비로운 분위기의 북쪽 영애들은 엘자네스를 보호하듯 둘러싸고 있었다. 꺼림칙한 리리엘에게서 지키려는 듯이. 리리엘의 곁에는 아무도 없었다.

주위를 다시 둘러보던 리리엘은 사람들 틈으로 사라지는 드레스 자락을 발견했다. 친우인 프리케 아르메리아였다. 시작은 프리케의 한마디였다. 어쩌면, 약혼식을 파기하라고 한 사람을 처벌하라는 프리케의 말이 정정될지도 모른다. 리리엘은 애처롭게 외쳤다.

"프리케!"

사람들 사이로 사라지려던 프리케 아르메리아는 이목이 쏠리자 어쩔 수 없이 리리엘을 바라보았다. 리리엘은 프리케가 생각보다 싸늘한 얼굴을 하고 있다는 사실을 알아차렸다. 프리케 아르메리아는 리리엘에게 절교를 선언했으나 리리엘은 그것마저도 알아차리지 못한 눈치였다. 프리케는 다시 한 번 그것을 체감했다. 리리엘에게 있어 프리케의 부재는 프리케가 '보이지 않는 것'에 불과했을 것이다. 더 이상 리리엘과 엮이는 것은 사절이었다. 프리케는 한쪽 치맛자락을 약간 들어 올리고 인사했다.

"네. 크로커스 공녀님."

"그런 권위적인 호칭은 그만두어줘. 프리케, 나를 리리엘이라고 불렀잖아. 이게 무슨 일인지 난 모르겠어."

리리엘은 슬픈 얼굴을 하고 있었다. 영롱한 녹색의 눈은 슬픔으로 빛났다. 리리엘은 타인의 감정을 살피는 데 능숙하지 않았다. 그럴 필요성을 느낀 적이 단 한 번도 없었기 때문이다. 그랬기에 리리엘은 권위적인 호칭이라는 말에 믿을 수 없다는 듯한 얼굴을 하는 아마릴리스 사람들을 발견하지 못했다. 화이트 기사단마저도 리리엘을 그런 시선으로 바라보았다.

프리케는 더 긴말을 하지 않았다. 리리엘과 말을 섞으면 섞을수록 손해를 본다는 사실을 깨달았기 때문이다. 프리케는 말없이 인사한 채 사람들 사이로 사라졌다. 리리엘은 자신이 외면당했다는 사실을 깨달았다.

혼란과 혼돈이 퍼져 나갔다. 마법이 그 사이로 이리저리 스며들었다. 리리엘은 누군가가 나서주기를 기다렸으나 누구도 리리엘을 위해 나서주지 않았다. 이번에 리리엘이 택한 것은 코리우스 영식이었다. 코리우스 영식은 리리엘에게 늘 달콤한 말을 해주던 사람이었다.

"코리우스 영식!"

"외람된 말이겠으나, 몇 마디만 하겠습니다. 여러분, 저는 리리엘 크로커스 영애의 추종자들 중 한 명입니다. 리리엘 크로커스 영애는 평소 많은 남자들과 친분을 쌓았으며 저는 그들 중 하나였습니다. 세간에 알려진 것과 영애의 실제 모습은 달랐습니다. 영애는 저희에게 영애의 직무를 떠넘기거나 영애가 연 자선 행사에 뒤따라오는 문제를 맡겼습니다. 또한 아카데미 시절 영애는 대공비 각하에 대한 부정적인 이미지를 각인시켰습니다. 늘 저희에게 비 각하를 험담한 것은 영애였습니다. 더군다나 저는 당시 영애가 대공비 각하의 보석함을 팔아 치우는 것까지 보았습니다."

기회주의자인 코리우스 영식은 곧바로 리리엘에게 많은 짐을 떠넘겼다. 통통한 몸과 다른 매끄러운 혓바닥과 말솜씨는 그의 장점이었다. 사람들은 코리우스 영식의 말을 들었다. 그의 말솜씨는 유려했다.

"리리엘의 말을 듣고 나를 판단한 건 리리엘이 아니죠."

엘자네스는 코리우스 영식의 말이 끊어지기 전에 잘라냈다. 단호한 진갈색의 눈동자가 코리우스 영식을 향했다. 엘자네스에게는 양쪽 모두 다를 것이 없었다. 엘자네스는 아직도 기억하고 있었다. 아카데미 시절부터 1년 전까지. 많은 사람들을 기억했고 그들의 행동과 말을 기억했다. 수많은 사람들은 소문에 귀 기울여 엘쟈네스를 비난했다. 그중 코리우스 영식의 한마디는 유난히 귀에 새겨진 후였다.

"영식과 영식의 친우는 제게 질투가 추악하다고 말했어요. 귀족의 덕목에 어긋난다고 말했고요. 분명하게 말해두죠. 많은 사람들이 저를 일방적으로 매도했어요. 그리고 비난했죠. 이제 와 영식이 그것은 사실이 아니었다고 말하면 바뀌는 것은 무엇인가요?"

"오해하지 말아주십시오. 저는 대공비 각하의 명예를 지키고 싶었을 뿐입니다."

"이후 로벨리아 내에서의 제 이미지가 바뀔 수도 있겠죠. 그러나 지나간 것은 다시 돌아오지 않아요. 지난날 저는 제대로 맞서 싸우지 않았어요. 소문을 해명하려고 애쓰면 애쓸수록 모든 것이 더 어그러질 뿐이었고요. 영식, 누군가를 함부로 악녀라고 낙인찍지 말아요. 내게는 리리엘이나 나를 비난한 사람들이나 다를 바가 없으니까. 리리엘이 가해자라면, 어떤 이유가 있든 동조해 자신의 의지로 나선 사람들 역시도 가해자예요."

코리우스 영식은 이번에야말로 정말로 입을 다물었다.

엘쟈네스는 단 한 번도 리리엘보다 리리엘의 추종자들이 더 낫다고 생각한 적이 없었다. 엘쟈네스의 화려한 드레스나 보석을 비웃고, 머리가 빈 채 사교계를 전전한다고 수군거리는 것은 동일했다. 리리엘의 추종자들은 리리엘을 끔찍하게 사랑했다. 그랬기에 그들은 엘쟈네스에 대해 깊이 생각하지 않았다. 엘쟈네스는 말했다.

"나는 모든 것을 기억하고 있어요."

이 순간 엘쟈네스에게 단 한 번이라도 위해를 가했던 이들은 심장이 철렁 내려앉는 것을 느꼈다. 1년 전과는 달랐다. 엘쟈네스는 이제 아마릴리스의 황위 계승권자이기도 했다. 윈터나이트 대공비의 권리였다. 죄질이 가벼운

이는 자신이 한 짓은 별게 아닐 거라며 스스로를 위안했으나 슬며시 깔리는 불안은 어쩔 수 없었다. 엘쟈네스에게 직접적으로 위해를 가하거나 독설을 퍼부었던 이들은 이제 엘쟈네스의 눈조차 마주 보지 못했다. 수많은 이들이 엘쟈네스 앞에서 위축되는 것을 느꼈다. 이유는 상관없었다. 중요한 것은 그들이 엘쟈네스에게 해를 가했다는 사실이었다.

엘쟈네스는 리리엘이나 추종자들이 했던 방식으로 돌려줄 생각은 없었다. 그러나 용서하지는 않을 것이다. 엘쟈네스의 진갈색 눈동자에 단호한 빛이 감돌았다. 로벨리아의 젊은 귀족층은 눈치를 살폈으나 감히 그 빛을 마주 보지는 못했다.

소란이 가라앉았다. 홀은 차차 고요해지기 시작했다. 로벨리아의 귀족들은 아마릴리스 사절단과 대공 부부를 살피고 있었다. 이때였다. 지금이 아니면 영영 약혼식을 그만둘 수 없을 것이다. 리리엘은 윈터나이트의 일원들이 가까이 오자 심장이 빠르게 뛰는 이유를 알지 못했다. 무언가가 리리엘을 재촉했다. 떠나야만 했다.

이 직감은 사랑하지 않는 남자와의 약혼과 결혼 끝에는 불행만 있다는 징조를 나타내는 것이 분명하다. 그렇게 판단한 리리엘은 칼레스 왕자를 바라보았다. 왕자와 왕은 서로 마주 보고 있었다. 칼레스 왕자는 리리엘 쪽을 바라보고 있지조차 않았다. 아룬델의 마법은 소유자를 찬란하게 빛나게 만들었다. 사람들의 시선은 리리엘과 엘쟈네스에게로 쏠렸다. 다른 곳을 바라보는 사람은 거의 없었다. 리리엘은 입술을 움직여 선명한 어조로 다시 말했다.

"약혼식을…."

모든 사람들이 리리엘에게서 등을 돌린 상태였다. 리리엘을 친우라 불렀던 젊은 귀족들은 리리엘의 상식을 뛰어넘은 행동에 뒤돌아섰으며 추종자들은 이미 리리엘을 경멸했다. 윈터나이트 대공에 대한 감정을 밝히며 파혼을 촉구하는 것을 보며 로벨리아의 남은 귀족들마저도 리리엘을 기피하는 중이었다. 리리엘을 말려줄 이는 없었다. 울부짖는 목소리가 큰 소리로 들린 것은 그때였다.

"리리엘! 아가!"

"안 된다!"

자신이 해야 할 일을 가장 빠르게 알아차린 것은 크로커스 공작 부부였다. 왕가의 일원들은 넋을 놓은 상태였다. 부부는 정신을 차리자마자 리리엘을 제지했다. 리리엘은 눈에 넣어도 아프지 않을 딸이었지만 더 이상은 위험했다. 공작은 다급하게 리리엘을 불렀고 공작 부인은 울부짖으며 리리엘에게 다급하게 달려갔다. 사교계를 우아하게 누비던 공작 부인의 머리는 헝클어져 있었다. 미친 여자처럼 울부짖었으나 공작 부인을 책할 사람은 단 하나도 없었다. 크로커스 공작 부인은 리리엘을 잡아 끌어내렸다.

"리리엘. 더 이상은 안 돼! 더 이상은…."

공작 부인은 흐느끼며 소리를 질렀다. 오늘이 지난다면 로벨리아 내에서 리리엘에게 감히 해를 입히려는 사람은 없을 터였다. 칼레스 왕자는 무탈하게 왕이 될 것이다. 리리엘에게 남은 것은 장밋빛 미래뿐이었다. 어쩌다 일이 이렇게 된 것인가. 공작 부인은 오열을 감추었다. 리리엘을 이렇게 기른 적이 없었다. 리리엘은 늘 천사같이 예쁜 딸이었다. 무언가가 잘못된 것이 분명했다. 리리엘은 도리어 공작 부인에게 물었다.

"어머니도, 언니 편을 드는 건가요?"

"뭐라고?"

"다들 그러고 있잖아요. 모두가 언니를 옹호하고 있어요. 제 말은 듣지조차 않아요. 지금 어머니도 언니 편에 서서 제게 말을 하고 있고요."

"오, 아가. 그런 게 아니야. 리리엘. 지금 네가 한 짓은 왕가에 도전장을 내민 것이나 다름없어. 리리엘. 제발 이 어미를 봐서 그만하렴. 이제라도 순순히 약혼식을 올리면 안 되겠니? 리리엘, 제발."

"하지만 제 마음이 따르지 않아요. 어머니가 말하셨잖아요. 내면의 목소리를 따르라고."

공작 부인은 순간적으로 기가 막혀 멍하니 입을 벌리고 말았다. 리리엘이 이제라도 약혼식을 제대로 이행하고 사과를 한다면 사태를 수습할 수 있었다. 아마릴리스는 적으로 돌리게 될지라도 로벨리아 왕실과의 친분은 유지할 수 있을 것이다. 리리엘은 고집을 부리고 있었다. 공작 부인은 기가 막혀 리리엘에게 물어보고 말았다. 평소의 그녀라면 절대 하지 않을 실수였지만 어이가 없어 어쩔 수가 없었던 것이다.

"리리엘, 대공 각하를 사랑한다는 말이 사실이니?"

"제 마음은 변함이 없어요."

"윈터나이트 대공은 엘자네스의 남편이야. 아가, 그런 말은 하면 안 돼…."

"저도 알아요. 알지만 제 마음을 어쩔 수가 없는걸요."

리리엘의 눈에 눈물이 고였다. 어느새 리리엘의 나이도 20대 중반을 향해 가고 있었다. 로벨리아의 귀족들은 리리엘이 어린애가 아님에도 불구하고 이렇게 된 것이 크로커스 공작 부부 때문이라며 다시 수군거렸다. 사람들의 시선은 차가웠다. 아무도 나서지 않았다. 나서서 그들을 책망하려는 이들은 아무도 없었다. 잘못된 것을 고쳐주려는 사람 또한 없었다. 크로커스 공작 부부와 리리엘 크로커스가 저 상태로 살아가도록 내버려두는 것이 가장 훌륭한 벌일 것이다. 로벨리아의 많은 이들이 그렇게 생각했다. 우유부단한 크로커스 공작 부인은 답답했으나 어떤 말도 하지 못한 채 우물거렸다. 결국 소리를 지른 것은 크로커스 공작이었다.

"리리엘!"

엘자네스에게 지르는 것을 제외하고는 단 한 번도 소리를 지르지 않던 크로커스 공작의 고함에 리리엘은 깜짝 놀라 그를 바라보았다. 온화한 성격의 소유자로 알려진 크로커스 공작은 목에 핏대를 세운 채 얼굴이 시뻘게져 있었다. 천사 같던 딸이 지옥에서 올라온 마귀처럼 느껴지는 순간이었다. 리리엘은 영특하고 정치에 관심이 많았다. 리리엘이 최근의 에너지석 사태를 생각한다면 결코 아마릴리스 앞에서 이런 추태와 돌이킬 수 없는 실수를 저지르지 않을 것이다. 그는 자신도 모르게 손을 들어 올리고 말았다.

"참아요. 여보, 참아요!"

리리엘은 겁을 먹은 얼굴로 공작을 바라보았다. 크로커스 공작은 온화한 성격과는 별개로 사람들에게 생각보다 무관심한 편이었다. 그런 그일지라도 이 일에는 화를 내지 않을 수가 없었다. 공작은 적어도 공작 부인보다는 정상적이었다. 공작은 거친 숨을 내뱉었다. 어떻게 되면 친언니의 남편을 사랑한다고 공식 석상에서 고백할 수 있는 것인가. 공작은 리리엘을 예뻐했으나 우유부단하고 사리 분별을 못하는 공작 부인과는 달랐다. 그는 자신의 아내조차도 미쳤다고 생각했다. 말도 되지 않는 소리를 진지하게 듣는 것을 보면 분명했다. 어디서부터 어디까지 지적해야 할지 알 수 없었다. 공작이 소리를 지르지 않은 이유는 그것이 곧 구설수가 되기 때문이었다. 모든 것이 엉망이었다.

리리엘 앞에 펼쳐졌던 것은 찬란한 보석과 꽃으로 이루어진 길이었다. 리리엘은 크로커스 공녀였으며 로벨리아 왕실의 가장 고귀한 레이디가 될 것이었다. 그 후라면 리리엘이 개혁을 하든 어떤 것을 하든 누구도 막지 못했을 것이다. 리리엘을 사랑했기에 로벨리아 왕실의 에너지석 프로젝트에 참여했다. 왕비와 다른 왕가의 일원들과의 협의는 다른 희생을 통해 얻어냈다. 리리엘은 모든 것을 걷어차고 스스로 진흙탕으로 들어갔다. 리리엘은 자신이 무엇을 걷어찼는지에 대해 결코 이해하지 못할 것이다. 남은 것은 파멸뿐이었다. 공작 부인은 다급하게 엘쟈네스를 바라보며 소리를 질렀다.

"엘쟈! 도와주렴. 리리엘은 네 동생이 아니니. 제발 나를 보아서라도 리리엘을 눈감아주렴. 용서해주렴. 엘쟈."

공작 부인은 눈물을 흘리고 있었다. 공작 부인은 공작의 반응을 보고 나서야 리리엘이 잘못되었다는 사실을 깨달았다. 애지중지 키운 것이 문제였을까. 모든 것을 다 들어준 것이 문제였을까. 리리엘은 미친 것이 분명했다. 공작 부인이 매달릴 구석은 단 한곳뿐이었다. 공작 부인은 엘쟈네스를 간절하게 바라보았다. 여태 그랬듯이.

엘쟈네스가 대답할 새는 없었다. 렌이 엘쟈네스를 뒤로 가도록 끌어당겼던 것이다. 윈터나이트 대공이 나서는 것을 보며 크로커스 공작은 눈을 감았다. 모든 것이 끝났다.

"로벨리아는 본래 이렇습니까."

낮은 목소리였다. 매혹적인 목소리에 얼굴을 붉히는 영애들도 있었으나 크로커스 공작 부부의 얼굴은 하얗게 질리고 말았다. 칠흑같이 검은 머리칼과 검은 눈동자가 두려웠다. 렌은 로벨리아의 이들이 엘쟈네스에게 어떻게 행동하는지를 보고 있었다. 이들의 처분은 결정되었다. 귀족 몇은 대공의 서늘한 위압감에 짓눌려 자신도 모르게 뒷걸음질을 치고 말았다.

"에너지석의 문제로 아마릴리스를 한 번 속이고, 에너지석의 가공 기술마저 훔쳐가려 들고, 종래에는 대공비를 모욕하려고 하더군요. 틀렸습니까."

대공의 목소리는 귓가에 선명하게 들려왔다. 화이트 기사단은 눈짓을 주고받았다. 심상치 않았다. 대공의 눈은 심연처럼 검었다. 그 안에 묻어 있는 것은 무수한 사람들의 피였다. 크로커스 공작은 본능적으로 느꼈다. 식은땀이 흘러내렸다. 모든 이들의 실수였다. 그들은 엘쟈네스를 얕보고 있었다. 로벨리아를 떠나기 전과 같다고 짐작해버렸다. 엘쟈네스는 1년 사이 달라졌다. 또한 엘쟈네스의 옆에 있는 것은 아마릴리스의 대공이었다. 로벨리아의 왕조차도 대공을 막을 수는 없었다. 이 나라에서 대공보다 높은 직위를 가진 이는 없을 것이다. 대공은 화를 내지 않았다. 그 고요함에 소름이 끼쳐 왔다.

렌은 로벨리아의 귀족들을 지켜보았다. 리리엘 크로커스의 추종자들, 엘샤네스의 부모인 크로커스 부부, 리리엘 크로커스를 따르던 젊은 귀족들. 이 사이에서 잘 자란 엘샤네스에게 감사했다. 엘샤네스는 올곧은 사람이었다. 그런 그의 아내가 이런 대접을 받으며 살아왔다는 것을 결코 용납할 수 없었다. 렌은 리리엘 크로커스를 감싸는 크로커스 공작 부부를 바라보았다. 렌의 시선을 받은 공작 부인이 덜덜 떨고 있었다.

"크로커스 공작."

"모든 말이, 맞습니다. 대공 각하."

눈을 질끈 감은 크로커스 공작은 대답했다. 렌의 검은 눈은 서늘했다. 리리엘을 탓하고 싶지 않았으나 모든 일은 그가 사랑하는 딸로 인해 벌어지고 말았다. 대공의 위압감에 짓눌린 사람들은 숨을 쉬지 못했다. 그들을 지배하는 아룬델의 마법과 겨울의 마법이 부딪쳐 더욱 괴로운 것이었으나 알아차린 이는 없었다. 엘샤네스는 이 자리에서 가장 고귀한 여자였다. 누구도 엘샤네스를 건드릴 수는 없을 것이다. 설령 그게 로벨리아 왕실이라 해도.

렌은 로벨리아의 국왕을 바라보았다. 국왕은 칼레스 왕자와 눈을 마주한 채 서 있었다.

칼레스 왕자는 리리엘에게 시선이 몰릴 무렵 불길한 책을 든 국왕과 눈을 마주했다. 초점이 없는 눈동자를 한 국왕이 칼레스 왕자를 보며 히죽거렸다. 아버지였으나 아버지가 아니다. 칼레스 왕사는 순간적으로 그렇게 느꼈다. 왕자는 그때부터 그 자리에 서 있었다. 리리엘 크로커스가 미친 소리를 하고 사람들이 경악하는 것을 들었으나 나설 수 없었다. 국왕의 눈동자 안에서 무언가가 계속해서 움직였던 것이다. 그 순간부터는 자리를 뜰 수가 없었다. 정체 모를 두려움이 그를 지배했다. 조용히 인형처럼 미소 짓던 요하네스 크로커스는 어느 순간 사라진 상태였다. 시선을 떼면 혼을 빼앗겨버릴 것이다. 검붉은 표지의 책 표면에 묻은 것은 모두 사람의 피였다. 망자들이 칼레스 왕자를 조롱했다. 죽음의 노래가 킬킬 들려왔다. 칼레스 왕자는 그를 약 올리듯 히죽이는 국왕을 보며 공포를 느꼈다. 리리엘 크로커스는 아까부터 칼레스 왕자를 아무렇지도 않게 무시하고 있었다. 국왕과 이렇게 오랜 시간 눈을 마주치는 것이 이상해 보이지 않는 걸까. 모든 이들의 시선은 리리엘 크로커스와 엘자네스 윈터나이트에게만 쏠려 있었다. 그는 이 모습을 보면서도 눈치채지 못하는 리리엘을 향해 저주와 절규를 내뱉었다. 그가 이 상황을 벗어난 것은 윈터나이트 대공이 걸어오면서였다.

칼레스 왕자를 둘러싼 것들이 대공에게 잡아먹혔다. 악한 것들은 대공을 피해 구석으로 숨어버렸다 사람들은 갑작스럽게 칼레스 왕자에게 다가간 대공을 의아하게 보고 있었다. 칼레스 왕자는 뒤돌아선 채 숨을 몰아쉬며 호흡을 진정시켰다. 도저히 저쪽을 볼 수가 없었다.

렌은 로벨리아의 국왕이 든 책의 표지를 바라보았다. 국왕은 렌과 눈을 마주하자 이상한 미소를 짓더니 쓰러져버렸다. 사람들은 그제야 국왕의 존재를 기억하고는 우왕좌왕거리며 국왕을 옮기기 시작했다. 남은 것은 검붉은 액체가 덕지덕지 말라붙은 불길한 책뿐이었다. 렌은 검으로 책을 베려 했으나 그것의 페이지가 펼쳐지는 순간이 더 빨랐다.

한기가 눈보라처럼 몰아치기 시작했다. 사람들은 갑작스럽게 벌어진 알 수 없는 현상에 비명을 질렀다. 책을 방해할 수 있는 것은 없었다. 홀 안에 겨울이 찾아왔다. 동시에 홀의 뒤쪽 문이 열렸다. 거대한 기계 장치들이 굉음을 내며 돌아가고 있었다. 에너지석 가공 장치. 그리고 그 안에서 언뜻 붉은빛이 일렁인 것 같았다.

13

파멸

에너지석은 녹색이나 푸른빛을 냈다. 그렇기에 그 안에서 보인 붉은 머리칼은 이질적인 종류였다. 안에서 붉은 머리칼의 소년이 걸어 나왔다. 국왕의 뒤에 서 있던 요하네스 크로커스는 그에게 가 고개를 숙였다. 소년의 진회색 눈동자는 살아 있는 사람의 것이 아닌 양 무감각했다. 요하네스가 멍하니 중얼거렸다.

"주인이시여."

소년이 걸어 나왔다. 뚜벅. 발소리가 무겁게 울려 퍼졌다. 뚜벅. 홀 앞쪽에 서 있던 귀족들은 심장이 세차게 뛰는 것을 느끼며 가슴께를 부여잡았다. 고통에 몸부림치는 사람도 있었다. 걷잡을 수 없이 심장이 뛰었다. 1초가 몇십 분과도 같았다. 저것이 아룬델이었다. 생각지도 못한 등장에 화이트 기사단들은 주위를 경계하며 은밀히 감춘 무기를 잡았다.

"저런… 젊은이가 로벨리아에 있었던가?"

늙은 귀족 하나가 중얼거렸다. 그 말에 공감한 몇몇 귀족들이 고개를 끄덕였다. 압박감에 심장이 아파왔다. 새하얀 서리가 홀 안에 내려앉고 있었다. 이 추위도 저자의 마법인가. 마법을 소유한 자라면 대단한 경지에 있는 것이니 섬겨야 하고 그렇지 않다면 저자를 왕으로 내세워야 하리라. 생각하던 늙은 귀족은 자신도 모르게 놀라 고개를 저었다. 불경한 생각이었다. 늙은 귀족의 옆에 서 있던 청년이 말했다.

"헬이에요. 할아버지."

"뭐라고? 헬? 지옥을 말하는 거냐?"

"헬이요. 지난 학기의 아카데미 합평회에서 소개받으셨잖아요."

"합평회를 가긴 했는데…."

아카데미를 다니는 손자의 말에 늙은 귀족이 고개를 갸웃거렸다. 통 기억이 나지 않는 탓이다. 나이를 먹어서 잊었다고 하기엔 아카데미를 방문한 기억은 뚜렷했다. 합평회에 갔던 기억도 생생했다. 어린 나이에 저런 존재감을 가진 재목을 잊을 리가 없는데. 노인은 변명처럼 중얼거렸다. 젊은 영식은 요하네스 크로커스와 나름대로 가까운 편이었다. 손윗누이가 리리엘 크로커스와 친하게 지냈던 탓에 가까운 자리에 자주 앉았기 때문이다. 그는 반가워하며 늙은 귀족에게 설명했다.

"요하네스와 같이 다니는 평민 출신의 친구예요."

"요하네스라면 크로커스 영식을 말하는 거냐? 거기에 평민 출신의 친구라고?"

"아카데미에 다니는 귀족이라면 다들 알 거예요. 그렇죠, 누님?"

젊은 영식은 자신의 손윗누이를 보며 말했다. 졸업을 한 지 오래되었으나 학위를 따기 위해 최근 수업을 듣기 시작한 손윗누이라면 자신의 말에 동조할 것이라고 생각했기 때문이다. 영식은 손윗누이를 바라보았다. 늘 차분한 손윗누이는 당혹스러운 얼굴을 하고 있었다. 프리케 아르메리아는 이상하다는 듯 물었다.

"바센. 헬이 대체 누구니?"

"누님이 최근 들어간 검술학 심화 과정에서 수석을 한…."

영식은 말을 하다 멈칫했다. 검술학 심화 과정의 수석자는 발표되지 않았는데? 그제야 당연하게 넘겼던 것들이 이상하다는 것을 알 수 있었다. 평민이 아카데미에 들어와 수석을 했음에도 불구하고 누구도 반응하지 않았다. 요하네스 크로커스와 극도로 친밀하게 지냈는데도 요하네스 크로커스가 실종되었을 때 헬을 떠올린 사람이 없었다. 젊은 영식 역시도 마찬가지였다. 헬이 나오기 전까지는 헬이라는 사람이 있다는 것마저도 잊고 있었던 것이다.

영식은 단 한 번도 헬을 소개받은 적이 없었다. 헬은 어느 날부터 아카데미에 존재해왔다. 자연스럽게 받아들였는데. 대체. 누구지. 아르메리아 영식은 등골이 오싹해지는 것을 느꼈다. 차가운 식은땀이 등을 적셨다. 헬이라는 이름은 공식적으로 오르내리지 않았다. 헬을 아는 것은 요하네스 주변의 몇몇이 다였다. 그는 지금까지 누구와 웃고 대화했던 것일까. 그가 헬이라는 이름으로 불렀던 소년은 대중을 향해 말했다.

"로벨리아의 귀족들이 모였구나."

소년의 음성은 마법처럼 매혹적이었다. 그는 태생부터 왕으로 자란 사람 같았다. 진회색의 눈동자 안에 불길한 푸른빛이 맴돌았다. 윈터나이트 대공 부부와 눈을 마주친 헬은 빙그레 웃어 보였다. 리리엘의 강대한 마법이 깨져 나간 자리에 마침내 아룬델의 마법이 자리 잡았다. 헬은 숨을 들이마실 때마다 풍겨오는 달콤한 굴종의 향기에 미소 지었다. 리리엘이 한 번 지배했기에 다시 지배하기는 더 손쉬웠다.

"아주 오래 기다렸지. 오랜 세월이었어. 우리의 마법을 다시 받아내기 위해 여기까지 왔지."

헬의 말을 알아들은 이는 윈터나이트의 일원들뿐이었다. 크로커스의 선조가 가져간 아룬델의 마법은 핏줄을 통해 계승된다. 크로커스 중 강대한 마력을 지니고 다룰 수 있는 후손만이 붉은빛이 도는 머리칼을 가진다. 아룬델의 마법이 흐르고 있다는 증거였다. 헬은 정확히 엘쟈네스를 보며 말했다.

“난 도박은 좋아하지 않아. 우리의 것을 일주일 안에 돌려주는 게 좋을 거야. 요하네스 크로커스의 안전을 위해서라도.”

요하네스는 어느새 무표정하게 헬의 옆에 서 있었다. 헬은 가볍게 손짓했다. 동시에 요하네스의 몸이 고꾸라졌다. 사람들이 비명을 질렀다. 마법으로 요하네스 크로커스를 쓰러뜨렸다고 생각했던 것이다. 그러나 요하네스 크로커스는 죽은 것이 아니었다. 바닥에 엎어진 요하네스 크로커스가 꿈틀거리기 시작했다. 사람들의 시선이 쏠렸다. 고개를 든 요하네스는 여전히 무표정한 얼굴을 하고 있었다. 그는 끊임없이 고개를 위아래로 움직였다. 사람들은 기이한 모습에 섬뜩함을 느꼈다. 마침내 크게 요동친 요하네스가 쿨럭거렸다. 사람들은 붉은 머리칼의 소년이 요하네스 크로커스를 죽이거나 피를 토하도록 고문한 것이라고 생각했으나 틀린 답이었다. 요하네스가 왈칵 입을 열었고 마침내 그것이 머리를 내밀었다. 요하네스는 토하듯 무언가를 뱉어내고 있었다.

“아아….”

누군가가 멍하니 중얼거렸다. ‘그것’은 느릿하게 기어 나왔다. 화이트 기사단은 요하네스의 입 속에서 나온 것이 옛 아마릴리스의 땅에 있어야 할 ‘겨울’이라는 것을 알아보았다. 새까만 악령들은 시린 칼바람이 홀 안을 뒤흔들 때마다 킬킬거렸다. 그것은 안개처럼 자욱했으나 동시에 투명하고 맑았다. 세상의 어떤 말로도 그것을 정의할 수 없었다. 사람들은 극도의 공포감을 느꼈다. 홀 안에는 이미 눈보라가 몰아치고 있었다.

“꺄아아아아아!”

가장 먼저 비명을 지른 것은 한 영애였다. 그것을 시작으로 사람들은 도망쳤다. 손잡이로 문을 여는 것마저 잊고 몸을 던져 문을 깨부쉈다. 아비규환이었다. 치마가 얽혀 벗겨지는 것도, 다른 사람을 밟고 지나가는 것도 느낄 수 없었다. 극도의 공포감을 느낀 사람들은 처절하게 달려 나갔다. 저것이 무엇이란 말인가!

리리엘은 붉은 머리의 소년과 눈이 마주치자마자 가장 먼저 달려 나가버렸다. 몸이 바들바들 떨렸다. 리리엘은 가짜였다. 진짜가 리리엘에게 찾아오고야 말았다. 리리엘은 아까부터 느껴지던 불안감의 정체가 소년의 등장을 예고하는 것이었음을 깨닫게 되었다. 주변을 바라보았으나 크로커스 공작 부부는 없었다. 어디에도. 홀로 밖에 나온 리리엘을 찾는 이는 없었다. 크로커스 공작 부부는 리리엘을 챙기지 않았다. 부부는 그동안 찾아다니던 요하네스가 홀에 남아 있다는 사실마저 잊어버린 사람들 같았다. 알고는 있었으나 삶 앞에서 자식인 리리엘과 요하네스마저도 외면했다는 것이 정확한 표현에 가까우리라.

원초적인 공포 앞에서 사람들은 극한의 이기심을 보였다. 아마릴리스 사절단들과 일부 로벨리아의 귀족들은 서로를 부축하고 배려하며 뛰어나갔으나 대다수의 귀족들은 가족들을 밀어내고 짓밟으며 뛰쳐나갔다. 사람들이 나가자 겨울은 목을 내밀어 홀의 샹들리에를 집어삼켰다. 마지막 사람이 나가는 것으로 홀 안에는 아룬델과 윈터나이트만이 남았다. 이 순간 요하네스를 가장 먼저 챙긴 사람은 가족인 크로커스 공작 부부와 리리엘이 아니었고, 리리엘의 추종자들도 아니었다. 요하네스를 가장 먼저 발견한 것은 렌이었다.

"요하네스 영식이 저곳에 있습니다."

"요하네스…."

엘자네스는 담담하게 헬의 발치에 엎드린 요하네스를 바라보았다. 아룬델이 저곳에 있는 한 요하네스를 빼낼 수는 없을 것이다. 애초부터 만일의 상황을 대비해 인질로 데려온 것이 분명했다. 렌은 아룬델의 마법을 빼앗기 위해 다가오는 악령을 베어냈다. 엘자네스를 향해 탐욕스럽게 달려들던 망령들은 찢어지는 듯한 비명 소리를 내며 사라져갔다. 홀에 남아 있는 귀족은 단 하나도 없었다. 시중인들마저도 겨울을 보자 곧바로 달아나버려 남은 이가 없었다. 헬은 그것을 막지 않았다. 엘리나가 보고했다.

"저것은 이길 수 없습니다. 대공 각하. 대공비 각하."

"걱정하지 마. 엘쟈네스."

소년, 헬은 엘쟈네스를 마치 잘 아는 사람처럼 말했다. 헬의 목소리는 나긋나긋했다.

"일주일이라는 시간을 줄게."

"일주일…."

엘쟈네스는 담담하게 중얼거렸다. 일주일은 리리엘의 마법 대신 자리 잡은 아룬델의 마법이 안정화되기까지 걸리는 시간일 것이다. 헬은 윈터나이트의 일원들을 바라보고 있었다. 일주일 전에는 그저 구경만 하겠다는 듯. 그러나 달려들 수는 없었다. 베어낼 수 있는 것이 아니었다. 문득 겨울의 고개가 엘쟈네스를 향했다. 엘리나가 본능적으로 검을 뻗었다. 엘쟈네스를 순식간에 집어삼키려다 실패한 겨울이 입맛을 다셨다. 엘리나가 베어낸 부분은 곧 다시 붙어버렸다. 겨울이 주는 본능적인 공포감은 많이 희석되고 사라진 상태였다. 그래서 다행이었다.

"엘쟈. 나가야 합니다."

이곳에 더 있어봤자 손해를 입을 뿐이었다. 방법이 없었다. 엘쟈네스는 요하네스를 두고 망설였으나 이내 고개를 끄덕였다. 렌의 말이 옳았다. 나가서 방도를 찾거나 전대 윈터나이트 대공 부부의 연락을 받는 편이 나았다. 윈터나이트 일원들이 나가는 것을 보며 헬은 섬뜩한 표정을 지었으나 아무 짓도 하지 않았다. 화이트 기사단들의 대화가 들려왔다.

"미친 게 분명해. 아룬델이라고."

"여긴 완전히 아룬델의 마법에 먹혔어."

"일주일을 얻어서…. 우리가 뭘 할 수 있을까."

"그런 부정적인 말은 하지 마라."

"미안해. 내가 흥분했나 보다."

윈터나이트 대공 부부와 화이트 기사단은 홀을 곧바로 벗어나 실외로 향했다. 문을 열자 찬 공기가 밀려왔다. 안은 겨울이지만 바깥 날씨는 가을일 텐데. 불어오는 차가운 바람에 엘리나가 의아한 얼굴로 밖을 바라보았다. 하늘은 잿빛이었다. 그리고.

"렌…."

엘자네스는 말을 잃고 말았다. 단풍이 들어 고운 빛이어야 할 나무들은 앙상했고 로벨리아 특유의 지붕이 아름다운 건축 양식을 보여줄 건물들은 새하얀 빛으로 물들어 있었다. 추웠다. 시린 공기에 입김이 하얗게 퍼져 나갔다. 온 세상을 뒤덮을 것처럼 눈이 내렸다. 로벨리아의 수도 전체에 겨울이 찾아왔다. 왕궁에서 시작한 잿빛 구름은 점차 멀리 퍼져 나가고 있었다. 눈이 쌓인 바닥 위로 눈송이가 떨어졌다. 믿을 수 없는 광경이 펼쳐졌다.

악녀는 변화한다 2

초판 1쇄 발행 2019년 4월 25일

지은이 누노이즈
발행인 박영규
총괄 한상훈
편집장 김기운
기획편집 김혜영 정혜림 조화연 **디자인** 이선미 **마케팅** 신대섭

발행처 주식회사 교보문고
등록 제406-2008-000090호(2008년 12월 5일)
주소 경기도 파주시 문발로 249
전화 대표전화 1544-1900 **주문** 02)3156-3681 **팩스** 0502)987-5725

ISBN 979-11-5909-963-2 04810
ISBN 979-11-5909-957-1(세트)
책값은 표지에 있습니다.

• 이 책의 국립중앙도서관 출판예정도서목록(CIP)은 서지정보유통지원시스템 홈페이지(http://seoji.nl.go.kr)와 국가자료공동목록시스템 (http://www.nl.go.kr/kolisnet)에서 이용하실 수 있습니다.
(CIP제어번호: CIP2019014145)